〔清〕錢謙益 撰集
許逸民 林淑敏 點校

列朝詩集

第十一册

中華書局

列朝詩集目録

丁集第十五

丁集第十六

列朝詩集閏集第一

列朝詩集閏集第二

列朝詩集丁集第十五

李副使蓘四十四首

蓘字于田，内鄉人。嘉靖癸丑進士，選翰林庶吉士，除檢討，左遷爲南儀部郎。歷官提學副使，罷歸。本朝以博學聞者，莫過於新都楊用修，汝寧陳耀文，字晦伯，捃拾新都之謬誤，作《正楊》以駁之。于田多藏好學，與晦伯相埒，著《于堧注筆》諸書，援據該博。其持論多訾毁道學，譏評氣節，而詆諆新建太過，言多失實，論篤者弗與也。左官家居，好縱倡樂。有所狎女優往來汳雒間，于田微服往從之，與群優雜處，女優登場，持鼓板爲按拍，久之群優相與目笑，漏言於主人翁。主人翁知爲李翰林，具衣冠，肆筵席，再拜延請。于田拂衣就坐，歡飲竟日，借主人翁厩馬，與女優連騎而去。中州人至今傳其事。弟蔭，字于美，嘉靖中舉人，授陽穀知縣，改知宛平。風流好客，諸公皆稱之。李北海《雲麾將軍碑》石蕪没良鄉驛舍，裂爲柱礎，于美輦貯邑署，名其齋曰「古墨」。爲京邑令，强項執法。中官毋殺人，捕論如法，司禮馮保以屬江陵，江陵曰：「此令非吾所能禁也。」召之，竟不往。遷户部主事，以終養歸。于田撰《明藝圃集》，録于美詩爲多。

岐陽旅舍作

岐山煙茫茫，渭水從中瀉。自三千年來，鳳皇不復下。羸馬厭空郊，凍禽啼永夜。高館發長歌，王風慨淪謝。

曉夢陳晦伯十二韻

人皆競榮達，君獨嗜編撰。廿載歷中外，蹉跎寡青眼。朅來共爲郎，相過每一莞。溪水鳴小筵，花林具薄饌。修禮或五漿，飲和詎一盞。直衷肩衛鰌，博物跂鄭産。鼯鼠涣群疑，竹書徵脱簡。伊余硜硜心，相得意何限。一朝江浦别，重覯杳未僝。春夢兩悠悠，覺來淚痕潸。我聞天中山，青霞接巉巘。何時攜謝詩，青天醉新盞。

詠公庭鶴十韻

氍毹非妍舞，警露亦微謕。自顧豈有宜，雲羅枉纏縶。遠勢止墻陰，高足限臺砌。日暮不逢人，徹天數聲唳。爲君耳目玩，風雨凋翎毳。乘軒寵既希，華表事難逮。時來循污池，引吭啄蟲蚋。顧影尚昂藏，摐衷久危脆。舊侣遊三天，往往壽千歲。願垂支公心，投身死君惠。

雨花臺宴客九韻

休衙松日高，出郭溪風送。蘭棹漾晴波，花林暖香夢。輕雲蕩我胸，萬象可撫弄。綠竹摇崇丘，青煙發巖洞。據險把金樽，悦此山鳥哢。翩翩遠帆回，稍稍疏鐘動。良會不可常，歸鞍且遲控。

襲美登鳳皇臺有賦八韻

仲也登鳳臺，想像鳳皇見。飄飄李仙人，英詞尚光絢。名園萬樹花，盡日春風扇。微風籠江來，新渌滿畿甸。笑瀉橐中金，白門酒漿賤。據石發酣歌，韓陵此一片。歸來笑向兄，佳士堪吾戀。落落懷賢心，千秋一扳援。

送唐生上京八韻

江頭春日高，看爾乘流去。淑氣澹宜人，淮山雨邊曙。田鼠方化鴽，岸柳未成絮。傾囊貯詩草，撫誦自厭飫。醲酒嗽花神，江山發靈助。長安九天高，文章滿朝著。男兒筆札間，往往收名譽。時復夢江南，羈魂向誰語。

石堂山

兹山曾兩登，契闊十年越。風景豈殊舊，古木半摧伐。仙去地猶靈，龍潛神詎歇。浩氣蕩太虚，河山坐出没。幽歌步泉水，春懷與活活。羽客煮松花，晚來消酒渴。

長慶莊上胡氏招妓邀余兄弟同賞

芳園背郭水爲墻，中有巨木千蒼蒼。密蔭張帷漏晴雨，花枝濕拂春杯香。微風細水嘎哀玉，琅琅終日聞溪堂。興來携妓臨晴沼，荷花欲語嬌紅妝。賓主相看兩跌宕，酣歌怒駡皆文章。拂柱調絃喧未了，山鐘何處催斜陽。忽憶吾邦舊蕞爾，向來兵戈何搶攘。陶唐肆戰丹泉上，許子來遷白羽傍。商公析公勢赫奕，南鄘北鄘雄相望。事去人非幾千載，缺斨折戟埋高岡。拓地尚想鋗梅將，封君可笑秦商鞅。况復吾輩小竪子，太平之世隨徜徉。已嫌酒量較海小，安得醉墨揮天長。古今興廢本反掌，美人何用泣羅裳。山川無恙消萬彙，幽禽來往翻溪光。我起作歌歌轉咽，新聲明日流中鄉。

昭君怨

君王日深宫，賤妾末由見。下階一顧恩，猶使終身戀。十二樓前花低頭，深宫白日已先秋。箪篥聲高玉心死，燕支山冷朱顔愁。朱顔日日非昔時，青海年年雁影遲。烏孫公主漢家女，賤妾琵琶枉自悲。

胡明府書來道舊花園之遊憮然作歌

謝混遊西池，休文宿東園。我曾醉卧君園裏，至今魂夢猶騰翻。當時春色初蓓蕾，况有千金麗人在。蕙蘭吐氣光繞身，一曲能令壯心改。池水漣漪鏡靚妝，鎏金寶鴨焚都梁。陶然不知其處所，但見娟娟花月來東墻。人生好會易睽闕，一别楊花幾經歇。美人眇眇春水長，萬里斜陽坐西没。

京邸會陸道函太守命爲長句

長安紅塵十丈高，東方未白人囂囂。北風着面暗如漆，錯落腰間雙佩刀。我時卧病日裏首，忽報荆南來太守。開門大笑話今昔，君也腰金我黄綬。爐寶迷迭生小煙，鵾夷鼓腹流細泉。兼隱庭前舊花竹①，依稀置我春窗邊。太守太守爾真賢，别來三載心猶然。乃知貧賤見交態，古人豈必今人前。留君且停五馬鞭，酒酣許我發狂顛。只今文藻中何用，漫爲揮毫賦短篇。

① 原注：「公爲廷評，京邸買地作亭，曰兼隱。」

妓鋤田行 效張籍體。

紅樓昔日高入雲，雲中摇曳留仙裙。千金良夜世争死，一曲纖歌天喜聞。春風着人不肯久，紅絲牽作田郎婦。田郎重田不重嬌，寶瑟銀箏敝如帚。五月雨多苗生蔬，荷鋤下田學破苗。尺布籠頭汗洗面，望樹不得乘凉飆。田郎擊鼓促工急，偷向溪邊背花立。回身照水不自識，水底何人相對泣。歸來沿路收墮枝，恐畏明朝炊餔糜。少年寶馬誰相問，十里芳塵風外嘶。

代美人春怨

行行下長浦，玉手把荷葉。昔日妾似花，今朝花笑妾。妾年十四盛鉛華，不數城南大道家。蜀錦吴綾耀朝日，蘭閨一步猶嫌賒。人言嫁向兒家好，不悟兒家重金寶。當時學得十三腔，只今遺落如風掃。易州青銅碧窗内，照去照來自不愛。瓊佩鞶囊若有知，羞向儂家腰下帶。曲檻薔薇裊裊新，池亭明日委芳塵。東鄰少婦常悲泣，不怨兒家輕薄人。

送遠曲　效温飛卿體。

遊絲着柳曉成醉，湍浦鵁鶄暖晴媚。金翹玉馬欲臨關，惟有離腸與粉淚。前高山晴花覆頭，每時看好今看愁。野桃結子幽厓裏，落盡春風喂鶯鳩。

隔江望灊山

大江汩汩來何窮，漢武射蛟江水中。波濤閃閃蕩西日，猶疑妖血留腥紅。灊嶽峰高隔江塢，碧館琳宫霧撑拄。英風冥漠不可扳，曉雨神堂鬧秋鼓。

横江詞

采菱莫近秋，駕船莫近洲。秋菱刺傷指，洲淺風難使。横江女兒顔如瓊，弄花簪柳隨娘生。笑拈竿子撇波去，不解蘆中孤雁聲。

再至采石醉歌

浮雲垂天力難縛，明月落水手難攫。白也大醉狂而痴，欲捉銀蟾失雙脚。遊魂翊翊不復還，水底有天長醉眠。不然紫皇念舊史，仙骨不肯留人間。江上飛樓横素煙，月光猶照金樽前。有身不向醉中死，白首金貂應枉然。

邀篴閣詩爲陳子野賦

金陵萬事日非故，溪上猶存邀笛步。高柳遥分白下門，斜陽照見桃葉渡。溪上閣中人邈然，卜居城市地如偏。不知豪貴日歌管，一縷爐香生紫烟。金陵自昔繁華地，六代興衰等嬉戲。偶然三弄據胡牀，乃使風流滿人世。風流人去四山青，一盞宜春任醉醒。新聲代變古聲遠，縱有桓伊誰復聽。

菊潭二首

甘菊之下潭水清，上有菊花無數生。谷中人家飲此水，能令上壽皆百齡。漢家宰相亦不俗，月致洛陽三十斛。遺踪蕪没無處尋，夜雨春風長荆穀。

浩蕩李青蓮，清狂孟襄陽。當時各到菊潭上，風流對酒酣壺觴。山樹槭槭山菊老，谷中人壽今多少。高賢已去碧山空，千載流光一歸鳥。

花山弔古歌

後晋天福六年，安從進反，攻鄧州，至花山，遇張從恩兵，不意其至，合戰大敗，從恩獲其子指揮使弘義，從進以數十騎奔還襄州。事具《通鑒》。予過其地，感而賦之。

天福六年索葛子，青絲白馬煙塵起。花山山畔豎逆旗，顧盼中原探囊裏。桓桓大將張從恩，雕戈貝胄朱旗翻。奄忽從天下風雨，蕭蕭萬竈聲無喧。吁嗟喪亂如崩土，父既摧兮子亦虜。游魂半夜竄襄州，回首當樞豈爲主。事去人亡六百秋，缺斨破斧沉高丘。山門流水湯湯去，落日千峰生暝愁。

出京宿報恩寺同龔美

去望君門萬里遥，舊遊方丈話中宵。世途多妒堪銷骨，吏道無媒空折腰。院静香燈風楫楫，春寒松柏雨蕭蕭。明朝飄轉知何地，夜夢楚江江上橈。

邊城晚眺十韻

暫謝金門直，遥過天府區。還因官署暇，流覽塞城隅。山擁皋蘭峻，河來星海迂。軍聲晝騷屑，邊氣晚模糊。市賈多收馬，耕民亦抱弧。土風無紵帛，人語雜羌胡。葉盡飛沙鳥，冰堅渡野狐。村煙片月迴，戍火一星孤。重鎮需良將，窮荒尚遠圖。因思霍去病，勳業更誰夫。

春城晚眺和太守十二韻

灝氣橫鋪地，崇墉晚望新。芒芒九河道，繹繹百城春。雪盡黎陽壘，煙生白馬津。山川全拱魏，關隘半鈐秦。事去看荒壠，時清憶古人。高天歸獨鳥，片月下遊塵。地僻投書少，官閒置酒頻。樓如騎山起，亭擬雪香鄰。醉眼容疏闊，愁腸荷撫循。鬬鷄先自走，尺蠖漫求伸。磊落長歌恨，蹁跹未老身。所欣陪妙躅，歸炬借朱輪。

過關山

石不漱石竇，鏗鍧下如乳。板屋有居人，終年聽風雨。

石室

連日深山雪，春寒撲巖塢。石室不關門，風枝滴殘雨。

題畫二首

春水流何遠，春雲暖故饒。柳邊雙燕子，時觸最長條。

涓涓石瀨鳴，兩兩江鴛語。回溪無人來，桃花照春渚。

明妃詞

翠袖啼痕日日新，回看漢月遠隨人。不知世上黄金貴，空信朱顔鏡裏春。

嘉靖宫詞八首

歷歷金吾樹影繁，瑶壇鐸鼓動黄昏。迎和門外燈如晝，内直諸臣夜拜恩。

沉水龍涎徹夜焚，桂宫芝館結祥雲。壇前纔布諸天位，苑外先催學士文。

玉貌終年侍禁闈，每逢時節賜金緋。君王不愛纖腰舞，裁作雷壇拜斗衣。

小車飛曳向玄都①，翠羽金翹笑自扶，玉蝀橋邊長日市，内璫争買大秦珠。

① 原注：「殿名。」

泥金檢玉祝長生，萬國封章止進呈。月滿西宫更漏永，九重風落《步虚》聲。
霞帔星冠赤錦縧，玉熙宫裏薦仙桃。天王親捧瑶函拜，五色龍光生衮袍。
考鼓吹笙送上清，醮壇將罷日初生。太平元老偏承寵，召聽鈞天廣樂聲。
十五宫娥鬢髮清，霓裳初着性偏靈。百花叢裏春風静，學誦玄門諸品經。

都城雜詠二首

西宫白日静波流，小殿玲瓏夾御溝。花樹重重春爛熳，遊人偷上洗妝樓。
無事妝成愛出遊，天街如砥軟塵浮。歸來笑語調行客，簾捲春風百尺樓。

望嘯臺

飄零宦海笑浮萍，一宿雲房尚未能。風水泠泠秋樹冷，斜陽影裏弔孫登。

送人之岳州

與君酌酒酹春花，征馬蕭蕭雁影斜。明到岳陽樓上望，斷雲殘雨各天涯。

宫　詞

曲檻無人花亂開，都梁燒盡日西頹。年年剩得腰如柳，空看昭陽舞隊回。

初宿海會寺

靈泉流水夜淙淙，月小松高鶴影雙。石榻覺來秋燭冷，誦經聲滿碧山窗。

真定寄内

旅食恒陽木葉稀，家人相念寄寒衣。會稽好去無由去，斜日空堂秋雨飛。

暖泉望城子崖

靈山東畔碧湍迴，社鼓秋高廢縣隈。萬樹涼風吹不盡，一鞭斜日暖泉來。

戲　題

一自封書別建章，荷衣常惹蕊珠香。逢人白眼唱歌去，笑入西坡坡水長。

附見　李主事蔭一首

漿洗房

宮娥白首出宫門，却入閒房亦是恩。欲浣故衣還袖手，爲中憐有御香存。

劉武庫黄裳一十首

黄裳字玄子，光州人。萬曆丙戌進士，授刑部主事，改兵部員外郎。倭犯朝鮮，有興復屬國之師，以知兵見推擇，贊畫宋司馬軍事，遷郎中。兵罷，請告歸里而卒。玄子之父，重慶守繪也。玄子七歲，能操觚摹右軍書。十歲，寓長安，賦《京都》諸篇。父之友陳約之、唐應德皆摩其頂，以爲奇童子。重慶公守郡時，奇銅梁張肖甫之才，召致門下，令與玄子同學，謂：「肖甫他日當建牙授鉞，以功名爲天子馳驅，吾兒庶幾可挾轂乎？」嘉靖乙卯，魁兩河士。十上春官始得第，年已六十矣。少從其父受天官軍旅之學，諳曉諸邊形勢。爲舉子淹久，公車往來燕、趙、吴、越，交通輕俠，結納其豪傑，所至走馬擊劍，釃酒悲歌，以古豪傑竪立自負。肖甫起家縣令，再定兵亂，開府漁陽，以大司馬歸老。而玄子爲老書生自如，衰晚登第，東征之役，擊倭平壤城下，追奔貫陣，引大黄射金甲酋，適釜山島而還，自謂可以建封侯之業，銅梁不足道也。會封貢議起，制府更易，中朝方内計，中考功法，雖有詔留用，卒無所成而罷。里居無聊，賦詩縱酒，一夕，飲友人家，丙夜中寒而卒。玄子博學多聞，其爲詩才氣横溢，苦無裁製，亦重慶之餘波也。有《藏徵館集》行世。

寓懷詩二首

太白蝕金方，蚩尤出遼野。右衛已土崩，左賢氣騰瓦。頃來石州破，韉笥蔽日舍。城中無虚井，兒女血塗赭。嘆息問邊人，問罷淚如灑。簡子攻衛城，居身犀蔽下。行人燭横戈，陳其先君者。大將愛其身，胡能驅士馬。

翩翩誰家子，龍虎姿態揚。白馬全絡頭，翻身緑沉張。馳至射熊館，一發下雙鶬。馬上賦豪士，悲歌聲琅琅。途乖淹郡縣，矢心繫名王。春風國士老，秉耒耕于鄉。吾賤不能舉，把袂涕霑裳。

輕舉篇

幼學道術騎茅龍，咳唾吹上崑崙峰。身輕轉訝茅龍重，角觸孔翠石鯨縱。仗劍叱龍赤發怒，抛茅入海瑣玉樹。别檢靈文學作雲，英英足下覺氤氲。杳然失却鴻鷺上，丹旌煙道空中分。行至天窮雲盡處，天薄雲脆不能去。此時浮雲亦棄擯，上天下天只神御。

贈鄴下王大刀揮使維藩歌

車騎關頭石片片，迴風捲地擊人面。不平之色我自知，一生空讀英雄傳。馬撾睚眦壯氣銷，路逢男子囊大刀。倉卒之間動人目，已見殺氣千尺高。銀碗頭盔兩馬馱，熊腰穩坐白鼻騾。飛英颯颯紫鬢短，高準棱棱赤星滿。大白翎飭箭尾長，雙韃繡插蘭觔挽。不言我即借刀觀，龍氣熒熒橫玉鞍。丈五金環入手滑，斜勢入海上弦月。光鋩澹澹照見人，健卒幾頭背遲發。我爲據鞍一問之，旋近馬首前致辭。義概謙恭道名字，自言鄴下材官兒。十五學刀向俠場，劈山斷牛刀不傷。二十比試任父職，趨役軍府空倉徨。荏荏此生二十五，功名不建黄龍府。今年撫臺檄點兵，兩班皆作防秋行。主將給我兵三千，今往密雲前備邊。我聞此語長嘆息，下馬殷勤如故識。細觀非但驍猛人，雅毅深沉具膽力。廟堂握算計太疏，開府疇邊謀叵測。古來此輩稱神物，百萬之中不一得。何有天將不知御，遠戍漁陽從此去。草中猫虎俱不分，亦復排邊同一處。王郎王郎莫淚潸，我亦南歸爾度關。傾蓋意氣竭漳水，平生交結輕泰山。各把猿肱意更親，早晚自愛英雄身。雲龍風虎知有會，丹青圖畫紅麒麟。

摴蒱歌并序

余友李襲美，豪蓋一世。其姬多慧智，襲美授以諸佛妙經，蓋箭鋒機也。襲美令宛平，政暇即與摴蒱，亦遊戲三昧者乎？因作是歌。

龍女誦經香飯畢，長安放衙初岸幘。桃笙幔展燕寢春，試下紅衫輕一擲。綠雲點點玳梁間，海燕翩翩對遠山。仙人好博雷翻掌，玉女投壺電解顔。揶揄笑口如飛雪，黄鸝二月争調舌。別有呼盧調轉高，一聲鳳叫青天裂。風摇花片滿雕窗，鬱金醽酒泛瓊缸。雲母屏前憐個個，水精簾下愛雙雙。一枝醲李倚銀盤，纖纖新笋擘琅玕。已解疾馳誇女俠，故將遲局媚郎官。醉後雙鸞掛海野，櫻唇唾出胭脂馬。偷得籌來竊玉符，奪將梟去驚銅瓦。折腰塵浄館娃前，畫眉有在章臺下。摴罷么麽性轉靈，不彈寶瑟向君聽。仙郎帶酒朝天去，還諷如來般若經。

邯鄲行隨張使君肖甫出獵

使君按節邯鄲城，遊子邯鄲意氣生。相從射獵西山去，城中年少來縱横。紛紛罷擲博場裏，追呼雲集黄塵壘。白馬連環響夜霜，雕弓香箭明秋水。使君紅旗山上麾，我正揚鞭馳綉羈。馬度長橋翻凍雪，箭穿枯柳斷冰澌。山頭北風吹草急，道上豺狼向人立。少年隨我拍青絲，一箭雙狼死原隰。使君歡動弄金杯，疊鼓鳴笳錦帳開。八郡良家驅虎落，三河俠客奮龍媒。邯水鄲山冷朔雲，趙舞燕歌空古墳。海上惟懷魯連子，城中還憶平原君。加禽逐獸無窮已，西山銜日牙旗紫。使君夜獵入孤城，城上寒鴉棲復起。散騎黄昏度狹斜，滿樓燈火照倡家。稍將血兔牀頭煮，卧聽銀箏醉雪花。

寄王承甫代書

但誦吴越吟，未識王郎面。吴江楓冷秋鴻飛，可憐詞客異鄉縣。會聞王郎能遊五嶽顛，又聞王郎手投白璧揮金錢。有酒但抱胡姬飲，赤身披髮王公前。平生意氣蓋吴越，健翮凌天聳大鶻。崑崙匹馬踏白雲，洞庭孤舟釣明月。我也豪歌卧雪廬，何時尊酒論文初。短歌寄爾遥相憶，此是劉生尺素書。

秋　懷

玄都殿在西城北，虹渚星湖萬歲峰。實笑秦祠徵寶雉，還輕漢畤降黄龍。金盂露碗收神水，玉帶風符護禁松。一自玄元歸碧落，瑶壇寂寂下宵鐘。

塞上曲二首寄大中丞張肖甫

偵騎飛來夜探胡，爲言城下五單于。宛駒市得紅羅去，拜舞軍前唱把都。
向晚笳聲滿地悲，大營方獵插金鉺。胡兒鐵勒吞風去，共憚銅梁張太師。

蔡參議文範一十五首

文範字伯華，新昌人。隆慶戊辰進士，除刑部主事。江陵相起復，同舍郎艾穆、沈思孝抗疏，杖闕下，慷慨護視，職内槖饘。星變考察，謫閩司運官，凡七年。江陵歿，起武庫郎中，出爲湖廣學使，陞廣東參議。卒於家。有《甘露堂集》，門人晋江黄居中序而藏於家。詳其規度，剪刻穩密，殆亦沿襲「七子」之流風，而未極其窕越者與？

晚霽

沙路晴猶濕，山雲暗忽開。短帆投暮去，高鳥拂屏回。虹斷疑窺井，江清似潑醅。不知南浦外，何事復輕雷。

自瀛德趨東昌道中雜言八首

風壤連齊魯，河流匯衛漳。愁思斜日外，衰鬢驛亭傍。江鷺凌寒浴，饑烏下食將。頻來舟楫上，憂患飽經嘗。

甸服仍周典，溝渠自禹功。幽并千澗合，江漢萬方同。翠柳沿堤暗，雕楓積塢紅。誰家調錦瑟，清宴小樓中。
館轂津亭接，臨川市暨連。木綿隨處有，賈客半吴船。露脆秋梨白，霜含柿子鮮。山東饒地利，十二古來傳。
碣石銜天府，清漳解北流。星槎天上使，簫鼓驛邊舟。岸柳紆行旆，州兵護彩旃。還聞元夕近，燈樣自南州。
普天同荷帝，四海久銷兵。夷虜終荒服，東南舊翰屏。甄陶真宰事，桑土腐儒情。近喜蠲租詔，恩波及耨耕。
聞道張秋決，先朝慮獨深。爲山名戊己，使者失辛壬。地控支祈鎖，天寒象罔沈。誰知神禹巧，疏鑿本無心。
捩柁憐三老，開船搗石尤。晛陽忽自炤，陰靄未全收。得食鴟鳶嘯，經時橘枳秋。孤舟且飄泊，吾道任悠悠。
清源一州耳，繁會二都間。北走邯鄲道，南開吴楚關。歌鐘連白屋，鳴跕儼朱顔。可惜歡娱地，欺予兩鬢斑。

重陽

宋玉愁懷老更加，百年秋序復天涯。關河忽對重陽菊，樽酒誰過處士家。落木蕭蕭同短鬢，西風日日爲黄花。無心更寫登臨興，獨憑闌干數暮鴉。

横田道中

西風蕭颯見田廬，處處青山緑水居。賽社客來成市暨，斜陽鳥去識村墟。銀絲鯉鱠池邊斫，秋畝蹲鴟雨後鋤。漫説臨邛真沃土，倦遊人早似相如。

舟中戲題二絶句

生計無聊更問津，鳳衰真笑楚狂人。何如直取壚家女，耗盡雄心送此身。

擲盡年華笑轉萍，依依江樹似平生。莫嫌白髮催人老，得破無明是數莖。

雜興

莫向江鴻問故山，書來也不破愁顔。尋思欲覓江南路，只在蕭蕭一枕間。

憶别

憶别叮嚀淚欲潸，酒杯乍可莫留連。只愁醉裏騰騰睡，魂夢都無到妾邊。

蔡副使可賢四首

可賢字思齊，成安人。嘉靖壬戌進士。官止副使。

平寧夏二首

五月王師大合圍，石如雨下矢如飛。健兒不識書生面，夜半挑燈認繡衣。

力盡謀窮内變生，無須血刃下堅城。等閑一曲黄河水，誰信强于十萬兵①。

① 原注："寧夏之役，梅衡湘監軍單騎免胄出諭諸酋，諸酋皆羅拜，决黄河水灌城乃成功。二詩皆實録也。"

樓煩

山後山前十六州，天涯盡處是偏頭。雲開大漠風沙走，水折長河日夜流。萬户金繪愁見月，千群鐵騎畏逢秋。却思大漢無中策，一曲胡笳倚戍樓。

聞洮河警

九塞清寧十二秋，忽傳烽火過凉州。尋盟故自非常策，薄伐今誰是壯猷。隴上嗚嗚流水恨，雲邊慘慘夕陽愁。沙蟲夜語川猿泣，腸斷西風獨倚樓。

孫御史承恩二首

承恩字□□，蒲州人。嘉靖丁未進士。官監察御史。

山門

山門落日望江干，雲樹微茫晚色寒。欲向東風歌一曲，鷓鴣聲裏豆花殘。

江上曲

春雨既過行水濱，江花汀草相鮮新。牧童歌上前山去，愁殺江天行路人。

邢少卿侗二十二首

侗字子願，臨邑人。萬曆二年進士，除南宫知縣。歷御史參議，終陝西行太僕寺少卿。子願生七歲，能作擘窠書。十餘歲，楷法王雅宜。二十四歲登第，殿試策，書法擅場，主者驚異，卒置榜尾。

罷官時，年才三十餘。先世席貲巨萬，美田宅，甲泲水上。子願築來禽館，在古犁丘上，讀書識字，焚香掃地，不問家人生産。四方賓客造門，户屨恒滿。减産奉客，酒鎗簪珥時時在質庫中。晚年書名益重，購請填咽，碑版照四裔。妹慈静，善仿兄書。家僮戴禄，亦通六書之學。同里王尚書洽，集子願書，刻《來禽館帖》。濟南風流文彩，幾與江左文、董先後照映。李維楨序其集，擬諸北齊邢子才云。

送毛懋新山人歸河南

落拓憐吾友，知音聾俗稀。天秋一鴻動，人老外黄歸。客夢迷吹角，閒情入擣衣。送君郵樹轉，寒雨正霏霏。

臘日送野鷗先生赴清源訪狄將軍

殘雪猶在地，送君將奈何。客衫翻酒污，鄉夢落梅多。曉寺鐘初定，寒林鳥始過。行行遇知己，按劍一長歌。

聞王百穀寓南屏寺奉懷

卜築南屏寺，多因太守賢。榻移千竹潤，書枕一牀眠。禮佛沉香火，看花細雨天。無緣陪勝侣，吟望獨悽然。

送濟南趙太常起家大京兆

三輔風煙傍紫清，徵書十道及躬耕。起家杜曲新京兆，入對齊川舊伏生。篋裏殘荷留野服，馬頭斜月引征程。太常不忘玄都觀，重問繁桃醉玉笙。

寄徐茂吴

攝篆江城事已非，宦情原與世情違。歸來負郭無田宅，到處寒波有釣磯。啼鳥似關愁客語，亂雲如曳故人衣。知君詞筆頻年健，幾向秋空詠落暉。

送方胥成之薊門塞

三月鶯花促别筵，三春離思逐行邊。風煙不改盧龍塞，客子今過飲馬泉。鄉路半年無雁字，將軍諸道有樓船。紛紛家國堪垂涕，君去并州又幾年。

秋日送郭氏甥之白檀塞

西風切切正吹裳，送子河橋不盡觴。黄葉墜階時聽雨，敝裘當曉欲霑裳。旌門九月寒沙履，獵火千山入野桑。莫道邊庭前路隔，馬蹄行處是漁陽。

邊□

單于納款願稱王，更領閼氏入舉觴。不是中原渾却備，原來胡馬罷騰驤。宣雲節鎮秋開市，文武官裨夜射羊。見説近年王太保，白頭垂淚拂金瘡。

秋日百穀以其群從見存把扇對酒漫賦寄懷

愛弟鄰莊意氣雄，託將書札及秋風。乍拋漁獵游初薄，纔隔池塘夢已工。狼籍素紈霜杵色，綢繆香露菊花叢。相看兩地成追憶，練影雲封入望同。

與崔明府譚鄴中舊事作

相州城北正黄昏，猶記春衫污酒痕。一自簿書淹墨綬，頓令花月負清樽。詞場七子看前輩，魏帝三臺想舊恩。與爾夜深談轉劇，九河風雨暗千門。

黄中丞東巡曲二首

寧戚城荒墨水流，不其書閣晚煙收。停車忽訝羅衣薄，春到齊封海尚秋。

清笳疊鼓對銜卮，片片晴雲上畫旗。萬里滄波舒眼盡，日邊殘嶠是東夷。

古意

零落鈿蟬出漢宮，闌干雙淚背春風。君王總署迴心院，再畫蛾眉恐未工。

走筆戲贈萬伯修使君二首

五花胡馬鷞鸘裘，夜獵歸來興未休。教唱西凉新樂府，一時霜月遍幽州。
杞花垂實玉關秋，壯歲無端去國愁。自笑年來身暴貴，畫旗春色上龍樓。

寄訊憨公海印寺

種得霜秔弟子春，掌中山雀鉢中龍。諸方衲子歸香積，可奈齋時一片鐘。

寄章廷綸畫史

丹陽郭裏誰憐汝，洑水亭邊最憶君。此日謝安團扇上，無人爲畫敬亭雲。

送張仲儀四首

鬱金枝拂鬱金尊，送爾銀鞍過遠村。十里春城三日雨，那禁芳草閉黄昏。

董子園邊放去舟，故人牽纜數相留。客心已逐花前發，總聽驪歌不解愁。

争傳主第牡丹開，十二街中喧若雷。怪爾灑蹄騮馬汗，與誰同去看花來。

九重嚴召動千官，五嶺流人鬢漸殘。可笑張兄與邢弟，對牀時把劍書看。

送楊博士計偕北上

蒯緱猶似布衣時，題柱休令關吏知。曉渡白溝河上路，雪殘鴉拂野棠枝。入京翻遣似并州，數醉鄉人春酒樓。來日寄將消息否，綺窗寒樹着花愁①。

① 原注：「王維詩：『來日綺窗前，寒梅着花未？』」

傅副使光宅一首

光宅字伯俊，聊城人。萬曆丁丑進士，除吴縣知縣。召拜御史，轉副使。負意氣，通禪理，爲通人所稱。

春日花下有感

江月江煙望白門，春風春雨自黄昏。年年楊柳無消息，夜夜梨花有夢魂。蘇小香車松下路，莫愁芳樹水邊村。緘情欲寄雙飛燕，腸斷迴文是淚痕。

劉侃四首

侃字正言，京山人。

階州甘泉館

風斂長空宿靄消，千山極目思迢迢。滄江雨色收楓葉，銀漢秋聲入柳條。古洞殷雷還吐霧，閒雲擁日故回潮。坐來一酌甘泉水，欲借山人五石瓢。

過水下口

山樹參差石徑斜，雨餘飛瀑過桑麻。山翁放罷村前犢，倚杖溪頭護稻花。

都城元夕

一夕春從天上回，六街火樹徹明開。叮嚀莫似吹蘆管，纔報梅開又落梅。

春暮

風吹山色度簾櫳，指點荼蘼半已空。二十四番花信過，獨留芳草送殘紅。

徐推官桂 三首

桂字茂吴，吴人，徙家武林。萬曆丁丑進士，除袁州府推官。恃才自放，坐計吏斥免。四明屠長卿、秀水馮開之與茂吴同榜，皆失官家居，扁舟白袷，往來吴、越間。長卿負才敏捷，叉手擊鉢，時人皆遜避之，獨茂吴與之抗行，尤多詠物艷體之詩，留連唱酬，至數十百篇。茂吴爲人通敏好士，余爲書生，茂吴數從人問訊，有「李邕識面」之語，余至今念之不能置也。

飛絮篇

江城三月艷陽時，楊花如絮飛參差。悠悠宛轉知誰繫，歷亂輕盈不自持。可憐朝散銅池裏，可憐暮落章臺市。閒逐遊絲去復來，細縈花片低還起。灞橋繫馬及芳辰，白門藏烏過上春。吹入妝樓全誤粉，飄將舞席半成塵。乍高隨鳥没遥空，漸卑趁燕繞簾櫳。花飛猗靡如迴雪，質輕流便不因風。因風迴雪何綽約，偏從芳甸穿香閣。東舍王昌暫寄踪，西鄰宋玉聊棲託。迹方蕩子少寧居，命憐賤妾多輕薄。其奈蕭疏欲盡春，已覺繁華不如昨。條風布暖水流澌，池邊林畔始垂絲。小小葉間分翠黛，盈盈樹下鬬腰肢。而今棄擲將何道，而今轉薄同秋槁。攀條倚樹重留連，行樂韶年苦不早。凄凄草徑總鋪氈，茫茫榆塞詎成綿。旦辭芳樹猶依樹，夕化浮萍已逝川。子規聲裏千花歇，摇蕩春光劇可憐。

詠新柳二首

掩映朱樓蔭曲池，霏微芳樹早含滋。枝枝水畔纔舒眼，葉葉風前乍展眉。未許漫天輕作絮，且教拂地有垂絲。征人遠道那堪折，休共《梅花》笛裏吹。

條風一夜乍回枯，黛色和煙半有無。玄灞柔條堪繫馬，白門疏影不藏烏。樓頭寒映羅衣薄，曲裏風驚紫塞孤。春水緑波春草碧，等閒芳歲莫教徂。

虞稽勳淳熙二十三首

淳熙字長孺，錢塘人。萬曆癸未進士，授兵部職方主事。東西方用兵，所條上皆有條理。嘗護作昭陵，虜千餘騎逾昌平闌入紅門，守將皆失措，長孺命結方陣，半隱林中，鳴鉦駭之，虜遂遁去。遷主客員外。會稽勳郎呂胤昌以孫冢宰甥引去，冢宰從物望，推長孺改補。癸巳内計，冢宰與趙考功盡黜宰執之私人，黨人力攻孫、趙，指摘長孺不當補呂闕，以撼冢宰。冢宰争之强，朝士持清議者訟言臺諫議非是，并攻執政。上震怒，冢宰罷去，長孺與趙削籍，而諸言者皆得重譴。萬曆間之黨論，堅持不可拔，自此始也。歸田三十載，值天啟之初，群公皆自謫籍起，而長孺卒於家，年六十有九。長孺生三歲，見室中蓮花寶樹念佛不絶口。又夢至武夷，以杖擊空中，見龍沈海底，鶴鳴松間，口吟曰：「龍藏海底日，鶴鳴松下風。」父母知非常兒也。家貧無書，與其弟淳貞字僧孺者，搜奇獵秘，閉門鈔寫，方術陰符，靡不通曉。十七喪母，相依習天台止觀，夜則談神鬼變化狡獪之事，至漏盡不寐。長孺好仙，僧孺亦好仙，已而長孺好佛，僧孺亦好佛，兄弟偕隱南山回峰下，相與棲寂課玄，採蕁行藥，以終老焉。僧孺言其兄一生多仙靈冥感：「己卯瑣闈，寐而腕書六義，醒以意足之。爲舉子，曇鸞降焉，以所挾行卷焚之，俄而完楮飛回，上有紫粉批絶細。爲郎時，以飄飄靈人之顔，挾鸞馭出入談笑，驚動長安人。吏部移疾歸，語貞曰：『我不悟道，决不補官。當爲陸法和，不亦爲王伯安。』上天目，坐死關前累日夜，倦就枕，忽覺高峰斬其左臂，豁然有省。自此理照縛禪，不復拈弄光景矣。晚而皈依雲棲，復三潭放生池，賦詩贊佛，專修净業。湖上鐘鼓花鳥，於焉一新。此吾兄末後一着也。」長孺少見知於李于鱗、王元美，賦才奇譎，搜抉奇字僻句，務不經人弋獲，以爲絶出。於時賢，頗心折湯若士、屠長卿，自詭以羿兀勝之。雖未免牛鬼蛇神之誚，可謂經奇者也。嘗曰：「我文似古而不似古，皆我胸中語耳。」黄貞父評其詩文曰：「宏深微眇，應念而作，風生雨集，排古蕩今。」斯善譽長孺者矣。子宗瑶、宗玖，皆有文，刻《德園集》六十卷。

景泰窪

合沓衆山轉，鴻溝界危岡。貞松心不移，偃蓋覆神堂。欲蜕龍爲魚，千古以慨慷。土木骨縱横，魂來關塞長。君王奠鰲足，太史筮苞桑。宗霸救淪喪，朱火寒有光。迎駕誼何篤，覆轍戒難忘。豈無延陵心，重爲亡國傷。宫門一以奪，羨門竟迷方。碧瓦易黄屋，蓬顆西山傍。杜宇啼舊埏，織烏集野棠。坤維幸勿絶，一霆得新藏。靈表扶九宫，何必廠陰房。碧血障胡塵，芊芊白草芳。高睇歌《大招》，涕泗灑衣裳。

神宫監四首

奉帚陵園洗白蘋，若爲露下倍傷神。秦宫耐可花前死，忍向秋風哭聖人。
香煙遥接白雲平，原上金燈夜夜明。山鬼蘿衣挽秋駕，青冥有路不教行。
黄花鎮外擁胡兵，萬馬驅來山幾層。難去宫中報天子，朝朝只是拜長陵。
比鄰鵝鴨敢經過，自放牛羊滿石坡。天子故應嗔不得，春來遊牝更偏多。

古壽宮歌

獻陵當年築壽宮，君不鞭石走石工。馬輿朝來還暮入，往來八駿如迴風。死生晝夜須臾在，霹靂一聲辭大内。遺舄人疑黄帝弓，自斂金衣摶大塊。不將玉斧修天門，不引玉液通天源。營骨煉形水銀海，至今龍蟄明珠渾。何當疾雷飛猛雨，雨淋龍髯小臣負。昔日殷勤築夜臺，於今直是衝霄路。便使神孫一見之，削平五嶽作豐碑。金輪捶碎風輪墜，泉上宮中萬丈旗。君不見祥子嶺西金銀闕，不日靈臺穿月窟。願將萬壽祝堯年，窮卒兩河歸白骨。

横河打魚行

霏霏曉霧古城低，竹壓危橋漁艇迷。此時月鉤不落水，大魚小魚争出溪。宿鷺憎人翻雪去，鷺沙盡被漁人踞。飛罾十丈浪花浮，赤脚何妨多沮洳。魚驚迸散背尾馳，囊頭戢戢交參差。老人無緣救不得，飛紅斫玉糜湯池。鮹鰷泣釜沸聲切，猶記蘆根有殘穴。後身願復㵎前濡，灑子仍憂值江鱉。魂歸見坻訴白龍，白龍魚服泳寒風。漁人捕得燔枯處，急雨打船帆影空。

仿杜工部同谷七歌

有客有客吟澤畔，短墻缺岸篷蒿亂。妖魚撥刺白蛇横，横皮塔下無昏旦。我生胡爲在曠野，盲風夜號塵滿案。鹿門無妻獠奴走，皮骨空留腸已斷。嗚呼一歌兮思傍徨，高天爲我零寒霜。

鷁子塢寒山鬼行，有冢累累黄蒿平。往年拾骨方家峪，携母就父同佳城。朝廷雖頒兩道敕，塵車茅車空有名。幽宅一閉不復曉，夢中往往疑平生。嗚呼二歌兮歌似哭，白楊瑟瑟悲風木。

六月六日夜飛電，坐草畏風不敢扇。我行呼妹炊蘭湯，浴弟盆中看婉孌。長大有才實倍我，學字磨穿青鐵硯。口絶鹽醯耻共牢，相隨南北常相見。憐我無依在我傍，寒原幽谷同貧賤。嗚呼三歌兮歌樂饑，鶺鴒鴻雁霜洲飛。

大妹哭夫城東隅，小妹哭夫海昌廬。城隅淚乾海昌濕，新鬼舊鬼争冥途。買舟昨日弔新鬼，雉經暑月無完膚。牽衣頓足相向哭，弟妹失聲眼盡枯。三年不見語音改，是耶非耶燈前呼。可憐頭上榛半尺，良人一擲簪珥無。嗚呼四歌兮轉凄切，野田水澀寒聲咽。

雄雉單飛兩雌死，大夫歸來哭内子。楊家孤墳草蕭蕭，李家靈衣風靡靡。去歲長安笑語喧，今年繐帳煙塵委。霞帔新裁翟冠好，芳魂不去驚猶視。嗚呼五歌兮意難陳，鼓盆欲下還逡巡。

有女有女寄外家，伶仃飄泊空如花。採得雙柑不忍食，索人遠過投阿爺。陶令多情中郎苦，一形一影西日斜。願汝出門鼓琴瑟，不願去國悲胡笳。嗚呼六歌兮音轉細，晦日無光掩青桂。

白白祖免頭上繞，兩度三號哭年少。長夜幽林嘆一聲，山鳥驚飛虎倀叫。千里提携多苦辛，十年夢寐空啼笑。病骨棱層影漸銷，蘋香何日生秋廟。嗚呼七歌兮歌正哀，操戈揮日登荒臺。

懷净國

客有歸來辭，都作蓮花字。五柳珊瑚枝，三徑玻璃地。天童候金門，香舃總而至。翠裓傾丹英，紛紛羅應器。翩然六銖輕，秋霞生半臂。解衣浴澄地，靈風撼仙芰。承足青玉沙，妙觸各如意。空樓千樂鳴，吹演第一義。吾安進機歌，獨笑聲聞醉。極樂詎有涯，行向刀林戲。

屠長卿過訪有所投贈次韻答之

南山逢緯真，翛然見仙骨。羨此龍鶴姿，相携入玄室。至言了不煩，大無是何物。衆人衹天刑，爾獨解其桎。三壬抱日明，六翮搏風疾。豈必伊竺乾，羽衣不須脱。三氏徒紛紜，端如狡兔窟。長汀負鴻包，十襲何密密。逆行迷汗漫，獨往寡儔匹。誤爲鄭圃遊，商風轉飀飄。閒窺小白華，中衣生海日。校書空然藜，晞髮不施櫛。偶發同心言，忽已交臂失。將無隨通明，鄮仙禮文佛。蓬萊亦化城，在在闍耆崛。

哭許阿大靈長

病眼昏如霧，變雨灑霢霂。聞子畀過門，椎枕一聲哭。龍井張春筵，送客仰華屋。長揖辭此世，云返下宫宿①。折腰幸歸來，一折竟就木。嗚呼五十年，與子頻征逐。清狂混酒人，長唄疑祠祝。攫取法書跳，嘲謔文園樸。久染長安塵，常攜永安僕②。遇我簡通室③，因叙情初熟。泮宮總角遊，蕭寺同几讀。朝夕數莖齏，甕飧半升穀。阿二提食榼，阿十捧書櫝。家貧苦兄弟，世事傷翻覆。我出逢眼白，子歸只頭禿。不如阿二仙，不聞阿十睦。尊生老隱山，宛死人入屋。平生書畫船，倏爾衝風覆。藻火洗欲盡，琴瑟調難伏。有口懶歌鴝，無心先賦鵩。憶我初第時，暴病刀刺腹。子來扶掖我，夜起至五六。悲子不及藥，魂飛胡太速。相貧知己多，以兹淚簌簌。念子學書來，退筆有幾簏。千秋翰墨林，定莅鍾王族。米顛邀許顛，須生衆香國。合掌繞蓮花，往日曾肅穆。莫念德生兒，其叔非癡叔④。神飲覆十杯，且享夜臺福⑤。若見長庚星，慎莫假踖踧。暫作《昇天行》，借他雙白虎⑥。昔者毗山社，三人好奇服。子初名木孺，若木光煜煜。授我長孺印⑦，調笑詞壇伯。胡家第三郎，三孺自品目。文鼎兩趾傾，踆烏雙足縮。騰踔大地間，偃蹇惟我獨。夔行擬何之，攬涕空盈掬。

① 原注：「許前身下宮散吏。」
② 原注：「老僕聞尚在。」
③ 原注：「許所題。」
④ 原注：「一死如此之易，而更癡耶！」
⑤ 原注：「曾與許飲，類祠神，遲則浮。」
⑥ 原注：「許好書，借予『雙白鹿』之句。」
⑦ 原注：「銅漢印，許持付我。」

閒適仿白氏體二首

曲閣祇容膝，低牀當結跏。舊衣多隱暖，小隱不繁華。四十名途絶，三千佛界賒。白蓮洲上住，净土已生芽。

白屋還施紛，瑩瑩雪不如。更開三尺牖，照我五車書。冬盡收芸草，秋來曬蠹魚。便便一夢覺，人道孝先閭。

十月十七夜泛二首

塵市千人夢，明湖一舸飛。賓鴻紛對語，顧兎淡忘歸。難得芙蓉醉，生憎葑草肥。獨遊開渾沌，寺寺掩松扉。

收拾遊人去，還予玉一輪。兩湖成獨往，十月夜尋春。野鴨呼名急，驚魚擲浪頻。尊煙分桂棹，直擬犯星辰。

中秋西湖社集分韻得齊字一百韻

白月青蓮社，文星遠聚奎。長庚秋映桂，太乙夜分藜。巒色三台紫，峰形九曜低。金牛須會女，張鹿不驪氐。明聖依才子，清光鑒羿妻。占應傳太史，道或問王倪。虎觀高呈瑞，明堂上布緹。閔吴通寄象，漢魏忘筌蹄。反坫提牛耳，流芳抉麝臍。壇中誇倚馬，雲外喚驅鷄。士行標銀管，朋簪合玉笄。葱裾看楚楚，珠履亦媞媞。各上登仙舫，都升取月梯。當筵虹氣繞，摇筆日華迷。多爾詞連郢，偏予懶似嵇。空山知隔世，幽徑不成蹊。人語驚同犾，仙方未化羝。疏狂憎眼白，沉瘵恨形黧。劍匣還諸將，詩囊脱小奚。書將焚石硯，藥每進刀圭。月殿俄招入，瑶田忽夢犁。中秋張寶鏡，大睡揭金鎞。放舸飛青雀，横霄截素霓。篁開天浩蕩，萍集水排擠。乍見歡初識，重逢意轉凄。藝林聊逐鹿，皇路恐歌驪。特達羅璋玉，塵挨側甑窐。肯來非偃蹇，早至任提撕。貫斗拋槎蘖，凌雲舍曲枅。時情譏廓落，交道願深締。便附追風驥，慚爲尺澤鯢。逍遥出嚴户，唱和沸螗蜩。競説船邀客，翻成車載鼷。芙蓉差薜荔，蕭艾雜丹荑。東鄰瞻眉彩，西吴讓齒齯。幔亭來羽服，桂艇隱芳袿。玉俎紅虬脯，雕盤蒼鹿齏。牽絲和藕汁，騰馥膾橙齏。絶粒杯餘飿，長齋匕進銻。祥風欣習習，吉事正折折。商祝燒罌繳，西慈折箭鎞。列籩仍割席，净几復吹壂。佛大三災離，王明五福禔。無天飛羽爵，有室貯空甁。茶竈煙留浦，行厨火照烓。菰香登碧沚，芹冷到青泥。享共伊蒲饌，希傳芝朮畦。衝風穿綺縠，擊浪碎玻璃。荇亂沉雲緑，蘆寒覺雨澌。錦塘飛蓋蔭，綉陌紫騮嘶。醉客争呼雉，漁童巧置罤。遥江聞白馬，隔葉尚黄鸝。漁市忘喧雜，村家想勃谿。橋車迎薜合，墩釀帶花賫。游俠誇銀勒，嬋娟斂象篦。荷枯愁委蓋，楊老嘆生稊。蘭槳金沙倚，花門翠袖攜。笑陳青玉案，齊拍白銅鞮。彩燭融珠鳳，紅英擁木犀。兒童窺野竹，樂部戲園梨。越調時分隊，遊韁半倚鞔。主人猶按節，年少慢相詆。朗閣明朱黛，深巖答鼓鼙。優曇停佛曲，煙樹倏烏啼。輪轉清虛府，光含桃李堤。輝輝掩蟾兔，皛皛誤鳧鷖。露重沉丹幌，緪移攬赤綈。中宵捐夢寐，午夜失昏黳。藻艷開箋素，鋒寒瑩鷿鵜。玄珠投赤水，毫相湧招提。極浦回霜練，高亭覆雪磾。孤山迷放鶴，鹿苑恍驚麑。榆白金天曉，楓青霽色霓。夜光仍結佩，流火復生綈。斜漢傾幽渚，凉雲鎖碧閨。芸來臺上妾，娥影水中媞。紛逐乘鸞伎，閒銷吐穗猊。錦心人共剖，月脅孰能刲。韻借吴仙譜，歌分子建題。家家麗東壁，小小憶南齊。伐木思嚶囀，編苕類滑稽。雅宜師杜甫，險欲逼昌黎。大笑方爲道，知雄未是谿。喜新硎發刃，難解佩多觿。結好魚投水，逃名蚋厭醯。情偏採葍蘞，嗜僻味鮮鰢。不道攢眉入，虚疑閉户棲。神交寧强比，調葉豈終暌。氣合肩差並，詩成手互批。敢攀龍振翼，愧殺馬奔騠。遊倦吟勞止，形疲唱簡兮。同人那可避，上帝詎方儕。直是煙霞病，何緣福禄膍。積香欣受飯，攻玉且收瑿。水宿離鷗鷺，山棲混鶩鷀。歸林石齒齒，反駕草萋萋。回首憐争長，飛補擬上躋。少微盟已定，身隱大湖西。

萬曆乙未正月十五日蓮池大師受緇白之請詣南屏山弘演圓覺了義經三月四日圓滿恭送還山成五言排律四十韻用元和體

身倚南屏隱，心將宗鏡傳。杖藜過浄寺，開藏惜殘編。幸得多人寫，欣看萬卷全。闡揚須大士，弘演憶先賢。誰繼永明日，遥瞻迴耀天①。如公甘讓席，楊尹肯辭筵②。同謁雲棲祖，期聞《圓覺》詮。沿江入山拜，投地掩泥虔。交口勤三請，陳辭具十緣。逗機如有待，應供豈虚延。方丈都生草，圓袍見性蓮。他山並蕪穢，此地絶腥羶。但值獅揚麈，何愁鳩化鸇。況師逾六十，應早利三千。近赴王城請，新安佛國禪。赤欄榮樹覆，金榜雜花鮮。門外貂璫侍，牀前纓緌連。藩司作屏翰，闗令望神仙。廣護伽藍大，深居蘭若堅。師來上元節，人慶下生年。頓啓神通藏，俄傾吴市廛。城東老母出，貧里病兒前。戢戢魚頭密，紛紛猿臂牽。舊僧仍落髮③，故友願齊肩。共趁山鐘曉，争觀慧日懸。莫須疑看殺，耐可厭胡纏。立雪僧腰没，瞻風客履穿。貞明釜猶小，香積突常煙。剃落黄妃木，乾枯圓照泉。龍歸偏坐蜕④，蛇去敢留涎。張果乘驢至⑤，天王入夢憐⑥。虎除不净肉⑦，宫購放生淵⑧。既聞諸經旨，還滋衆福田。孰參裴相侶，我聽伯牙絃。返棹辭餘粟，臨行散襯錢。白雲披壞衲，明月照空船。推費天人力，高同佛祖眠。銅輪元誓取，寶地向争先。他日新箋就，重宣净土篇。知爲不請友，轉覺一音圓。

① 原注：「雲棲有迴耀峰。」
② 原注：「楊靖安先請講，寂照聞有此請乃止。」
③ 原注：「勝公久還俗，更復剃頭。」
④ 原注：「宣州慶安和尚就筵前坐脱。」
⑤ 原注：「餘杭有乩仙，降云：『果來聽講。』」
⑥ 原注：「師夢四天王下坐撫之。」
⑦ 原注：「虎取主僧犬去。」
⑧ 原注：「孫常侍因師疏，請買萬工池放生。」

馮祭酒夢禎一十四首

夢禎字開之，秀水人。萬曆丁丑會元，選庶吉士，除編修。與同年進士沈懋學、屠隆以文章意氣相豪，時相不説，左官外謫，量移南京國子司業。歷右庶子，拜南國子祭酒，爲南曹郎劾免，遂不復出。築室孤山之麓，家藏《快雪時晴帖》，名其堂曰「快雪」。爲紫柏可公幅巾，弟子鉗錘評唱，究竟第一義。蒲團接席，漉囊倚户，四方學者日進。身執經卷，朱黄甲乙，禪燈丈室，清歌洞房，海内望之以爲仙真洞府。歸田九年而卒，年五十有八。余誌其墓，以謂位不大，齒不尊，而風流弘長，衣被海内，謝安石之攜伎採藥，房次律之鳴琴弈棋，天下以王佐歸之，固不以用不用爲軒輊也。有《真實居士集》若干卷。爲詩文，疏朗通脱，不以刻鏤求工。而佛乘之文，憨大師極推之，以爲宋金華之後一人也。孫文昌，博學好修實，請余誌公墓云。

廿五日曉泛山行歷龍井諸處還孤山湖是日物色加濃遊情衍不曼覺盡日

清旦踐夙期，泛舟益新侶。和風沁肌骨，初旭媚空水。水窮山色親，徑曲樹容美。龍泓晝常陰，竹閣晴疑雨。返策循廣堤，沿流越孤嶼。落日緪通川，紅芳爍羅綺。青帝無回鑣，春物寧淹晷。濃淡準疇昔，羽停情靡止。

餘不溪聽夜雨

尋山洽在晨，枕流眷兹宵。夢斷籟如引，情積聲靡遥。簟虚愜微凉，波響滌餘囂。寤寐咸有契，寧得滯流潮。

賦得眠鬟壓落花

弄花綺牀前，思紛夢自牽。都忘鬟影媚，詎得護芳鮮。馥延因借鬢，艷佇欲分鈿。錯教蕩子惜，終誤如花年。

途中憶家園薔薇

中園花欲繁，蘭閨妝且靚。霞柯爛翠屏，鮮姿馥幽徑。不見素手摘，彌想纖軀映。年華忽已零，戚戚情靡定。

賦得楊柳可藏烏

裊裊白門前，藏烏倍可憐。柔枝排影度，密葉引雛穿。啼合鶯宵陌，飛應破曉煙。新知樂如此，詎惜故腰妍。

五十篇四首

昔人云：「五十之年，忽焉以至。」悲始衰也。今歲丁酉八月廿二日，余五十縣弧之辰，鑒止足之分，傷流光之駛，有懷家園，思投簪笏，乃賦斯篇。

五十忽焉至，頹齡始自茲。縣弧眷秋辰，稱觴來故知。予本淡者流，夙好敦書詩。得性在丘樊，隨禄暫階墀。魯郊亭異鳥，徒以鐘鼓怡。梁國嚇鵷雛，寧爲腐鼠縻。四見鍾阜春，洵美吾土非。吾土饒山水，卜築面清池。清池曲且廣，高楊夾路垂。層樓貯圖史，密室藏姜姬。出門即湖山，興到惟所之。偶然值蘭交，談謔或忘歸。人生行樂耳，須富貴何時。

富貴仍多憂，貧賤未足卑。靈龜戀泥中，雄鷄憚爲犧。李斯具五刑，牽犬一何悲。陸機西入洛，聽鶴乃無期。無才足完身，功高迹反危。所以賢達人，未老先拂衣。

拂衣謝塵氛，静侶時相追。披素詠新賞，開帙涣所疑。豈不戀圭組，天爵無磷淄。豈不念子孫，清白自可詒。觀民計已極，從道安可蚩。申毫著斯文，聊以從吾私。

送姚叔祥還檇李

久飲建業水，爾來歸夢頻。思歸未得歸，不堪送歸人。君來朱明初，倏忽佩萸辰。較史惜炎晷，剖疑掃餘塵。考索資發蒙，補綴愜知新。休文稱益友，卯金亦忠臣。斯文既輟筆，離席何遽陳。遊子戀故鄉，仳離多苦辛。客囊但市書，腹笥寧療貧。放歸必有期，開徑希日親。

餘不溪迴舟寄訊章元禮吏部是日雪

吏部才名舊，瓊瑶昔見詒。山川聞問隔，日月鬢毛衰。身退仍憂國，家貧但賦詩。迴舟緣興盡，風雪寄相思。

湖中曲二首

春風吹柳柳絲黄，更有梅花滿路香。客去主留湖月白，明朝依舊醉春光。

春色年年詎有涯，梅花將落又桃花。如花更有嬌歌女，尚少胡姬弄琵琶。

憶姬人

客遊數改期，不爲桃花堤。離衾淹畫雨，夢駕怯春泥。芳草遠猶緑，柔條近更迷。妾心寧自苦，愁殺亂鶯啼。

朱主事長春一十一首

長春字大復，烏程人。萬曆癸未進士，知尉城、常熟、陽信三縣。癸巳歲，陞刑部主事，削籍爲民。大復與虞長孺、屠長卿皆有文名，好仙學佛。大復罷官里居，修真煉形，以爲登真度世可立致也。累几案數十重，梯而登其上，反手跋足，如鳥之學飛，以求翀舉，墮地重傷，僅而不死。苕上人争揶揄之。有集十餘卷，虞長孺爲之序。

歲事歌二首

除夜春雷隱地起，小年歲雪紛未已。黄泥乍融不肯涷，百草作芽青欲死。草死不愁愁麥黄，冬暖根薄恐易傷。眼前米市忽騰糶，人間那得陳千倉。城頭烏鵲無數叫，父老對之愁斷腸。

歲前立春下黑霧，三日蒙蒙歲朝度。白日不光雲頭烏，沾衣如墨土如腐。歲風況自東南來，發書占之民有災。苦竹根邊土螾動，棠梨稍上山蜂猜。豈無當道問牛喘，對雪呼僮且舉杯。

木介行

空溪淅淅復淅淅，一夜風響如霹靂。雲紛天晦急雪來，半是虚花半成汁。初時點户濕有聲，瑟如簾下擊秦箏。須臾上下雨且涷，滿地蹴裂黄河冰。冰荒荒兮雪離離，乍融乍合白垂垂。千家瓴瓦一時結，大如木扇長如錐。茫茫山川望不見，但對孤城白於練。忽然衆鳥齊飛呼，千株萬樹都封遍。碎者作花聚作葉，疑是梨花夜開月。披枝摇曳無數鳴，又如列戟兵揚聲。城中萬户閉不出，一老臨河獨嘆息。問之低頭手把樹，十年木介曾如是。冰荒田没盗賊起，至今賣子歸無處。往時臘盡今況春，雷動草出水有澌。南市白米斗錢百，四方在在流饑民。含咨相坐未卒語，雪風吹濕頭上巾。闢門且抱牀下甕，唤婦當壚自煮鱗。

入棲賢山逢朱大

日照棲賢白，空山步正賖。谷禽飛避客，樵子領歸家。野食烹秋菽，荒籬對澗花。偶然逢故舊，小坐説桑麻。

春曉歸雲庵留題

細草迷巖路，平田帶寺門。春風遊客少，宿鳥見人喧。山翠當虚坐，花紅落小軒。清幽愜所好，況對道林言。

採藥冬至上峴山

採藥至山寺，仲冬野日清。寒光侵草色，陽氣入鐘聲。雉子飛餘雪，漁人出晚晴。占年望雲物，未得免浮生。

移家四首

翠竹新栽映白沙，碧湖深處是吾家。欲逃城市移家遠，頗有山林發興賒。野鳥昨過窺几席，鄰人相見饋魚蝦。蓬蒿不少揚雄宅，翻喜門無載酒車。

桑青杏白野田香，浴鷺飛鳧暖渚長。畫艇春遊山靄靄，雲帆時度水茫茫。一尊行樂依花塢，雙鬢偷生託藥囊。便與妻兒成避世，他時鷄犬即仙鄉。

每怪陵瓜傳五侯，何須徑竹候羊裘。漁樵來往人皆好，丘壑行藏老即休。巢燕閣頭飛娜娜，戲魚籬尾出悠悠。採蓮採芰明朝興，早向東鄰買小舟。

曲笠聊從採杜蘅，含香未擬望金莖。養生叔夜貪遊興，多病相如薄宦情。薄酒不從時社飲，野人隨地結春耕。卜居已賦揜終隱，漁父何勞更問名。

水莊引興

宿雨浮山眇欲無，啾啾蘆葉生群鳧。巖邊樹擁迴流白，雲際帆隨反照孤。滿地菰蓴翻釣舍，誰家蓑笠罷農夫。籬花徑竹垂垂没，莫遣沙崩損藥爐。

黄少詹輝 三十三首

輝字平倩，一字昭素，南充人。萬曆己丑進士，選翰林庶吉士，授編修。官止詹事府少詹事。爾時館課文字皆沿襲格套，熟爛如舉子程文，人目爲翰林體。及王、李之學盛行，則詞林又改步而從之，天下皆誚翰林無文。平倩入館，乃刻意爲古文，傑然自異館閣課試之文，頗取裁於韓、歐，後進稍知向往，古學之復，漸有端倪矣。己丑同館者，詩文推陶周望，書畫推董玄宰，而平倩之詩與書與之齊名。其後從袁伯修、中郎兄弟研窮性相之宗，所至遊覽山水，尋訪禪衲，雖居華要，有道人雲水之致。以品望當大拜，忌者使言官抨之，謂詞臣結社談禪，與方袍員頂爲侶，不當復玷廊廟，遂不復起而卒。袁小修曰：「戊戌之冬，伯修、中郎皆宦吴門，予入太學，平倩從蜀來，聚首最密。中郎作詩，力破時人蹊徑，多破膽險句。伯修詩穩而清，平倩詩奇而藻，兩人皆爲中郎所轉，稍稍失其故步。壬寅冬，平倩請告歸蜀，會葬伯修，予送之西陵，自取榜紙書《隆中》詩，予賞其『王略無偏正，天威有縱禽』之語，又極愛玩其字法，至今藏貯縑囊中也。」平倩未嘗自定其集，今所傳者皆其身後門生故舊掇拾成之，故其詩文佳者多不存。

石鼓歌

成均橋門列者石，相傳周宣員獵迹。蓊勃時時雲氣生，倒薤依微破苔隙。仿佛媧皇五色墮，錯落星辰尚堪摘。此石閱人人遞喜，昌黎先生好尤癖。可憐光價絶鼎鐘，霜草風沙無憐惜。元和到今復幾歲，流落尤能脱臼碣。金繩斷鈕玉柯迸，蟬楬何繇見光澤。孔子删詩偶遺漏，不緣片碣誰搜索。或疑成後蒐岐陽，椒舉之言具楚籍。車攻即類宣王詩，四牡東徂豈西適。周家蒐苗世有事，平岐巘雒定何擇。大篆分明史籀手，詛楚卑卑其能役。况復李斯七日嘆，弱骨今猶相碣嶧。此書穆滿當伯仲，争令支孽掩宗祏。宇文偏陋復安取，一笑竪儒揣量窄。甄豐奇字誠辱收，六體粗堪證今昔。位置何須争甲癸，參差枉自疑君帛。從教缺剥費摩挲，古意居然存者碩。顯晦隨人亦有時，一出雍凉幾爲客。小雅終存王者氣，夜夜精光岌相射。護持豈爲耽奇字，想像中興在明辟。方今太平無一事，風雅葳蕤孰捃摭。但令夢寐到成宣，隻字猶堪動心魄。老生更訪吉日碑，剔盡崑崙亦何益。嗚呼！石鼓歌成誰獻聞，槐市陰陰土花碧。

自軍莊尋滴水巖下作

老龍攫天來，神工鬱隨從。振鬛生群巒，觸頷盡虚空。有地皆天行，是石作水用。小龍引雙鬚，顧盼左右縱。裾裔互蔽虧，扃鎖絶耘種。飛錫從何來，浩劫開蒙澒。何意摩尼珠，流光及微靈①。愧非娑竭居，邂逅備禪誦。添香無所有，滴泉或堪供。山王諸眷屬，大小悉相奉。藕孔不厭藏，蜜脾附滋衆。横叠拓胸蟠，旁鑿袪脾痛。刹竿昨初建，有客遠來共。容足行汗漫，置身等飛動。玉乳試仙芽，珠果分山俸。千峰在按膝，直若堂視弄。兩廡夾帝青，河光冷相送。灝氣吐陽敞，冷風扇陰洞。絶壁度微柯，鳩棲謝危棟。自云冬臘和，差苦結夏凍。同心笑相語，兹遊適秋仲。二儀正平葉，萬象足摶控。羲轡投西腋，蟾宫隱東弄。宿鳥亂林影，星辰忽奔迸。唄聲俄闃寂，秋蟲絶喧哄。空響何處來，使我不成夢。披圖昔神揺，俗氛苦醯甕。今來將早鴻，幸爾辭鞿鞚。振衣愷風隨，始覺微塵重。樂矣蓮花國，兹遊更無縫。

① 原注：「相傳金碧峰始居此。」

滴水巖二首

晨雨洗秋碧，千峰寒古苔。雲盤小馬入，河折大龍迴。源水不知處，澗花相唤開。茫茫塵劫事，問取石林灰。

細雨不妨遊，輕雲散若流。馬蹄時帶水，蟲語似争秋。續騎方縈樹，前尊已入丘。虚疑山路遠，半爲古碑留。

朝陽洞下二泉

洞天人不識，龍亦自爲名。石室金壺發，丹牀玉廠横。曾經幽客住，不遣宿猿争。坐覺羲和近，真騎紫柏行。

酌巖泉

石髓從君剖，何如玉乳香。頷珠光直射，膽鏡影横張。甘露霏龍沫，寒星散鵠漿。一杯和笑酌，分得道人糧。

自朝陽洞登巖頂

雪竇虚無啓，雲幢指顧生。花唯諳石竹，草乍認山精。鹿角峰歧過，鴳頭世外行。孤鴻知我意，從此共南征。

安樂窩

茲山曾姓孫，公來復爲邵。茅宇亦人群，遠心豁蒨峭。危坐二十年，陰陽恣翻校。用志疑於神，神者亦相勞。衣冠等韋編，從敝得靈造。忽於消息門，頓出混蒙竅。既了圖南心，乃與公和笑。始信玄駒穴，鐃有日月照。未來已成昨，萬古空相弔。弄丸任真行，擊壤從俗調。我來攬遺迹，沉冥想觀妙。萬有亦何思，乾坤本不耀。耳目盡繫表，若爲論太少。羲皇不離人，無言日相詔。幸謝執戟疲，可展牀頭好。吾亦愛吾窩，歸與偶玄豹。

睡起偶作簡無修兄弟

返照帶微潤，天似欲雨者。輕陰滅遥翠，月已下弦也。今日送行客，談笑集蘭若。離懷冷遊興，去住空殘斝。儼如一聚沫，風前忽分捨。圍鞍十丈塵，息影數椽瓦。睡思一何親，枕簟復横惹。夢國無邊際，騰騰恣遊冶。最後與鶴言，鶴倦忽而啞。蚊雷鬥囈語，枕上失歸馬。鈎簾發孤笑，此夢真邪假。新夢正爾來，舊夢那堪把。晨會已如作，西日行東下。逝者速於輪，誰哉爲炙輠。茫茫千萬緒，何物任淘瀉。憶我同心言，唯應結蓮社。獨立吐長吟，歸禽聲漸寡。暝色波暗流，星光淡相灑。

詠史

吾憐東方生，辟世金馬門。滑稽時若詭，委蛇體自真。猥以龍變姿，而偶郭舍人。竊酒戲萬乘，折簡調平津。繆巧固無端，諷諫難悉聞。壯哉割肉手，何有瑶池春。濯衣紫海遥，長嘯流清塵。歲星去幾時，青蠅遽來臻。太息巫蠱冤，何用千秋伸。

發白沙驛登鬼愁嶺望夷陵懷袁密修及諸子

清霜碜晨飯，户限即林麓。山夫擁兜子，踴躍輕跳鹿。丹碧委厓澗，空青引篠竹。路勢本直下，迫窘翻成曲。有梯石斫膝，無梯石嚙足。虚疑猿接臂，倒比蠅仰屋。輿橦人作組，懸我出深谷。千峰走芒屨，大鳥紛北撲。旭影掠去吭，雲翮怒相觸。但見黄牛背，不見黄牛腹。俯睨一縷煙，昨夜曾託宿。不以朝嵐重，猶可西陵目。美人遂河漢，言笑何時續。净侣良可歡，能無念余獨。

送劉學式給諫赴漳州

一尊緑酒付何處，東風吹來客將去。不愁客路不逢春，何日重來共春住。去住相看且盡杯，春遊從此判醒回。眼底酒人風雨散，明朝人日爲誰來。

曉發巴東

霜枕村鷄兼竹鷄，出户便踏三層梯。沙崩橋折不可度，耐可船行當橋路。下坡唤取槲葉舟，捉橈推山山逆流。水急橈疏勢難上，覓得枯篁纔二丈。船無羊耳凴誰牽，倉猝繫之欒斗邊。岸轉巖傾石相戲，仰看山路如篁細。灘頭白勃是平生，者回始踏朝雲行。那知白日高唐夢，猶帶寒江半里程。

送胥計部使餉薊州便道還巴中

太倉門開冷雲濕，赤囊刻閏風雨亟。天子驚傳索馬價，馬神夜向錢神泣。鑄金爲馬會銷磨，馬化爲金足轉多。健兒無事日食馬，馬魂暗訴諸陵下。此去脱巾難料之，向來懸磬誰爲者。火雲燒海海骨露，中州千里無青樹。去京千里日蕭條，使者流民共愁路。憐君冒暑著征衣，猶喜輶軒得暫歸。愛君不忍强君酒，心與白日同西飛。茫茫天地一徽纆，正恐余歸君又出。且憑傳語慰鄉人，礦税終須有停敕。

白沙驛

山驛冷荒荒，昏煙帶葉黄。窗交蛛網月，垣隙虎蹄霜。攜手同人盡，回身獨夜長。佳期惟有夢，夢去轉蒼茫。

西瀼社少陵祠

出峽是何意，棲巢仍戀枝。不應三畝券，買得古今祠。淺泊龍猶侮，孤鳴雀自悲。祇應蘺芷近，屈宋有前期。

襄陽隆中四十四韻

斬蛟寒浦外，何處卧龍岑。亂世燕齊事，高人管樂心。隆中山故闔，漢上日偏沈。魚水應奇會，蝸廬耐數尋。乾坤交顧盼，雷雨動蕭森。感激輕强弱，營綜妙古今。鷹揚師盡躍，虎視敵全瘖。王略無偏正，天威有縱禽。雄圖文武略，密計鬼神臨。糾合忘殘局，艱危失斷金。屯田判不退，按堵了無侵。風送迴旗影，星疏冷劍鐔。木牛機少泄，巾幗辱猶任。多壘揮戈氣，秋原別主忱。三分寧夙晝，二表自餘音。宇宙綸巾老，山河陣蕝沉。荆梁寒色迥，宛雒亂流深。苔色還遺井，松聲豈故林。短茅存露井，叠劍引霜碪。寂寞軍前淚，虛無世外琴。筆籌空簡策，羽扇奈氛祲。執御甘相屬，沾書共欲禁。水流深感歲，雲出詎爲霖。撫稻思圭里，看桃愴蕩陰。英雄俱往迹，嘆息此彌襟。想像射耕罷，歸來抱膝吟。

送梅禹金還宣城

北風吹雪亂征塵，野寺離觴不記巡。歌筑動迷追賞地，琴書偏泥倦遊身。來時柳絮如今日，去後梅花是故人。及到敬亭相憶否，東山女伎正迎春。

次韻答江進之見贈

簿領如山蜕骨餘，散曹日與列仙居。新知總入逃禪酒，往事都成解夢書。身外姓名空自縛，年來容鬢定何如。長安雨後西山近，疲馬安於四望車。

贈鄭使君開府鄖陽

肘懸金印鬢初斑，遥望鄖陽錯繡間。自取赤文開地軸，真同玄武鎖天關。衣袪斜綰三州水，劍脊平分兩戒山。棨衛清香雲氣裏，謝羅仙跡好追攀。

别汝鈍二首

前路中年惡，殘杯暗淚銷。隔城今夜雨，江樹萬山遥。
暫住依黄菊，重逢判白頭。春明一杯酒，老盡漢宫秋。

巫夔道中雜歌四首

狂雲也自學朝朝，老雪判春未肯銷。鷹嘴啄成三角路，虎牙銜出半邊橋。

未曾五里已三溪，幾許寒厓掛斷霓。亂石累成春雪碓，斷橋横作上天梯。
星星冷炬拂雲堆，夜踏偏橋半欲摧。人隊似猿穿嶺去，犬聲如豹透林來。
懸梯東折復西還，雙磴斜開碧玉關。不雨不晴天着睡，冷雲横出夢中山。

入峽書懷

華髮還來炤玉溪，斑衣常是夢中啼。孱陵尺素何時到，家立相如客舍西。

巫山界嶺

野馬荒前堠子開，天青獨上客衣來。美人若有相思夢，雲雨何曾隔楚臺。

西陵別袁小修用韻

山陽殘淚滿荷衣，此別深憐法侶稀。與我周旋明日始，爲誰流浪十年歸。採蘭自有山中樂，抱甕原無世上機。巴蜀音塵猶幸接，江魚西上雀東飛。

巫山二首

揺落悲秋客，隨風亦上臺。如何千乘出，只爲片雲來。

陽臺花一片，落盡楚宮春。西家空作賦，原是夢中人。

方生遠來病中遺以小詩

只尺佳人不見之，翻緣不見更相思。江城寂寂花朝雨，常記君來是病時。

陽　臺

千里猿聲巴峽東，半篙明月舞春風。楚天何處無雲雨，獨到陽臺是夢中。

陶祭酒望齡五十首

望齡字周望，會稽人。禮部尚書承學之子。萬曆己丑會試第一人，廷試第三人，授翰林院編修。歷中允諭德，起國子祭酒。以母老乞終養，母喪遘疾而卒，謚文簡。周望年九歲，即匡坐終日，與其兄問答，皆世外語。在詞垣，與同官焦竑、袁宗道、黄輝講性命之學，精研内典。悦慈湖、陽明、龍溪、近溪之書，曰：「慈湖師陸，文成之所自出，餘子文成之裔也。」閱歷清華，多引身家食。遊覽吴越名勝，一登洞庭，兩遊白嶽。楚人袁宏道謝吴令，偕遊東中，陟天目，窮五泄，詩記爲時所傳。周望於詩好其鄉人徐渭，作洞庭山遊記規摹柳州，近效蔡羽。萬曆中年，汰除王、李結習，以清新自持者，館閣中平倩、周望爲眉目云。有《歇庵集》行世。

詠上苑桃花館課

度索山頭駐彩霞，蓬萊宫闕即仙家。共傳西苑千秋實，已着東風一樹花。

雲巖二首有序

萬曆癸巳十月十一日，夜坐雲巖天梯上，雲色滃翳，四顧蒼然。悵不見月，偶述二絶。

中夜披衣聊出户，無數山雲掛庭樹。忽然數片飛不還，已作風前一溪雨。

丹壑蒼崖處處鐘，夜深天畔有孤筇。寒燈一點松龕里，照見雲間五老峰。

懷昭素

良會不可值，我行何所之。疾如臨老别，愁問隔年期。霜落開帆重，天寒去雁遲。殷勤驛樓月，得似漢京時。

遊五泄六首各有序

青口

從諸暨縣行五十里，皆山中。然勢散緩行者，頗疲怠。將至青口，前有巖嶄然出雲間，客望見皆喜，心踴欲趨。比至，山忽轉面，截去路，純若無罅。並厓行半里許，溪澎然鳴，隔溪乃覺有門竇，涉而入，如行委巷中矣。兩山離立不數丈，壁絶梯磴，翕翕如欲闔。行數十武輒一轉，溪隨而縈之，十數武輒一涉。山是純石，峰崿皆傾欹聳特，各各取態，或如廪囷，或窪如堂，或如案上果罩也。疑初是一山，將有神人斬其脊而中開耶？石壁上躑躅，盛開紅紫如繡，不可採掇。五泄山上有劉龍子墓，龍子人而龍，故詩云然。

龍子爲龍時，陽精洞丘谷。神行物無礙，摧山如剖竹。青口當其塗，長巒勢奔蹙。砉若萬羽林，分行避黄屋。祇今苔蘚壁，即是群山腹。天空墮石罅，雷與斫雲足。鬼斧一以劚，神鞭驅不續。躑躅花其巔，聊舒遊者目。

第五泄

五泄之名，以瀑水勝，然山徑固已奇絶矣。入青口十里，至五泄寺。寺右緣溪峛崺而上，復折，遂至瀑布所。水懸可千尺，石壁如削，左右環擁，映水益壯，不知視匡廬、雁蕩何如也。然聲勢震蕩，口喑目旋，神魄失守，亦雄偉奇特之觀。題名於壁曰「萬曆丁酉三月廿日，公安袁宏道、歙方文僎、山陰王贊化、會稽陶望齡、奭齡同遊」。

白蜆飲晴壑，一飲萬人鼓。腥風噴涎沫，下有神龍府。傾崖與迴薄，獷石佐虓怒。十里骨立山，洗濯無撮土。遥源杳何處，落地名第五。客來泉亦喜，舞作千溪雨。赤脚立雨中，衣沾翳厓樹。廿年成始至，重遊在何許。憑君鐵錐書，一破蒼苔古。

白龍井

五泄有二龍井，黑龍井即第五泄下石潭，白龍井在寺南五六里許。穿谷中而入，變换不可名狀。稍進，云已是寺前案山背，似非人世之行，客相顧恍然而已。時日漸曛，幽悄可畏，不至龍井而還。

招提萬山裏，門與蒼崖對。嘗聞白龍井，窈出清溪外。沿洄未覺遠，忽抵前山背。半壁仙屋深，回峰洞門礙。奇巒互傾仄，飛溜各形態。厓松老將化，石笋看來大。磐谷戴土耕，寒苗接流溉。蹊幽生晚畏，徑轉添新愛。已謂人境窮，驀與村翁會。息肩支短策，洗足坐鳴瀨。但見玄髮垂，安能辨年輩。因知雲霧間，神仙宛焉在。

第一泄

宋景濂記云：「諸泄惟第四級不可至，或以絇圍腰，繫巨筏，俯而瞰其取道，蓋從巔上下耳。」僧言山下有細路，緣厓可上，則四泄皆可至也。時方雨，險滑不可置足，褰裳從之。從者多諫，罷歸寺。詰朝，步上譽鐵嶺，從山腰得斜徑，攀挽而行，臨其巔望之，四瀑皆宛宛可見。夫匡廬、雁蕩一級水耳，猶得名，況五泄耶！

山雨無崇朝，青苔助巖險。四泄安可求，山僧只指點。興來身命微，危磴幾欲犯。童僕進苦規，同遊亦譏貶。慮深膽易懾，計阻心竟歉。勝事忽若吞，清眠夢如魘。辰餐動歸策，臨瞰勢已儼。蘿葛疲攀緣，荆榛費誅斬。跖石愁足跌，蹲泥任衣染。下望五白龍，遥遥競騰閃。

紫閬

泄之水百仞五之，意是天上落也。從響鐵嶺而登至絶頂，謂便當下，乃忽見平疇長林，桑竹翁翳，溝塍組織，水皆安流。審之，即墮而爲泄者，地名紫閬，民居頗稠，或至巨富。四望緬然平遠，亦更有群峰環之。上山即富陽縣界。予與客皆言，兩縣地勢高下遽如此，復不謂是山頂。行十里，忽復下走，如一二里，始至地。由此言之，安知今所謂大地者，非處于孤峰絶頂乎？

一瀑懸百仞，五瀑方到地。每緣嵐霧開，略想峰頭翠。即此料泉源，應從白雲墜。攀藤漸躋陟，屢息始能詣。誰謂孤峭中，忽有桃源事。鷄犬散村落，竹木成位置。連疇溪女桑，卓午樵人市。向來五瀑布，平流若溝隧。十里方下山，人家在天際。

玉京洞

從五泄至洞巖寺，凡三十里。洞在寺右，始入如永巷，巷窮乃開闊如七間大廳堂。遇闊處即名一洞，如是者不測爲幾也。未入時，寺僧攜席以從，云穴隘者至不得手行，須首引其尻，如蛇蚓狀，以爲藉耳。洞中然數十炬猶暗，炬火小如棗核，不見光焰。隘處又苦煙塞，觸眼鼻皆酸。既至穴口，數刺頭試之，畏煙，竟不果，惟寺僧與王生及僮輩二三人更進數洞，出爲言所以聞。昔有行脚僧，曾擔糠深入者，見大溪石橋而返，頂上聞櫓聲，當是錢塘江也。

靈洞積陰晦，火烈不得揚。一炬纔照身，有似秋螢光。神幽意多危，群客悄不狂。相牽隧道窮，砑爾開堂皇。石髓結還滴，蝙蝠鳴且翔。布席通穴口，投身引其吭。要當蛇蚓行，恐逼蛟龍藏。勇夫三四人，老僧啟前行。還言所歷殊，一一仙人房。其下流清泉，其上安橋梁。蹊嶺突高下，尻背時低昂。火燭黯欲盡，窔奥安可量。嘗聞長老説，有衲來何方。折松爲明燈，腰包裹糇糧。持咒禁妖怪，表塗留秕糠。猛志忽地險，深探遍靈鄉。頂上摇櫓聲，依稀是錢塘。與君凡境居，安知仙路長。

覽鏡七首

三十七年聊把玩，峻坂馳馬隻輪飛。陶潛官罷知今是，梵志人歸嘆昔非。白骨觀成看世妄，青山招隱與心違。桃花一雨平湖滿，且乞長竿守釣磯。

説法從人誚馬留，似猴良亦勝真猴。牽絲刻木渾兒戲，斷水殘山足夢遊。溪潦旋添菱女楫，霜痕欲上橘奴洲。此中綸笠真吾事，爲寫漁裝著釣舟。

食柏生香事有徵，吾生物化豈無憑。笋鄉嗜久枯同竹，梵夾翻多瘦亦僧。葷血斷來餘紫蓼，衣冠抛盡只朱藤。荒蕪田業關何事，已種南湖十畝菱。

鏡裏容顔頗自知，須知元潁即吾師。持籌詎免揶揄笑，顧影行遭罔兩疑。薄相苦無蠶室婦，貧身半屬債家兒。生來百醜醱明面，可獨窮人盡是詩。

莫怪年時愛道裝，姓名久已隸空王。六時自禮蓮花漏，每日親拈印字香。詩景天和邀客和，衡門草長與人長。夜燈點罷仍朝梵，靜業山中也覺忙。

春風濠上始觀鯈，秋雨簷前又醉漚。萬事總如僧剃髮，一生偏愛黍垂頭。嵚崎歷落真堪笑，寵辱升沉定不憂。試向唐生問身事，騎牛躍馬竟誰優。

季主誠賢術未奇，子卿巧中亦吾欺。豈如明月盤龍鏡，解照清霜病鶴姿。蘿葛攀援秋欲斷，魚龍蟄伏冷相宜。可憐憔悴東陽守，老病臨頭帶孔移。

小園

滿窗煙翠鏡湖南，隱士圖書海嶽庵。書艇故教藏五柳，啼鶯頻與喚雙柑。泥人山似當春睡，中酒花仍白晝酣。已插疏籬護芳草，更添微徑擬三三。

寄懷袁伯修

楚袁蕭灑似龐公，十載交遊伯仲中。尺素懷人勞强飯，一瓶餉遠笑擎空。總無兒女謀身易，示有威儀與俗同。苦憶西郊共攜手，江南今已楝花風。

湖上新屋成向有山居之意故云然

東西坊本依城市，大小山今有弟兄。擬卜幽棲分嶺翠，好憑竹閣聽泉聲。倦同飛鳥投林急，慵愛蝸牛戴屋行。湖上一椽聊爾爾，扶犁權與老農耕。

讀華嚴合論

禪心端合一生休，偈價真堪萬死酬。虛有身形似腰鼓，愧無手指發箜篌。謾翻小本《華嚴論》，爲送初涼葉落秋。頂髮欲斑除未得，只應枯瘦擬比丘。

陳侍御西湖莊

名場羨爾一身收，墨詔新銜拜醉侯。艇子舊裝蓮葉樣，吴兒殊有串珠喉。輕輿軟徑花間馭，晚翠朝煙水上樓。我有清狂公記取，十旬三度浄慈遊。

送詹生

了無經術只甘眠，且免門人笑腹便。隔歲豈堪翻舊曆，廢琴端爲發新絃。低頭我已推東野，高足誰能似鄭玄。莫惜湖亭暫時語，夜潮偏送上灘船。

端午日無念師二詹生吴生同集齋中偶看坡公汁字韻詩戲效韻四章末章呈似念公

吾聞嵇阮儔，頽然嗜米汁。呼酒如救焚，五斗未曾濕。清言多妙理，往往酣中得。不知三閭公，沉湘有底急。有如雲間鵠，而視池中鴨。覆載豈不宏，愁人眼空冪。園芳延令節，安石榴花赤。秫米煮菰青，菖蒲兼酒白。酒爲濡吾脣，花以華我幘。行從漁父歌，一弔孤累泣。醒魂老更苦，燒酒箴其缺。今日良宴會，坐有千里客。願客醉勿醒，醒後憂來集。

榴嬌乍頳頬，柳暗初流汁。湖南去飯牛，飯飽牛耳濕。炎景困騰騰，嘉賓來得得。同欣節物换，再嘆流光急。艾葉巧成虎，沉香微吐鴨。開軒去屏障，獨許庭花冪。越酒苦醲釅，盞落珊瑚赤。家傳蘇氏方，頗類吴中白。豈徒側君弁，歡賞行墮幘。連槽瀉春溜，幾夜糟牀泣。瓶罍幸未耻，杯勺豈愁缺。主人不自謀，醖美真爲客。莫厭園蔬貧，明朝肯來集①。

① 原注：「予家造真一酒，色味似三白。」

生平食字飽，渴飲松煤汁。共壓强韻詩，思苦筆未濕。紛如舟競渡，紅錦志先得。勝事出危險，好語生迫急。每愛孟東野，銅斗誇射鴨。雖無壯士懷，幽韻寫蒙冪。飛情高鳥墮，洗恨游魴赤。不獨吟者勞，聞歌已頭白。伊余亦何事，肩聳髮去幘。胡不日中眠，强效寒蟲泣。靈均去我久，風雅道漸缺。我欲拜低頭，誰是詞壇客。何當唤韓孟，去作城南集。

學道如癡狗，銜枯苦求汁。悟道如涸魚，登陸徒呴濕。空虛無片段，豈要論失得。跡往電猶遲，鋒馳箭非急。多言衹自困，喧呶亂鵝鴨。夸足走踆踆，勞睛花羃羃。吾師無寸鐵，應敵雙拳赤。摩壘大鼓幢，摧邪老韓白。而予本幻士，枯木冒冠幘。蚓有無腸歌，鵑有無情泣。雖然共居諸，且不受盈缺。從師莽浪遊，非主亦非客。眼前曠劫事，一會靈山集。

東山

竹梢藤蔓冷僧扉，門外蒼松忽減圍①。斸蘗更誰悲遠志，摘花猶得訪薔薇。落潮漁艇晚初閣，上浦風帆健欲飛。絲管暮年陶寫盡，謝公何日復東歸。

①原注：「舊多老松夾道，近爲人伐，存者皆穉。」

久麥

久麥化蝴蝶，蝶化寧自識。翅紛漸凌亂，鬚嘴好妝飾。無端夢爲周，誇言大鵬翼。著書一何困，矢口談道德。當其夢覺時，栩栩亦暫適。莫信夢中言，前身一腐麥。

春雪

犯寒先報數聲雷，待約還停繞屋梅①。山靄漸沉驚密密，雨絲初送轉皚皚。戲量曉砌携筇步，欲拭春粘着屐回②。湖水如妝景如畫，可堪癡坐畫罏灰。

① 原注：「非時雷，後時梅花，皆雪候。」

② 原注：「春雪粘屐，行多躓。」

雪　消

柔姿能耐幾時消，況是春來臘後飄。曉幕薄寒飛旋濕，夜窗多恨滴無憀。風前趙女愁堪訴，老去郎顔鬢易凋。惟有山梅解相惜，深崖鐵幹鎖冰條。

生詩十首書王堇父慈無量集以凡百畏刀杖無不愛壽命爲韻録八首

人生事腸腹，及與口舌三。二但取飽軟，一乃司吾饞。萬錢飾盤筵，殉此徑寸甘。下咽了無知，理與木札兼。晚食美葵蓼，甚饑望齏鹽。徑寸況易欺，胡當信其婪。半臠償一身，債主真不廉。人羊須臾理，請君睹其凡。

介盧曉牛鳴，冶長諳雀嘰。吾願天耳通，達此音聲類。群魚泣妻妾，鷄鶩呼弟妹。不獨死可哀，生離亦多慨。閩語既嚶咿，吴聽了難會。寧聞閩人肉，忍作吴人膾。可憐登陸魚，噞喁向人誶。人曰魚口喑，魚言人耳背。何當破網羅，施之以無畏。

挾弩隱衣袂，入林群鳥號。狗屠一鳴鞭，衆吠從之嚻。殺機翳胸中，粲然若懸杓。吾聞螳螂蟬，能變琴者操。至人秉慈尚，虎象焉足調。因果苟無徵，視斯亦已昭。與其啖群生，寧我吞千刀。從事愁見拘，波臣苦遭蕩。蟈氏群處囊，悲鳴更相仗。寄書已成悔，見夢徒增妄。數錢贖爾至，縛解羈因放。困極勢未遒，蘇餘氣仍壯。銜恩未忍去，故作三回望。何方絶網釣，何去保無恙。感激見深衷，遲疑抱遐悵。贈爾金口言，努力此迴向。耨水具功德，蓮花好安養。微施豈懷報，往矣慎波浪。群蛙猶有情，鼓吹西窗傍①。

① 原注：「《古今注》：『鱉名河伯從事。』」

昔有二勇者，操刃相與酤。曰子我肉也，奚更求肉乎。互割還互啖，彼盡我亦枯。食彼同自食，舉世嗤其愚。還語血食人，有以異此無？

吾聞豐坊生，赤章咒蚤蝨。蚤蝨食幾何，討捕况已酷。借問坊食者，還當咒坊不？弘恕聖所稱，斯言非佞佛。

生物不可食，熟已過時敗。生既嫌腥膻，敗時仍臭穢。腥穢君所知，胡爲强吞嘬。水火幻味香，口鼻成灾怪。如蠅穢中育，還以臭爲愛。及其生子孫，居然臭穢内。坑圊難久居，蟲乎可爲戒。

豎首横目人，豎目横身獸。從獸者智攫，甘人者勇鬭。悲哉肉世界，奚物獲長壽。一虎當邑居，萬人怖而走。萬人俱虎心，物命誰當救。莫言他肉肥，可療吾身瘦。彼此電露命，但當相閔宥。共修三堅法，人獸兩無負。

梅季豹見訪同爲雲門禹穴之遊詩贈其行

白葦黄茅都一概，蒼松何意入雲栽。練江秀句今如謝，橄欖餘甘舊屬梅。溪閣熟眠秋到寺，石亭壯觀雨兼雷。憐君醉後談能勝，倩取湖光爲洗杯。

與季豹遊雲門

叢竹生鞭晚稻齊，石橋重訪古時題。谷雲未出俄成雨，簷瓦初鳴已漲溪。月氣忽穿殘蜺斷，亂山翻在夕陽西。秦碑解讀隨君讀，苔磴從高不濕泥。

過何泰華園分韻二首

花事殊堪譜，魚群似可名。凉風吹蔓影，急雨打荷聲。清簟便慵卧，朱欄傍晚行。嘗新北泉冷，重爲煮沙瓶。

今日何園句，能無憶少陵。迷人寄生酒，匝地月支藤。蓮褪魚吹粉，苔深石減棱。軒窗隨面面，寒竹影層層。

雙蓮詩二首爲童貞姒作

黄鵠歌殘調轉悲，鴛鴦冢畔夢猶疑。只應池上雙蓮影，得似當年鏡裏時。
雙窺雙語鏡中妝，蓮葉蓮花總斷腸。幾倩西風洗紅粉，斷香零露老秋房。

四月晦日泛若耶至雲門寺以起坐魚鳥間動揺山水影爲韻十首録五首

兩崖十里蒼筤根，中藏一溪雲月髓。嫩粉生香笋出林，老枝壓地花成米。溪上老翁撑竹船，摘米炊枯弄清泚。月下何人見往來，惟有山猿同坐起。
結葉垂花老楷卧，四山無風午剛挫。扳花蔭葉橋畔凉，葛屨生衣安穩坐。田家初飽麥上場，溪雨新過水推磨。林間起步餘睡清，青梅滿槊雀卵大。
五雲山前盤古樹，曾見前朝老謝敷。六寺鐘聲何處盡，僧殘惟有粥呼魚。笋天已過麥地瘦，一飯山厨鮭菜無。青鞋布襪客何意，擔水揭揭來澆蔬。
夏首新熱葉氣蒸，細路危橋得幽悄。楷樹成林已快人，况有鳴泉覆深篠。松髯石髮雅能净，竹稚烏雛憐最小。何時一牀卧僧閣，飽聽凌晨醒來鳥。
雙溪港口泊幽夢，石帆山下朝炊動。荒村客到松鼠奔，小市人喧竹排重。我生百事松上針，雖有寸長何所用。石田千畝雲外閒，去采靈芝爲君種。

焦修撰竑七首

竑字弱侯，南京人。爲舉子二十餘年，博極群書，束修講德，嶷然負通人之望。萬曆己丑舉進士，廷試第一人，除翰林修撰。選擇爲東宫講官，講讀故事，旅進退，依經解義而已。弱侯講畢，拱揖而進曰：「臣等敷陳或有未備，願殿下垂賜明問。」東宫稱善。自是每講必從容扣擊，應答如響。是時睿齡纔十三，聰明日啓，弱侯之功爲多。太倉謂元子冲齡典學，當引誘以圖史故事，弱侯遂採輯成書，繪圖演義，名曰《養正圖解》。同官相與側目喧傳，已私進禁中，乃具疏上之。上詳加省覽，温語批答。忌者益衆。丁酉北試，上度原推兩宫坊，别用弱侯。原推者愧恨，媾新建合謀傾弱侯。言官遂用科場事抉擿詆毁，弱侯陳辯甚力，新建從中主之，以文體調外任。自是屏居里中，專事著述，李卓吾、陳季立不遠數千里相就問學，淵博演迤，爲東南儒者之宗。年八十乃卒。嘗自言胸中有國家大事二十件，在翰林九年未行一事，林下講求留京事宜，行得六事，至今不知二十事爲國家何等事也。惜哉！天啟元年，以先帝舊學，優賜祭葬。南渡時，補謚曰文端。所著書二十餘種，皆行於世。

石鼓歌 閣試。

周原石鼓奇且闕，幾年踪跡沈蓬萊。世遥幾得睹拓本，殘章斷碣如瓊瑰。何人輦載逾千里，至今照耀黃金臺。河傾崑崙勢曲折，雪壓泰華高崔嵬。蔡邕嵇康那足數，石經奔走洪都儕。回思共和歷隋代，披荒斫古其誰哉。天昏地慘鬼夜哭，至寶欲出風雲埋。韓韋博雅始一識，鄭向搜索窮山隈。四百六字傳青簡，二千餘載開蒼苔。龍畫旁分爪蟠互，蟲書深刻神剪裁。求致太學竟不果，鳳翔落莫空山崖。皇明文物邁前古，冲融雅頌相沿洄。辟雍橫陳雜軒𩏩，廟堂臚列參樽罍。想見周王盛羽獵，從臣撰述皆奇才。聲詩炳蔚垂日月，雕鏤宛轉回雲雷。之罘山泐迹半掃，漢水鼎沈名已灰。豈知籀往跡自在，摩挲細讀如談詼。近傳岣嶁碑更偉，青字赤石巨以魁。宣王雄俊神禹智，何異鼻祖於雲來。神物出没兩不偶，昔何擯翳今昭回。安得移之置一處，拏龍披鳳心眼開。春風却立讀萬過，咎繇吉甫親追陪。嗚呼！咎繇吉甫常追陪。

靈谷寺梅花塢六首

山下幾家茅屋，村中千樹梅花。藉草持壺燕坐，隔林敲石煎茶。
簷蔔林東短墻，曾開寶地齊粱。初春老樹花發，深澗無人水香。
一枝初出巖阿，看盡千林未多。天女知空結習，散花不礙維摩。
二十四番風信，四百八寺樓臺。何似草堂梅燕，同人先探春回。
落落半横參月，溶溶盡洗鉛華。盈盈湘浦解佩，脈脈蘿村浣紗。
西湖夢斷人寂，東閣妝殘月斜。襟解微聞薌澤，鈿昏半卸檀霞。

馮庶子有經二首

有經字正子。萬曆己丑進士，選翰林院庶吉士，除編修。歷中允，至庶子。光宗皇帝在東朝，充講官。公五歲喪父，事太宜人，以孝稱。每進講，光宗恒目屬之曰：「馮先生，孝子也。」喪母，不勝喪而卒。天啟元年，追録舊學，贈禮部右侍郎。

石經洞

小西方境隔層臺，半嶺何年一藏開。舍利湧光文字住，香林施净帝天來。山名白帶知幽爽，洞作燒痕試劫灰。更上高峰最高處，風雷竟日爲鳴哀。

春盡過顯靈宫

長楊夾路水流渠，高閣煙光落檻疏。歌鳥報晴雲徹净，架藤滿紫蝶來初。風迴鸞佩飛譚麈，香撲真文走蠹魚。有藥駐顔難駐日，一春抄得酒方書。

王知縣一鳴二十五首

一鳴字子聲，一字伯固，黄岡人。萬曆丙戌進士，授太湖知縣，調臨漳。負才自放，不爲吏道所拘。左官不得志，飲酒近婦人而死。伯固爲稚欽之從孫，其族有同軌者，繼稚欽稱詩，識伯固於兒童時，以稚欽衣鉢期之。伯固之得名，自此始。尉氏阮漢聞序其詩曰：「伯固再令臨漳之歲，淹安邸三月，酒酣大叫，黄金白雪，流毒千載。授予自訂稿一帙，爲人携去，無何歿於官。戊戌，過陘陽驛，見題蘚壁一章，今但記『孤臣長糞土，萬事隔雲霄』兩句耳。伯固師法少陵，每一讀輒批評而封識之，其專勤如此。所與稱詩者阮及、秦京，其同調也。」

江上望飛雲洞

咫尺飛雲洞，巉巖不可登。江風吹落日，時見出山僧。

夜行問外舅病

問舅甥宜往，存親婦亦擕。路長寧禁夜，月小正臨溪。淺水時時渡，高山步步迷。不須求駐馬，早已聽鳴鷄。

渡河至大梁

隴浄林争出，壕紆岸果通。日增秋草澹，風閃石花紅。獵騎歸梁苑，沙人牧宋宫。憑高一俯仰，來往愧冥鴻。

五月末旬皖中作二首

細細生青靄，娟娟動緑筠。晚涼風入座，簾捲月隨人。天寶唐中葉，長沙漢遠臣。雙龍空在匣，何地出風塵。

寺僻諸天近，人忙五月殘。書淫長不治，藥裹近相寬。菜熟供賓話，墻低借樹看。豈應聊住此，吾甚夢魚竿。

便民倉是縣漕米入江處時方憂旱

修竹迴斜徑，高蟬噪夕陽。數行遷客泪，一灑便民倉。剜肉知何補，勞心或自傷。驕雷蟠赤日，念爾稼登場。

白蓮峰再别阮太乙張若愚

草澤悲將隱，蓮峰慰獨留。因君三日住，贈我萬山秋。芋栗供僧飯，滄浪憶釣舟。諸天念離别，鐘磬晚悠悠。

泊九江

澤畔吟遷客，雲邊認郡名。天扶驚浪轉，秋共放船清。山密無勞問，江長不肯平。柁樓城下泊，旅飯月初生。

夏日雜詩

天入層層樹，山迴片片雲。乾坤輸獨立，江漢正平分。久計行藏熟，深悲治亂聞。林深見麋鹿，異類得同群。

寧夏破賊歌

東倭西虜共欃槍，寧夏軍書報太平。九廟紅雲迎飲至，諸公白日快談兵。

馬當

早發鱘魚嘴，西風過馬當。日連波畠畠，天入樹荒荒。遠岫能相遲，歸鴻不許行。禹功疏瀹苦，今古戒垂堂。

固鎮驛感舊

憶昔朝天回憩此，湍青沙白殢春陰。已拚車馬兼程苦，更劇干戈死戰心。群盜就平吾放逐，五年重到暮登臨。桃花最似曾相識，嫩蕊繁枝伴獨吟。

戲馬臺

彭城南郭雲山豁，病骨扶筇午上臺。燕去鴻回登眺眼，龍争虎鬭古今才。荒荒白日三春過，滚滚黄河萬里來。昭烈祠堂亦鄰近，暖雲煙樹更徘徊。

十月三十日夜二首

十月餘今夕，孤城笑此身。雲墻喧柝重，霜月捲簾真。鳴雁悲千古，懸魚負衆人。北風時引領，燕趙接風塵。

墨墨懷孤憤，皇皇過六旬。浪移秦國木，穩積漢家薪。雜遝乾坤事，奔騰戰伐人。星簷送徐步，高樹上蒼旻。

可嘆

可嘆羈棲地，誰高簿領名。醉鄉有天地，大事問公卿。江縮龍堪蟄，山深虎自耕。十年路傍月，猶照逐臣纓。

除夕答秦京

孤城留翰墨，高詠豁心神。歲晚悲遊子，官卑憶古人。鼓鐘迎曙急，梅柳報春勻。愧作長安夢，衣冠拜紫宸。

十載

十載猶遷客，孤踪愧俗人。長緘存後舌，乍保爨餘身。楚澤雲千里，春城月半輪。潛夫潛未得，飄泊損天真。

旅　舍

旅舍清淇側，經過有底忙。樹圍春堡急，沙漲午風黄。萬事看雲哭，三年躍馬長。敝車生耳地，僮僕笑行藏。

衛上夢見徐孔時李聘若

客夢通徐李，晨鐘報獨眠。空花勞世界，宿草幾風煙。死友慚天地，餘生誤保全。衛流清樹底，應共淚濺濺。

即　事

清漳曲折逐臣居，病骨西風枕簟虚。數罷過鴻無一事，半窗槐影半窗書。

述懷寄達邢太僕子願先生二首

白簡騰三府，黄州住二年。早從新穀貸，寒想壘衣眠。簡出山川貴，深耕性命全。優游開萬卷，事事信皇天。

鶻山寒吹老，雁泊溟煙深。杳杳登臨眼，紛紛離合心。報書扶病寫，好句背人吟。亦有三台酒，秋軒想共斟。

寄高邑趙考功夢白先生

恒相無多路，郵筒苦不傳。韓陵高樹杪，碣石亂雲邊。世事添酣睡，高才早棄捐。朔風吹水立，俯仰一潸然。

宿州見燕子

燕子孤飛眼乍新，睢陽風日可憐春。細推湖海同爲客，漫住亭臺莫避人。穿壘銜泥終物性，南來北去任天真。處堂一慟堪千古，對爾題詩會愴神。

王編修衡一十首

衡字長玉，太倉人。少傅文肅公錫爵之子也。年十四，作《和歸去來詞》以諷江陵，館閣中争相傳寫。長而學殖益富，能詩善書，散華落藻，名動海内。萬曆戊子，舉順天鄉試第一。少傅方執政，言者攻之急，少傅陳辯亦甚厲，而天下不以譏少傅者，以長玉真才子，不愧舉首，都人士皆耳而目之也。越十年，辛丑，舉進士廷試第二人。神宗問，知爲少傅子，父子科名相似，爲之嘆息。授翰林院編修，省覲乞歸，屬疾不起。辰玉少爲詩，落筆數千言，已而多所持擇，每一詩就，輒悄然不自得。其友唐叔達規之曰：「探珠於淵，採玉於山，夫何容易！子殆將進也。」辰玉自以宰相之子，當通達古今治體，講求經世要務，又奮欲以制料自見，窮日夜之力于斯二者，而以其餘力爲詩。讀其詩者，知其才器無所不有，固不盡於詩，而詩亦不足以盡辰玉也。

支硎山口占

曉山煙重暮山開，石馬三朝半緑苔。掃得墓門清似水，梅花昨夜又飛來。

花朝

晴煙膏露若爲容，躑躅香苞望曉紅。莫怨五更風色惡，開花原是落花風。

計偕別長儒仲醇

結旆蕭蕭事遠游，沙湖潮上荻花秋。征帆日落長江外，送客鐘聞野渡頭。一夜弟兄吴市酒，幾回風雪剡溪舟。緇塵古道渾如許，珍重初衣問白鷗。

與仲醇館中夜話

腰鐮無賴剪秋蓬，孤館寥寥夜色空。忽報客來鐘定後，共看心事月明中。夢回書帶飛蝴蝶，坐久經簾墮網蟲。種得芭蕉堪作紙，墨莊荒盡舊墻東。

北上呂城阻壩別親

蘇蘇寒雨滴平川，共話行期笑屢遷。宿草故含河畔色，新炊半見客中煙。隔江鴻雁如兄弟，明月天涯是去年。匹馬夕陽緣底事，梅花零落野塘邊。

池上即事

含情落葉已繽紛，深轉歌喉齒未分。橋上玉人真咫尺，簫聲似隔數重雲。

大内蓮花

西山青落影娥池，仗外芙蓉入照時。薄雨未消初日暈，晚風欲語向人枝。六宫香粉流紅膩，三殿浮凉湛緑漪。的的夜舒人不見，集靈臺畔露華知。

寓極樂寺

灣灣緑水帶城陰，白日青蓮雙樹林。萬疊雲山千里夢，六時鐘磬五更心。寒燈貝葉翻香蠹，春日簷花坐語禽。隨意竹牀葵菜好，經簾不捲畫堂深。

東坡作戒殺詩貽陳季常季常自後不復殺岐亭之人多化之有不食肉者適有感於吾里宴會之侈因和前韻得二詩示閑仲肯倡此戒於里中不也

人饑慕粱肉，肉厭思茗汁。徑寸神明倉，蟯蛔争暖濕。珍味縱可窮，饑飽要自得。於我實腐餘，於彼捐所急。曲曲方塘邊，擾擾牧鷄鴨。時哉謹栖止，柳花作茵幂。憐汝巢卵傾，忍使羽毛赤。每來待曲宴，倒瓮浮大白。漸爲腰緩帶，或遣頭穿幘。釜熟薪且勞，瓶飽湯已泣。少損郇公厨，鼎籩未爲缺。淡然天人糧，請以羞主客。一枕茶寮清，時時共來集。

飲酒不盡樽，啜肉不盡汁。同生天地間，念此相呴濕。每見肉食人，豆藿亦甘得。爨牛挂脯林，無乃非其急。窗前能談鷄，欄傍自名鴨。性命嗟有制，俄爾膏鼎幂。五蟲毛領殊，共兹一腔赤。蜣蜋縱高飛，曷思蠕中白。强力相噬吞，何異虎而幘。撫己胡功能，忍彼釜底泣。吾欲食稱事，稍補百行缺。乞汝耕饁餘，施我不速客。願同雀鴿馴，欣然掌中集。

公侍郎鼐四首

鼐字孝與，蒙陰人。萬曆癸丑進士，選庶吉士，除編修。官止禮部右侍郎，協理詹事府。孝與家世詞館，與臨朐馮文敏同學。在公車時，已有宿名齊、魯間。博學多聞，爲詩好徵引故實，如昔人所謂獺祭魚者，一時館閣之士無以尚也。神廟中年，儲位未定，内寵耦嫡，群小因以植援媚奥，關通鈎黨。天啟之初，流蔓未已，議論紛呶。孝與以宫端入朝，曉暢舊事，抗疏别白，指陳其所以然。群小惡其害己，盡力擊排。遂引疾以去，不得大用。然至今三十餘年，國論咸取衷焉。有集三十卷行世。

子夜夏歌二首

馳輝入朱明，湯風庭中滿。歡情如敲冰，易消復易斷。
青蓮如華蓋，明珠朝露鮮。風來荷蓋側，珠亦不成圓。

秋　歌

宵燭無餘光，熠耀已在堂。螢光能幾許，焉照妾中腸。

出戒壇北行嵜羅山道遇雨小憩村家

路轉瑶壇背，陰崖石更奇。前峰堆冒絮，過雨颺遊絲。暫問油囊酒，旋鋪馬鬣棋①。却因争席處，轉畏野人知。

①原注：「麻姑至蔡經家，酒盡，就餘杭姥酤得油囊酒。王積薪好棋，常繫棋馬鬣上，遇匹夫亦與對弈。」

西郊有地名釣魚臺金主遊歷處

花石遺京入戰圖，燕門衰草釣臺孤。不知艮嶽宫前叟，得見南兵入蔡無？

陸參政懋龍六首

懋龍字啟原，鄞縣人。萬曆庚辰進士。官至湖廣參政。

初入諫院寄慰肥城父老

劇縣息勞人，新班立紫宸。種花收薄效，焚草企先臣。漏欲天同補，膏憐土漸春。淮西蠲麥候，緩税乞皇仁。

行部公安袁進士中郎過訪

雙旌初到郭，片刺忽臨門。冷榻塵誰掃，新茶火正温。望君知白皙，屏從接清言。待淅官厨米，留燈坐日昏。

湖樓雨集

不量晴雨便稱卮，雨過樓頭别一姿。畫壁雲香從座起，筠簾風影逐波移。歌殘燭炧春衣怯，語雜觴條夜漏遲。帶濕管簫疑半咽，城烏啼上隔墻枝。

還家作

官道如弦照水空，雙扉半掩緑槐中。曾經拜命施行馬，又到揮絃送去鴻。邴禄初過謀秫酒，羊棋罷賭聽松風。生來左癖稱專業，手課兒童爲教忠。

偶閲先輩劉大參洪黄觀察隆盧諫議璠嚴駕部端夏遊福德庵詩次韻

落盡藤花始一遊，緑楊如握可維舟。手持茗椀哦詩罷，半岸紗巾露白頭。

小院

小院幽陰似井間，風枝墮地點苔斑。何時鏟却重簷去，露出西南一角山。

吴通判稼竳一十二首

稼竳字翁晋，孝豐人。僉都御史峻伯之子。以父任爲郎，官至雲南通判。峻伯與王元美爲同舍郎，元美詩未有名，峻伯進之於社。而汪伯玉則峻伯所舉士也。翁晋弱冠稱詩，爲二公所推許。長而掉鞅詞壇，劬窂苦心，自漢、魏以及三唐，無不含咀採擷。然而遊弇州、太函之門，風聲氣韻多所熏染，求其超乘而上則未能也。峻伯論詩有違言於歷下，故弇州於峻伯頗有貶詞。而翁晋學弇州之學，弇州力爲援引，遂以有聞于時。其父子間流别如此。

秋夜有懷

孤燈掩虚室，獨枕撫空牀。客寐何緣假，秋宵一倍長。離懷江水急，薄命柳條黄。西月横天落，烏啼滿樹霜。

秋懷四首

誰家淒切擣衣聲，吹入空閨恨轉生。永夜寒烏棲未定，清霜獨鶴舞難成。素絲沈水元無影，緑綺臨風久不鳴。惟有舊時機上月，照人寂寞片心明。

金荆爲枕紫荆牀，已共秋塵委曲房。燈下有情歸絡幃，機中無夢到鴦鴛。明星爛爛愁天老，燭火離離嘆夜長。一樹桐花零落盡，可憐梧子自經霜。

當年竊藥事還真，碧海茫茫未許親。銀燭可憐徒向夜，玉顔無復更知春。清商感激愁中曲，落羽差池病裏身。奉詔長門能買賦，黄金取酒爲何人。

重扃落葉迴相依，羅袂無聲事已非。寶鏡欲開鸞自泣，玉釵初斷燕猶飛。旅葵未合生空井，苦蘗真堪染故衣。滿目清秋何所似，白雲愁色遠微微。

花朝

日氣朝青池上波，交交啼鳥傍池多。三春花事終難負，二月風光半未過。土俗歲時存舊記，閨人單夾製輕羅。正憐一樹櫻桃放，桃李相催奈若何。

社日過山莊

背依叢竹面清溪，茅屋蕭疏類瀼西。兒子社錢無用覓，田家秋釀且相攜。梁間已去將雛燕，階下新行傍母鷄。一束荆薪兼藴火，不愁山路夜歸迷。

舟行歸思

大江日夜水粼粼，飛盡楊花不見春。枕畔獨吟愁裏客，鏡前雙笑夢中身。生能無累龐居士，老未忘情白舍人。兒女團欒歸便得，底教歌榭暗流塵。

夜阻江上

風揭空江浪忽興，停舟斷岸石棱棱。遥聞野寺一聲磬，近辨漁家幾處燈。歸信不如潮有準，客程翻似夢無憑。薄寒誰爲更衣計，閒殺中閨半臂綾。

金陵酒肆贈茅平仲

暮年看爾壯心孤，落落酣歌擊唾壺。但數一錢憐姹女，纔誇千騎笑羅敷。梨花雨濕紅襟燕，楊柳春藏白項烏。欲向盧家借雙槳，莫愁不是舊時湖。

代寄徐仲容

秋雨蘇蘇滴井梧，風吹妾夢到東吴。生來自恨青溪近，獨處無郎似小姑。

春　夢

群書一束枕山楹，殘雪融檐作雨聲。春夢不隨春水慢，片時還到闔閭城。

梅太學鼎祚一十六首

鼎祚字禹金，宣城人。雲南參政守德之子。禹金舞象時，陳鳴野、王仲房皆其父客，故禹金少即稱詩。長而與沈君典齊名。君典取上第，禹金遂棄舉子業，肆力詩文，撰述甚富。萬曆末，年六十七，賦詩説偈而逝。有《鹿裘集》六十五卷。禹金於學博而不精，其爲詩宗法李、何，雖遊獵漢、魏、三唐，終不出近代風調。七言今體步趨李于鱗，又其靡也。「秋減葉聲中」，五字擅場，雖千章萬句亦何以加？禹金好聚書，嘗與焦弱侯、馮開之暨虞山趙玄度訂約搜訪，期三年一會於金陵，各出其所得異書逸典，互相讎寫。事雖未就，其志尚可以千古矣。

雜感六首 萬曆初，江陵當國時作。

羲輪發扶桑，虞淵弭六龍。圓景戒恒滿，朏魄以示冲。如何夸毗子，作意矜顔容。步捷舉趾高，顧盼有餘工。執極何不然，人鬼且合從。屋禽驕亦淫，氣焰若流虹。修途焉可竟，天運亦有終。

海燕西方來，雕梁託其端。差池若有媚，主壽稱萬年。凉風忽東逝，舊壘成棄捐。微禽一何知，乃與徂化遷。北山有寒焰，南山有温泉。一氣蕩相薄，陰陽互爲權。

龍角眷已旦，星鳥貞良時。三光亦浮繫，焉得久控持。風水爲輪樞，玄天經玉儀。空虚密流徙，自然有成虧。晝挈遞相矜，娓娓安所歸。八埏生亂戎，戎首職爲誰。

物興常於會，至至各有宜。女魃非北御，應龍安可爲。炎德履嬴閏，重華嗣堯衰。共工遇其敵，一怒絶地維。

長虹貫白日，壯士髮穿冠。子胥齒屬鏤，鼓氣揚鴻川。少女志填海，愚公力移山。幽微疇見測，賤庶亦有權。積羽欲沈淵，積憤欲傾天。

鶗鴂厲其羽，玄鳥歸故鄉。日夕凉飈發，大火戢朱光。陰氣馴以至，草木率焜黄。九六代爲窮，龍戰血從横。堅冰自有時，聖人戒履霜。

三醉龍使君帳中歌

清霜初報湖中客，陰雲出鬼如蟠石。今朝又入郇家厨，一句三醉龍君席。龍君豪飲捲白波，食單事事敵韋何。漬蜜鱁鮧那可賞，飲乳蒸豚未足多。更看蒲葉傳新菜，別有櫻桃字饆饠。平生最愛寒消粉，此地新煎熱洛河。野夫飽食兼大醉，龍君醒眼雄相視。直邀玉女對投壺，催復鐵騎横鐃吹。一官從左禄從微，好向文君問典衣。有酒且開北海座，無粟仍守東方饑。滴滴蓮花漏欲盡，天河漸涸殘星隕。難辭猶泊孝廉船，來期再就丹陽尹。

秋夜過盛仲交

濁酒淹霜夕，繁枝映户庭。冶城高片月，淮水蕩疏星。秋漏愁相促，寒鐘醉共聽。世今無北海，誰慰爾飄零。

送順公還吴

自得清涼界，因乘溽暑征。禪心無住著，遊脚有歸程。宛水浮杯小，吴雲託鉢生。松枝東向處，知是舊經行。

圩莊省稼

田家何所有，鷄黍具賓筵。歲事猶難卜，農談近自然。稻花晴愛日，楊葉晚生煙。更約重來處，秋風社鼓前。

酒醒

夕雨復宵風，單眠夜易窮。酒醒燈炧裏，秋减葉聲中。掩骭衣仍短，纏腰帶漸豐。自非儂共汝，持意向誰工①。

① 原注：「王仲山句云：『秋盡葉聲中。』『盡』字『减』字俱妙。」

曹以新自婁東移居吴門清嘉坊寄贈二首兼懷二王公

五湖浮未去，一畝闢旋通。爽塏方兹日，清嘉本舊風。魚鹽安市隱，蟹稻祝年豐。此地憐堪卜，相期覓數弓。

曹丘誠長者，輔嗣得賢甥。馬策西州路，鶯花亞字城。平生無長物，獨往有深情。儻憶三弇色，浮家一葦輕。

新年一首答流波君

舊客新年復滯淫，淮波明玉柳明金。自饒解佩留歡約，誰識吹簫乞食心。度水齋鐘沉雨氣，隔花歌管咽春陰。啼殘縫蠟魂如夢，雙鳳雲飛上寶簪。

小寒食

客邊寒食似來朝，遊興今年覺盡消。逆浪相邀湖上楫，賣餳何處市中簫。故山草長迷新鬼，別院花閒伴阿嬌。爲問前期知近在，春風春雨更迢迢。

頓姬坐追談正德南巡事　頓之先有頓仁彈琵琶及角妓王寶奴，俱見幸。

武帝時巡蹕舊京，煙花南部屬車行。更衣別置宫楊繞，蹴踘新場御草平。遍選檀槽催鳳拍，忽傳金彈逐鶯聲。寶奴老去優仁遠，坊曲今誰記姓名①。

① 原注：「禹金原什第二句云『主謳鈎弋盡蒙榮』，用衛子夫、拳夫人事，殊牽合，與本題不切，余僭改之。」

梅太學守箕〔一〕一十一首

守箕字季豹，宣城人。禹金之叔也。秀才不第，潦倒自放，與歌姬妮好，伺其登場，彷徨侍立，移日分夜，必尾其後而歸。流寓十年，貧不能糊口，死於白下。詩不爲今體。

〔一〕「太學」，原刻卷首目録作「秀才」。

祁羡仲

羡仲，俠士。能詘伸，好奇策。少遊豫章，乏食，即行乞市中。

客遊小四海，不裹千里糧。饑從列士食，渴飲阿谷漿。遺俗若委蜕，翩翩乘風翔。縱横狹路間，褐夫視侯王。詘信惟蟄龍，蓬累我所當。城中乞食已，長醉胡姬傍。

黄白仲

白仲，客宋侯家，竟以遊爲罪。

九州易爲處，胡然遊帝州。碣石多悲風，易水無安流。修轡臨狹路，駑馬取道周。流言亦已甚，微詞方見求。肉食誠足鄙，薇藿難自謀。一爲適越吟，長揖謝王侯。

送潘景升北遊八首

鬱鬱寒雲，興於崦嵫。白露既下，嚴霜戒之。水歸其壑，榮變而衰。時之方殷，如何弗悲。

薄言送之，於江之濆。弓矢在御，佩服孔明。百里旋風，千里異雲。如何良友，遂此離分。

顧瞻帝京，宮闕峨峨。左肩滄海，右帶濁河。太行接輦，憑嵩界華。建瓴之勢，萬國是儀。

七貴雄門，五陵俠士。冪霧連雲，星流電駛。載塵康莊，揚風易水。惻惜荊高，經過趙李。歷歷天上，不瑕有咫。娱心極宴，聊樂我止。

歲將大計，萬國來朝。車騎馳鶩，四牡有驕。翟茀錯舉，琮璜宣昭。公車濟盈，群策畢招。末士殉榮，通人見超。惟我正則，以嬉以敖。

高騖遠眄，至彼朔方。煙塵野合，關塞悠長。接流浣海，託鄰氈鄉。悲笳夜呼，春草旦黃。堅冰蔽道，車頓馬傷。言念君子，憂思不忘。

熠熠蜚鳥，振翮願升。去其南陵，集於北陵。耻與黄口，附風超騰。鶴鳴在皋，駧慘於冰。翼彼南風，亦懷其乘。我思伊人，終莫可勝。

我有斗酒，好與君期。徵歌鼓瑟，以樂斯須。來茲未明，去日難追。勉旃周道，毋以後時。

吴訓導子玉一首

子玉字瑞穀，休寧人。以歲貢授應天府訓導，年七十。六月盛暑，當道以書一函屬令編纂，觸熱眩運，坐勞瘁卒。學博而敏，數千言立辦。詩文九十餘卷，以詰曲填砌爲工。其於近代文章，專推李于鱗，而吴中劉子威叙子玉之集，極其稱許，所謂同聲相應也。

五日青樓人

朝來無意理流黄，斜抱雲和獨倚牀。自念青樓逢令節，誰將白苧寄河粱。頰邊玉箸沾蘭水，指下金刀染艾香。展轉不成纏臂彩，空令愁緒繞絲長。

瞿少卿汝稷五首

汝稷字元立，常熟人。文懿公景淳之子也。以父任，繇五府歷郎署、知黄州、邵武二府，陞長蘆都轉運使，加太僕寺少卿，致仕。元立狀眇小，起家孤生，以名節自厲，凛不可奪。居官著清望，任子得卿銜予告，蓋近代異數也。博學無所不窺，尤邃於内典，一時推爲多聞總持。萬曆間，任子有聞，元立與四明屠田叔，元立能作賦，而田叔尤以聲律稱云。

黄州雜詩二首

世豈棄君平，君平自棄世。生闕希世資，詎符風牧志。獨抱羲皇心，賣卜成都市。垂簾日翛然，國爵屏其貴。伊余偶乘會，一麾寄江澨。訟庭横高霞，質成澹無事。因之問夫子，寧以章甫異。廓落非所嗟，沈冥有深契。

明月翔雲漢，何心衆憂喜。管絃醉蘭卮，笳斗悲戰壘。盈缺不自期，二陸從所履。當此清輝溢，流照山川美。幽檻佇虚白，素心澹於水。鴻荒非我先，酬酢巢居子。云胡北林鵲，驚飛未能已。援瑟扣清角，悵望扶桑涘。

發齊安偶成

匣我龍唇琴，勿復奏流徵。要眇諧宿襟，不入郢人耳。念此中徘徊，抑按從下里。啁嘈聚樵牧，衆愜心自鄙。迴軫謝群聽，拂絃返吾始。河魚雲際鶴，曠世尚知己。

重華南狩時，九有誦光格。帝子望不還，蒼茫九疑碧。天地寄寥廓，壘空寄大澤。成毁真須臾，詎云靡窮極。胡爲壘中人，還競昔人迹。歲月閒鶉居，物華美鷇食。夙駕非我馳，停鸞非我息。去去莫夭閼，鷦枝運鵬翼。

鳴絃

莫訝過從懶，知希野性便。鳥閒窺點筆，雲淡和鳴絃。幽事容孤賞，心期豈衆全。蕭條南郭几，兀傲赫胥前。

屠運使本晙〔一〕三首

本晙字田叔，鄞縣人。大司馬大山之子。以父任官太常典簿。官至運使。

〔一〕「運使」，原刻卷首目録作「太守」。

潮生

潮生君未來，潮落君又去。來去總無常，勞勞西江渚。江渚月明潮又回，郎行那得好懷開。明朝試看天邊月，不待潮生蕩槳來。

會稽道中少憩

鳥道紆迴入，千巖緑樹低。轉留空翠處，少憩石橋西。別澗潺湲瀉，叢林桑扈啼。坐看梟與鹿，引子過前溪。

春事

華髮逢春春事繁，支離猶得傍長安。忽傳天上新榆火，轉憶山中舊藥闌。家有薄田堪釀秫，世無知己莫彈冠。燈前兒女遥相詫，采采芳芹不滿盤。

楊太學承鯤 一十一首

承鯤字伯翼，鄞縣人。父美益，嘉靖二十六年進士，官止太僕少卿。伯翼少負才名，沈嘉則戲贈詩云：「誰家小兒楊德祖，青天之鶻丹林虎。氣猛健翮凌秋風，膽雄力王不受撫。騷壇忽樹五丈旗，自喜少年能跋扈。嗟我老大筆力衰，尚然技癢賈餘怒。酒酣登壇賦《大言》，共説將軍老還武。將軍號令選偏裨，汝作先鋒領旗鼓。鶻兮虎兮誰敢侮，世上凡兒何足數。君不見，楊德祖！」嘉則詩出，伯翼自是有名。遊燕京，作《薊門行》，盛傳長安，有集行於世。

薊門行贈張伯誨將軍

薊門三日風日黄，驚塵漲天歸路長。禁柳條寒半欲折，邊榆葉稀天欲霜。將軍角弓控不發，櫪上鳴鑣動咆哮。玉帳高褰瀚海雲，朱旗半掩孤城月。城頭落月照皇都，萬家漠漠秋煙孤。暮天軍中一事無，蹴踘笑踏紅氍毹。繡簾銀燭夜慘淡，仰視河漢西南趨。乳皮薤白金城酥，滿堂醉客争樗蒲。將軍大呼一擲萬，袒臂已覺無全胡。天子但顧西南隅，窮荒蕭條八月雪，鳴雁哀叫胡雛呼。雲中古戍烽堠緊，漁陽勁卒膽氣粗，天山茫茫白草枯。文皇遺鐵生紫翠，至今群胡不敢動，側目嚙指空驚吁。英雄出塞薄萬里，黿兹于闐入版圖。君不聞北斗之下爲中國，太宗滅蠻心未休，翠華却過北斗北。千秋仰見肇造難，萬古長沙淚霑臆。

戲贈李之文

東城有李生，北城有李生。東城太長北太短，兩人好古俱天成。東城磊落髮半白，北城好酒兼好色。按歌往往低彩雲，對酒時時歃白幘。青樓冥冥高入天，下臨大道横紫煙。樓前盡是會稽竹，掃日含風若寒玉。盛夏五月天毒淫，雲疏雪壁常陰陰。江中濤聲日在耳，白蓮紫榴開復深。此時君正眠石牀，層冰峨峨傾酒漿。脱巾大叫髮至地，縱有狗竇誰敢望。生也有舅列宿郎，好道今已歸曇陽。口吟大洞已萬過，猶在桃花縣中坐。昔時意氣何壯哉，唾駡韓柳如駑才。忽思枯槁望八極，拂衣欲上中天台。人生百年會有死，白日虞淵等閑事。緑箸自是天生成，世上行人若流水。不如乃甥情太真，白眼不願爲仙人。遥望蓬萊那能去，但飲美酒驕青春。

題戴進山水抱琴圖歌

嗚呼清角不復見，玄鶴已去悲風呼。裨海齊州一反掌，乾坤莽莽知音孤。曲高節疏苦欲睡，白首人間空見圖。就之忽驚雲木動，沈筆欲下還躊躇。千巖峥嶸萬壑趨，松檜漠漠煙巒殊。前有豕麋後虎貙，琅玕翡翠紛在眼。石亭仄映山之隅，中有高士牙與期。縞衣黄冠七尺軀，修眉朗照秋水珠。氣和貌古合禮法，一仰一俯宫商俱。細看聞聲更見意，似神似非驚復吁。迸流千片指下墮，鳳凰忽叫將其雛。嗟我有琴太古調，抱之不肯向人操。幽蘭無聲白雪静，盡圖雖在誰知省。東陽可賣死不哀，和者既稀歸去來。

長歌行寄吕中甫山人

壯遊歸來一何晚，雪裏黄精不得飯。太行句注俱眼前，只尺青霞夢修阪。潞洲鮮紅味辛劇，廣野氍毹太繾綣。沈殿曳裾代殿同，館中詞賦凌錦虹。顧笑催成雪色絹，歸梢駿馬如旋風。七尺豐軀三尺劍，紫貂紅罽光蒙茸。一去燕雲幾回首，戚家將軍汝最厚。射雕每出祁連山，走馬時經古北口。日暮歸營歡宴多，黄羊白雁行紫駝。琵琶怨發昭君曲，羌笛哀生公主歌。簾高燭明月半白，坐對盧龍雪猶積。北風三日吹行雲，邊城健兒不忍聞。少小離家三十年，年年辛苦去防邊。胡兒飲馬長城窟，漢將彎弧大漠天。大漠陰沉風雪色，蒲梢苜蓿冰沙黑。亭障迢遥六千里，角幹騰驤三十國。皇家財賦盛東南，漢代咽喉重西北。北宸北望無可期，南國南歸斷消息。山人歸來感慨豪，扼腕絶嘆心力勞。鎮南將軍奉朝貴，靈武度支憂轉漕。國家雄俊古有以，吁嗟邊事如猬毛。長鑱短扒去復樂，明日種葵東皋。

贈錢季梁進士省覲歸壽其太夫人八十

高皇手提三尺劍，坐麾四海如委翎。凌煙功成賜鐵券，詔謂宇内求真形。錢王古鐵漁人得，紫繡遍蝕波濤腥。熟看帶礪隱玄玉，金書細鏤魚龍青。二百年來治平久，錢氏子孫多壯丁。君今蔚起觀滄溟，鼉精再鍾羅刹靈。豐眉修幹照冰雪，玄言五十合典刑。遂令天下望筆迹，一語出口如真經。時來欻與風雲會，手掣紫電開青萍。名成進士拂衣出，要與吾道爭震霆。太行白雲常在眼，東下扁舟不可轉。手持瑶草身彩衣，直向階前學嬌蹇。高堂老慈含笑看，錦帔素髮顔如丹。捧檄始知毛義喜，牽輿絶勝潘岳歡。牛心龍炙百拜獻，寶幄獸爐開壽宴。羊酒爭馳里門入，左右共識賓朋羡。男兒得意豈有窮，有官不用三千鍾。但願子貴母長健，承顔數上金花封。錢氏忠孝古有語，吁嗟盛事今再逢。吁嗟盛事今再逢，得不盡孝兼盡忠。

贈王思延都護

讀書十年無一字，雷雨荒山走魑魅。垂老不知行路難，翻向衡門紀災異。眼中五嶽分秋毫，筆底風霜半憔悴。竭來燕市三日遊，擊筑泣下常幽憂。城雲不動凍日白，對酒忽憶梁園秋。信陵門下賓客盡，魏王池臺煙樹愁。信陽王君鷹揚質，衆中與我情常密。肯將肝膽向時人，不惜皮毛見膠漆。高牙大纛手自取，翠羽金膏漫相失。長安大道霜日晴，赤驃蹀躞黄金纓。每携斗酒慰寒谷，并問生涯憐杜蘅。四郊逡巡馬常備，百函矢口書還成。慷慨相逢久相别，百年草草何愁絶。壯士空存越石心，老妻但笑張儀舌。歸去天南憶舊遊，茅堂晝掩青谿雪。

湖干曝日

閣外柳條長，平湖半夕陽。雪消沙草緑，春動水煙黄。老漸思丘壑，貧猶曲驌驦。理生無遠計，曝背近東墻。

憶事二首

何處吹簫夜色凉，不勝哀怨濕衣裳。平湖百丈天如水，露滴藕花秋夢長。

翡翠簾櫳白玉宫，碧雲無影佛燈紅。夜深下界行人絶，一片經聲在半空。

雪曉懷西清田舍

種來黄獨已如拳，手斸冰膚煮澗泉。酒醒雪晴無一事，竹窗炊火送新煙。

西閣雨望

閣外松間盡夕陽，碧窗清喜自焚香。柴門不掩寒潭緑，遥見西山雨足長。

豐□□越人一十八首

越人字正元，鄞縣人。有《天放野人集》。子建，天啟五年進士。

晨汲

晨汲往東澗，澗石何齒齒。游鱗既濯濯，清流復瀰瀰。天翠翻在下，丹霞亦孤起。泠然會我心，濯纓乃空水。撫兹成一嘯，因悟無生理。

積雨懷屠田叔李賓父

秋來霽無時，江光夕如縷。徘徊空郊雲，蕭條雜飛雨。曠望極暝色，疏花澹風渚。層城有佳客，相思一延佇。林霏莽復合，孤煙鬱平楚。何當遲皎月，長川下柔櫓。

東阡道中

杳杳泛天色，孤村暮靄沈。鳴榔應前舫，分火度中林。酒病江南客，年銷洛下吟。惟應故園月，偏照未歸心。

秋日湖上

閒棹滿湖雲，來尋物外群。石梁臨壑度，霜杵隔峰聞。樹嘯風相命，花愁月與分。更憐沙岸夕，漁唱遞江濆。

武林秋夜值潯陽友

月白夜啼鴉，滄江檻外斜。風高砧自響，霜冷樹猶花。行侶潯陽客，荒村越女家。相看倦塵土，一倍惜年華。

早夏陽羨山中病起有懷漢陂舅李賓父

一卧春歸盡，清羸寄翠微。地偏鶯較少，花在客來稀。江竹浸茶圃，山榴罥葛衣。風流懷二仲，吟眺忽斜暉。

秋日過李遇齋賓父兄弟

多病疲干謁，秋風下小舠。郊扉雲間竹，江郭月生潮。過雨桐陰静，聽詩燭燼銷。愛君兄弟好，華髮共蕭蕭。

冬日郊居懷金沙崦西虞丈

數里寒林静，郊居愛日暄。枯枝鳴曠澤，饑鶻下晴原。洲暖冰生草，風疏葉滿園。因思高尚者，曾過崦西村。

空　囊

悄悄荒林色，狂歌興轉長。百年初解飲，一月早空囊。霜雁求禾穗，花蜂聚蜜房。營營有如此，絶倒楚庚桑。

曝　背

西日經林暖，遲遲曝背情。即看殘燒盡，遥辨遠山横。寒水痕多淺，空郊響易平。病軀便短褐，不用獻君明。

復雨

歉歲恒多雨，林扉隱白氛。一春强半去，百舌故相聞。魚艇生衣合，鄰桃戴葉分。幽居了生事，南畝望耕耘。

春晴

新年恒霽色，芳草茂春暉。小徑通玄鳥，高窗拓翠微。風輕扶蝶翅，洲暖曝魚衣。祇是幽期慣，鄰翁醉與歸。

春日東城

睥睨滄溟上，登臨興若何。煙籠關樹遠，雁帶嶺雲過。柔櫓鳴春溆，繁花照晚波。雙江無限思，只是夕陽多。

至石壁莊

一徑湖心通翠微，入山先自着山衣。繞籬野豆花争放，背日巖枝葉半稀。漁散空洲秋水在，煙横高岫夕禽歸。閒居最得無能味，白石蒼蒼是釣磯。

山曉

山館幽扉生曙光，曉風殘月共蒼蒼。角巾自攬烟霞色，空徑時飄蘭蕙香。日射女垣啼宿鳥，露翻桐葉下秋岡。三山極目青於指，一片閒雲似水涼。

早春

乳鶯初囀柳初柔，花霧林香一倚樓。風外遊絲連蛺蝶，苑中芳樹近簾鈎。天青晚岫依屏列，水緑春江學字流。疏懶不堪連日醉，窗間殘局客來收。

老樹

百年老樹倚柴門，樵徑蒼蒼野色新。醉向溪頭卧明月，葉聲風細夜還聞。

吹笛

空林醉卧不知秋，手採芙蓉下小舟。明月滿天涼似水，閒吹短笛過滄洲。

豐□□應元[一]二首

應元字吉甫，鄞縣人。道生之子。有《鳴皋集》。

〔一〕「應元」，原刻卷首目録作「正元」。

冬日閒居

冬日西郊外，蕭條無四鄰。林深巢病鶻，霜白見行人。採菊非輕世，臨流莫悵神。亦知回也意，茅屋不辭貧。

寂寞

寂寞逢秋半，褰衣坐水濱。可憐閒盡日，翻是病宜人。葉落疑疏雨，花開見小春。爲生更無計，終自畏風塵。

沈司丞泰鴻九首

泰鴻字雲將，太傅一貫之子。以父任官尚寶司司丞。

長安冬日即事二首

滿院微陽到朔風，厭看浪激在寒空。西山朝爽嚴城外，十月江梅藻句中。自許疏叢分凍雀，那堪上苑集冥鴻。纖埃似隔清凉國，佛火琉璃夜半紅。

有客娑羅自辟疆，寒梅幾樹倚東墻。經銷夜雨爐煙濕，女散天花布衲香。居士青蓮詩酒外，遺民白社水雲長。蒲團定起聲聞寂，烏鳥何關噪夕陽。

詠花影二首

晻曖鋪芬信化工，不教開謝聽春風。剪裁素手應難定，相像冰姿也未同。物態盡從形裏問，禪心詎待落時空。緑情紅意遮分別，夜月朝陽西復東。

璇空霞蔚迴雲興，纔舞山香黛色層。攀不得時如對鏡，看難真處似攜燈。禺中已識傾陽近，木末初逢泫露凝。偶爾啓關迎快客，踏來滿徑碎何曾。

憶　事

空山秋月明，處處暮猿清。不是愁腸斷，還聞第四聲。

春思三首

亂水浮花正掩門，花神零落未招魂。春心不與春光盡，細向羅衫覓酒痕。

淚灑梨雲作雨痕，半生春事不堪論。遊絲怪底無拘束，逢著花枝便斷魂。

津亭拂水最長條，折贈夫君挽細腰。如今花落無人管，閒逐東風過六橋。

長安雨後

京塵行處是風煙，春曉常疑欲暮天。惟有濯枝新雨後，江南無夢也泠然。

何山人白一十一首

白字無咎，永嘉人。幼時爲郡小史，龍君御爲郡司理，異其才，爲加冠，集諸名士賦詩以醮之，爲延譽於海内，遂有盛名。西遊酒泉，南窮湘沅，歸隱於梅嶼山中。崇禎初年，以老壽終。無咎能書善畫，有《汲古閣集》行世。

獨漉篇有序

爲武義王世名而作也。世名父爲族叔所殺，母念世名稚，匿不發。叔歲給米菽以償，母子相對泣業，弗食。及世名長，爲庠生，娶婦，舉一子。世名袖利刃，伺仇出，立斃之。有司憫世名孝，欲活世名。世名不肯令父骨復暴人間，竟自殺以明。婦亦以身殉焉。

獨漉獨漉，悲歌當哭。梁柱有刀，車輪無軸。兒啞啞，繞父足。殺父者誰？父之族。兒不敢仇，仇爾叔。春我黄粱，哺我菽。兒下有兒，兒可贖。摩挲室中刀，仇來剚爾腹。報父下泉，亦何復有婦。有婦從之遊，不爲黄鵠生，獨宿冢上連理枝。左拂扶桑右若木，日月繚繞之，晝夜代明燭，燭漉之歌，悲且促。

哀江頭

爲南康守吳公而作也。公諱寶秀，己丑科進士，配陳氏，吾郡平陽人。

飛雲渡口西風急，津吏停橈刺船立。始陽公子方垂髫，掩抑依依向余泣。爲言阿父守南康，雙旌五馬爛生光。寧知廉吏反成罪，諸孤藐爾身凄凉。父昔驅車到公府，蒿目日詢民疾苦。化行遠邇期月間，不圖遽坐中官禍。中官榷税來江州，譏徵會斂深誅求。大旗卓天天爲愁，峨艦壓江江不流。長江日高一丈五，傳呼奏樂頻撾鼓。于闐寶帶刻麒麟，大内金牌畫飛虎。禿袖監奴紫繡衣，鋭頭惡少青絲組。長官俯首不敢言，何況區區商與賈。左右爛用水衡錢，夜椎肥牛朝擊鮮。張弓挾彈仰天射，鳥飛不近潯陽天。游徼闕頭弛巡邏，忽傳商客偷關過。駕風遠逐到南康，中流綷斷官船破。十人失水九人墮，飛濤適值長鯨餓。水中叫援呼州民，州民舉酒翻相賀。貂璫見説生狂嗔，自謂奉書因國課。璽書統轄及守臣，有事守臣當我佐。州民袖手誰使然，民之凶獷誰之故。父謂爾璫勿怒嗔，爾曹腰領無容剉。關津有地税有經，越境猶然黷泉貨。而曹之死天死之，豈得吾民有連坐。貂璫搥床怒不止，謗牘蜚誣抗明旨。御批緹騎出燕京，檻車夜達南康城。南康城外合城内，江水湯湯流哭聲。錦衣索錢動盈萬，橐垂何以供充盈。母憐此别異南北，誓願相隨同死生。父云一身尚難保，豈能攜汝增伶俜。夜闌掩泣已憔悴，阿父據床方假寐。燭輝無焰雨涔涔，阿母遂作無聊計。開奩試檢約指環，挑燈更拾流銀髻。半生椎髻羞艷妝，貧女從來少珠翠。離妻結束留枕函，與君稍佐長途費。牀前再拜相決絶，念妾笄年同結髮。祗言偕老共苦辛，何期中道生離别。臺前古鏡名盤龍，光與陰精應圓缺。茱萸繡帶拂清輝，琉璃錯匣妝明月。更有寶劍名純鈎，龍藻龜文炯明滅。寒光歷落粲星辰，白虬糾結流霜雪。願得周防君子身，要見時危秉風節。袖有一雙七寶囊，低垂四角同心結。願言分贈兩侍兒，薌澤芳情未消歇。女兒未長兒尚孩，撫養宜均理無别。桁上猶存蛺蝶裙，篋中尚有鴉頭襪。君今遠道勉加餐，莫因死者生摧折。生者不愧死有知，豈羡兩身同一穴。叮嚀告父父豈知，夢裏微聞語聲咽。小兒抱頸女牽衣，絮泣漸低燈漸滅。平明呼母唯空牀，寧知阿母懸高梁。阿父見母死，拉血裂中腸。兒女見母死，恨不從母亡。闔城聞母死，擗踴咸如狂。中有但夫人，八十鬢髮霜。開我東閣厢，着我素羅裳。倉皇備牲醴，命僕舁黄腸①。親爲視殮含，三繞母尸傍。抗聲慟爲絶，陰霾四塞天無光。錦衣敦迫難久俟，薄俸那能具行李。父老吞聲爲醵金，商略通衢置方匭。閭閻士子納銀錢，村莊婦女投簪珥。三日得環三百餘，空城大小隨行車。呼天遠徹一千里，道傍聞者咸嗟吁。天王明聖臣當戮，詔發秋曹先繫獄。中山未白樂羊書，秦庭豈少包胥哭。一物終回造化仁，六幽竟藉陽光燭。不分生還見故鄉，驚看兒女錯成行。短衫紫鳳半零落，小子呼爺能繞牀。夜闌秉燭獨疑夢，悲喜交併轉沉痛。幾回呼母聞不聞，嘔血撫棺惟一慟。孤臣九死輕一毛，天心未痡生何聊。愁聞税監益驕盗，豺狼滿道人蕭條。每當素食漸無補，風霜祇益臣心苦。願逐龍逄地下遊，聖意中回臣得所。一朝卧病絶復蘇，之死猶呼臣有負。我聞此語空咿憂，古來醲禍寧無由。未論遠鑒漢唐事，得不哀痛汪王劉。憶昔肅皇興楚澨，啓沃君臣同一轍。刑餘祇合供掃除，豈得預參藩鎮列。江南安枕七十年，忍見今時更騷屑。吴公吴公君莫悲，臣能盡忠妻盡節。千秋正氣塞乾坤，爲雷爲霆有餘烈。忠魂儻拜永陵雲，應抱遺弓淚成血。

① 原注：「時城中但夫人八十餘，遂以沙木棺見贈，親視殮含舉祭。」

溪翁行

溪田犖確河田沃，瘠土民勞沃土樂。河田多收十斛餘，年年不肯全輸租。溪田收薄少生計，刈薪賣穀完新税。春來月出不聞歌，昨朝社飲無人醉。溪翁但羡河田豐，家家甕酒真珠紅。

村翁行

老翁耕種居西村，白頭不到城東門。翁言淳樸日非昔，我覺勝兒兒勝孫。大孫自詑能當户，負租往往凌田主。日斜歸自縣門來，桑下乘凉説官府。

塞下曲三首

南獵單于北掃胡，高秋牧馬出飛狐。校前裨將新車騎，戲下鉗奴舊骨都。

城上驚飛白項烏，黄蒿隱見跳黄狐。數聲刁斗殘星落，獵獵酸風亂馬呼。

春草年年怨别離，生還不分及瓜時。天寒蟣蝨生金甲，雪裹龍蛇落畫旗。

淮陽歸興四首

淮泗秋風動地來，月明如水雁聲哀。南經伍員吹篪市，北眺曹公較弩臺。歸路漸香菰米飯，佳期已負菊花杯。愁聞烽火連東北，極目浮雲黯未開。

窮秋征馬出扶桑，五夜流烏入建章。土木再煩將作匠，詔書頻拜羽林郎。山連豐沛今湯邑，江繞濡須古戰場。安得漢庭長孺輩，令渠一卧治淮陽。

問訊吾家滄海君，紫芝滿地吹凉雲。長門無金可買賦，谷口何人空勒文。即有淮王招隱士，懶從蠻府呼參軍。玉笙吹冷不歸去，遥夜中天鸞鶴群。

初陽古洞敞三扉，憶昨題詩坐翠微。緱嶺已騎孤鶴去，鼎湖無復一龍飛。壇前竹浪雲連屐，石上松濤雨濕衣。翻架殘書風策策，滿庭黄葉旅人歸。

俞山人安期一十一首

安期字羨長，吴江人，徙陽羨，老於金陵。羨長巨目高鼻，魁顔長身，狀貌如河北傖父。與之談，盱衡抵掌，意氣勃如也。少客於龍君揚，受國士之遇。君揚被譴，入楚慰之。遣戍永安，又入豫章送之。與楚人丁元甫爲意氣之交，元甫没，厚遇其子，海内歸義焉。羨長嘗以長律一百五十韻投贈王元美，元美爲之傾倒。已而訪汪伯玉於新安，訪吴明卿於下雉，皆與結社，後門韋布，頗依諸公以起名。才氣蠭涌，晚亦知厭薄其窠臼而聲調時時闌出，不能自禁，蘇子瞻所謂如浙人語，終老帶吴者也。子南史，爲諸生，亦好學能詩。

望海二首

紛紛靈異變昏朝，陰火隨波遠自飄。龍藏函經連水府，蜃樓開市借雲霄。星臨東極無分野，山入南荒有沃焦。日日潮來長應候，似應西答百川朝。

湯谷遥看接漢津，浮槎真可犯星辰。天窮島客西開户，水闊鮫人下結鄰。異鳥避風曾祀魯，神鞭驅石想經秦。桑田那接蓬萊上，翠輦東南總浪巡。

哭莫方伯子良

濯研池猶墨，邀賓徑欲荒。草青仍倒薤，樹白已垂楊。夕鳥行書几，寒雲發影堂。修文之帝所，扶侍有仙郎①。

① 原注：「時雲卿先已長逝。」

代送中使織衮還朝

織罷冰綃進御歸，鮫人水國暫停機。自憐不及吴蠶老，一吐新絲上衮衣。

懷方子及時謫滇南鹽官

一辭畫省動經年，疲馬長驅萬里天。漢女蛾眉同輦妒，楚臣芳草異鄉憐。謫居敢怨監鹽井，領郡應須乞酒泉。魂夢蒼茫愁遠道，夜郎西去總蠻煙。

沅江雜述二首

山過白馬渡，千里斷平原。水出雲根上，帆行石峽門。未寒厓已凍，不雨晝多昏。何自聞人語，荒荒虎豹村。

平明逢絶浦，幽晦氣蕭蕭。青浪吹花涌，玄雲作葉飄。傍林愁嘯鬼，刺水懼潛妖。近午欣看日，羈魂始自招。

過洞庭湖

南北占星日，相隨任遠飄。輿圖淪浩蕩，舟楫變昏朝。雁力翻風盡，蛟宫隱浪遥。最憐無定處，雷雨失青霄。

龍君揚赴永安賦别二首

迢遞邊夷戍，悲酸絶海行。百憂緣國事，一哭豈私情。積氣寒相結，江聲夕未平。離鴻何意識，哀怨向人鳴。

功罪寧論實，馳驅只自傷。一身酬謗讟，九死列戎行。海樹交吹瘴，蠻花不受霜。長城誰可倚，今日爾投荒。

夜過承恩寺與吳允兆談舊得離字

兩度高樓夕，孤鐘落木時。悲歡殘夜語，生死故交期。傲骨貧偏長，浮名久漸疑。十年身借客，猶自愧要離。

潘太學之恒 九首

之恒字景升，歙人。鬚髯如戟，甚口，好結客，能急難，以倜儻奇偉自負。晚而倦遊，家益落，僑寓金陵，留連曲中，徵歌度曲，縱酒乞食，陽狂落魄以死。景升少而稱詩，才敏而詞贍，從其鄉汪司馬結「白榆社」，又師事王弇州，其稱詩弇州、大函也。久之，交袁中郎兄弟，上下其議論，其論詩又公安也。中郎嘗序其《涉江》詩，以爲出汪、王之門，能湔其舊習。然景升既傾心公安，其詩故服習汪、王，終不能有所解駁，中郎徒以論合，僅而收之耳。晚年訪余津逮軒，酒間唱酬，率意塗抹，無復持擇，人謂老而才盡，未幾逝矣。景升詩集前後合數千篇，余悲髯老於詞場，篇帙繁多，終就淪没，録其《金昌草》數首。

婁江謁二王先生墓途中述懷

祇園澹圃各荒蕪，綿竹尋師事豈誣。積翠丹臺空集鳳，殺青玄草盡傳烏。驚心塵土雙埋玉，揮涕河山一束芻。悵望新阡松柏路，敢從青樹問榮枯。

崑山聽楊生曲有贈

板橋南岸柳如絲，柳下誰家將叛兒。《白苧》尚能調魏譜①，紅牙原是按梁詞②。雨添山翠通城染，潮没堤痕去路疑。年少近來無此曲，舊遊零落使人悲。

① 原注：「良輔。」

② 原注：「伯龍。」

雨後同錢象先王德操王房仲遊虎丘

客懷岑寂後，無復更尋幽。積雨沉鮫室，新雲簇虎丘。樹高能半塔，山淺亦藏舟。爲問千人坐，曾消幾日愁。

慧慶寺訪無懷如庵印宗三開士

寒山東一曲，云是白蓮溪。寺僻居橋左，林深到竹西。波生梁日動，梵出徑雲迷。莫漫嗟無侶，禪枝喜共棲。

遊楞伽山

移棹出横塘，悠然見上方。天從湖尾縮，山帶樹容蒼。客病消茶碗，禪心醒石牀。翻憐臺畔草，盡作苾芻香。

西陵逢楊五

一番秋色落蘼蕪，蓮子香殘更技蒲。擊楫似邀桃葉渡，看花空憶莫愁湖。淒凉古堞悲遺事，寂寞荒園問舊壚。怪殺錢塘城外柳，夜來棲盡白門烏。

春　燕

海燕留空壘，逢春幾度歸。引雛將啃啃，識主故依依。解語欺黄鳥，謀身尚黑衣。莫嫌泥滓污，曾向玉樓飛。

白下逢梁伯龍感舊二首

梨園處處按新詞，桃葉家家度翠眉。一自流傳江左調，令人却憶六朝時。

一別長干已十年，填詞贏得萬人憐。歌梁舊燕雙棲處，不是烏衣亦可憐。

米山人雲卿一十五首

雲卿字君夢，楚人。少有才名，薄遊南北，落落不遇。徙家金華，僑居吴興而卒。有山居詩，極幽人之致。《秋柳詩》十二首，金陵人多傳寫之。其《撥悶詩》云：「十年湖上社，雙屐泖東山。有子癡難教，無家老不還。」亦可見其老懷也。或云雲卿汴人。

秋柳詩八首

離亭當日唱離歌，祇爲柔條傍渭河。恨不任他攀折盡，衰來徒自惋傷多。百年秋思愁中斷，千古春情夢裏過。縱是王孫金勒馬，也應相向嘆蹉跎。

一葉西風耐更凋，他鄉何處不蕭蕭。依稀有葉還無葉，摇落長條復短條。難忘折來情脈脈，更愁看去路迢迢。經過若問傷心地，凉雨寒煙鎖灞橋。

纔失陽和氣便寒，遥林遮霧曉漫漫。微霜未着枝先勁，零露方滋葉已乾。弱質縱凋還自惜，芳心猶在詎應殘。請君試看深秋色，不學青楓更染丹。

濯濯芳時枉自矜，枝頭錯許露珠凝。緑陰别去留難住，黄葉飄來掃不勝。新曲更翻成苦調，舊遊重過等寒冰。天涯一望同岑寂，未必豪華在五陵。

名擅章臺第一家，忍將憔悴送年華。容銷已失如眉葉，才盡難迴比雪花。纔見高樓堪繫馬，俄同寒樹與棲鴉。榮枯只是尋常事，忽漫逢時莫自誇。

何處相逢最有情，平康曲轉大堤横。回眸不忍枝頭望，携手真愁樹底行。近淚幾絲渾欲斷，牽情千縷苦相縈。自經委謝無窮憶，應悔風花忒煞輕。

寶馬香車滿路塵，相看能得幾時新。飄將墮地皆成土，悲自傷心敢怨人。緑謝枉遮千里目，青歸難借一絲春。蕭條隨分黄泥岸，羞把繁華問水濱。

不和悲歌也自傷，秋來天地慘茫茫。愁生衰草斜陽外，怨結歌臺舞榭傍。歲歲暖風吹到冷，枝枝緑葉變成黄。而今始信桓司馬，當墮金城淚兩行。

瀔水移家

移家東郭十年前，東郭移家又十年。盡割煙蘿還地主，遥驅鷄犬下江船。生非弱草何須土，行若高雲不繫天。已斷因緣去來想，浮踪那得受人憐。

贈張愼伯居士

梅竹蕭蕭舊隱居，却依雙樹結精廬。方酬南嶽高僧偈，未答東山太傅書。賓館有田多種秫，柴門臨水不爲漁。春風日日閒花落，三徑無人自掃除。

武林移家

不緣長被愧長貧，因嘆無方可卜鄰。吳市隱時非漢世，越山歸日似秦人。一身負俗終爲累，數載移家亦厭頻。猶喜扁舟來去便，柴門還欲傍汀濱。

有感

極目浮雲與逝波，百年哀樂盡經過。交疏紙上寒暄少，名在人間毁譽多。衰鬢晚秋臨白草，歸心長路阻黄河。自知身隱誠難事，因笑佯狂作楚歌。

冬夜懷歸

寒風颯颯夜蒼蒼，臘月江城卧雪霜。只爲食魚常作客，偶因聞雁又霑裳。青山夢裏行難到，白髮愁中鑷更長。不見北堂萱草色，憂心那得暫相忘。

春日途中口號

行役日復日，奈何歧路長。春泥滑馬足，芳草斷人腸。日落野煙合，花開村店香。吴姬似相識，招客酒壚傍。

楊柳歌送唐仲秩

江南二月時，楊柳緑華滋。高臺不知數，臺邊千萬樹。縈堤夾岸相映新，摇曳朱門翳美人。翠樓絲絲争媚日，黄鸝樹樹學啼春。啼春不住高下飛，金梭亂擲流黄機。又如織女機初斷，千絲萬絲分歷亂。旋作東郊一片陰，雨中淺淺煙中深。迤逞青綃合步障，纏綿縷帶結同心。青綃步障大道傍，同心縷帶春風香。佳人玉笛青樓遠，公子金羈白日長。旗亭百座空中曉，嫩葉柔枝亘繚繞。碧玉蛾眉怎鬬妍，小蠻腰肢徒裊裊。君不見楚王宫裏花盈盈，千容萬態學未成。春心不死怨猶在，只今盡逐東風生。灞陵橋，章臺路，異代風流那得顧。章臺舊日花如雪，灞陵古來多送别。眼前景物不得將，何以贈君天一方。好向枝頭惜春色，莫待傷心秋草黄。

程布衣可中二十二首

可中字仲權，休寧人。家貧，爲童子師。從人借古書，篝燈夜讀，遂博洽能爲詩文。初入汪司馬「白榆社」，繼與梅季豹、何無咎、潘景升同盟於長安。短小堅悍，裹糧襆被，遍遊南北名山水，遇貴人，多偃蹇不爲下。狹斜飲博，留連匝月，人不知其所之。入蜀，遊吴，將卜築雨花臺下，未果而卒。仲權嘗語余：「李本寧以詩文雄伯，人莫敢置一辭。余得其贈詩，直規之曰：『公才不遜古人，亦落弇州、大函窠臼耶！』本寧拱手嘆服，以此知其真長者也。」本字作仲權傳亦云。蓋仲權之持論若此。以其詩絜之，無咎、景升亦季孟之間耳。

除夕短歌

蠟月全晦歲華暮，原燒偷青春微露。突冷連朝待束薪，床牀半夜抖殘絮。年年逼除貧泥人，今歲頗得貧中趣。小尨狺狺吠欲瘖，操券都來徵逋負。閉門軀縮堅不出，誑言白石庵中去。東鄰貰酒喜盈罌，西家乞米剛半釜。地爐榾柮四壁紅，絶勝龍涎照銀炬。紈袴膏粱生無分，執鞭未可吾奚慕。蹇我亦非智術疏，自是君家合豪富。且呼焚魚暖濁酒，一勸一杯自寬諭。妻妾牛衣坐兩頭，兩兒膝畔差韶悟。得歲有慶失歲罰，椒花欲頌粗能句。逾艾明朝老禿翁，視此足驗平生遇。玉梅寒香撲鼻來，大杯停手已無數。

通州雜詩

涔涔山雨暗，漠漠海雲長。價踴魚蝦市，田荒雁鶩場。簷風晞素髮，篝火炙匡牀。傳説佳公子，無由過賣漿。

銅井道中

去馬秋能健，歸懷困暫通。水沈江畫壁，霜净雁書空。瓦甓占村古，菑畬得歲豐。依誰成旅宿，篝火護飛蟲。

旌德道中

底用嗟勞役，空山行自幽。曉雲梳樹出，清溜篆沙流。税畢收蠶市，場喧過麥秋。驛傳東海信，政恐有徵求。

同穉孝鼎卿詠津鼓限陽字

戍鼓何蕭索，闐闐水一方。停桴留墮月，流響激繁霜。鄉夢秋難穩，津樓夜正央。三撾遺譜失，悲壯憶漁陽。

詠沙岸限沙字

篷窗不自得，隨意坐高沙。痕蝕漁梁淺，莎連鳥迹斜。善崩防岸柳，餘潤長汀花。最喜行粘屐，沿流到酒家。

宿雄縣與善徵觀察話舊

風急平林日御徂，乍驚哀柝散城烏。壁燈爆盡宵初半，鄰杵無聲月自孤。事往拊心懷感遇，憂來顧影嘆頭顱。三年漢上曾今日，不謂仍陪楚大夫。

過白溝河感懷

白溝河水逝東奔，燕馬南來河水渾。原草百年殷戰血，陰風半夜鬬遊魂。明堂又喜朝元后，率土空教哭聖孫。回首漫憐方正學，茫茫青史不堪論。

介休道中

征旅聊因當勝遊，庶饒那復數中州。雪融隙地培桑棗，日出通衢噎馬牛。望望綿山侵面出，時時汾水避人流。太行春色黄河外，猶自嚴寒滿敝裘。

春興

紛紛羅綺競容芳，明月誰家閟屧廊。簾静幽禽仍自語，筝寒金雁不成行。故人易見傾田寶，死友何由覓范張。惆悵長安看花處，彩繩無計繫春陽。

上谷秋日雜書四首

列壁風鳴漢幟摇，居庸天迥鎖雲標。雨餘新爽澄金氣，夜半殘河插斗杓。嘉饌土人烹碩鼠，薄寒胡帽製豐貂。妖姬不解愁砧杵，馬上琵琶手自調。

南山衝道厄硿砑，井邑蕭疏樹影遮。橋斷渾河争倚石，地留故苑失飛花。高排虎落凌雲險，强挽烏號却月斜。誰謂從軍無苦樂，翻令征士不思家。

煙火依微帶近郛，鷄鳴驛路入平蕪。挽飛百道徵軍餫，市榷千緡算賈胡。天壽蟠龍山競拱，桑乾飲馬水堪枯。秋來節鉞提封内，除去椎牛一事無。

關頭明月古今情，樹引凉飆夜有聲。土木未忘巡正統，封疆無復問開平。霜迎狼纛秋臨祭，風偃龍祠歲守盟。此日廟謨争畫一，空談莫遣誤書生。

問訊虞二僧孺山居

侵湖何限竹魚莊，棘箐叢幽徑轉藏。泉韻隔花鳴罅石，竹光分雨到空牀。逸民消得稱虞仲，難弟勞教嚳季方。幾欲過從慚法供，湘蓴采采不盈筐。

贈茂伯王孫

雲孫幾葉憶高皇，社土千秋表舊疆。周禮未應俱在魯，漢臣今已半遊梁。花垂右城春常滿，客散西園夜未央。八斗向來求自試，書成字字挾風霜。

贈丘魯生

旅食無端笑滯淫，鄰居猶自費招尋。風流南郡談經帳，羞澀長門賣賦金。送盡花神春未艾，檢殘藥裹病偏侵。空江日暮靈妃曲，久向天涯負賞音。

同謝少連伯仁侄步出鳳山門尋故宋宮址

醉憑斜日俯蒼茫，拄杖明霞水一方。道側斷碑埋屓贔，草中殘瓦卧鴛鴦。煙銷林影窺宮籞，江落潮痕上女墻。遺恨彈丸江左地，岳王墳樹弔秋霜。

除夕太原府四首

雁門南渡路千盤，殘曆猶從馬上看。醉抱白頭燈影下，錦箏撾殺不成歡。
逆旅相留慰苦辛，蕭蕭同侣二三人。笛中誰譜梅花引，已送江南十日春。
檀槽鐵撥素絲絃，此技都誇三晉專。里耳只今貪小令，金元遺調漸無傳。
城闕春潛雪盡融，誰家花勝出王宮。更寒緩下葳蕤鎖，元旦催傳進樂工。

冒秀才愈昌 四首

愈昌字伯麟，如皋人。爲學宮弟子，有時名，負氣伉直，爲怨家所中，浪跡避地，遍遊吴、楚間。作詩敏捷，千言不草，矯尾厲角，舌辯如懸河，所至士大夫皆畏而禮之。伯麟遊王元美、吴明卿之門，二公憐其才，每爲白其冤狀，而伯麟稱詩奉二公爲祖禰，迄不少變。萬曆末年，抨擊「七子」者日衆，伯麟恪守師説，抗詞枝柱，憤楚人之訾謷，至欲以身死之，此可以一笑也。

聽南嶽六空上人彈琴

我聞唐時穎師宋義海，千載琴心應有待。開士於今豈後身，朱絃一曲鼓青春。春空雲漠漠，春思生寥廓。於水見瀟湘，於山見衡嶽。彈爲山水音，仿佛聞仙樂。仙樂泠泠行樹中，慧鳥流音和晚風。虛言世上知音少，君自心如半死桐。

夜抵范丈人莊

誰道生還亦偶然，鄉心不禁涕雙懸。路從燕市三千里，人似蘇卿十九年。月黑楓林疏出火，霜消茅屋晚炊煙。預愁身賤虛勞問，形影相將轉自憐。

得林茂之書并詩

不謂三年別，能來一紙書。開緘如見汝，讀罷轉愁予。淮水月常在，秋風柳易疏。更憐詩句好，吟望意何如。

賦得鷲峰寺前殘柳答吴非熊林茂之留别之作

執手城隅對黯然，西風殘柳鷲峰前。曾籠紅版橋頭月，尚帶清溪渡口煙。望去藏烏非往日，愁來繫馬復何年。因君欲折難爲折，忍和新詩向别筵。

錢山人希言一十五首

希言字簡棲，余之從高祖叔父也。少遇家難，辟地之吴門。博覽好學，刻意爲聲詩。王百穀見其詩曰：「後來第一流也。」力爲延譽，遂有聲諸公間。薄遊浙東、荆南、豫章，屠長卿、湯若士諸公皆稱之。自以爲秦川貴公子，不屑持行卷飾竿牘，追風望塵，僕僕於貴人之門，而又不能無所干謁，稍不當意，矢口嫚駡，甚或形之筆牘，多所詆諆，人争苦而避之。以是遊道益困，卒以窮死。予爲買地，并先世數柩，葬之於烏目山。所著書曰《松樞十九山》，才情爛熳，近時韋布罕見其比。又徵古今劍事，撰《劍策》，通記本朝遼事始末，作《遼志》，摭採詳博，卷帙甚富。蓋棺之後，其書未削稿者盈箱溢帙，今皆散佚不存矣，惜哉！梁溪鄒彦吉序其集曰：「予初與簡棲交，見其舌本木强，好抵掌人事，殊不了了。與人荒荒忽忽，人近彼遠，人遠彼近，都無况味。酒不二升輒醉，其爲酒也，不必鶯花風月，細舞清歌，因謂名下士多不克副。及讀其所著書而與之交，土木其身，而龍虎其文，憨轉爲惠，無味轉爲有味。自百穀云亡，雅道淪喪，簡棲以一布衣居詞壇，忌之者終不勝好之者之口，良有以也。」彦吉與人斤斤少可，獨傾倒於簡棲，描寫頗得其實，余故詳著之。

晚發向金陵留别所知

旅遊裝太薄，一水問秦淮。月作投人璧，花爲贈妓釵。酒痕昏客袂，燈火亂春街。短簿祠前樹，含煙一半霾。

客思

一夕西風客思驚，雨聲颯颯和江聲。酒因病減愁偏重，衣爲寒添橐漸輕。漁火夜腥雲夢澤，瘴煙秋鎖岳陽城。無端又破還家夢，楚水依然繞去程。

郢上將歸留别沈伯含水部

把袂相看别恨長，片帆明發挂微霜。烏頭也向愁中白，馬色都教病裏黄。峽暗楚雲難入夢，江連巴字易迴腸。故人獨有嚴公在，重與挑燈話異鄉。

揚州懷舊

三度維揚十八年，舊遊零落不如前。車旁擲果人何在，橋上吹簫事莫傳。潮落遠江瓜步雨，烏啼荒壘竹西煙。風流杜牧元多感，到日登臨一惘然。

帆影

岸曲沙迴着處侵，半江落日半江陰。悠悠亂逐春潮上，漠漠還隨暮靄沈。曾帶斷鴉歸遠岫，又移殘月出疏林。誰憐獨倚危樓遍，目極天涯思不禁。

武昌柳二首

漢陽城對古西門，官柳青青幾樹存。葉暗市樓迷楚望，花飛江浦斷湘魂。因風暫逐金羈影，和雨先霑翠袖痕。猶有舊烏棲不定，啼將客夢到鄉園。

容顏消息轉悠悠，暗憶飛綿上翠樓。謝氏女郎空有賦，盧家少婦不知愁。陰疑灞水橋邊合，絲學靈和殿裏柔。若向吴昌折春色，緑條留取繫歸舟。

四明寄百穀先生苕上

秋盡江干雁影低，懷人只隔亂峰西。生憎流水爲衣帶，却笑浮雲學馬蹄。霜下曉楓紅歷歷，煙中寒柳碧凄凄。相期不共錢塘月，空負扁舟下霅溪。

夜渡若耶溪

樵風舟上鼓頻撾，十幅輕帆渡苦耶。照破離愁惟夜月，啼殘歸夢是寒鴉。霧蒸東塢山城暗，煙鎖西陵驛樹斜。只隔錢塘衣帶水，依然旅食傍天涯。

西陵

指點山陵問宋朝，荒雲漠漠荻蕭蕭。行人但説錢王事，强弩三千射海潮。

贈翁鄞縣

四明二百八峰盤，霧閣雲窗緑玉寒。不信謝郎爲縣令，三年騎馬未曾看。

闞峰普濟寺

闞公山繞闞公湖，舍宅年猶記赤烏。寂寂寺門霜葉裏，水禽飛上石浮屠。

鄞江舟中有感

年來鼙鼓海雲東，我欲移家住剡中。手種青櫺三百樹，出門師事白猿公。

荆門野望

滔滔江漢引微茫，川路西來蜀道長。象齒舊通周貢賦，鼊叢新叛漢衣裳。雨消青草湖頭瘴，葉落黄陵廟裏霜。十二碧峰看不見，空令神女怨高唐。

簡沈從先

雨過秋山翠滿城，思君江館入蛩聲。夜凉獨坐銀河下，吟到酒醒溪月明。

徐舉人熥　布衣𤊹

熥字惟和，𤊹字惟起，又字興公，閩縣人。永寧令棉之子也。兄弟皆擅才名，惟和舉萬曆戊子鄉薦，十餘年不第，風流吐納，居然名士。其詩爲張幼于、王百穀所推許。有《幔亭集》，屠長卿序之。興公博學工文，善草隸書，萬曆間與曹能始狎，主閩中詞盟，後進皆稱興公詩派。嗜古學，家多藏書，著《筆精》、《榕陰新檢》等書，以博洽稱於時。崇禎己卯，偕其子訪余山中，約以暇日互搜所藏書，討求放失，復尤遂初、葉與中兩家書目之舊。能始聞之，欣然願與同事。遭時喪亂，興公、能始俱謝世，而余頹然一老，無志於斯文矣。興公之子延壽，能讀父書，林茂之云：「劫灰之後，興公鼇峰藏書尚無恙也。」

徐熥八首

春夜同錢叔達陳惟秦齋中雨坐

高齋開亂竹，孤燭坐潺湲。世昧隨年減，浮生到夜間。交應同白水，語不離青山。坐惜連牀雨，相看似夢間。

春日雨中喜惟秦至

齋居耽闃寂，猶厭鹿麋群。茶汲松泉煮，香收桂屑焚。避人宜晝雨，來客損春雲。更喜連牀夜，蕭蕭獨並君。

秋日偶成

山翠夕陽天，幽居息衆緣。倦啼將暮鳥，哀咽過秋蟬。榻静喧松雨，窗疏納竹煙。微吟多信步，行過蓼花邊。

怨詞

一從閉深宫，不復徵歌舞。房中今夜聲，是妾當年譜。

宫詞

長信宫中玉漏微，緑楊枝上乳鶯飛。忽聽銀鑰開金鎖，殘月樓頭照舞衣。
宫中無復望車塵，已分阿房老此身。縱使君王得相見，也應不愛白頭人。
深宫長日閉蒼苔，恩寵於今念已灰。莫望他生更相見，君王行滿不輪回。

閩王墓

閩王審知墓在蓮花峰下，宣德四年盗發，獲金珠無算，有司仍復修治。

玉輦何年去不回，霸圖千古總成灰。秋深兎穴依寒隴，歲久魚燈暗夜臺。故國關河甌越在，遺民蘋藻鼎湖哀。蓮花峰下黄昏月，猶見三郎白馬來。

徐㷊 四十七首

投宿山家

清流抱孤村，秋意澹林木。水急衡板橋，山空響飛瀑。殘葉水邊黄，危峰天際矗。日暮何處歸，人煙在修竹。

棲雲寺

出自東郊門，蘿徑轉幽邃。刹影入層雲，鷄聲落空翠。鐘響答松濤，鑪煙和花氣。斜日下遥岑，殘僧獨歸寺。

築城怨

築城何太苦，百萬征夫淚如雨。年年勞役筋力盡，含涕猶添城上土。家家戍婦望夫還，不知已死長城間。長城一望白于雪，由來半是征夫骨。

送劉季德歸南海

相逢苦不早，相送復霑衣。愁見孤帆影，遥於五嶺歸。青看海氣近，白望瘴煙微。家在羅浮下，秋風獨掩扉。

送林叔度之甬東

春深柳可攀，送客出鄉關。不灑故人淚，恐傷遊子顔。潮聲兩浙水，雲影四明山。莫謂風塵隔，相思魂夢間。

送僧歸日本

故國滄溟遠，鄉心島嶼孤。緇衣曬若木，白足踏寒蘆。海蜃噓香火，驪龍凱念珠。朝朝持誦處，初日照跏趺。

送人戍邊

天涯秋氣深，行子别家林。客淚月中笛，邊愁馬上砧。風沙連朔漠，鼙鼓散窮陰。後夜相思處，空聞胡雁音。

送人之燕

燕國八千里，送君離恨增。短衣粘雪片，孤棹觸冰棱。夜鎖沙河柵，寒光土屋燈。故園稀釣侶，秋浦掛魚罾。

賦得深閨秋織

深閨秋色早，中婦倚流黄。寒杼傳聲切，殘絲結樓長。壁間聞促織，錦上見鴛鴦。斷綆金刀疾，拋梭玉釧忙。芙蓉叢出朵，蓮子簇依房。緯密經雙引，文迴字幾行。卷縑纏别緒，移軸轉離腸。窗外烏啼夜，簾前雁帶霜。愁魂縈綺縠，清淚滴縹緗。星斗斜將盡，支機動未央。張弧乘月影，完匹續燈光。竇女思千里，天仙妒七襄。莫辭閨力苦，邊塞待衣裳。

宿幼孺招隱樓

林壑鬱重重，危闌俯萬松。亂花穿暗水，疏竹漏晴峰。遠火緣溪棹，斜陽過嶺鐘。招攜出蘿徑，踏破白雲蹤。

寓建陽福山寺

磴路層層入，招提夾兩山。柏侵陰殿緑，苔繡古墻斑。細雨蟲聲碎，微風蝶影閒。五更鐘韻杳，鄉夢屢催還。

喜能始到家

廷尉官曹冷，三年寄秣陵。過家纔問寢，開社急邀朋。巷選窮中住，山尋僻處登。維桑壇坫在，雅道賴君興。

雙峰驛

暮色滿汀洲，鳴蟬樹樹秋。柝聲聞雉堞，燈影辨漁舟。千澗通橋路，雙峰夾驛樓。流波與客意，日夜兩悠悠。

宿鄧汝高竹林山莊

精廬遥結翠微間，借得雲窗一夕閑。流水斷橋通古路，斜陽殘磬下空山。犬聲似豹聞茅舍，螢火隨人入竹關。桑柘滿村堪寄隱，與君吟卧却忘還。

旅次石頭岸

縹緲孤城見石頭，長淮雲水自悠悠。孤村柳色連荒驛，兩岸蘆花隱釣舟。殘月微鐘京口夜，澹煙疏雨秣陵秋。客中不盡懷鄉感，南雁一聲雙淚流。

再送伯孺

千里西吴一騎輕，君行應是我歸程。孤身漂泊辭知己，八口饑寒仗友生。繞澗松篁天竺路，滿湖菱芡下菰城。旅遊到處羞貧賤，好向人前諱姓名。

道場山拜孫太初墓

三尺孤墳土欲傾，却因辭賦拜先生。白楊夜雨墓門冷，青草暮雲山路平。半碣舊曾題歲月，一杯誰復奠清明。隔鄰石馬嘶風立，來往何人識姓名。

過林逸人故居

魂墜窮泉乍白頭，方山寒雨杜鵑愁。花飛古路松枝老，葉滿閒庭荔子秋。鶴夢不歸江上榻，蟲絲空網月邊樓。哭君剩有千行淚，瀨水無情日夜流。

過荆嶼訪族兄文統逸人隱居

蹤跡經年懶入城，滿村麻苧緑陰晴。蝶尋野菜飛無力，蠶飽柔桑嚙有聲。半榻暮雲推枕卧，一犁春雨挾書耕。清高學得南州隱，不忝吾宗孺子名。

越城看雪

六出飄來萬户粘，越王臺上舞纖纖。粉痕冷浸鴛鴦瓦，玉屑晴穿翡翠簾。到處樓臺堆白璧，幾時村店辨青帘。山陰滿路春明柳，無數飛花一夕添。

會稽懷古

獨上高城問廢興，萬家鱗次暮煙凝。斷碑碧蘚曹娥廟，古木蒼山夏禹陵。剡雪霏微迴客棹，樵風來往送漁燈。越王霸業長消歇，極目荒臺感慨增。

送林吾宗之金陵

青絲遊騎踏春蕪，二月王孫入舊都。柳色東風村店路，杏花微雨酒家壚。斷橋野草尋朱雀，古碣荒苔辨赤烏。挾得紅妝歌《子夜》，寒潮雙槳莫愁湖。

巢雲院

石勢參差若累成，夕陽斜照海波平。苔封古路花深合，樹隱懸崖葉倒生。入院亂穿雲影去，上山遥逐澗聲行。巢居隱士知何代，千古無人記姓名。

溪南訪鄭翰卿話舊

尋君迢遞歇羸驂，小閣弘開對夕嵐。寄寓俗塵甘廡下，卜居名勝愛溪南。廿年舊事秋風淚，一片新愁夜雨談。相顧頭顱俱漸老，燈前悲喜總難堪。

送康季鷹之秣陵兼寄諸舊遊

金陵京闕帝王州，走馬憐君是勝遊。花底簫聲歌妓舫，柳邊旗影酒家樓。黄龍細辨前朝碣，白鷺遥尋隔水洲。舊事關情渾似夢，西風殘月石城秋。

蘆花

江畔洲前白渺茫，蕭蕭摵摵鬬秋光。輕風亂播漫天雪，斜月微添隔岸霜。半夜雁群清避影，數聲漁笛淡吹香。瓊枝玉樹分明見，愁絶懷人水一方。

徐珍伯招遊惠州西湖得西字

十里湖山碧樹齊，遥聞鐘磬出招提。萬家暮靄鵝城北，一抹殘陽鷲嶺西。菱葉颭風浮淺水，蓼花吹浪過長堤。蘇公此地曾遊詠，自愧詩成不敢題。

别在杭次韻

頻年作客若爲情，兩度題詩送我行。暮雨魂消江雁影，西風腸斷峽猿聲。窮秋野柝雲邊驛，午夜清砧水畔城。從此相過踪跡少，積芳亭上月空明。

曉渡彭蠡

彭蠡秋高水接天，征帆一片去茫然。蘆飛楚岸上重雪，樹擁康山幾點煙。報曙野鷄殘月後，失群寒雁曉霜前。客行不耐風波惡，魂斷漁歌到枕邊。

閒　居

竹滿簷楹草滿除，青山應屬野人居。未春預借看花騎，欲雨先徵種樹書。石鼎香酣吟懶後，瓦鐺茶熟夢迴初。半生消受清閑福，一任人嗔禮法疏。

圖南王孫移家西山賦贈

從來生長在朱門，今日移家入遠村。晴放好山當屋角，暗通流水過籬根。應門但委棲松鶴，摘果頻勞掛樹猿。只爲欲成鴻寶訣，故尋幽僻避塵喧。

送商孟和應試留都

新柳如絲拂地齊，送君遥向古城西。春明草色迷牛首，秋老槐花上馬蹄。二水煙波移舴艋，六朝鐘磬認招提。讀書借得憑虚閣，古埭霜寒聽曉鷄。

二月晦日同喻叔虞張紹和郭汝承集商孟和玄曠山房分得巖字

春草芊芊緑未芟，别開芳墅隔塵凡。小樓斜倚將枯樹，絶磴傍通欲斷巖。寒信催花三月近，夕陽流影半峰銜。攜來茗碗堪供客，新啟旗槍白絹緘。

送康元龍之靈武二首

賀蘭山下戰塵收，君去征途正值秋。落日故關秦上郡，斷煙殘壘漢靈州。胡兒射獵經河北，壯士吹笳怨隴頭。城窟莫教頻飲馬，水聲嗚咽動鄉愁。

黄河官路黑山程，羌笛横吹漢月明。漠北烽煙三里塞，隴西鼙鼓十年兵。燕鴻度塞寒無影，胡馬行沙暗有聲。後夜思君勞遠夢，朔風吹過白登城。

過閩王審知墓

八郡封疆一望遥，秋山松柏冷蕭蕭。宫車去國成千古，劍璽傳家歷五朝。石馬嘶風金碗出，野狐穿冢寶衣銷。斷碑猶識唐年月，春雨苔花字半凋。

送俞本之遊楚

寒皋木落水連天，雲際孤城望漢川。隔岸數聲湘女瑟，中流千里鄂君船。鷓鴣夜叫黄陵月，猿狖秋啼赤壁煙。挾得《離騷經》一卷，行吟長對楚江邊。

過弋陽

頗憶文房舊日題，餘干水落弋陽溪。平沙渺渺孤城在，朝暮猶聞山鳥啼。

三月晦日送友人之安南

落花飛絮委東流，春去行人不可留。却恨春風已歸去，豈能吹夢到交州。

古戰場

衰草殘雲古戰場，腥風吹血濺衣裳。塵沙一望三千里，惟見馬頭斜日黄。

寄王百穀

吴門别後渺天涯，千里傳書客路賒。何日庵前談半偈，一瓶秋水玉蓮花。

寄佘明府

謝却雙梟友鹿麋，形容如鶴鬢如絲。春風不厭休官舍，吹緑門前五柳枝。

寒　食

山中禁火逢今日，生計蕭條只此身。一百六朝空過却，半愁風雨半愁貧。

寄沈從先

我在閩南君在吴，尺書三載寄君無。愁來但灑相思淚，一夜風吹到五湖。

夜雨寄北

妾在深閨君別離，淚痕如雨雨如絲。枕前紅淚窗前雨，暮暮朝朝無盡時。

宮詞二首

春明乘曉試新妝，玉輦金輿出建章。三十六宮都望幸，車聲先已向昭陽。
舞袖翩翩别樣裁，十年篋裏不曾開。可憐自閉長門後，未對春風舞一回。

陳秀才價夫　舉人薦夫

價夫字伯孺，薦夫字幼孺，閩縣人。伯孺少爲諸生，踏省門不見收，遂隱居賦詩以自娱。其爲人長者，鄉里婦孺皆知其名。幼孺中萬曆庚子鄉榜，三上春官不第，病目雙瞽。兄弟自相倡酬，各有集行世。桐城阮自華贈伯孺詩云：「伯孺佳公子，簞瓢居陋巷。短衣纔及骭，吾視天夢夢。」贈幼孺詩云：「孝廉宿憤世，遁景棲深宫。親朋希得見，杯酒將誰同。」

陳價夫六首

秋夜詞

殘燈隱壁秋魂苦，榕葉翻風桂花雨。誰遣衰蛩上井欄，陳根一一悲相語。崩雲漏雨宵中白，皺縠窗煙鎖寒碧。銅龍咽盡東方高，浮塵穰穰城西陌。

鏡聽詞

憶昔與君生別離，鏡似樂昌初破時。自嗟桂魄幾圓缺，遠人尚自愆還期。轆轤無繩瓶墜井，青燈熒熒照孤影。含愁抱鏡入中厨，呢呢低聲自陳請。漏短不知夜幾更，四鄰已静無人聲。憂疑未決心轉苦，起步明月沿階行。倚闌脈脈望河漢，鸜鵒籠中巧相唤。忽言半月在迴廊，始卜郎回在月半。深深再拜喜不眠，舉頭看月尚未圓。回身再問匣中鏡，知汝何時飛上天。

宿海邊山店

草舍依荒驛，孤村背夕陽。海雲秋漠漠，山靄夜蒼蒼。木客歌畬月，鮫人泣岸霜。誰能當此地，高枕不思鄉。

將至珠崖過迴風嶺即事

瓊南漠漠海雲西，瘴嶺秋風客路迷。澗水松蘿猿共飲，夕陽煙樹鳥空啼。黎人射鹿歸深洞，越女乘牛度晚溪。更欲摩崖書别恨，古苔封盡不堪題。

送人之長沙

片帆西掛岊江湄，三月楊花怨子規。君到賈生遷謫處，斷腸應在過湘時。

燕

暫逐東風别海涯，去年營壘是誰家。春光浪信江南好，到得江南又落花。

陳薦夫一十二首

浣衣曲

幽荷冉冉新篁密，皺縠含風波浸日。靚妝融冶粉紅香，淺碧銀塘映花立。雙雙玉腕漾清漪，霧縠摇波光陸離。不因驚起鴛鴦伴，花外玉郎那得知。

海口城晚望

蒹葭藹藹樹蒼蒼，平楚閑看益渺茫。驛路繞山多落木，孤城臨水易斜陽。潮迴近浦寒生雨，雁度遥天夜帶霜。暫息征鞍瀛海上，煙波千里斷人腸。

立春日感懷

征袖翩翩浥淚痕，別離無計但銷魂。應嗟不及墻東柳，歲歲春風在故園。

臨別再呈伯孺兄

臨別無言但損神，孤身遊子白頭親。鄉書到處封題便，馬上相逢好寄人。

竹枝詞

荷葉田田柳葉垂，千船萬船多女兒。與郎暗約花間去，不唱《竹枝》知是誰。

古意

黄蘗種作籬，圍繞合歡樹。不見合歡時，但見生離苦。

子夜歌

不見金鈷鉧，火盛柄自爇。裁衣持寄郎，郎温儂亦熱。

寄懷王震甫客蜀

邛郲東望草離離，峽口春歸未有期。懷古思鄉兩行淚，豈堪同在聽猿時。

塞下曲

塞草黄雲萬里哀，胡天漠漠鳥飛迴。漢家幾見封侯印，曾繫沙場白骨來。

宫詞三首

千樹垂楊萬樹梅，朝曦初上露初開。滿身雨露非承寵，只合宜春鬭草來。

花壓雕闌樹色蒼，半開魚鑰侍焚香。掌中態弱君恩重，强起還憑白玉牀。

雖言逐隊向長門，十載何曾識至尊。命薄不教人見妒，始知無寵是君恩。

陳布衣鴻一十七首

鴻字叔度，一字軒伯，侯官人。起於寒微，自幼能詩，無有物色之者。曹能始招入社集，《聽泉閣》有「一山在水次，終日有泉聲」之句，大加嘆賞，由是名大著。名其詩曰《秋室篇》，取李長吉詩「秋室之中無俗聲」也。卒年七十三，貧不能葬，同社醵金，與莆田布衣趙十五合葬於福郡小西湖之側。

三月晦日集交蔭軒送春

西飛恨殺羲輪疾，九十東風將盡日。門前芳草青已殘，地上落花紅更密。欲問誰家賣酒旗，相留頃刻春歸遲。五更風雨倍惆悵，啼鳥無情猶不知。

新秋

蟬聲昨日催秋至，漸覺單衣捲涼吹。閒吟最愛夕陽天，水轉澄鮮山轉媚。幾處桐陰清露垂，蕭然物候翻相宜。不知宋玉何爲者，畏見西風摇落時。

買西園菊至招同社徐興公商孟和諸人花下小酌因和短歌

幾處菊花殘，西園餘數畝。買來竹窗下，折簡會賓友。把酒坐花旁，一齊衫袖香。春天百卉媚，不及此幽芳。階下涼風薄暮起，枝枝低拂深杯裏。願君盡醉宿我家，明日更買西園花。

贈南山鄰友

却喜爲鄰好，君西我住東。夜泉皆屋後，曉塔共窗中。竹色籬交綠，燈花壁送紅。時時過王翰，花底一尊同。

夾竹嶺

長途不可涉，況歷萬峰巔。倦鳥已投樹，行人猶在煙。夕陽沉嶺路，寒澗落山田。縱少離家恨，憑高自愴然。

聽泉閣

風露臨虛閣，應涵秋氣清。一山在水次，終日有泉聲。響迸僧鐘落，寒兼客枕生。中宵滿欄月，都作玉琴鳴。

東湖曉發

曲曲東湖水，何能計里長。沙明兼淡月，船重積嚴霜。冒曉人傭起，銜寒雁欲翔。梅花飛盡日，猶不到家鄉。

十月晦日過興公齋頭夜談

一陽明日近，十月此宵殘。雨意辜梅信，風聲戛竹竿。坐長燈墜焰，吟苦硯生寒。祇恐窮年迫，憂心集百端。

留别敬師

浪遊行橐倍蕭然，但有山僧送上船。月白不堪蓮社别，日高難戀竹房眠。曉糧載少癯同鶴，秋思悲多亂似蟬。後夜憶師空夢寐，淮城東畔寺門前。

過曹能始石倉園

徑繞寒流轉鬱紆，夾堤山色望中殊。草堂似卜東西瀼，畫舫如過裏外湖。鶯喚曲欄春卧穩，鶴窺深户夜吟孤。問奇日載花間酒，莫謂投閒一事無。

詠紅白桃花

雙艷如從露井看，妝分濃淡映雕欄。玉膚中酒冰綃薄，粉面窺人錦障寒。杏雨並隨窗外度，梨雲同入帳中殘。膽瓶不是餘香在，定訝珊瑚間木難。

桑乾道中

征程十里見桑乾，二月誰憐尚苦寒。沃野北來邊地近，流澌東下早春殘。風疑竹箭穿貂帽，雪作楊花點馬鞍。旅況壚頭消不盡，琵琶纖指莫教彈。

詠雪球花

盈盈初發幾枝寒，映户流蘇百結團。正恐東風先揚盡，不愁遲日易消殘。淡姿向曉迷蝴蝶，艷色争春笑牡丹。惟有三郎兒戲甚，還疑蹋踘繞叢看。

寒食客中感作

作客近清明，一杯誰省墓。何如春草生，得上墳前路。

秋夜曲

悔却與歡期，空房香燼時。那能如寶鴨，冷暖腹中知。

典衣曲

典盡衣難贖，鄰家夜擣砧。那堪風露冷，兒女説秋深。

鬱林道中

茫茫新水拍沙堤，四月應無杜宇啼。記得驛程來日路，五千餘里鬱林西。

陳秀才衎四首

衎字磐生，閩人。自其父以上五世，皆有集傳閩中。磐生篤學好古，少受學於董應舉，長與徐熥、徐𤊹相切磨爲詩文，老於場屋。好談邊事利害及將相大略，窮老盡氣，不少衰止。嘗自撰墓誌銘曰：「生骯髒負俗，粗讀書，略知文字，著詩賦碑傳雜文四十餘卷，稍行於世。」子濬，字開仲，亦有才名。

張德充別予之青州賦贈

馬首分殘雨，青齊古道迂。相逢何慷慨，言别亦須臾。腦後雙丸躍，懷中一刺孤。九迴山上望，爲我斷腸無。

題邵大行薰亭

一片蒼山落案前，亭亭孤塔影嬋娟。林花乍落猶含露，池水新生即有煙。蝶趁侍兒登佛閣，鶴隨門客上漁船。清光盡貯軒庭内，獨榻拋書抱石眠。

上報國寺毗盧閣

十丈青蓮朵朵開，毗盧高閣獨崔嵬。欲看山勢連天遠，已見河流帶雨來。宫樹陰濃秋未落，塞鴻聲斷晚尤哀。烽煙直北何時息，處處關門鼓角催。

送李芳生還白下

鄉嬛古洞舊藏名，豈但詩文獨主盟。莫令杜鵑愁邵子，姑從蝴蝶夢莊生。窗寒流水蘆風切，門響鄰莊竹雪輕。若上星臺占列宿，何時楚豫落欃槍。

茅太學維八首

維字孝若，歸安人。父坤，字順甫，世所稱鹿門先生者也。萬曆間，苕之稱詩者，臧懋循晋叔、吴稼澄翁晋、吴夢暘允兆，而孝若與之抗行爲四子。不得志於科舉，以經世自負，詣闕上書，幾得召見，如陳同甫所謂「天子使召問，何處下手」者。爲鄉人所構，幾陷大僇。晚年數過余山中，盱衡扼腕，思得一當。余和其詩，深規切之，卒不能改也。有《十賚堂集》數十卷，流覽篇帙，才調斐然，以檢括爲難耳。嘗以所作雜劇屬余序，已而語人曰：「虞山輕我！近舍湯臨川而遠引關漢卿、馬東籬，是不欲以我代臨川也。」其奡兀如此。

夜坐讀書有感效坡老作短詩寄允兆翁晉季豹三子

石牀横素書，漆燈掛青焰。引幞不耐眠，危坐意清宴。瓦盆覆殘茗，綺石當圜硯。索筆賦短章，書成自精絢。冷月侵疏槐，荒山嗷荒鷄。蟲吟豆花中，葉墜石苔面。垂頭何所思，闌干忽憑遍。一入静者懷，機鋒似張箭。恨無三益友，相對發綺辨。露濕還松房，青林火不見。

病裏思聽音樂戲呈諸公

繞籬黄蝶隱秋花，病裏閒情遣狹斜。伎作東山懷謝傅，笛吹古墓憶桓家。那堪殘曲歌《金縷》，敢向今時鬬麗華。紅燭最嬌丸髻妓，胡牀企脚聽琵琶。

丁酉北還述懷呈社中諸子

長河帆底夕陽渾，路入鄉關思轉繁。水涸舳艫徒滿眼，天低禾黍只孤村。那堪宿雁衝沙嗷，更指寒鴉背雨屯。河朔建兒仍不忘，紫韁白馬炤秋原。

春晝戲詠

春晝陰陰度綱窗，春愁極目蕩春江。不知何處吹花片，忽有餘香到佛幢。紅蘂風翻嬌第一，紫丁煙濕豔無雙。如儂自愛空林緑，繡遍苔錢帶壁缸。

寄訊李白父徵君二首

聞君老病掩雙扉，秋老荒園黄蝶飛。手爨青松飯香稻，隔溪人語采菱歸。

病忘真是息心方，兀坐支頤木脚牀。天末凉風吹老樹，看他屋角送斜陽。

答宋季子

秋光晴映薛門開，坐客胡牀趣舉杯。若問吴儂忙底事，前溪斫荻月明回。

書所見

臺蹕初見黑頭人，受策延登聖眷新。莫怪三公更年少，單于驚起賀賢臣。

吴布衣拭二首

拭字去塵，居新安之上山。宗族多富人，去塵獨好讀書鼓琴，布衣芒鞋，寥然自異。輕財結客，好遊名山水。從曹能始自楚之黔，覽勝搜奇，歸攜一編，以誇示里人，里人争目笑之。仿易水法製墨，遇通人文士，倒囊相贈，富家翁厚價購之，輒大笑曰：「勿以孔方兄辱吾客卿也。」坐此益大困，耳聾頭眩，爲悍婦所逐，落魄遊吴門。遇亂，死虞山舟中，毛子晋爲收葬之。去塵有《不寐》詩云：「莫怪故人消息斷，誰教金盡見牀頭。」視張謂「黄金不多」之句，尤爲凄切也。

清遠峽

雨過山氣清，兩禺望相峙。樹裏出鐘聲，煙澄滿江水。熠熠林光中，露重滴松子。

湞陽峽

清晨醉别曲江守，直下湞陽望峽口。須臾舟子亦動容，兩岸高插數百峰。日氣在峽吐不得，蒼嵐紫靄霏濛濛。下視潭影無天色，但見石根没深黑。十丈巖頭靈乳開，百尋壁上暮鐘回。餘峰一一斷復續，蓊葱各俗出風雷。舟中野客苦殘病，决眦支頤攬奇勝。不堪夕色下遥陰，翠微枕上寒相競

列朝詩集丁集第十六

董尚書其昌三首

其昌字玄宰，華亭人。萬曆己丑進士，選翰林庶吉士，授編修。出爲湖廣提學副使，以太常卿召入，歷遷禮部尚書，得請而卒。玄宰天姿高秀，書畫妙天下。和易近人，不爲崖岸，庸夫俗子皆得至其前。臨池染翰，揮灑移日，最矜慎其畫，貴人巨公鄭重請乞者，多倩他人應之，或點染已就，僮奴以贗筆相易，亦欣然爲題署，都不計也。家多姬侍，各具絹素索畫，稍有倦色，則謠諑繼之。購其真迹者，得之閨房者爲多。精賞鑒，通禪理，蕭閒吐納，終日無一俗語，米元章、趙子昂一流人也。弘光補謚，以其風流文物繼迹承旨，得謚文敏。是時恤典雜亂無章，獨議玄宰之謚，庶幾無虚美云。

畫家霜景與烟景淆亂余未有以易也丁酉冬燕山道上乃始悟之題詩驛樓云

曉角寒聲散柳堤，千林雪色亞枝低。行人不到邯鄲道，一種煙霜也自迷。

仿李營丘寒山圖有序

余自弱冠好寫元人山水，金門多暇，夢想家山，益習之。顧益卿開府遼陽，以兩箑求畫，一爲益卿，一爲山人王承父。余畫承父而返益卿扇彎裾，馬上君子未嘗得余一筆。結念泉石，薄於宦情，頗得畫道之助。今年春，有朝貴疏余雅善盤礴，致塵天聽。余聞之，亟令侍者剪吴綃縱廣丈許，秉燭寫李成《寒山圖》，經宿而就，遂題此詩。夫韓滉、燕肅、宋復古、蘇子瞻皆善畫，朝貴腹中無古今，固應不知，第以爲罪案，但可曰「不能遣餘習，偶被時人知」，如摩詰語耳。視此曹求田問舍，殺人媚人，一生作惡業者，何啻梟鳳！而妄下語乃爾，世必有能知者，余亦何憾哉。

拈筆經營輒口居，心知餘習未全除。莫將枕漱閒家具，又入中山篋裏書。

題浯溪讀碑圖

漫郎左氏癖，魯國義之鬼。千載遠擅場，同時恰對壘。有唐九廟隨秋煙，一片中興石不毁。幾回吹律寒谷春，幾度看碑陳跡新。遼鶴歸來認城郭，杜鵑聲裏含君臣。折釵黄絹森光怪，舊國山河餘氣概。當年富貴腹劍多，異代風流椽筆在。書生何負於國哉，元祐之籍何當來。子瞻吃飽惠州飯，涪翁夜上浯溪臺。扶藜掃石溪聲咽，不禁技癢還題碣。清時有味是無能，但漱湘流莫饒舌。

陳徵士繼儒一十八首

繼儒字仲醇，華亭人。少爲高才生，與董玄宰、王辰玉齊名。年未三十，取儒衣冠焚棄之，與徐生益孫結隱於小崑山。仲醇爲人重然諾，饒智略，精心深衷，妙得《老子》、《陰符》之學。婁東四王公雅重仲醇，兩家子弟如雲，争與仲醇爲友，惟恐不得當也。玄宰久居詞館，書畫妙天下，推仲醇不去口。海内以爲董公所推也，咸歸仲醇。而仲醇又能延招吴越間窮儒老宿隱約饑寒者，使之尋章摘句，族分部居，刺取其瑣言僻事，薈蕞成書，流傳遠邇。款啟寡聞者，争購爲枕中之秘。於是眉公之名傾動寰宇，遠而夷酋土司咸丐其詞章，近而酒樓茶館悉懸其畫像，甚至窮鄉小邑，鬻粔妝市鹽豉者，胥被以眉公之名，無得免焉。直指使者行部，薦舉無虚牘。天子亦聞其名，屢奉詔徵用。年八十餘，卒於茶山之精舍。自爲遺令，纖悉畢具，歿後降乩詩句，預刻時日，貯篋衍中，其井井如此。仲醇通明俊邁，短章小詞皆有風致，智如炙輠，用之不窮。交遊顯貴，接引窮約，茹吐軒輊，具有條理。以仲醇之才器，早自摧息，時命折除，聲華浮動，享高名，食清福，古稱通隱，庶幾近之。玄纁物色，章滿公車，動以康齋、白沙爲比，謂本朝正史當虚席以待筆削，耳食承訛，斯固可爲一笑。而一二儒者，必欲以經史淵源之學引繩切墨，指摘其空疏，而糾正其踳駁，亦豈通人之論哉！余摘録其小詩，取其便娟輕俊，聊可裝點山林，附庸風雅。世有評騭仲醇者，亦應作如是觀，不徒論其詩也。

月下登金山

江平秋萬里，山静月三更。彷佛寒煙外，瓜州有雁聲。

山中

燕子飛來枕上，荷花開到橋西。新凉幾番客至，永日不住鷄啼。

題雲山

雨過石生五色，雲度山餘數層。時有炊煙出樹，中多處士高僧。

余常過一山鄰老而嗜花紅紫映户弄孫負日使不人復知有城居車馬之鬧贈以詩

有個小扉松下開，堂前蔬藥繞畦栽。老翁抱孫不抱甕，剛欲灌花山雨來。

贈無瑕上人

寶劍繡不飛，化作長虹影。霜月照禪牀，何如鐵衣冷。

鼓琴

老樹槎牙匝澗生，彈琴樹底月凄清。有時絃到真悲處，古戰場中蟋蟀聲。

村居

青草湖邊白石西，花籬茅屋酒帘低。來來去去雙黄鳥，不到濃陰不肯啼。

和令則題畫

山村雨霽水痕加，鴨嘴灘頭燕尾沙。新結松棚試新茗，好風無力掃藤花。

南都

太平風景是京華，白馬黄衫七寶車。寒食鬬鷄歸去晚，院門新月印梨花。

讀少陵集

兎脱如飛神鶻見，珠沉無底老龍知。少年莫漫輕吟詠，五十方能讀杜詩。

看花紀事

春寒風弱酒旗斜，亞字城南八字沙。午後主人猶病酒，隔籬小犬吠桃花。

題畢鉢山圖

畢鉢羅峰迴入霄，不通猿鳥不通樵。横空獨木如飛棧，半月仙人一换橋。

題壽安寺壁

灌木陰陰殿角斜，寺南一帶好人家。春潮退後西風急，破網無魚挂落花。

山中

空山無伴木無枝，鳥雀啾啾虎豹饑。獨荷長鑱衣短後，五更風雪葬要離。

同印空夜坐憑虛閣

人在鐘聲上，僧棲暮色邊。松枝高士麈，貝葉梵王言。木落如飛鳥，山平疑澹煙。燈殘揮手去，曳杖聽流泉。

同辰玉過澹圃

解帶入幽叢，微凉下井桐。誰爲起予者，取次得君同。雀乳槐花雨，魚噞稻葉風。琴尊不覺暮，歸路月華東。山鑱汲冢書千笈，雨甲煙芽菜一筐。羨汝半生真可了，滿鞋紅葉看斜陽。

贈麻衣僧

熟睡孤峰最上臺，雪深埋却醉形骸。一枝竹杖雖然瘦，曾解山中鬬虎來。

李少卿日華五首

日華字君實，嘉興人。萬曆壬辰進士，除九江推官，降授西華知縣，稍遷南儀制郎。天啟中，起尚寶司丞。崇禎元年，陞太僕寺少卿，告歸卒。君實和易安雅，恬於仕進，後先家食二十餘年。能書畫，善賞鑒，一時士大夫風流儒雅好古博物者，祥符王損仲、雲間董玄宰爲最，君實書畫亞於玄宰，博雅亞於損仲，而微兼二公之長，落落穆穆，韻度頹然，可謂名士矣。君實嘗自題其畫賸曰：「白石翁詩，沉卓雄快，直闖杜陵營壘間，奪其兵符，俯視一時作者，不堪偏裨位置。乃其詩多於所作墨戲林巒樹石、花鳥蟲魚間見之，片語挑焰，生動躍然。石翁淡於取名，無意傳其詩，而詩與畫皆盛傳，是翁之詩以畫壽，非以畫掩也。」此君實託寄之語，然其論白石翁之詩，亦可謂之具眼矣。

題畫

霜落蒹葭水國寒，浪花雲影上漁竿。畫成未擬將人去，茶熟香温且自看。

題便面畫新柳

雪消野水半融泥，凍柳森森態未齊。昨夜一番春雨好，淡黄金色滿湖堤。

畫扇

春江初泛葡萄緑，鷺自翻飛鷗自浴。烟消月落早潮平，山影沉沉壓漁屋。笑拈此景付詩翁，曾向嚴灘五番宿。

秋日寫巨然筆意與若休

山光沉緑樹酣黄，九月江南欲試霜。獨坐灘頭不垂釣，蓼花風急送漁榔。

長幅繭紙仿叔明

遠山煙重樹萋萋，潮落沙寒水一溪。獨坐茅亭無一事，晴鳩啼過雨鳩啼。

王侍郎惟儉一十首

惟儉字損仲，祥符人。萬曆乙未進士，除濰縣知縣〔一〕。陞兵部主事，削籍爲民。光宗即位，起光禄寺丞。天啓初，三遷爲大理少卿，以僉都御史出撫山東，入爲工部右侍郎，罷歸卒。損仲敏而好學，通籍六載，御批罷官，終神宗之世二十年不起，以其間尺讀經史百家之書，修辭汲古，於斯世泊如也。好古書畫器物，不惜典衣舉息。家藏饕餮周鼎、夔龍夏彝，皆一時名寶。客至，焚香瀹茗，商略經史，賞玩古物，竟日獻酬，無一凡俗語。爲人疏通軒豁，口多微詞，評騭藝文，排擊道學，機鋒側出，人不能堪，亦坐是爲仕路側目。與之遊，易直無它腸，久而不替也。與余定交長安，過從甚數。一日，時賢畢集，徵《漢書》某事，具悉本末，指其腹，軒渠笑曰：「名下寧有虚士乎？」閩中何稚孝撰皇朝史書，名之曰《名山藏》，損仲見而笑曰：「古之爲國史者，記則記，書則書，志則志，此何爲者？」楊君謙得《姑蘇志》，見其標目，不復開卷，擲而還之，豈爲過乎？吴中徵士，著書流傳，傾動海内，損仲每指摘紕繆，以供談資。《古文品外録》誤注王子淵《僮約》爲臨沂王褒，損仲指而笑曰：「吴人笑楚人指朱元晦爲東皋好友，此不當云悔讀《南華》第二篇乎？」余所交學士大夫，讀書通解議論有根據者，損仲而外，不可多得也。損仲詩清婉而近於弱，爲文求歸簡質，未脱谿徑，意不可一世，沾沾自喜。嘗以近詩數百篇示余，余爲繩削，存什之二三，損仲喜持以告人曰：「知我者，虞山也。」留心宋後三史，苦《宋史》煩蕪，删定成書。吴興潘昭度鈔得副本，今損仲家圖籍盡沈於汴京之水，未知吴興鈔本云何也。

〔一〕「濰縣」三字原闕，今據《明史》本傳補。

有所思

端居有所思，美人碣石北。别來已十年，時時夢顔色。朔風吹海雲，白晝成昏黑。猰貐齒如劍，麒麟鬥相蝕。豈無三月糧，寧乏長風翼。畏此不敢往，撫膺長太息。

歲暮贈新安吴用卿

北風吹雲雲四幕，歲盡窮陰苦寂寞。忽聞有客來大鄣，清姿絶塵立野鶴。大鄣山客性耽古，開緘發篋光熠爚。夏王九牧鑄黄金，大澤深山遠不若。于闐雁肪截昆吾，饕文如髮雙龍攫。豐隆煽火天公下，紫煙飛盡粉骨薄。錦縹細展墨花翻，河東二柳燉煌索。會稽内史十五字，崩崖斷石壓秘閣。老夫亦出漢螭鈎，海虬盤觚緑玉削。方鼎癸父隱亞文，滿堂賓客起錯愕。篋中寶物朽欲死，誰從柯亭裁新籥。

嗚呼此事真未易，共君且傾銀鑿落。

集巖亭王孫東墅

小妓宫羅窄，名花綺幕張。晴絲牽酒盞，飛絮戀箏牀。改席臨階碧，登臺望野蒼。芙蓉處處是，乞取緝秋裳。

過張懋甫東莊

沙暖東郊路，青風忍病行。携床勞弟子，種柳隱先生。籠鶴能傳客，池鱗旋斫羹。喧喧四坐起，吾自别含情。

送霍臨渠少府守河州

不盡湟中路，秋風促宦程。佩刀辭佐郡，分虎已專城。積石攢雲起，洮河近郭明。羌戎亦赤子，休使塞煙驚。

秋日過陳見心給諫南園

徘徊臺上望，秋色已蒼蒼。孤戍還吹月，千林乍啖霜。傍城成虎落，截水作魚梁。咫尺吾園接，相期瑶草芳。

正月三十日作三首 萬曆庚申。

買得先秦鏡，發函還作悲。可憐清似水，其奈素如絲。麟閣應無分，鷄林浪有詩。嵩山饒石室，藏副與相期。

曉起更何事，披松仿畫圖。開籠調語鳥，排石漱新蒲。越甲鳴方急，燕函調不敷。山中差足慰，江左有夷吾。

近説阮生病，將無鷄骨妨。貧家移二室，奇字檢三倉。相別已經歲，得詩凡幾囊。報君張武仲，革履學胡裝。

喜邊生獄將釋

白日還垂照，圜扉始被恩。西河築休館，東岱已歸魂。無復鬢毛舊，祇應皮骨存。感時心寸折，逢客淚雙痕。冤訝秦城重，獄看漢吏尊。江淹書欲上，杜篤誄何論。往哲猶聞累，餘生忽見原。秋風解網後，灑涕叙涼温。

張舉人民表〔一〕四首

民表字林宗，中牟人。宫保孟男之子也。萬曆辛卯，舉於鄉，十上不第。年七十有三，死於水。林宗性嗜古文詞，藏書數萬卷，手自點定。喜飲及草書，飲少許即頽然揮灑放筆，謂有神助。好施予，喜結客，家遂中落。有廬舍在夷門内，五十一年不一葺，朋賓滿座，意豁如也。早歲歸心竺乾，爲普門弟子。中年與嵩山無言、心月諸堂頭相扣擊，雖涉婚嫁，燕處超然。其任俠好客，則老而彌甚。時時往中牟，蕩舟於郭外之南陂，客至即拉與俱，無日無客，無客不醉。頂高冠，飄二帶，帶上繡東坡「半升僅漉淵明酒，三寸纔容子夏冠」之句。乘敗車，無頂幔，一老特牽之，朗吟車中。每日醉陂頭老杏下，門人子弟扶掖而歸，兀傲自放，世莫測其淺深也。崇禎壬午，寇圍大梁，林宗勸當事密檄左寧南，趨大梁，背北城而陳，通黄河一綫以爲餉道，又當令陳永福兵列城外，勿聽入，入則城中餉竭，勢且民與兵俱盡，皆不聽。寇暫却，或諷之曰：「盍去諸？」林宗曰：「死則死耳，奈何去以爲民望乎？」圍城五閲月，日夜乘石，拮據行間，汴人倚之，皆守死不去。水灌城背，負其先人神主，抱詩文稿三尺許，登木筏。鄰並求登筏者益衆，林宗不忍却，移筏就之，筏且沈，乃移筏登屋，屋上人垂綆相接。林宗耄且乏食，數上下者久之，水大至而没，次子允隼及門生文大士皆從焉。長子允集泅水至西城請救父，駡賊而死。幼子允隽憑浮木依老僕婦棲屋上，垂兩日夜，老婦餓欲啖之，急附浮木順流下，得渡舟以免。林宗之門人周元亮行求得之，撫諸其家。而林宗之遺骸，故汴撫高平仲斂而葬之柳園。林宗與祥符王損仲、尉氏阮太冲、汝南秦京相友善，余之交於林宗，以損仲也。宗尉、西亭多藏書，余屬林宗購其書目。天啟中，余以奄禍里居，客從大梁來，林宗繕寫，間關寓余，酒間片語，皎如信誓。林宗之生平爲可知矣。元亮刻林宗遺集，附著其行事，余撮而録之。

〔一〕「舉人」，原刻卷首目録作「先輩」。

陳古白

文傳江左秀，情見宋中書。隔面雲千嶂，愁心髮一梳。良圖襄野牧，活計潁濱漁。倘欲枉相訪，嵇康候呂車。

汪明生

燕市住西庵，重來續一談。煎茶移竹火，煮餅漬魚泔。日月顛毛記，風霜足繭諳。傳聞東郡旱，何以慰如惔。

松江

竹護人家江繞城，稻苗麥穗夏初成。凉舟蕩過朱欄曲，暖浪吹他絳縠輕。積樹細開山濾色，濃雲驟破水交明。長流見底清人膽，闊處風多快意行。

同獻孺過損仲寶觥齋得觥字

二毛森向鏡中明，猶逐逢場作戲行。已乞彼姝欣鑷白，更煩吾友爲篘清。燈燒菡萏膏煙結，瓶沸笙簧水火争。頳玉詎須邛竹杖，傾銀不及定瓷觥。

秦秀才鎬一十二首

鎬字京，汝南人。爲諸生，家貧，讀古人書，力耕以養父母。久之，棄制科之業，刻意爲詩，奚囊布袍，歷覽名勝。嘗訪余於虞山，曰：「吾遊不獨好山水，以求友也。吾於天中友王損仲、張林宗、阮太冲，今訪子於吴，訪袁小修於楚，訪曹能始於閩，歸而息影南陔，終身不復出矣。」南陔者，京顧養卜築之地也。有《頭青齋詩》，小修爲序。小修曰：「今人皆兩字字，而京獨一字，自東漢以下無之矣，亦一異也。」

送熊思誠司理之比部二首

時運欣大造，動植悲秋霜。自公莅中土，日令專春陽。噬嗑垂易訓，明罰遵三章。江湖日流血，不足非殺傷。所餘已腐敗，密網誰堪張。跳梁自意外，君子安其常。平反廣孝思，千載揚休光。驅車臨上蔡，侵晨出北門。歷眼肇今日，涣漫新皇恩。圖物每易貢，山鏐非所珍。嗟彼戚宦裔，震電相依因。龍蛇若幽縶，狐狸啼城闉。流星不離昂，咄咄愁誰伸。兹行會籥動，解脱今其辰①。

①原注：「時馮觀察、何司理坐礦事繫獄中。」

雪後

悲風號曠野，漠漠獨行時。遠霧攙村亂，殘冰界路疑。馬蹄僵鑿落，雁羽澀差池。得就鄰翁飲，深杯定不辭。

得顧郎生還金陵信

憶别如今日，風霜歲五除。亂雲長短夢，斷雁有無書。江暖漁楊子，原荒獵孟諸。相看衣帶隔，獨立野躊躇。

虞山過錢介有贈

閒庭貯日煦如春，到眼禽魚亦自親。蕉葉滿窗詩一卷，菊花半壁酒千巡。交前名熟看疑夢，醉後情生語較真。但過無愁供給少，知君不解道家貧。

守歲汴寺阮太冲張林宗夜過共賦

層城煙霧逼天斜，久客相依自一家。貧向危途輕歲事，愁從衰鬢改春華。相將遲暮攻椒頌，各寫辛酸累燭花。回首舊京絃管地，霜林遮莫起棲鴉。

李元鎮滑縣署中

君忘北上我忘還，冷日奄奄白馬間。吏散只如爲客樂，牘銷翻比在家閒。三杯苦茗中泠水，一卷新詩大伾山。殘雪滿檐冰半砌，忍能相對不開顏。

哭李大元鎮二首

不忍重過舊竹扉，寒花滿眼淚雙揮。只疑被酒酲難起，却似遊燕宦未歸。落月儀容猶仿佛，回風笑語尚依稀。如何甫及經年别，酒社詩壇事事違。

不能十日不相聞，兄弟相看詎可分。此後恐無能好我，從前雖有不如君。尊前吐膽銷爲雪，石上題詩化作雲。地下憐才應更少，如逢舊好莫論文。

冬夜見新月

霜天約略一鈎斜，半挂平蕪半遠沙。照向兩鄉偏是缺，不知圓處落誰家。

崇藩邸中蓮花盛開感而有作二首

蘭橈迴合晚風過，越女亭亭立素波。蓮子生來悲較晚，露珠荷葉淚争多。

風回静品露含姿，捧出金璫供佛時。記得去年開並蒂，内家争唱合歡詞。

阮徵士漢聞二十首

漢聞字太冲，浙人，家於京師。積學嗜奇，留心當世之務，落落無所遇，與西亭王孫交好，遂依西亭居汴。西亭没，以尉氏阮舊土也，遂徙家焉。太冲博覽墳素，篤志古業，天中之士翕然師之。四方造門者户屨恒滿，家貧，親剪韭以供客。間出遊山水，門弟子争肩籃輿以從，賦詩論道，齗齗如也。上有詔徵遺逸，卒不起。太冲習兵家之學，上窮握機，下通烏卜，著《尉繚子解》、《詰戎》、《踐墨》諸集。萬曆甲午，我師敗績於碧蹄，太冲年二十餘，跗注渡遼，北弔黄龍，東馳鴨緑，從退弁老卒牧圉堠人訪問全遼利病、倭虜情狀，慨然有請纓鳴劍之志。會東事解嚴，挾策而返。崇禎末，流寇躪犨雒，太冲料賊形勢，川谷阨塞，圖其略上當事，刈寇以千計。病卧據牀，猶畫地指陳方略。寇掠尉氏，必欲生致太冲，太冲誼不忍捨城去，冠猝至，諸弟子强輿負太冲走，爲賊所得，大駡而死，年七十餘。門人張昌祚抱其遺集，避寇南下，盜發其篋，昌祚涕泣固請，乃得免。浚儀周亮爲之叙，刻於廣陵。

渝關望海樓

海需築海底，波面没樓址。海若不敢嗔，龍宫定應徙。邃磴復藏兵，高甍疑役鬼。潮回遠嶼青，日簸驚濤紫。方壺幾問津，扶桑歸决眦。木賦難具陳，吾筆敢輕泚。三酬戚將軍，整暇乃能爾。物力寬薊燕，戎心慹旌壘。征虜時投壺，鮮卑可折棰。醪纊奉鷹揚，烏藻歌燕喜。鈐韜逐整居，頭屑寓深旨。捉露至今兹，傳舍而已矣。三數十年同，潚然雨天水。

秋閨

狼胥未易封，瘋思不可道。秋閨刀尺聲，催白邊城草。

示弟

何人非集木，與子愧伊蒿。一病蘷夔足，三年負蟹螯。餞窮天漠漠，贈老日滔滔。炊臼疑妖夢，尸饔切遠忉。望深殷字咄，呼甚漢庭謈。闔首催星櫛，瘴肌問雪毦。竅風林衆怒，野松晛層韜。免覺迷離苦，鷹甘搏擊勞。饎漿驕逆旅，裘毳快諸豪。帆駛知河近，煙稠送郭嚚。搶頭椿已謝，入耳雁同嗷。岵父嗟誰陟，絙人信所遭。磬懸餘眼闊，筆腐只衣褒。亮節緇相涅，危言醒亦酕。不禁山薈蔚，欲卧谷皋牢。滋草猶拈藥，憐荃且讀騷。預辭羅挂雉，冷看木升猱。後彦多分壘，斯文有建鼛。神仙供蠹吻，是緯錯毚毫。便咽於陵李，鈞天侑太牢。

舂幢雜詩　起癸酉秋杪還尉氏，迄丙子嘉平，得五言律一百首，今録五首。

序曰：蓬池廓似斗，闉如圭，賊近升陴，賊遠痴坐，春鉏在胸，石闕在口，平生文酒宴笑之歡，一切謝絶不獲已。返居道南，大小蝦蛆教慎出入，懸貆假虎，不可向邇。吾蓬池之滸雖僿，而願三數年來所爲嚨哃囁嚅亦復如是。兵釁所開，告成何底？感今懷往，獨憤同嗟，聊託五字已耳。

序進排雲陣，聲嚴警夜更。竟如師以律，何有弋能驚。兵氣寒飛走，人煙卜死生。裁書思寄遠，知爾急南征。

海水欲晝立，潢濤仍夜傾。勢搖天地坼，聲颯鬼神行。屋漏疑茅舞，燈孤與卜爭。須知箕畢好，不在壑俱盈。

松花江外虜，闌入反從西。亦有居庸隘，難封函谷泥。維垣今獨石，擐甲舊三犁。秘寢龍蟠地，炎風送遠鞞。

久恬身隱矣，誰問玉沽諸。日馭窮殘炤，雲裝憚晚舒。黠癡疑及半，薪火幸留餘。天亦狙公類，撩人似賦茅。

陶令讀《山海》，莊生適鷃鵬。遐心開曠矚，循分謝修能。鼠穴無窺門，龍門亦罷登。可知環堵内，形影是真朋。

甲戌冬懷二首

何處三江挂席開，長疑九坂接天迴。望窮渤海來何暮，怨入秦庭哭未哀。箐樾轉深嵎虎横，烟霜剛趁野鷹來。登高怕看霄垠赤，池已燔魚路燼荄。

雙丸兩戒炯山河，風鶴蚩蚩未盡訛。南犯松區江介近，西來萍户賊中多。緑林妄意天遺種，白瓿虚聞歲減科。兵氣滿天無遮雁，衡陽崱屴已群過。

通憓　七言絶句一百首，録十首。

序曰：丁丑陽月，中寒病劇，淹五旬乃起。先是偵賊從東方來，莫測所向。南則尉氏受之，即北抵會城，唇齒何利。狂猾突來，漏舟多故，守卒一千餘人，役不聊生，難民數萬餘户，朝不謀夕。時出闉，時登堞，少間則强陽燥盈，展轉床蓐，感今憶往，或居平談討所及，各賦一絶，積至百章，題曰《通憓》，則草玄先生語也，注「猶憤」。余自讀之，亦覺騷意筑聲凄然在耳。謂我心憂，其望之知己者乎？

雄兵隨地置嚴關，便作長蛇斷往還。自合秦川遮四竄，雲屯先據雒西山。

殺人如草絶炊煙，哨馬公然縣邑墺。共説扶亭登奏後，霜髏溝血盡聞天。
邊隅屬國剩高驪，鴨緑東西入建夷。萬曆年中援海日，董山遺孽一羈雌。
九天爲正舊勞臣，鐵嶺江陵被濯新。千古幾多功罪事，重輕疑處剖須真。
險峻無如禦寨寬，腥風時送虎踪寒。枯禪三篋愁封磴，縱有樵人隔歲看。
寨南更有三皇頂，一線蝸涎壁立關。縱使移家先占却，也應化作首陽山。
三川無麥即無年，愁見黄埃慕紫煙。一笑天公兩無奈，雪深河北怕冰堅①。

① 原注：「河北慮雪而冰，賊可北渡。」

望雪年年似撒珠，今雖小晚亦匀鋪。且須七尺封山路，人馬同饑草稗枯①。

① 原注：「賊每冬穴雒西山中。」

莫向三峰問算場，五雲砱碭撲天長。十餘年禍天應悔，猶見狼星角距張。
七帙明年八帙開，從今不受白駒催。閑携二草題嵩院，補却齊家數十迴①。

① 原注：「劉伯壽事。」

尹布政伸 一十九首

伸字子求，宜賓人。萬曆戊戌進士，授承天府推官。以南兵部郎出知西安府，以副使提學陝西，以參政備兵蘇松。公廉强直，不阿權貴，凡三任皆投劾去。再起貴州威清道。是時水西寇猖獗，貴陽之圍方解，黔撫王三善輕兵深入，子求力勸以持重，弗聽。三善中伏死，子求突圍得出。及傅宗龍按黔，輕鋭自用，不信子求言，殺歸正人陳其愚等，黔事幾大壞。子求在行間三年，身經十餘戰，有功不叙，竟鐫秩以去。以才望起河南左布政，莅任甫三月，以失禦流賊解官。崇禎甲戌，買舟下瞿塘，抵金陵，遊吴中、浙西，與余輩飲酒賦詩，留連不忍去。將别，執酒言曰：「生平山水友朋之樂，盡此行矣。余生暮齒，誓欲買舟南下，更尋吴越之遊。所食此言者，有如江水。」歸蜀後，再三附書，諄諄理前約。亂後訊之蜀人，則云獻賊破叙，執子求至成都，欲官之，嚼齒大罵，被殺。嗚呼！子求之死信矣。子求忠於君，信於友，才兼數器，談黔、蜀疆事歷歷如指掌。性直如弦，有觸必發，所至與長吏迕，以孤峭見擯。與人交有終始，分張訣别，死生收恤，婉篤周詳，皆出人意表。劉太僕時俊同年契合，以監軍坐通賊，被急徵，獄急不知所爲。子求家居，投匭抗疏，明其必不然，時俊得免死。慷慨持大義，皆此類也。讀書汲古，精於鑒賞，日課楷書五百字，寒暑不輟，其老而好學如此。子長庚，字西有，卓犖有父風。以徵辟爲縣令，左官起補，客死廣陵。長庚有經世才，視天下事數著可了，其亡也，天下皆惜之。

春署

三日癖深居，案頭塵一斛。簷溜如許長，種雪銷春旭。眼厭短衣囚，庭餘半死木。未知桃與杏，何處較紅緑。數年多快遊，冥罰就羈束。小食神仙字，聊以砭凡俗。

三月六日偶作

江氣乖春候，朝寒忽送雨。煙中滴瀝聲，喇喇黄頭語。桃花何蹭蹬，淫緑浩無主。遊行無豫心，案牘不可吐。骨肉日以遐，况與魑魅伍。未必蟲爲鳥，已覺杯有弩。泛泛波濤間，憂勞何所取。

牛口發舟泊真溪聊述所歷

江行每娱心，十七在崖岸。以兹取溯流，耳目精於慢。一嶺方百里，削成獨南面。霪雨夏來多，懸淙不可斷。短者能數叠，長及行人骭。巖樹紛灑濯，聲光無暮旦。陡然絶壁間，雕刻窮炳焕。千佛盡一身，慈容儼分散。經行非静者，並作如是觀。怒波迫其趾，得失争一綫。續竹百許尋，挽者身如彈。蹭蹬亦有時，偃卧無妨晏。所欣新月來，累歷華林换。悠悠無可同，琴書有餘玩。

山居雜詠

卜宅盡北皁，南見龍陀峰。常疑萬壑雨，聲在幾株松。一蹬斜其下，杳與香城通。青苔蝕履痕，往還僧若農。欲知朝暮心，賴得數聲鐘。

病後田園雜詠二首

荒俗無筆耕，仁義罹寒饑。曠論薄田舍，英雄亦我欺。糞車却走馬，堯舜在一犁。附郭多膏腴，甲族所必規。百里就墝埆，豈徒峰壑奇。智力所不到，其途乃坦夷。農惰自積習，薄取給冬炊。百窘博一閒，乘除敢自私。人生滿意難，尚恐過其涯。

山居廢墻垣，始成廊一曲。其外數折渠，尚待春泉緑。水邊忌蕪穢，花石當豫蓄。蘭蕙此易求，盆盎生機促。植聞宜女手，根喜傍修竹。精思在一藩，雞豚豈勝逐。匪獨愛其生，潔性不可黷。幽芬被徑開，朱欄亦不俗。

與王忘機飲觀音閣時忘機將訪友楚中

三日不對客，五日不登山。攤書縱過千餘卷，眉穎心靈了不關。莫嫌皺峭一痕石，百頃澄光嬌軟碧。雨天朧朧七點峰，煙霄翠滴寒樓脊。如澠之酒力不輕，談鋒戛戛當堅城。未知鹿角中宵折，已覺鴻毛萬事輕。君向雞群尋野鶴，余亦人中稱寂寞。逢君如斯恨其晚，出峽恐君亦思返。

鳳嶺歌

風獵獵兮雲鱗鱗，秦山萬叠銀海青。輕車超忽三十里，峰迴谷轉成字形。野花飄香薄煙生，鳳皇無聲山鳥鳴，吁嗟！西方美人長冥冥。流塵萬古咸陽樹，蓍草裁知西伯墓。髫年誤解朝陽詩，畢生困頓岐周路。

遣累

八口裁餘半，今年能幾時。都從輕易別，催取鬢邊絲。狸卧歸人榻，烏争月樹枝。徒將留滯意，謬與白雲期。

送黄霞潭推官病免還浙

共欲謀歸去，君能先我行。始知官秩薄，便是世緣輕。憶鱠飛青翰，觀霞到赤城。同舟猶苦海，回首定傷情。

出黔途次漫興二首

日日思歸去，今成如此歸。貪趨王儉府，愧息丈人機。用舍從時論，馳驅與願違。生還差可喜，風日駛騑騑。

出郭三十里，雲峰便不同。山樓紅葉裏，晚磬碧溪東。鷄黍酣村味，兵農存古風。太平行可卜，大吏欲和戎。

哭劉元誠司馬二首 諱之綸。

解憤非凡韻，由來氣作忠。事應危暴虎，君自快當熊。一戰中華體，千秋國士風。傷心傳罵賊，才與古人同。

任讓俱無當，精誠亦竟違。崩城兼哭世，嚙指憶縫衣。流矢何堪復，瞿塘漲未歸。人心多不死，帷蓋冀恩暉。

抵里

數椽敗屋幾車書，林下生涯亦有餘。爲愛流光貪取静，小成韻事莫教虚。輕鯈出水堪垂釣，啼鳥催耕或過廬。偶接農談欣卜歲，漸捐車服近犁鋤。

小覺

秋蟲唧唧夜初長，斗帳猶疑燈燭光。二豎苦争閒日月，百年誰共好林塘。松濤挾雨瓦聲冷，瓶水儲花幽夢香。此際關心竟何事，五經全未入巾箱。

别李莘韜余獻甫

南行碌碌頗違心，博勢無休便陸沈。名義有權堪自解，炎荒緣分不從今。游情賴得同瓢笠，閨思憑他怨藁砧。君輩果期歸計早，數行白簡望知音。

西　樓

千峰寒淡煦冬曦，信美徒傷楚客詞。柏上素禽當韻友，橘梢蒼鼠勝偷兒。鶉衣負汲朝衙後，鳩語凌簷待雪時。一事關心行馬外，環城流水緣楊絲。

拂水莊贈錢受之宗伯

虞山如娥眉，斜勢分城郭。其下爲澄湖，光翠相磅礴。是宜有園林，收之以樓閣。湖山真性情，秋候饒領略。於時凍雨過，長廊奔細壑。虎櫐結層陰，紅蕖芳未落。以公泉石心，有時還下鑰。五載苦經營，爲余數日作。天下紛兵戈，朝廷需管樂。安石恐不免，未易親林薄。安得閒如我，長此伴松鶴。

陳侍郎邦瞻五首

邦瞻字德遠，高安人。萬曆戊戌進士，除南評事，轉兵、吏二部。歷浙江、福建、河南參政，按、布兩使，以右副都御史巡撫廣西，以兵部右侍郎總督兩廣，入爲工部、兵部侍郎，改吏部左侍郎。德遠留心問學，於經史之學殊有原本，撰宋、元史紀事本末，爲史家所稱。搜訪高、楊、張、徐之集，刻而傳之，使淫哇靡曼之後，復聞正始之音，其風尚可思也。

湖雁篇

秋山落葉秋聲瑟，遠水浮天天一色。日暮惟見平湖深，扁舟遥界天光碧。此時南雁正爲群，此際悲鳴斷續聞。幾處凄酸叫凉月，數聲嘹喨破寒雲。雲破天清月浸沙，無端哀咽向蘆花。早梅暗落高樓笛，楊柳驚飛出塞笳。幽修似伴魚龍語，更共啼烏催窗曙。思婦天涯夢不成，征人故國淚如雨。曾説聽猿易斷腸，那知聞雁重悲傷。九秋霜露寒更苦，千里關山夜獨長。塞北江南天浩浩，斜飛欲盡衡陽道。足下何曾寄客書，聲中只解催人老。人生真憂是别離，他鄉霜月易成悲。誰家錦幌銀屏夜，過盡寒聲獨未知。

江南樂四首

清明乍出遊，風日不曾惡。何似桃花飛，道是羞儂落。
桃花亦太早，妾顏亦太好。早殺不耐春，好殺不耐老。
門前潮水來，朝來暮還落。動作經年行，始悟歡心薄。
鷓鴣南枝鳥，愁隨北雁去。儂家是江南，但愛江南住。

鄧僉都渼二十四首

渼字遠遊，新城人。萬曆戊戌進士，除浦江知縣，調秀水。召爲河南道御史，巡按雲南，出爲山東副使。歷參政、按察使，以僉都御史巡撫順天。天啟乙丑，爲逆奄所惡，遣戍貴州。崇禎初，赦還，未及用而卒。有《留夷館》、《南中》、《紅泉》諸集。其自序謂：「十歲喜誦唐人詩。年十五始學詩。生長寒素，衣食多累。三十成進士，州縣爲勞。徵御史，需次邸舍，朝請多暇，謝絶人徒，悉取《毛詩》、《楚騷》，下逮三唐，細閲而深思之，神明默識，霍然悟汗，乃知我明諸公之學古人，都在形骸之外，去之所以更遠。王、李既廢，流派各别，狂瞽奔逐，實繁有徒。孝豐吴稼登詞林老宿，見楚人而大悦，盡棄其學而學焉，予厲聲訶禁乃止。」遠遊當王、李末流，楚人崛起之會，欲箴砭兩家之病而集其所長，其志則大矣。旋觀其詩，體貌豐縟，音節繁會，長篇極意鋪陳，而持擇未得其領要，今體取材尖巧，而剥搜未脱其皮毛，可與掉鞅時流，或未能方軌先正也。

行部迤東軺中雜述二首

楚楚山下茨，移種託庭隅。色澤紛訞蔓，緑陰互相逾。秋蟲鳴其根，黄雀欣所居。勢盛易侵軼，蘭葉日夜枯。我行適見之，拔劍芟其蕪。抽棘動傷手，流血忍至膚。强争造化權，傍人嗤我愚。東陵有佚盜，西山餘餓夫。獨秀靡不摧，百足自相扶。捷徑先啟行，賢者猶莍趨。《下里》多和音，焉爲辨笙竽。空言誤人國，黑白同一塗。萌蘖初甚微，終嗟蔓難圖。

客行倦徂暑，中道正病暍。傍睨清泠水，快意思一啜。路人争摇手，執勺未及咽。細辨啞泉字，隱隱見題碣。我意不無疑，强復忍其渴。此口在人身，宣納固有節。未俗矜名論，胡爲但噪聒。誶語恒似詈，直諫本爲訐。不聞大庭内，市井争瑣屑。根株浸廣引，聲勢巧虚喝。錙銖較勝負，何異鼠鬭穴。安得飲此泉，永結讒夫舌。宇宙復清謐，斯人免狂囓。賦詩擬采苓，從此亦囊括。

春日述懷寄湯義仍四十韻

漢域春陰盡，蒼山旅病淹。梯航三面入，風壤百夷兼。五尺秦通道，單車即瘴炎。投荒虚繡斧，覽勝引彤幨。市有紅藤篋，家珍白井鹽。涔蹄規海闊，岝客露峰尖。霜蒨長含潤，温泉側注瀸。衣冠餘僰爨，貨貝古閭閻。茉莉簪花艶，稌粳釀酒甜。緬文披似篆，蠻語聽猶譫。烽燧宵常警，萑蒲日戒嚴。由來稱卉服，未可廢戎鈐。往者勞徵發，王師快殄殲。傷心多戰哭，無術救危阽。退食聊閒步，幽吟却捲簾。磔鷄初學卜，射隼竟空占。牽拙身何補，浮湛趣自恬。怪看顛種種，轉益貌廉廉。藥裹頻須命，觚毫懶欲拈。神龜寧要灼，厩馬剩須鉗。自笑名爲累，誰知意所欣。以予嬰世網，念子獨淵潛。客生閑垂釣，妻鋤並擁鐮。游魚窺硯沼，微雨映書籤。句琢文心巧，時推筆力銛。七襄勞組織，一字費針砭。善戲非爲虐，雄文合愈痁。木蘭舟泛泛，荷芰帶襜襜。麗曲傳箏柱，閑情永鏡奩。吟當花簒簒，舞愛玉摻摻。多取天應忌，高名己亦嫌。余生甘劓刖，抵死乞髡鉗。老態杯中失，窮愁病裏添。澤麋安飲啄，涸鮒且喁噞。世外論歡賞，私衷早屬饜。筌蹄自有契，膠漆乃非粘。别怨稱殊未，歸期嘆不詹。春心傷碧草，秋望滿蒼蒹。饑渴思瓊樹，書題倚素縑。空庭無過雁，竟夕坐明蟾。今古論冤憤，乾坤幾顧瞻。已而應誚鳳，鵷彼一鳴鶼。種竹藩官舍，看雲到步檐。池萍青靡靡，砌卉緑纖纖。戀闕心徒奮，傷時口合鉗。風塵途漸迮，原野氣猶熸。輦轂憂胡越，深宮嘆釜鬵。迷津憐弱喪，回策庶西崦。瘴海愁空説，鄉園淚暗沾。思君遥送目，煙雨晦巴黔。

新第落成漫賦二首

鍛爐依柳下，瓢杓挂林中。水爲臨池黑，泉因洗藥紅。詩留招隱士，箋就與天公。咄咄終何事，將尋植杖翁。

晨光發簷隙，雨氣入渟澄。病似懷春女，閒疑結夏僧。玉壺聽鳥勸，髹几隔花憑。晚節如將浼，須求太樂丞。

芙蓉閣

上路風煙抵狹斜，依然城郭舊人家。平臨粉堞真如帶，遥望丹樓却是霞。雙瀑因風飄素練，清川寫照入菱花。愁看西北浮雲外，漫復搴開閱歲華。

閒居二首

敬通歸里日，彭澤去官辰。酒熟邀田父，花時對孺人。素琴横竹几，藜杖掛山巾。在世無明略，猶堪傳隱淪。

喜雨推窗早，僧寒困酒初。兒方學跳虎，客有饋生魚。旁舍聞鄰織，移牀看婦梳。頹然解衣卧，栩栩復何如。

漫興二首

夜色人初定，花香牖暗通。蒲團清課後，紈扇艷歌中。掩卷思寒素，挑燈看女紅。癡兒不解事，頭困觸屏風。

花縣常三仕，臺烏偶一枝。不能執虎子，須效牧羊兒。蘭摧終異艾，豆落僅存萁。共説長沙傅，生當盛漢時。

田家樂二首

煙火高原合，鷄豚小市通。夜行防虎阱，寒至築牛宫。捕雀遵桑翳，澆麻引竹筒。今年倍收秫，不怕甕頭空。

挾彈驅田鼠，持竿放野豚。但令倉有粟，寧使婦無褌。賣藥曾過市，催租少到門。不知今去漢，歷代幾兒孫。

山中樂二首

隱几虛堂樾蔭移，家人喜愠不令窺。尋常甘脆支旬日，單複衣裳逐四時。比舍讀書兒竊聽，中園載酒婦常隨。人生行樂空何待，五十頭顱足可知。

生長明時值中興，退耕三歲屬三登。喜聞粟泉高年賜，不就公車有道徵。獨坐板牀如向詡，長居土室似袁閎。幅巾男子關何物，閭里浮沈愧未能。

寄鬱儀宗侯

自向朱門啟薜蘿，白雲叢桂倚婆娑。親裁《同姓諸王表》，家習《中山孺子歌》。腹有三壬寧論貴，胸藏二酉不言多。生兒且喜稱隆準，勝帶皆鳴九子珂。

寄王曰常

葦箔懸門覆緑蘿，起看庭樹笑婆娑。君房酒境愁中遠，玄晏書淫病後多。有女蕙芳初畫的，侍兒桃葉本能歌。近知荒歲人煙少，一飯比鄰不妄過。

寄何無咎二首

風濤潮汐未應虛，腹字那無徑寸魚。海上老兵韋袴褶，山中隱士竹翹書。品泉石磴迎凉早，丸藥春林瀼露初。婚嫁不關兒女累，却煩羔雁到庭除①。

① 原注：「時有子得雋。」

四壁圖書自覺尊，不從人俗競朝昏。荒庭尚隱玄微子，素業應傳洛誦孫。農扈勸春同布穀，壺人争旦有清猿。似聞椎髻能偕隱，操作常穿犢鼻褌。

寄王光禄

荷巾蕙帶日倘佯，猶憶先朝尚食忙。萬石家風承内史，一門叔父有中郎。歌徵桃葉雙鬟艷，酒布蘭生百味香。重恐干旄煩守相，扶筇多在果園坊。

寄米君夢二首

山色連墻竹映檐，夤緣西渡復東崦。移家僅有三隅竈，貸客曾無一尺縑。衰向小兒方舐犢，病從中婦賦鳴鶼。知君恤緯多深念，感激時時奮老髯。

齋居清課不勝書，適性從教請託疏。未識餘生幾兩屐，且乘中佃一轅車。披衣艾納香銷後，隱几蓮花漏下初。自覺胸中無宿物，白雲朝暮卷還舒。

奉寄華山王

別館春雲宛宛舒，華山國裏似華胥。銅丸解擿《漁陽摻》，竹簡時探宛委書。論定千秋知敬禮，時危百一感應璩。西園飛蓋無虚日，文學誰堪載後車。

奉陪中丞蘇公遊招寶山同作次壁間韻二首

突兀如臨碣石傍，天青島嶼辨微茫。千年陰火疑潛爇，三足陽烏本内翔。魏闕遥瞻天北極，戈船争指日南王。臣心似水朝宗遠，一任沮洳變作桑。

危峰莖擢四無傍，日月東西際沆茫。樹羽孤城當晝静，樓船三翼儼雲翔。直教河水羞稱伯，空笑山城僭號王。東望三韓猶咫尺，彎弓直擬掛扶桑。

阮邵武自華 三十首

自華字堅之，懷寧人。萬曆戊戌進士，除福州府推官。大計，坐謫，累遷至户部郎，出知慶陽府，再謫補邵武。崇禎三年罷歸，未幾卒。父鶚事永陵，總督征倭，失事，下獄死。堅之起孤生，覆巢完卵，感概力學。少爲歌詩，多疾讒畏禍，魁壘用壯之思。爲人跌宕疏放，好從學佛者游。嗜酒，爲長夜之飲。爲理官時，直指行部，扶醉入謁，甫下拜，咯嘔狼籍，噴污直指衫袖，遂致露章。晚爲郡守，不視吏事，賓客滿堂，分簡賦詩，遨遊山水間，稱風流太守。嘗大會詞客於凌霄臺，推屠長卿爲祭酒，絲竹殷地，列炬熏天，宴集之盛，傳播海内。復爲直指所糾而罷。堅之記誦奥博，捃摭富有，漢魏樂府至枚、李古詩，無不摹似，自謂超于鱗而上之，其實無以相遠也。七言古今詩襞積綦組，乏抑揚頓挫之致。覽燕中都邑之勝，自三殿迄虎圈豹房，作七言今體詩百篇。君子尚其志焉，童丱稱詩，以故人稚子得見於王元美諸公，傑然介立，不屑爲附庸，諸公亦無稱焉，故其詩名不著。居恒語其從孫集之：「詩豈時流貴人、時文名士所能爲，以子之才，不思單出獨樹，自致千古，日與某某相唱酬，波流汩没，吾悲其詩之日下也。」言已輒涕泗汍瀾，不能自止，蓋其苦心持擇，厚自期待若此。

滿歌行

生槃無崇朝，襁褓覆巢，遭彼鴟鴞。破室取子，風雨摽摇。仰面蒼穹，天卑聽高。禍繁墜雨，孑遺焉逃。一解　居世今如此，生亦何爲！母子仳離，兄弟摧頹。歲月苦饑，大難初夷。惟有讀書學古，事親尺寸敢逾？二解　功名不可爲，日月寢嘛。下報無由①，涕零雨面，仰天悲號。叢叢匪莪，伊蔚復伊蒿。九原日睊我，歲去難留。三解　策身起庶尹，吏事縱横，讒説殄行。蟪蛄聞千里，玄天弗成。痛心疾首，已矣緹縈。去不返唾，還身固窮。四解　道傍相憐，乃知友生。日晡改服款門，載酒横琴。死生有命，富貴在天。真僞湛浮，孰辨濁清。傷哉，對酒不飲，皇天知爾苦心。生如蒲柳暫青，何時霜秋墮零。安平樂道絃歌，且復保君百年。五解

① 原注：「葉」。

烏棲曲二首

夷光浴罷單紗襶，卓女當壚搔玉搋。五陵年少本風流，安能棄置取封侯。

霞帔雲髻迎風立，柏梁臺高月如璧。上陽花枝笑早春，瑶林瓊樹避玉人。

石城樂

客有歌陽春，陽春在石城。石城二三月，花與儂齊年。

苦寒行 家難甫平，展先府君墓於𠙽山之陽而作是詩。

一上一上，再上其難。陟言呼天，征于嶔巖。培風階雲，三上級菑。層檁互折，如我百罹。陰崖積寒，未冬霓零。枯鳶厲顛，饑虎伺人。襌袴若鶉，痹骨摧頽。伐室取子，爾欲焉逃。懷哉懷哉，憂途孔云。薄暮苦望，縈心如衿。高山崱屶，飄風鬅髮。皇天聽卑，毛豎膺結。懷哉懷哉，天下可正。癢癢我心，瘋憂列賁。匪兕匪虎，率彼九垓。噴沙秘雹，騰霓作霾。馬援私珠，顔回私食。州論如日，鑠金以筆。捆臂讎牧，鴟革讎胥。吴趙偕毁，我憂匪私。人行堤下，水流橋邊。畦畎不改，心愁敖然。白華滿皋，薌蘭滿潛。圖羹繪鼎，愴惶自憐。西南何峰，蔽我朱明。日下于征，摇心于旌。懷哉懷哉，不可相云。南箕北斗，熯然照襟。重離可作，逝日難睹。椒兮蘭兮，願言則怒。矻盲剸腹，大命不圖。上山苦寒，不爲裂膚。

怨　詩

寵新時刻詎能忘，恩去朱顏那得長。紅妝似花落春色，白團如面掩秋霜。

後緩聲歌　丙午都下感時作。

列缺霆霓①逝巖辥，天吏逸德，使人幽憂短氣②，憂來不可知。作山作峨嵋，作人爲仲尼。峨嵋積霜雪，仲尼恒栗烈。清琴發雲誐，蜩螗如沸羹。周公下貧愚，福緣終與俱。

①原注：「葉。」

②原注：「葉。」

枯魚過河泣

枯魚銜索啼，作書寄王鮪。齊國相易牙，慎勿來河濟。三江豐短蜮，四海饒鯨鯢。羅網爲天地，違之安所如。枯魚銜索啼，作書寄楊鱎。自昔貪芳餌，別爾至今朝。黄鵠見楊鱎，相戒河水濆。違之不敢飲，飛遁入冥冥。

讌飲歌

飛鳶在天，斷雲滿江。江上依依，遠風白楊。緑樹凝盼，落霞窺人。高懷厭世，雄心汰襟。煙塵四塞，日有回光。豪氣蕩天，轉則倘佯。乾坤有身，星霜風雨。忼慷商歌，何如易水。春風絶江，歸雁聲哀。勉强張目，眺予登臺。環峰入雲，沉影東流。河西豹子，至今善謳。嘒彼小星，烈日西沉。能欺扶桑，不欺東溟。烈日西逝，江聲東還。雙鬢蕭疏，憂心中寒。緑竹琳琅，清溪漣漪。丈夫多暇，但有酒杯。故人滿眼，膾鯉釀粳。與君爲樂，不必多言。徂日雖邁，詰朝不磨。月駛星流，秉燭奈何。簡須屨草，帶索皓吟。青山在户，不厭吾貧。焚車縱轡，逍遥德園。嗚嗚流水，邈邈櫋門。宛彼白駒，茫茫春草。摇摇轆轂，有爾長道。寂寞空山，浩渺煙霞。道不行兮，海有浮槎。載歌載笑，聊以塞口。仙人王喬，則余之友。

出歌

橘柚出，嘉樹顛①。嘉魚出，丙穴源。火浣出炎洲，良醖出淄青。甘冰飴雪出閩越，芬樗馥櫟出厓門。萋菲出輦道，稊稗出藉田。

① 原注：「葉。」

行路難二首

功名豈足爲，不見叢蕙與蘩蕭？擷芳秋亦萎，薙惡春還高。智囊有倉卒，造化無童庛。男兒筋骨盡富貴，聖賢黧黑誇巧勞。南過錦帆涇，北泛五湖舟。高城霜白要離冢，廓門宵擁鴟夷濤。陶朱千金委黄土，縠城三略齊蓬蒿。英雄苦恨歲不足，年華飄墜心期遥。惜陰視日但有老，何不酌酒盈簞瓢。

黄鵠摩天極高飛，千年一還思故閭。乍聞笙歌訝子晋，或撫城郭嗟令威。未知神仙是與非，但見悲鳴入雲衢。人生不稱意，炊金饌玉歸蒿萊。仙夫亦自恨離别，賤妾何況孤房棲。不見東家簷下鵲，朝出暮雙歸。比翼棲朱户，交唇餇紫泥。春出無彈射，秋返偕參差。苜蓿二庭月，茱萸萬里書。寧可歸君號鴟夷，莫遂化作杜鵑啼。

漁陽醉歌

塞行如溜水，溟濛不見陽。白霧護沉日，暗淡諸峰翔。旗龍何棧巉，盤山望逶迤。西顧明月窾，東睞景忠廬。邊風何浩浩，翔氣繞雲悲。杯酒慷以慨，壯遊良不虚。欲請班翟輸，爲我作輕輿。左載王子喬，側坐嫱西施。洞軾箸寬壺，一壺千石餘。據專坐清琴，悲笳節彈棋。日觀孤竹巔，夕月清海湄。鴻濛太荒中，與君逮歡虞。

南箕北有斗

客從長安來，良友獨無書。封題數行去，冉冉知何時。客見故人不，故人寧見思。客言亦相念，客言亦相思。貴人多迫劇，龐雜盈公車。千士一府朝，五日亦來歸。阡陌充九軌，轂擊不能馳。柳蟬不及鳴，槐蠶不及絲。庭烏不及下，蒼蠅不及飛。見者登龍門，拜者登天衢。應接不自暇，安知拜者誰。庭實何煌煌，贄幣旅璠璵。長跽請一盼，仿佛生豐姿。駿奔鈴閤中，佩結墮璜琚。但言一問君，聽者神魂移。貴人自北斗，君自有南箕。斗自象斟酌，箕下無糠秕。亂中窶且貧，音寄空何爲。鮑叔與虞卿，升沉不獨俱。三復因親言，千秋令人悲。

鵝鴨行

烹雛鳧，炰豢鶩，坐君高堂醉醽醁。酒到胡牀天地寬，酲餘索飽黄粱熟。憐君壽不似青天，青天自憐亦復然。請看醉中春電歇，庭階狼籍柳花眠。

落第客塞下代盧龍諸將寄京洛相知四首

朔氣厲高秋，將軍洗鐲鏤。勞雲出塞暗，疲馬傍人愁。風色侵重鎧，霜威折丈矛。貴人能作賦，何不自封侯。

合甲凋霜色，曼胡灑血光。犀渠猶暴露，虎冠已張皇。只謂策勛急，安知對簿長。從征元分死，刀筆又沙場。

破斧入洛下，樓船跨海濱。金縢風藴櫝，銅柱日生塵。彩筆詞臣富，牙籌吏部貧。當時烽火急，若箇肯捐身。

報國惟四體，援枹即九原。洗兵星海色，漂杵月支痕。聖主如信目，孤臣甘喪元。玉關誰望入，但願少流言。

贈崔二入邊

金風積朔邊，俠骨勛祁連。霜重雕弓健，沙明畫纛鮮。車馳九折坂，笳亂獨流泉。手挾焉耆返，嫖姚正少年。

送忍之清兄入天目

之子南方去，環聲過霅溪。桃花春自睹，蘗草雨遍齊。法座高秦望，迦音滿會稽。何時開六葉，一爲止兒啼。

亞父墓

君自入關將，如何身不王。笑談秦失鹿，去住楚亡羊。白璧誰先碎，黄河空復長。當時絶甬道，老大畏鷹揚。

經張順妃陵 天界。

椒寢開天始，蘭膏就日逢。誰令乘綵鳳，不復據蒼龍。月暗離宮瓦，霜寒隧道鐘。天長陵樹近，鵠駕幾時重。

經李麗妃陵

夕張佳期迅，朝雲昔夢終。春生黄竹雪，秋起白蘋風。氣接鍾山紫，花留桃渡紅。祇看藏璺處，天上列芙蓉。

三祖乾元寺塔

五葉開將半，三衣傳未央。遠來承補位，敢惜棄輪王。日耀飛槃玉，山青舍利光。一回投五體，千界入清凉。

龍山雲從亭

玉饋山中酒未窮，解愁天日若相逢。長竿爲出鮫人月，短笛微吟龍女風。蓮葉高於三丈石，桃花開已十年紅。一望人間似烟霧，春深情思轉微濛。

大雷賊劉虞平飲至詩

山城節鉞倚雲限，江浦雷霆動地來。部下材官皆國士，帷中素女贍兵才。投鞭赤壁流先斷，試劍丹陽石自開。欲笑樓船過漢蹕，溟濛風雨射蛟臺。

晚步宣氏莊山麓

群峰迴合鳥争飛，曲徑迢遥送晚暉。碧岫坐間明月出，青山行處白雲歸。幾家茅屋春多酒，千壑桃花晝掩扉。何事驅車窮宛洛，無人知道昨年非。

經錢塘江先公戰場

銜石西山羽翼衰，射潮無力望天池。赤城猶駐揮戈日，蒼水能知血戰時。海氣北來寒虎窟，江濤西擁怨鴟夷。祇今澤畔行吟者，永夜吞聲有所思。

題武夷

初聞鷄犬異人間，漸入青霞細可憐。蹊上紅泉無徑路，山中香雨有神仙。每逢水盡奇峰出，若爲天迴曲道前。一鑒澄潭思千古，誰當先掃石爐煙。

送覺空還五乳供憨公塔

當時休夏五峰陰，梵起潭龍似笛吟。彼岸南雲千頃雪，下方落日萬池金。竹含月影冥幽寺，杏吐霞光欻故林。爾踏曹溪得歸路，二銖傳衲定中深。

附見 阮尚書大鋮七首

大鋮字集之，堅之之從孫也。萬曆丙辰進士。天啟間，官吏科給事中，坐奄黨，禁錮。弘光登極，召拜兵部尚書，督兵江上。亂後不知所終。

郊居雜興二首

野緑何茫茫，莫辨行人路。我居向山曲，草樹復糾互。辟穀耻未能，炊煙時一露。遂引同心來，琴書屏情愫。惻視城市間，攘攘頓成誤。綠香蒲水壯，清吹松風鶩。於此話桑麻，坐閱春山暮。夷猶詎忍分，茗糜聊已具。

結室面東湖，風來湖水香。隨意采菱舟，夤緣洲渚傍。香静月色吐，清輝照中堂。澮澮螢火流，泠泠竹露光。絡緯抱花啼，啼聲亦何長。鄰女弄秋梭，竟夕燈火張。晚田虞不給，餘布易我糧。聊以贍兒女，非爲成衣裳。感此勞者情，終夜爲徬徨。湖波豈不艷，菱葉亦以芳。刺多泥復深，采采中懷傷。

春夜泊江口小飲

向夜江煙定，春星次第開。沙明潮月吐，風善樹香來。炊擊漁航火，酤安野市醅。閒心兼静侣，鷗鳥爾何猜。

旅　懷

愁思如芳草，春來日日生。烟花迷令節，烽火掩孤城。鄉夢啼鶯斷，微生旅燕輕。遥憐故林竹，新碧欲何成。

晚坐弘濟寺

古柳參差掩寺門，荆籬石埠自爲村。風嚴烏榜誦菱涌，日落漁炊就荻根。野月荒荒難辨色，江峰寂寂更何言。燈前無限浮沉思，銷任菰香水鶴喧。

曉過石馬冲

古原何地不桑麻，六代陵園問曙鴉。是處石麟銜晚照，幾聞笙鶴馭高霞。横塘緑水漫菰葉，平圃青藤冒豆花。野犢不知離黍恨，踏莎還上玉鈎斜。

雷　塘

雷塘無限白楊花，寒食西風集暮鴉。莫向舊堤窺柳色，春鋤争上玉鈎斜。

鄒提學迪光八首

迪光字彦吉，無錫人。萬曆甲戌進士。官至副使，提學湖廣，罷官時年纔及强。以其間疏泉架壑，徵歌度曲，卜築惠錫之下，極園亭歌舞之勝。賓朋滿坐，觴詠窮日，享山林之樂幾三十載，年七十餘乃卒。愚公亡，而江左風流盡矣。前後集三百餘卷，連篇累牘，煩縟醲艷，無如其骨氣猥弱，不堪採擷。其文又不必置喙矣。隆、萬間，王弇州主文章之盟，海内奔走歙服。弇州没，雲杜回翔羈宦，由峯潦倒薄遊，臨川疏迹江外，於是彦吉與雲間馮元成乘間而起，思狎主晋楚之盟，長卿遊戲推之，義仍亦漫浪應之。二公互相推長，有唐公見推之喜，彦吉沾沾自負，累見於詞章，而又排詆公安，并撼眉山，力爲弇州護法，蓋欲堅其壇墠，以自爲後山瓣香之地，則尤可一笑也。長卿通脱，多可而少怪，義仍孤峭，心薄王、李，鄙其尸盟，次雎之社，朱弓之祥，歸於不知何人，頷之而已，非其所屑意也。二公晚交於余，而義仍亦有微詞相聞，并及雲杜，詞壇爭長，等於蠻觸，今皆成往劫事矣。彦吉之詩優於元成，點綴風雅，亦復可觀。余故録其詩，以稍别之。

春日園居雜詩二首

東陸光初麗，西園景漸和。雲情要作賦，月貌出當歌。嫩草侵𧢼勒，幽花笑綺羅。科頭忘應接，一任客來多。

行吟不放盞，坐釣亦攜書。山鳥時調弄，階莎勿剪除。習眠如濕柳，避客似驚魚。游冶非吾意，春光任爾舒。

秋日泛舟至山園兼過法院次林若撫韻二首

水容開皎鏡，泛渚愜新秋。紅樹能迎客，青衣學駕舟。藥欄天露洗，澗道夜珠流。自笑如拳石，難言五嶽遊。

廣圃深潴壑，駢房曲貯山。堤長留竹捍，牖每惜花關。日暗厖先睡，林昏鶴便還。名流真爾輩，杖履欲追攀。

七夕同沈璧甫林若撫泛舟芙蓉湖候月

月貌那能似，雲容不可描。蛙聲樂數部，柳縷浪千條。緑坂疑牛渚，朱欄是鵲橋。清商末句日，蘆荻已蕭蕭。

吴門歸入惠山寺

勝遊不惜屢，餘興尚淋灕。竹路青相借，花宫翠亂披。酒闌留月住，曲半受風吹。爲問梁溪夜，何如吴苑時。

中秋虎丘紀勝

琳宫十二夜生光，車馬闐駢選佛場。水月競邀羅綺色，栴檀都作麝蘭香。林間度曲烏棲急，石上傳杯兔影凉。金虎高墳勝遊地，玉魚銀海正茫茫。

三月三日宴客山池

銀塘日朗敞華筵，何意能要仲御船。匼匝紛紜當上巳，叵羅酬酢聚群賢。花街舞袖千行麗，月傍歌喉一綫懸。觴詠未妨絃管盛，相看如在永和年。

鄭給事明選五首

明選字□□，歸安人。萬曆己丑進士，知安仁縣。陞南刑科給事中，移疾歸，卒。鄭君不以詩名，得數章於《吴興藝文補》，殊有俊氣，採而録之。

幽趣

但見滄洲趣，清溪對竹扉。窗陰懸薜荔，水色受薔薇。村鴨迎船浴，山蟲冒雨飛。田家蠶已老，日暮剪桑歸。

早行

鷄鳴客下牀，出門天未曙。山黑不見人，但聞馬蹄去。

沈長山山莊絶句三首

苦蓼滿汀花映窗，蜀山飛過雁雙雙。豆棚鼓側侵書架，梧葉顛狂撲酒缸。

蓮花兜上草蟲鳴，處處村莊白菜生。賓雁成行如一字，寇凫作陣似風聲。
東家園裏撲黄柑，西岸墳前種石楠。蝘蜓似蛇緣短壁，鷺鷀如鶴下澄潭。

謝布政肇淛八首

肇淛字在杭，長樂人。萬曆壬辰進士，除湖州推官，量移東昌。遷南京刑、兵二部，轉工部郎中。管河張秋，作《北河紀略》，詳載河流源委及歷代治河利病，談河工者考焉。陞雲南參政，歷廣西按察使，至右布政。林若撫曰：「在杭詩以年進，《下菰集》司理吴興作也，坐論需次真州，有《鑾江集》，移東昌，有《居東集》，格調漸工。」然其詩亦止於此。嘗有寄余詩云：「曾從紫氣識龍文，忽見新詩過所聞。老去自慚牛馬走，書來猶問鹿麋群。春城樹色連吴苑，夜雨鴻聲叫海雲，荔子輕葉紅榕緑，相期同拜武夷君。」在《小草堂全集》中。晚年所作，聲調宛然，不復進矣。余觀閩中詩，國初林子羽、高廷禮以聲律圓穩爲宗，厥後風氣沿襲，遂成閩派。大抵詩必今體，今體必七言，磨礲娑蕩，如出一手。在杭，近日閩派之眉目也。在杭故服膺王、李，已而醉心於王伯穀，風調諧合，不染叫囂之習，蓋得之伯穀者爲多。在杭之後，降爲蔡元履：變閩而之楚，變王、李而之鍾、譚，風雅淩夷，閩派從此熸矣。

送練中丞遺裔歸家有引

自金川門之變，練公子寧以御史大夫抗節死闕下，闔門荼毒，獨有侍媵抱匝歲子匿民間得免。展轉入閩，爲人傭保。六世孫綺者，爲新寧陳孝廉掌書記。萬曆戊戌，孝廉計偕入浙，有江右生同舟。先一夕，生夢練公持刺謁己，心異之。比入孝廉船，見書記侍側，雅皙不群，指問何姓，答曰：「姓練。」生心動，叩之曰：「得非吾里練中丞後乎？」綺不應而涕淚滿面。生益疑駭，窮詰之，具得其狀，亟以百金爲贖，孝廉不受，遣綺，綺不肯行，曰：「以死殉國，人臣之恒，且九族赤矣，歸將何爲？」生益賢之，歸家，具白當事者，以幣來聘，授以衣巾，俾奉公祠官，爲置田廬百畝。一時聞者莫不嘆息泣下，以爲天道有知云。

燕山日黑黃塵起，金川門外鼓聲死。長樂宫爲瓦礫場，殿庭流血成海水。御史大夫練子寧，手持三尺干雷霆。覆巢自分無完卵，一門百口歸冥冥。事去人亡二百載，蘆荻蕭蕭餘故壘。長陵楸柏已十圍，孤臣遺骨今安在。鈎龍臺下水可榵，新寧城東山巖䕺。灌園誰能識法章，傭肆猶堪藏李燮。一日天迴地轉時，千金購出練家兒。若敖之鬼終不餒，行路聞之皆歔欷。我登鍾陵山，遥望石頭城。寧爲孝孺死，不作陳瑛生。爲君慷慨終一曲，悲風颯颯江波緑。

賦得新柳送别

短岸復長堤，黃輕緑未齊。曉風吹不定，春雪壓常低。草細偏相妨，鶯嬌未敢啼。年芳君莫問，日落灞陵西。

送徐興公還家

楓落空江生凍煙，西風羸馬不勝鞭。冰消浙水知家近，春到閩山在客先。斜日雁邊看故國，孤帆雪裏過殘年。憐予久負寒鷗約，魂夢從君碧海天。

感懷

披裘五月滯江干，贏得青山對鷸冠。北海尊同狂客盡，南樓月共小姬看。城頭雲色來朝霽，柳外蟬聲送晚寒。却笑枯桐今已爨，豈堪山水向人彈。

宿吴山樓

佛火明還暗，羈魂夢復驚。秋風一夜起，落葉與窗平。

題吴興海天閣 道場山。

飛閣接天都，珠宫控太湖。山光圍百雉，野色入三吴。木落禽聲盡，雲崩塔勢孤。東南多王氣，回首起棲烏①。

① 原注：「徐興公云：『「雲崩塔勢孤」之句爲時人傳誦，鄭翰卿寄詩云：『翠荇青蒲碧浪湖，裁詩對酒憶人無。謝郎近日縱横甚，尚有雲崩塔勢孤。』」

送人之咸陽

送爾咸陽道，風霜冷不勝。鷄啼將落月，馬怯欲消冰。火後無秦殿，回中有漢陵。斜陽看故國，烟樹鬱層層。

南旺挑河行

堤遥遥，河彌彌，分水祠前卒如蟻。鶉衣短髮行且僵，盡是六郡良家子。淺水没足泥没骭，五更疾作至夜半。夜半西風天雨霜，十人八九趾欲斷。黄綬長官虬赤鬚，北人驕馬南肩輿。伍伯先後恣訶撻，日昃喘汗歸籧篨。伍伯訶猶可，里胥怒殺我。無錢水中居，有錢立道左。天寒日短動欲夕，傾筐百反不盈尺。草傍濕草炊無煙，水面浮冰割人膝。都水使者日行堤，新土堆與舊岸齊。可憐今日岸上土，雨中仍作河中泥。君不見會通河畔千株柳，年年折盡官夫手。金錢散罷夫未歸，催築南河黑風口。

鄧副使原岳一首

原岳字汝高，閩縣人。萬曆壬辰進士，授户部主事。出爲雲南提學，陞湖廣副使。長身玉立，人皆憚其方峻，久與處，温夷闓懌。所在以文采著稱，與謝在杭並稱詩於閩。在杭推之，以爲國初有十才子，弘、正有鄭善夫，而嘉、隆之後則汝高爲之冠。所著有《西樓全集》十卷。汝高嘗選《閩詩正聲》，以高廷禮《唐詩正聲》爲宗，大率取明詩之聲調圓穩、格律整齊者，幾以嗣響唐音而汰除近世叫囂跳踉之習。然其所謂唐音者，高廷禮《正聲》、《品匯》之唐，而非唐人之唐也。觀其持論，則汝高之詩從可知矣。余嘗論閩詩流派，頗以後來庸靡之病歸咎於林子羽，蓋有見於此。於甲集論之詳矣。

江上别徐惟和兄弟

驛路風吹楊柳枝，江雲江草不勝悲。也知遠道終須别，借得離筵駐片時。

陳紹興勳八首

勳字元凱，閩縣人。萬曆辛丑進士，授南武學教授。轉國子助教、南工、户二部，出知紹興府。

元凱夙標雅望，能詩善畫，未艾投簪，杜門著述，時人以陶元亮擬之。

山居和韻八首

亂山飛翠似相迎，山畔山鷄自喚名。海雨挾潮歸極浦，溪雲扶月上孤城。數聲漁櫓鳴寒漲，一酌村沽坐晚晴。歌入滄浪秋思遠，不妨倚和到參横。

石自玲瓏水自潺，高齋不與俗相關。掌心取食幽禽熟，墨汁翻書稚子頑。雨韭新香宜夜剪，煙蒲老緑及秋删。雖然小事皆清事，人道山翁解住山。

泉邊山閣坐潺湲，不是枯禪亦掩關。映水窺人憐鶴静，俯巢探鳥笑僮頑。殘編擬向閒中了，類句頻於枕上删。昨日晚晴教洗竹，喜當缺處露春山。

山翁病起坐蓬茅，藥杵殘香課僕敲。濁酒醉因逢舊伴，奇書快似得新交。旋移細竹過南澗，約看寒梅到北郊。垂老身心無一事，生涯聊爾不須嘲。

石壓幽窗竹覆垣，秋聲秋葉漸應繁。雲歸却讓孤峰出，雨歇還添别澗喧。遥夜山寒吟木客，高林果熟快王孫。杜陵亦有憂時老，短褐長鑱獨閉門。

編籬插棘補頹垣，頗笑山翁事亦繁。果熟老猿窺樹慣，禾收寒雀上廳喧。貪杯往往逢狂客，痺膝時時著稚孫。舊日列侯今是夢，種瓜猶擬學青門。

蒲團一味與僧分，不是銀魚亦可焚。但以身心同外物，莫將柴栅縛浮雲。心因有住翻成礙，事若無機即不紛。此語煩師爲轉語，是無上語是聲聞。

垂蘿欲壓角巾低，石勢參差到者迷。只許閒雲隨意住，最憐幽鳥稱情啼。殘棋斂局還尋劫，險韵成詩却貼題。拈取《南華》讀《秋水》，頓令坐客欲忘蹄。

附見　董養河七首

董養河字叔會，漳州人，以諸生受辟召，官户部主事。丁丑歲，待詔長安，與黄孝翼、劉漁仲偕遊於吾門。閩人而吴學者，三子也。孝翼、漁仲皆就官州邑，漁仲死於兵。叔會、孝翼皆未知其存否。録叔會詩，爲之三嘆。

崖前猿鶴喜相迎，管領雲山豈用名。玄灞月明聞吠豹，斜川風美望曾城。亦時止酒因無伴，間不登山即未晴。獨有雄心難盡處，島煙孤起弔田横。

小渠分瀑夜潺潺，片月窺窗不可關。煙水自來宜我輩，勛名終是屬癡頑。新松直上梢頻剪，從菊孤搴蕊半删。却笑謝公徒捉鼻，區區江左負東山。

日日千峰雲覆垣，蘭畦菊町地偏繁。洗盂不厭山僧净，争席時聞野老喧。澗底撈蝦喂鶴子，花間聚蟻飼鷄孫。賣將殘卷完租税，清夢無驚吏到門。

剩得春光有幾分，閉門寒雨博山焚。桃花水漲潮連樹，蠣女磯横石戴雲。遠浦鱖魚歸市晚，近汀鸂鶒避矰紛。蒲團鎮日唯趺坐，清梵微微隔岫聞①。跨流小閣兩崖分，凉凈能消劫火焚。栗里徜徉惟密柳，敬亭還往信孤雲。洞猱窺果時防侮，野雀争花坐解紛。獨有遊仙愁夢斷，雨過灘吼枕中聞。亂徑花深杳不分，攪人離思日如焚。斜横雁影清江月，暗送梅魂斷隴雲。玄圃夜光空落落，青城瑶草自紛紛。英雄難死仙難覓，楊樹悲風豈可聞。巖際茅低星更低，竹欄松徑步來迷。還他仙壑真風月，閲盡俳場假笑啼。茗碗渴深無用譜，藥囊病慣不看題。山僮事簡扉關早，爲語霜畦過虎蹄。

① 原注：「礪女磯，余海中石洞。」

陳秀才鳴鶴九首

鳴鶴字汝翔，閩人。棄去舉子業，與徐惟和兄弟、謝在杭共攻聲律，凡三十餘年。有詩數百篇，興公爲選擇行世。

經漂母墓

淮陰春雨裏，杜宇不堪聞。十日王孫飯，千秋漂母墳。山吞灘水月，地接廣陵雲。感激懷知己，無言對夕曛。

武夷紫陽書院贈朱山人

先業依青嶂，開軒獨隱居。石田耕水月，芒履混樵漁。萬壑自吹笛，孤燈時讀書。結盧倘相許，同釣九溪魚。

送人之緬甸

萬里從軍天盡頭，身無七尺不禁愁。蠻鄉短信題金葉，山店孤燈點石油。青布縚頭騎象女，白檀塗面射狼酋。莫言年少輕離別，一夜金沙滿鬢秋。

送曹能始之金谿弔周明府

南來幾日又西征，腸斷羊曇《薤露》聲。羅雀門前生死恨，鈎魚臺下別離情。千家橘葉連山縣，一路楊花暗水程。華表鶴歸春夢杳，報恩惟有淚縱横。

伍相祠

黄池宴罷羽書催，骨葬鴟夷梓可材。西子已辭吴苑去，東門忍見越兵來。春風故國蘼蕪長，落日荒祠杜宇哀。千載忠魂何處問，滿城兒女弄潮回。

古戰場

連天殺氣阨黄雲，鬼哭啾啾奈可聞。日暮亂鴉争白骨，不知誰是故將軍。

題冲佑觀二首

十二仙人控紫鸞，頂門一去不曾還。當時鷄犬升天盡，只有浮雲住世間。
吸餐餐霞絶世氛，石壇親見武夷君。漢家天子多煙火，却把乾魚污白雲。

楊柳枝

萬緒千條拂翠臺，只牽人去不牽來。楊枝折在行人手，那得楊花二月開。

康秀才彦登三首

彦登字元龍，又字孟擔，閩縣諸生。爲人慷慨負氣，一言不合，輒拂袖去。嘗遊歷邊塞，無所遇，有《朔方遊稿》。年三十六，貧困以死。賦詩好自改竄，不成篇輒棄去。萬曆間稱福州「七才子」，彦登其一也。

城西别友

驛樓重發不勝悲，執手難於乍別時。故國殘年人去遠，亂山疏雨馬行遲。青袍暗濕爲儒淚，緑酒愁聽送客詩。最是關門風雪惡，明朝吹盡鬢邊絲。

宫詞

銅龍曉漏滴蓬萊，天半傳喧便殿開。一霎燈光齊散盡，春寒便與放朝回。

詠柳

照影盈盈拂自垂，受風縷縷弱還吹。關山笛裏《思歸引》，灞水橋邊恨別枝。翠黛莫因春去損，纖腰乍向月明移。可憐空傍章臺老，欲惜凋零更有誰。

王布衣毓德八首

毓德字粹夫，侯官人。父應山，字峨宣，以《春秋》爲大師，教授武夷、烏石間。著《閩大記》應史法，閩中文獻歸焉。粹夫，萬曆間老於布衣，里閈中稱長者。見人有急難不平，不問識與不識，身爲奔救。遊金陵，主於友人林古度，其鄉有貴人招之，弗肯往，竟去。吟詩最苦，詩成不喜示人，故傳者絶少。有子爲高才生，亦貧甚。

度仙霞嶺

已恨閩天道路賒，更堪回首隔仙霞。潺溪已是他鄉水，縱使東流不到家。

蘭溪夜泊

暮雨孤村繫客船，漁燈相對未成眠。思家淚共蘭溪水，一樣潺湲過枕邊。

萬曆宫詞六首

畫長鸞鏡未安臺，宫女無端絮絮催。料得君王多夜宴，不愁行幸日中來。

良家三載閉長門，已爲青宫奏特婚。大禮至今猶寂寞，莫言賤妾未承恩。

彤庭罷御幾年餘，剩喜天顔大内居。昨日黄門催進礦，花間連旨覓羊車。

一入深宫又十年，宫中元日也朝天。如今漸被人推長，羞押頭班立御前。

慈聖宫中每發心，幾將大藏供叢林。内人也自承風旨，捨與中官安奉金。

聖節逢秋玉露寒，午門祇候立千官。官家未問東宮拜，欲上龍牀受賀難。

陳汝修四首

汝修字長吉，閩人。

感懷二首

黿不挾風雨，曳尾而長年。鳩不知戊己，七子何蹁躚。造物無盈虧，達者觀其全。鹿裘行帶索，中懷嘗坦然。

杖策東郭門，田疇緑委委。人生自食力，奈何名與利。殺身爲他人，往往誇聖智。麟鳳自翺翔，王者指爲瑞。牛馬窮筋力，庖人醓爲胾。

夜至孫子長山齋

空山明月静，宿鳥夜驚呼。葉地屨聲亂，霜林燭影孤。叢巖懸墜石，野水漫平蕪。梅信今年早，憑君借一區。

白雲洞

徑轉人疑墮，煙深路欲遮。危峰掛星漢，古洞走龍蛇。積露蒸初日，枯藤鈎落花。可憐一尊酒，相對煮芹芽。

來布政復一首

復字陽伯，三原人。萬曆丙辰進士。兵部郎儼然之子也。爲詩文，敏捷如風。爲人重氣好客，泛交道廣，有聲薦紳間。起家户部郎，歷官布政使，備兵揚州，歸田病卒。陽伯性通慧，詩文書畫之外，琴棋劍器百工伎藝，無不通曉。惟未習女紅刺繡，至吴門學之旬日，吴中女紅皆嘆賞焉。同時華州郭宗昌，字胤伯，博聞多能，與陽伯略相似，皆三秦之異人。吴越間多秀才，未有其比。余於胤伯之奇，知其什五，恨未見陽伯也。陽伯有詩集十餘卷，能詩而不能工，亦多能累之也。

聽斗谷宗侯琵琶歌

我與宗侯相遇時，乃在長安客舍裏。宗侯弱冠我尚幼，相留夜宿常同被。是時來生對彈棋，屢愧負進訝技師。兩三青衣善絲竹，日來勸酒向客屋。手抱琵琶不敢彈，爲有倫摯正當局。宗侯手取抽撥續，徐把安膝笑轉軸。長拂小撚兩三彈，凉風滿屋聲謖謖，爲我一彈鷓鴣曲。轉聲促軫音更悲，如百指按絃聲高低。大絃如濤小絃雨，鶯雛鳳鷇相喚飛。曲聲婉轉復激楚，云是古傳吴葉兒。餘韻噴嘈凝不散，多少宫商絃上换。忽聽千兵赴陣，甲馬行跚跚，轉似隔壁幾個好女傷春坐愁嘆。侯家第宅東城偏，父子兄弟皆好賢。邀我幾醉如澠酒，兄弟列坐鳴管絃。坐中掐箏兼吹笛，聲聲倚和真的歷。總道同經内府傳，才説琵琶皆不敵。回首長安已幾年，三春老盡杏花天。近時二三友人探春信，復與宗侯相周旋。一聞此聲意俱醉，歸乃謂余之言然。誰知枯木嬌如語，誰知雅弄將琴侶。河間虚對三雍宫，定陶枉摘銅丸鼓。銅丸摘鼓聲冬冬，樅金戛玉徒雍容。只好新安查八十，近時京都李瞎翁。天工一夜推送三人音弄入我手，使我一彈一飲自廢蓬蒿中。

文少卿翔鳳七首

翔鳳字天瑞，三水人。萬曆庚戌進士，除萊陽知縣，調伊縣。遷南京吏部主事，以副使提學山西，入爲光禄少卿，不赴，卒於家。天瑞父在兹，舉萬曆甲戌進士，以程文奇異，爲禮官所糾，遂不復仕，作《梅花》詩至萬五千言，講德摛詞，以奥古爲宗。天瑞纘承家學，彌益演迤。庚戌朱卷，房考雷檢討思霈鉤稽段落，以青筆乙其處，始就句讀。其論學以事天爲極則，力排西來之教。著《太微》以翼《易》，謂《太玄》、《潛虚》未窺其藩。余將行，攜其稿過邸舍，再拜付余，語人曰：「《太微》南矣。」余愧不能爲桓譚也。以辭賦爲專門絶學，覃思腐毫，必欲追配古人。嘗稱曰：「屈、宋、枚、馬，生知之聖也，神至於不可知。揚，學知之聖也，大而化矣。班、張、左，大賢也，充實有光輝，而未果化。潘、陸以後，充實而美矣，光輝乎何居？余欲建子雲以爲師，友太冲與之爲朋，而未之逮也。」作《金陵六賦》以當《京都》，蓋其大志如此。其爲詩離奇扉兀，不經繩削，馳騁其才力，可與唐之劉叉、馬異角奇鬥險。晚作《嘉蓮》詩七言今體至四百餘首，亦古未有也。天瑞白晳長身，秀眉飄鬚，風神標格，如世所圖畫文昌者。其爲人忠孝誠敬，開明豈弟，迥然非世之君子也。初第時，與余辨論佛學，數日夜不寢食，曰：「子姑無困我。」庚申冬，以國喪會闕門，極論近代詩文俗學，祈其改而從古，天瑞告王季木曰：「虞山兄再困我矣。」天瑞與余不爲苟同如此。然而如天瑞之文賦，牢籠負涵，波譎雲詭，其學問淵博千古，真如貫珠，其筆力雄健，一言可以扛鼎。世之人或驚怖如河漢，或引繩爲批格，要不能不謂之異人，不能不謂之才子也。文中子曰：「楊子雲，古之振奇人也。」余於天瑞亦云。

後湖行

黄册貯湖洲中民部領之。

日中有瓊池，月下有蕊淵。其精墮爲朱雀玄武之二水，鍾陵疑即須彌巔。遂就前湖作殿闕，五風攝處駐行天，滄溟操築又桑田。自是水輪扶地軸，不比羲仲御虞泉。簪石豈仗神鰲戴，銜木非憑精衛填。琉璃推現天人界，香水捧浮帝釋蓮。獨留後湖照嬋娟，金銀氣已貯秋煙。中有群玉爲策府，由來曲洛是書淵。靈沼未聞還宴鎬，昆池何況本學滇。鍾阜如龍下飲之，島嶼真横過海船。鷄籠龍舟碧相揖，對蛾對鏡畫春妍。君出太平門，試拂堤邊柳。天絲樹樹堪垂手，錦水繡嶺低回否。長生新館立煙波，萬頃明月萬頃荷。荷柄發花香入帶，風來湖上竟如何。

江上吟　泊江洲守風，再宿乃發。

江心繫纜蘆花渚，豚拜石尤燕作雨。網玳鉤貝客此灣，采菱拾芡郎何處。隔江漁火點流螢，參差鄰舟煙共語。銀濤拍枕夢騎鰲，胯下蓬萊欲軒舉。聖臣但攀若木枝，仙吏急索扶桑父。兩炬鷄犀代燭龍，溯流犁扶夜明府。道士濳譯火龍經，涇畔尺書傳貴主。乍聞風鬢牧雷霆，洞庭渹愴錢唐去。天門直者不可通，予爲排闥致帝所。遂命天工下沅湘，重補鶴樓提玉斧。太白酒星抗手過，共踏芳洲和鸚鵡。君著宫錦我綺裘，却泛秦淮訪參虎。咳唾六朝小晉吴，眼界金陵開萬古。榜人流喝擾龜兹，蓬頭颯爾摐金鼓。鳴籟吹竽打槳飛，追他百艘凌遠溆。燕磯霞頂兩關情，望望鍾山立天宇。

鳥道行　陽城西陌。

車輪推太行，尚是驅車路。子看芹池坂，四蹄無著處。一解　羊腸只是盤，鳥道緣底過。幾且以掌行，幾且行如坐。二解　冰滑不留跟，劍子可斫痕。泥滑不留杖，欲乾待斜昏。陰崖尚自可，陽坂數援我。三解　便説天爲嶺，便説澗如井。争似砭行愁，萬丈垂客影。四解　澗道不可掃，輴軨闊於道。一分出壑唇，一分掛巖杪。兩趾前後須叠行，欲過僕夫數脱襖。我馬不堪學栝棬，屢折曲坳僵欲倒。五解

輶軒聊述

近聽腦中童子語，舊看心葉《玉皇經》。木公考課巡三島，白帝傳觴宴百靈。有骨凌雲周外界，無才佞世冒天刑。吾將力挽長楊斷，講座時開笑口馨。

暮入登州

遠山微剩黛，近島澹留青。海若收城市，鮫人掩户庭。宿雲如待曙，歸汐解藏靈。日母東巡至，余將攝太守。

伏生墓 鄒平東郭。

真搜禹穴並人間，群玉西郵東可攀。天地有靈移策府，心胸如許貯名山。秦燎不到書生腹，孔壁重歸女史環。却笑安釐汲上冢，殉書玉碗爲誰關。

待旨

待旨曾趨兩個間，每瞻天膂想龍顔。三華旭日春浮闕，萬歲童雲桂滿山。蒼鹿自茹瑶草偃，白鶯争道玉階閒。何勞羽檄煩明主，乍幸昭陽未擬還。

王考功象春 三首

象春字季木，新城人。萬曆庚戌，舉進士第二人，與茗上韓求仲名相次也。季木每嘆詫：「奈何復有人壓我！」其語頗爲時所傳。而求仲科場議大起，遂以季木爲許己，黨人用壬子北試，移師攻季木，牽連謫外。稍遷南吏部考功郎。季木雅負性氣，剛腸疾惡，扼腕抵掌，抗論士大夫邪正，黨論異同，雖在郎署，咸指目之，以爲能人黨魁也。卒用是敗歸田。久之，遂不起。季木於詩文傲睨輩流，無所推遜，獨心折於文天瑞。兩人學問皆以近代爲宗，天瑞贈詩曰：「元美吾兼愛，空同爾獨師。」其大略也。歲庚申，以哭臨集西闕門下，相與抵掌論文，余爲極論近代詩文之流弊，因切規之曰：「二兄讀古人之書，而學今人之學，胸中安身立命，畢竟以今人爲本根，以古人爲枝葉，窠臼一成，藏識日固，并所讀古人之書胥化爲今人之俗學而已矣。譬之堪輿家，尋龍捉穴，必有發脉處。二兄之論詩文，從古人何者發脉乎？抑亦但從空同、元美發脉乎？」季木撟然不應。天瑞曰：「善哉斯言！姑舍是，吾不能遽脱履以從也。」厥後論賦頗辨駁元美訾謷子雲之語，蓋亦自余發之。季木退而深惟，未嘗不是吾言也。季木尤以詩自負，才氣奔軼，時有齊氣，抑揚墜抗，未中聲律。余嘗戲論之：「天瑞如魔波旬，具諸天相，能與帝釋戰鬬，遇佛出世，不免愁宫殿震壞，季木則如西域波羅門教，邪師外道，自有門庭，終難皈依正法。季木《問山亭詩》不下數千篇，而余録之斤斤者，誠不忍以千古之事累亡友於無窮也。

山居

雲與同閑鶴並孤，嗒然隱得幾今吾。敲來石火炊先熟，服久山泉體自臞。隔舍有僧同説夢，抄方無劑可醫迂。曉窗嵐翠濃於染，自看長松過雨圖。

古意

綺窗寂莫對花開，閒看殘花點碧苔。花到長門原易落，不干風雨夜重催。

昭君

朔氣茫茫接虜塵，琵琶彈出漢宮春。未央令夜催歌舞，猶恐君王憶遠人。

張尚書慎言五首

慎言字金銘，陽城人。萬曆庚戌進士。爲諸生時，裹糧幞被，遍遊吴越名勝。雖牽絲入仕，神明寄託，恒在山水間。孤情迥照，翩翩然如野鶴之立鷄群也。爲曹縣令，有惠政。拜御史，爲逆璫所恨，謫戍甘肅。窮邊瀕死，猶傳羌中煎酪茶法，爲詩以寄余。崇禎初，起家太僕少卿，歷數階拜南京吏部尚書。弘光南渡，舉遺賢，屏讒慝，卓然不回，黨人譟而逐之。僑居蕪湖，寄食蕭寺，翻經禮佛，瓢衲蕭然，遂以病卒，年七十餘。其孫奉其柩歸葬。金銘爲人有別趣，詩亦有別調，懷負志節，敦篤友誼。家居時，流賊猖披，造三層樓臨泊水上，樓櫓渠答，火炮悉備，一鄉人保其上，賊屢攻不克，所全活數萬人。有才如此，而置之冗散，不得爲國家當一臂，由今思之，尤可爲痛惜也。金銘有《泊水園集》，林茂之舉其佳者，爲録而傳之。

秋仲晦前菌閣

終年無客到，辜負此林丘。所以扶筇者，常爲竟日遊。雲將心共遠，天與水争秋。正爾沉吟處，斜陽不可留。

晚登東山

恐負淒清水木閒，頃來無日不登山。都將慷慨悲歌意，分付孤鴻細雨間。勘物静歸根自寂，撫躬衰與世何關。綺霞紅樹紛如織，雅翼相銜是倦還。

豈不念摇落，中懷無所名。愁非緣滯雨，喜却爲新晴。夕照佳難久，秋高響易生。少年當此日，襟抱積空盈。

初　晴

白門重晤林茂之

三十年來懷所思，皤然再見喜還悲。應門投刺驚相訊，傾蓋前途知是誰。爾我慨仍談契闊，友朋嗟豈泣生離。中間歷落崎嶇話，少待挑燈夜雨時。

馬主事之駿一十八首

之駿字仲良，新野人。與其兄之騏字時良同舉萬曆庚戌進士。時良以榜眼入翰林，官終禮部侍郎。仲良授户部主事，榷滸墅關，用内計左遷，量移順天通判，復户部主事。天啟乙丑，卒於官，年三十有八。仲良兄弟並有時名，而仲良尤爲秀發，與鍾伯敬同時稱詩。仲良持論，欲極其才情之所之，恣其意匠之所經營，情景筆墨之所稱愜，遠救鋪陳叫囂之病，近離凄清寒苦之習，不屑寄伯敬籬下。伯敬以其非同調也，亦推而遠之。少年盛氣，腸肥腦滿，多詩酒酣暢之致，鮮師友鍼厲之功，其最契合者吴門王留、新安汪逸，相與馳騁角逐，往而不返，以故時調狎出，學古不純，風格時患於蕪累，波瀾未見其老成。天不假年，未見其止，良可惜也，有《妙遠堂全集》，時良所輯，今行於世。

宣和玉磬歌爲祠山道士作

瑶崑出水水寒膩，昆吾刻作宣和字。哀音射波龍子啼，如訴東京夢華事。殿前衮衣方羽衣，翠遊黼座丹碧輝。靈素大言請群后，三山鸞鶴同鶵飛。此時宫懸俄一叩，洞庭地窄鈞天漏。胡塵馬湩捲地腥，不上血斑上土繡。玉質至脆石至堅，物理堅脆爲壽年。崚嶒艮嶽盡奇石，銷烽飲鏃成飛煙。古冰瑩然反長久，似出宫姬配非偶。垢衫皴腕强提攜，憶著安妃玉奴手。蒼梧花鳥悲暮雲，南枝兼失冬青墳。空山猿哭斑狸卧，時復一聲裂煙破。

劉將軍歌送勳甫帥師援遼

己未東天五星斗，遼海波腥土花臭。時聞鄰火泣黄昏，坐見狼烽欺白晝。天子甘泉移日曛，金符十道飛紛紜。山西燕頷自有種，鄴下黄須故不群，南陽趣起劉將軍。將軍昔罷樓煩戍，擊鮮卧接糟牀注。氍毹遮火夜徵歌。不律吞虹朝選句。瓜田自識故侯名，獵騎不干醉尉怒。昨者對揚休命時，小人敢以有母辭。解裝盡供食客費，破産寧問家人饑。良家六郡喜馳突，猛若怒彪健於鶻。令嚴真可試宫姬，智捷何妨師厩卒。將軍許國惟一身，出則我後歸吾親。炯炯血丹自知己，悠悠文墨夫何人。是時火龍行空燒赤鱗，摐金浴鐵無纖塵。匣中雙鈎萍葉紫，槍尖六月梨花新。彼奴作逆將亡矣，今之汪夏裴聞喜，將軍勉效西平子。直須雪夜擊鴛鵝，莫遣青天亂蜂蟻。不見軍需竭地征，中原鞭撻無停聲。援師南來更蹂踐，兒啼女哭逃柴荆。即兹人心厭戈戟，可知天意銷欃槍。鵷鶵衣冠萬國會，麒麟圖畫千秋名。酌君叵羅君起舞，《朱鷺》振振在鐃鼓。高歌飛作《出塞》曲，别淚彈爲洗兵雨。牙旗鵲印何可誇，萊衣要襲宫錦花。歸來長跽告壽母，如澠之水添流霞。封侯豈必在年少，烏足羡哉鄧中華。

快遊歌寄汪一甫

醫無山頭角滿耳，十萬健兒密於蟻。猛氣皆思斫建州，鐵馬嘶風大旗底。幕府朝開劍如水，上將逡巡護軍靡。其間側注者誰氏，雄醻高談稱弟子。書生清骨如斷冰，夜看磷青曉烽紫。邊聲無地著伊吾，吾嶽突從壯心起。快哉汪生遊如此！歸來一枕清淮流，麗豎彈箏翠眉喜。《前溪》誤按《出塞》曲，醉眼猶瞋叛臣李。萬事反覆難具陳，殘虜未滅誠足耻。國士誰揚司隸轓，朝廷儻撫雲中髀。生平早向長安罏，荆高千年氣不死。

悲崔行

我所悲兮崔大夫，面棱紫石黄虬鬚。高談管葛卑孫吴，星躔風角職方圖。黄衣赤伏怪且迂，佃獵百氏收膏腴。風雲少日乘雙凫，暖覆百里猶纖繻。仁心侃侃輔以愚，薤無一本桑千株。彼豪睥睨當津塗，乃絆騏驥筊鵷雛。稍遷搜粟司釜區，皭然清冰雙玉壺。是時四海方覆盂，洛陽危涕同蛟珠。夜占靈氣望紫樞，眉憂耳語時嗟吁。嚴風摧樹啼慈烏，麻衣葛屨還舊廬。無何赤羽傳狂奴，獝牙蠅血噆吾膚。尚書尺一徵東趨，章以繡豸握銀菟。金鞍偏坐臂兩弧，直欲挺劍吞伊吾。誰司斧斨厄運徂，小智竊舞剛且疏。乃揖盜賊撤其郛，吾謀不用空睢盱。叛人攘臂胡馬驅，回看赤焰飛通衢。臣力竭矣志不渝，仍冠貂蟬腰魚符。報陛下身那可污，尺組自舉氣不蘇。陰風冤血交糢糊，同時亦有何公俱。井花熒熒沉姣姝，睢陽巡遠雙厲呼。下視丸土腥駝酥，事聞天子嘉忠謨。太常竹帛太史書，太祝清廟陳笙竽。招魂何地迎頭顱，青冥八柱扶孤軀。公神爲龍不爲貙，左右請帝亟行誅。雲旗風馬光有無，奴雖遊釜纔須臾。

聊園晚步二首

問病過鄰舍，乘閒葺舊籬。牛知自歸路，鳥亂欲棲時。暮景不堪駐，孤懷誰與期。畦丁報寒早，催護隔年枝。

關即深壑掩，整履復柴門。殘水到橋折，孤亭依堞昏。乾坤爭朔氣，廬井錯高原。荏苒看如此，寧容久灌園。

送劉四

別酒呼還輟，欷歔百感俱。兩年何事隔，明日此身孤。秋水殘城郭，清霜點驛途。故鄉歸總好，高會復能無。

携具邀諸子重過東村别業六首

野色寒非昨，林容洗倍新。鳩呼憎後驗，犬卧減初嗔。墨尚明題壁，香猶記吐茵。墻頭堪過酒，杯竭問西鄰。

地隔三家市，天私半日晴。桔槔緣壁掛，襏襫傍堤行。里婦驚歌管，田奴竊酒鐺。每來賓主熟，野席不勞争。

分火疏籬外，聞鷄曲巷中。煙雲如戀主，田舍得稱翁。林止留槐緑，霜將釀柿紅。前期俄匝月，惆悵歲時空。

曲折諳來路，沉吟緩去心。燕巢空社後，蚓鼓列墻陰。細作桑麻語，分行棗栗林。衣裘寒事動，聲已切鄰砧。

霧使遥峰失，林催落葉飛。貧家交馬舄，稚子卧牛衣。藤喜删無蔓，蔬經摘更肥。留歡有明燭，堅欲下雙扉。

錦里寧相敵，東皋未敢多。昔人頻代謝，佳客始經過。草草身安計，烏烏耳熱歌。預愁君别後，獨往怯煙蘿。

寄訊顧所建

天高雙闕叩無因，遠竄驚存萬死身。虚擬麒麟圖將種，却勞蛟蜃迓波臣。腐心誰雪書盈篋，掉臂猶餘客幾人。總道罷歸無舊業，邗江煙月未全貧。

伏枕四首

伏枕梅簷過柳衙，北湖又復負荷花。門因謝客全無籍，身欲稱僧尚有家。七尺向拚同草木，三生知久痼煙霞。餘年倘遂幽棲志，剩我清湍舊釣槎。

攬鏡逡巡每自猜，冠巾頻改服重裁。唯應憔悴人人惜，豈是清虚日日來。計遍青山謀總幻，觀存白骨念先灰。昔賢致語堪銘坐，薰桂煎膏莽自哀。

力淺階除步不齊，屢呼筇竹代提攜。難隨徐福求神棗，且學盧生賦病梨。送目嶺雲行片片，歸心池藻夢萋萋。旅遊换得頭毛落，何待前林杜宇啼。

坐見炎天徙日圭，歡悰閑緒想多暌。被中誦賦知群虱，窗外名譚有曙鷄。好友關心頻送喜，癡姬多事却偷啼。似聞橋畔君平卜，漸向晴秋起杖藜。

劉尚書榮嗣一十一首

榮嗣字敬仲，曲周人。萬曆丙辰進士，除户部主事，改吏部。歷稽勳郎中，出爲山東參政。歷布政，入爲光禄寺卿、順天府尹，拜户部右侍郎。以工部尚書總理河道，運道潰淤，起宿遷至徐，别鑿新河，分黄水注其中以通漕，三年績用弗成，下獄論死。崇禎戊寅，獄未解而卒。敬仲爲人淹雅，讀書好古，敦篤友誼。河渠之任，本非所長，門客遊士創挽黄之議，耗没金錢，敬仲用是坐罪，父子俱斃，用違其才，良可痛也。敬仲爲詩，用意冲遠，自謂迥出時流。德州盧德水篤好而深解之，句詮字注，以爲獨絶。唐人之鑄賈島，宋人之宗涪州，無以過也。余在請室，與敬仲遊處逾年，敬仲取往復次韻之作，都爲一集，名曰《錢劉唱和詩》，以詒德水，又屬余爲叙其全集。敬仲生長北方，而不習北食，嗅葱蒜之氣輒喀嘔不止。詩操南音，不類河北傖父，亦可異也。

怨詞

吐心在君掌，有何不可見。妾持此一心，久已荷君盼。君心不向妾，掌自背君面。在君反掌間，在妾千古怨。

家兄至

兄弟半年別，相尋屢夢寐。書言春當來，旦暮勞占計。馬足已到門，遠盼猶天際。宜歡不暇歡，交零涕與泗。鬚髮似曩時，齒缺聲音異。喟然感歲華，寧復堪遠離。

病中雜詩

種蔬聊學圃，斷酒欲爲僧。抱病官如葉，資身杖倚藤。通宵千里夢，四壁一篝燈。念友增予愧，言歸尚未能。

寄懷張聖標金吾

誰將空谷貯閒身，念子悠悠白髮新。調募累年兵愈弱，徵輸滿地國方貧。可能高卧吟《梁父》，仍恐私憂累杞人。若問近來朋友事，依然騎馬踏京塵。

憑欄

高樓秋氣正蕭森，罷酒憑欄且獨吟。何處吹簫催暮雨，有人孤策倚荒林。癖如米芾差存石，懶似嵇康并廢琴。早已投閒吾計得，入山何必更求深。

甲子除夕

雙鬢蕭蕭城一陆，自斟濁酒倍躊躇。星霜遇景悲時邁，身世閒愁集歲除。久已逃名安薜荔，漸看偶語禁詩書。清溪何處桃花渡，欲向花源深處居。

寄懷聶章羽

惆悵天邊一雁遥，溯風獨立影蕭蕭。生平畏事思緘口，近復貪眠懶折腰。悔不當年安鄙賤，却憐垂老愧漁樵。歲寒倍憶丘樊好，羡爾身名共寂寥。

有感

自信何勞與物争，相憐寧暇不平鳴。多愁每羡人能醉，萬事今看夢早驚。捫舌藏身消永日，隨心曝背倚前楹。静幽亦有山居意，却悔人間著姓名。

請室病中詠懷

孤燈悄悄髮皤皤，嚴柝聲中學養痾。不盡愁思供伏枕，將殘歲月付流波。桐歸爨下能餘幾，鶴到籠開傷已多。料理微生無著處，欲將因地問《維摩》。

坐王氏園亭作

秋向郊原静處尋，古墻圍繞蓽門深。迂迴窈窕層苔路，青紫丹黄千樹林。風定小池開竹影，日中高樹合藤陰。孤琴更在西鄰北，遥領清商識隱心。

閨　詞

開簾小坐怯風凉，新月如鉤隱畫廊。夜久不聞深院語，到人惟有落花香。

姚叟士粦 四首

士粦字叔祥，海鹽人。與里人胡震亨孝轅同學，以奥博相尚，蒐討秦漢以來遺文秘簡，撰《秘册彙函》若干卷，跋尾各爲考據，具有原委。馮開之爲南祭酒，較刻南北諸史，多出叔祥之手。孝轅舉鄉書，官州守，而叔祥以書生窮老。晚歲數過余，年將九十矣，劇談至分夜不寐。兵興後，窮餓以死。叔祥有詩集四卷，孝轅論之，以爲其於唐詩能以變爲復，不隨人脚跟生活，而其自叙則曰：「念樂寫境，才不副音，口憤趁聲，句必杜撰。」蓋亦有意振奇，不屑爲時調者也。

原州夜哭

壬辰固原州，七月九日夜。悲風挾奇響，飄蕭繞官舍。始聞唱吁喁，答和幽嗚乍。陡如天哭傾，萬聲向耳瀉。能令旱雷涕，足使壯心怕。須臾傳鼓急，靈州敗軍下。甲騎五千人，一戰死寧夏。更爲側耳聽，秦聲屬垣榭。推胸亂更點，跳地動兵架。極痛遠模糊，情語雜號啞。父傷老莫終，妻悲我空嫁。兄弟相悲吟，手足安所借。別有兒女啼，似將總督罵。罵絶聲更哀，鷄鳴不肯罷。明日邊騎來，捷書覆黄帊。

帆影閣爲僧照淵作

片席出林杪，驚凝閣樹枝。劃空争鳥疾，抱水受風遲。却認此身住，翻看彼岸移。欲分衣上冷，交臂短窗時。

周綺生移居

籬落借春城，盤紆覓路生。瓶花攜舊蝶，鄰樹唤新鶯。粉院宜妝好，虚窗葉句清。尋常門外草，一倍攬人情。

送鬱文茂赴新寧州幕

佩刀曾説夢中懸，南趁邕州下瀨船。秦吉了能傳訟語，那投猺肯納官錢。荔房摘供溥紅露，榕樹排衙染緑天。蠻幕有時趨大府，娵隅應和郝生篇。

沈先輩德符一十六首

德符字景倩，嘉興人。故太史自邠之子也。自王、李之學盛行吴越間，學者拾其殘沈，相戒不讀唐以後書，而景倩獨近搜博覽，其於兩宋以來史乘别集、故家舊事，往往能數陳其本末，疏通其端緒。家世仕宦，習聞國家故事，且及見嘉靖以來名人獻老，講求掌故，網羅放失，將勒成一家之言以上史館，惜其有志而未逮也。其論詩宗尚皮、陸及陸放翁，與同時鍾、譚之流聲氣歙合，而格調迥别，不爲苟同。年四十始上春官，累舉不得第而死。

夏日省農二首

野賽俚偏競，村春静不嘩。黍羸償釀肆，禾早妒鄰家。廬樣偷蝸小，籬身趁竹斜。來辰知不雨，日脚剩紅霞。

編槿聊成徑，剩楊便割鄰。方言咨客户，要略頌齊民。井露麋難汲，畦晴屨易壓。清時耕鑿事，未敢讓他人。

初夏即事三首

四序推佳候，勝春正夏初。名香通静境，安步薄高車。賺蝶花藏幕，驚蠅枕墮書。茶煙兼墨氣，映帶院涼餘。

欲挽東皇住，春過景倍齊。人争譽緑樹，酒各赴黄鸝。旗矗翻湯荈，針稠飽雨畦。久諳歸計穩，枉殺杜鵑啼。

晴覺人情豫，暄於物態宜。燕來他壘惑，蜂出一村知。笋蕨捐糜後，鶯花謝事時。篋紈應有喜，聞已捉蒲葵。

永　平

蜂蠆雖微毒尾存，嬌氛左輔尚遊魂。童謡已應臨瓜步，兒戲何煩勞棘門。清野後時姑避地，量沙難飽又移屯。杞憂倍念昌平鎮，弓劍先朝列寢園。

秋日家林

繞林行藥挈軍持，小插秋花寄遠思。謀醉得愁同節飲，逐貧無效錯尤詩。才頑未判陶弘景，癡點平分顧愷之。青舸畫橋黄葉寺，又勞溪友鈞緡隨。

朱天倩新居二首

藥欄一色到還疑，稍益蘭蓀減緑蘺。樓徙全家勞燕子，門停誤馬吠猧兒。花繁鄰院春無禁，燈撤深幃月有私。北里志成重閣筆，記來坊曲倘參差。

枇杷花下綺窗開，眉史前頭貯麝煤。錦綆重沾棄脂水，畫奩先就避風臺。敲籠戲惹春禽駡，下箔教迷暝燕回。坐對清溪應借問，小姑何日肯爲媒。

杪秋閲稼三首

孤學違時路每窮，敢因智叟笑愚公。生天孟顗元難佛，早世終軍未免童。老去計應依馬磨，寒來辭又祝牛宫。農場新滌漁庵舊，匡坐斜陽説歲功。

雨晴難準未忘情，芒屩無營但閲耕。鷗夢一生多在水，雁裝千里不羈城。貴人謾作揚州嘆，老婢空傳洛下聲。禮數雖殊賓主洽，園翁野衲盛逢迎。

飲啄無多但任真，山庖野榼解相親。獨清慵辨俱中聖，農圃兼營是小人。議鱔未捐何氏累，食鮭粗救庾郎貧。望秋欲萎真蒲柳，錯把芭蕉喻此身。

錢受之學士新納河東君作志喜詩四律索和本韻

入望明河清且悠，問津端合唱無愁。重闈是草堪蠲忿，曲沼何花不並頭。京兆臺曾傳拊馬，驪山殿亦誓牽牛。劉綱婦更呈新技，弱水洋中蕩蔡舟。

漫擬雙鴛與匹鶱，親承十里逆風香。郎迎古渡仍王楫，女瞰東鄰即宋墻。蔽芾賜名端正樹，鬱金新署合歡堂。韋蟾後乘能同載，無待飛花續武昌。

何來鳥爪蔡經家，狡獪人間歲未賒。唾受紺來頻展袖，淚凝紅處恰登車。迴文詩就重題錦，無縫衣成自剪霞。贈內偶拈相謔句，始憐芍藥異凡花。

濯濯新姿帶月深，便移輕舸就濃陰。薔蘼花徙瓊無種，蜀國琴挑曲有心。展罷縹緗存粉指，拈來絲竹廢清音。子皮自挈夷光去，爲謝君王與鑄金。

王秀才留 八首

留字亦房，伯穀之少子也。年十五，遊金陵，作《舊京篇》，父客皆嘆異，以爲文考復出。伯穀没後，不得意於文戰，肆力爲歌詩，曲周劉敬仲、南陽馬仲良最相矜重。仲良之持論，欲爲調人於李、何、袁、鍾之間，以才情風調自樹赤幟，而獨深推亦房，以爲狎主齊盟無兩子也。仲良、亦房相繼卒，年皆未四十。亦房之生也晚，未能傳習其家學，而又浸淫於時調，横從跌宕，於先人之矩矱，遂將偭而去之。其詩有曰：「竹爲槐羽翼，衣作扇仇讎。」又曰：「暑令天不韻，酒作夜常規。」又曰：「樹將風太昵，煙與月何仇。」又曰：「温退蟲多口，凉多鳥孑身。」則不獨謂之詩魔，且轉入惡道中矣。余録其聲調之俊逸者，才得數首，使知者以爲伯穀之收子，而無使不知者以爲近時之渠帥也。亦房之妹婿文震亨，字啟美，待詔之曾孫，閣學文起之弟也。風姿韻秀，詩畫咸有家風，爲中書舍人，給事武英殿。先帝製頌琴二千張，命啟美爲之名。又令監造御屏，圖九邊阨塞，皆有賞賚。逾年請告歸，遇亂而卒。

長安秋草篇小引

吴市畸人，燕都逐客；南冠寄食，西第傭書。已傷颯颯三秋，更苦奄奄一病。繁華耀日，難依桃李之榮；亂葉吟風，空逐梗萍之困。睹兹衰草，倍觸羈懷。爰託篇章，聊鳴感憤。

春光一夜到皇都，細草茸茸茁九衢。緑作酒茵花底布，青爲舞席樹邊鋪。纔發園林又離落，已遍郊墟及城郭。微寒微暖日融融，不雨不晴煙漠漠。别有輕風拂面來，似教著意一時栽。初生墻角那輸柳，漸長階前不辨苔。初生漸長春亡賴，顔色雖同異根蔕。已效虞兮號美人，還隨鄭氏名書帶。從他曲徑與平堤，百里春城一望齊。襯將乳燕呢喃舌，染向名駒蹀躞蹄。長長短短紛如許，何處冶遊無笑語。醉時藉枕任王孫，鬬處追尋憐士女。水邊林下偶潛窺，正在名園逐隊嬉。羅袖低籠藏不見，翠鈿輕落隱難知。風來枝葉交相亞，亦有幽花自開謝。根軟偏宜踘蹴場，莖柔不耐鞦韆架。別生一種深宮裏，宮樹宮雲貴相比。內庭嘗映小娥裙，馳道曾承至尊履。更有春期暗裏潛，和泥印出鳳鞋尖。行雲祇恐朝將化，多露寧愁夜欲霑。一春將盡封姨惡，草頭紅日渾如錯。已當二月三月餘，漸見桃花李花落。落花無數隨泥淖，時過難干草相較。蝶翅初依簾幕間，蛙聲偏向池塘鬧。長夏猶然好時節，一到凉天有分別。才經秋雨便離披，更入秋風易銷折。秋雨秋風打復吹，秋風蕭索一庭悲。江州司馬衫都濕，金谷姬人髮乍披。輕雲蔽天寒意動，遂有微霜忍相送。泥深張徑晝無人，水落謝池宵不夢。道傍籬下總葳蕤，欲直還攲力不支。恍類名花初睡後，祇疑弱柳乍眠時。如綿似雪苔相襯，半死全枯有誰認。颯颯無緣入纖手，蕭蕭祇合隨衰鬢。背霜幾種人留得，憔悴無過遲頃刻。腐時不若化流螢，死後可憐同促織。紛紛傍岸復臨流，客到寒郊不肯留。拾翠已忘前度樂，踏青誰記昔時遊。遠目何堪立高壟，但有枯荄目前壅。青處難尋學士湖，白邊錯認明妃冢。此時豪華遊獵客，蹂躪何曾少憐惜。犬鷹空說有精神，狐兔自然無窟宅。莫怪山童不管取，天心催折人無主。烏從雪下啄還悲，犢過霜前嚙尤苦。北風射人寒益峭，漫向空原戀殘照。斧斤但許給山樵，煙火只堪供野燒。獨有天涯作羈旅，幾回欲削還延佇。忍教落葉無棲泊，任取飛蓬多伴侶。也知人世自無情，此草雖枯旋復榮。待得春風吹到處，叢叢重向日邊生。

送費元朗下第歸檇李

淪落雖然慣，羈愁一倍新。欲忘難遺事，但較不歸人。凍水藏河面，乾沙擁樹身。酒家經漸熟，應笑往來頻。

簡劉二若生

面交終日自爲群，同在長安晚識君。消散名心真沃雪，輕狂癡夢假行雲。潔杯劇飲因花醉，角枕微寒與妓分。不是夜深私語密，遥天新雁豈堪聞。

送劉大其奇歸豫章約予同行不果

留滯空憐客計窮，舟行未必與君同。汀蘆正密喜新雁，田草將衰愁亂蟲。獨夜有懷翻避月，長年無力但需風。遥知詩句偶成處，多在小村燈火中。

初冬客懷

傍澗誅茅十畝宫，主人閒即往山中。藥苗飽雨分畦緑，楓葉酣霜合塢紅。半夜樵歌寒趁月，六時僧磬響因風。如今徙倚都門望，凍草僵沙是處同。

玉河橋同張賓王諸子送張韞之出塞

御苑疏楊緑淺深，酒酣方爾作長吟。塞鴻將入有寒氣，邊馬欲歸多苦心。巾幗將軍文士習，蝥弧子弟虜人音。長安日色連朝淡，那得關山午不陰。

送吕巨源明府之上海令予嘗同事棘闈

嚴寒難怪馬身僵，候令披衣敢避霜。驛舍孤燈强半黑，村園殘葉不多黄。海魚來往乘潮汐，巢鳥高低識雨暘。到日好憑官閣望，颶風吹過疾帆檣。

訪太乙村居

籬壁皆香氣，寒梅深復深。預愁花落後，門徑亦難尋。春雨又將至，暮山俱已陰。别時聞谷響，應和主人吟。

附見　文舍人震亨四首

秣陵竹枝詞四首

據牀開印翠微間，朝請全稀退食便。呵殿也堪成韻致，此中官府又神仙。

尚食宫監往直廬，退閒丞相府中居。貂璫一樣中侍常，三日湖頭打飯魚①。

同姓編氓異姓侯，上公出不辟行騶。諸曹未識勳臣貴，每到朝陵壓上頭。

秦淮冬盡不堪觀，桃葉官舟閣淺灘。一夜渡頭春水到，家家重漆赤欄干。

①原注：「留都中貴居惟庸故府，每歲於玄武湖中敕賜打魚三日，名飯魚。」

董秀才斯張六首

斯張字遐周，歸安人。故宗伯份之孫也。少負儁才，爲同里吴允兆所許。長與吴門王亦房賡唱。善病，藥碗不去口，喀喀嘔血，猶伏牀枕書。年未四十而卒。撰《廣博物志》四十卷。

絶命詞四首甲寅病中自志

十年浪迹五湖涯，歷落蓬門白帢斜。巴蜀杜鵑新帝鳥，洛陽魏紫舊妃花。無情出岫雲成我，到處飄萍雪是家。客夢蕭然關塞遠，西園擲否緑沉瓜①。

寒風觱栗怒天吴，俠客精魂未便枯。旱母也知東海孝，巨靈翻惜北山愚。錢塘石上三生句，仙掌臺中六甲符。前度劉郎貧似我，無勞野鬼共椰揄。

風雨龍門一敝廬，山心寂寂草《玄》餘。誰人狐假《連山易》，有客螢争《汲冢書》。結夏僧招俱惠遠，悲秋賦早似相如。鴛鴦瓦上霜侵骨，獨夜空樓氣不除。

紙上曇花偶自拈，煙青石葉夜爐添。谷神語合猶成綺，谿到名留未是廉。好客從來龍作畫，獻公何意虎爲鹽。可憐眉目皆齊楚，徙倚風前想蜀嚴。

① 原注：「武帝在西園中，聞任彦昇訃，擲瓜，悲不自勝。」

病足甚劇寄沈千秋二首

每到秋闈脚疾增，若除坐卧百難能。因思粉署蕭蕭客，也做繩牀兀兀僧。擯影三年傷未死，神遊千古慰無朋。誰嫌濟勝全非分，畫舫西湖好共登。

潦倒支離閲幾春，書能左腕却疑神。三都肯讓一傖父，四海猶餘兩半人。醫到兼須謀我病，饑來何敢後君貧。傳聞酒户殊勝昔，虬漏將殘大白頻。

于太學嘉一十二首

嘉字惠生，一定褒甫，金壇人。家世仕宦，以高才困於鎖院，遂棄去，肆力爲詩。苦愛温、李、皮、陸諸家，字摭句鏤，忘失寢食。妙解聲樂，畜妓曰弱雲，色藝俱絶，晚而棄去，忽忽不樂，詩句留連，每有楊枝别樂天之嘆。卒時年七十二。惠生晚交於余，嘗以長箋見投，極論本朝詩文，遠慕弇州，近師臨川。余有書，再三往復，惠生報曰：「願以餘年摳衣函丈，究明此事。」其通懷擇善如此。喪亂之後，兩家書尺皆付煨燼。録其詩，爲三嘆焉。

毗陵道中小述

是非滿天下，繽紛邢可總。仁義用竊侯，詩禮持發蒙。儒服交國中，誰能褫僞冗。慕古事書傳，奇節取自奉。養生單子愚，知死藺君勇。歷落常獻嗤，何以奸世寵。綢矰充蹊隧，一身蟄如蛹。浮屠刦華妍，畏壘居擁腫。託寄厭龐雜，山川故洪洞。息鯨願遊藩，悲刖終適踴。日月挾我馳，庭木忽成拱。雄骨徒棱棱，壯髮行種種。智士感石妖，道人塞水涌。忠信且得罪，余心從兹恐。

奉懷錢宗伯受之海上

東望叠禎霞，有山虞吐翠。天和丙舍遊，日穰庚居遂。俗嶂壅文河，拓由靈掌負。闞龍感狩麟，金版徙穿地。羹熱雉膏登，羞寒鷄肋棄。嫫嫱鬭弄姿，定鏡精裁僞。著録布如雲，何人丹漆器。玄風白馬談，紫氣青牛誌。食疏仰瓊厨，先須徵餅字。膺門詎可階，通好時交屣。雙阮秀參筠，兩宗香品笥。夙傾向若心，煙液終中譬。

旅　興

莫奏《思歸引》，羈情不可當。翻書飛濕暈，彈劍落秋光。宿雨殘晨雷，新寒起夜堂。獨憐遊子鬢，經復點吴霜。

哭馮開之先生孤山殯宫二首

玉樹承無恙，書來月甫更。鶴傳君子化，鵩告主人行。夜壑誰移棹，寒堂獨斫楹。西州門下路，一過一吞聲。

檇李距錢塘，盈盈一水望。暫歸歸魄久，短別別魂長。談屑凋賓座，歌塵冷妓堂。孤山新築野，明月弔虚廊。

陾叙

興寄隨年短，尸居度日長。厨供大阮酒，爐炷小宗香。倦涉英雄記，勤披服食方。敝精玄尚白，凋榦紫移黄。我我周旋久，人人姗笑常。月眉憐謝妓，風貌憶何郎。濺墨凝書案，浮煤剥畫梁。狐驕搴幔戲，鼠暴囓裙猖。望古矜遥集，當今薄退藏。逢時趨北闕，避世向東墻。彈事殊蜂起，陳情甚蟻忙。良弓愁鳥盡，曲木感禽傷。名實非佳境，閑虚是勝場。客歌吴《子夜》，婢讀《魯靈光》。問法乖禪榻，傳經背禮堂。風霜凄晏序，月露媚春王。酒屐規升嶽，懸帆欲弔湘。試圖行障上，赢得卧遊强。

丁卯春日泊吴趨偶登逆旅小樓望嘯碧堂有感三首

誰道雍門樂召哀，薛公結涕望高臺。庭移鐘鼓人皆散，巷轉幡旗客不來。玳瑁押簾空拒燕，珊瑚架筆任棲埃。荒池萍面風吹破，逗照湔裙半影迴。

頽景容將遠絙牽，陶朱應復作神仙。茂陵碗出人間貴，苞穴書留物外全。藥佐三關難合煉，薪供五突易分煙。紅窗燭滅金徽冷，腸斷文姬第幾絃。

碧瓦粘雲學翠微，鶯花猶是綺筵非。誰停暗佩朝蛾斂，剩射明璚夜蠟肥。蓄水玷臺須得住，藏山環堵尚愁飛。香篝火浣成帷立，轉憶當時著敝衣。

寓贈海虞錢受之宗伯

鸞翮歸棲海嶠雲，吉占無事叩靈氛。昔年對我談三史，今日容人詠五君。那得告緡牽蠹册，詎宜上變及空文。時清不問東山卧，政屬關河羽檄紛。

寄懷婦弟荆大徹時治兵京口

摩挲狠石睨英雄，俊辯俄生萬壑風。還記卧龍憐小姊，獨來牀下拜龐公。

秋閨

失計翻爲蕩子妻，千愁壓得兩眉低。紅閨燈暗沈孤影，明月清霜滿磧西。

附見 王廣文彦泓一十五首

彦泓字次回，金壇人。恭簡公樵之諸孫也。以歲貢爲華亭訓導，卒於官。博學好古，與其叔叔聞爲同志。詩多艷體，格調似韓致光，他作無聞焉。

對花雜慟

瓊香一片委輕埃，猶憶春時傍砌開。腸斷江南陳叔寶，麗華身後却歸來。

夕秀詞

尺六腰肢上掌擎，篏錢年紀占歌名。調笙恰喜銅簧脆，掃黛唯憐蠵蒂輕。羞出畫屏推阿姊，笑鄣羅扇覷狂生。可能髾攏釵梁後，還向迷藏舊處行。

賓于席上徐霞話舊

重見徐娘未老時，蕙蘭心性玉風姿。不忘杜牧尋春約，猶誦元稹紀事詩。時世妝梳濃淡改，兒郎情境渚深知。棲鸞會上桐花樹，舉眼詳看一穩枝。

雜題上元竹枝詞三首

繡佛前頭結好因，上元香火肅凌晨。懸幡一色燈籠錦，名氏較書善女人。

風雨元宵意倍傷，畫襝低拜掃晴娘。若教掃得天邊雨，爲掃離人淚兩行。

腰身十七正嬌慵，珠鳳鞋幫一捻紅。不奈小橋春露滑，阿娘扶過石欄東。

个人二首

悵恨清光不共遊，眼波肌雪正宜秋。桐花落處聞開鎖，柹葉明時見倚樓。幾度扇迴當面笑，可應燈照下帷羞。無邊妒恨憎情眼，行過簾前莫轉頭。

睡破眉山不更描，鬢鴉堆上覆鮫綃。屏間記曲拈紅豆，窗下臨書染緑蕉。畫出鴛鴦娱獨自，教成鸚鵡伴無聊。情悰暗被傍人覺，繡線逢春減幾條。

生辰曲

畫簷鵲響報新晴，鬢朵初鎸玉葉成。繡佛像前同下拜，泥金經尾獨僉名。蛛絲縋鏡知添喜，鴿羽開籠看放生。笑説口脂休更贈，十年年減是鶯鶯。

續　遊

嚴城間阻夢魂通，小市門東更向東。剪燭寄聲書草草，背燈彈淚去匆匆。花繁竹暗應迷路，蝶趁鶯梢有便風。梅蕊膽瓶看漸減，每朝分插到釵茸。

病訊

繡被新篝剩半牀，怕拈巵酒怕聞香。能瘳別恨無靈藥，願駐華姿有禁方。背冷乍温教女弟，面痕輕舐待蕭郎。懸知坐起新妝淡，另有葵花似嫩黄。

代書三首

剪冰裁雪藐姑仙，綽約還同未嫁年。誰信探珠須赤水，只知生玉自藍田。明明可愛人如月，漠漠難尋路隔煙。唯有細吟還暗想，日將心眼待嫣然。

隨意梳頭與著衣，横看側視總相宜。瑶釵拜賽三年葉，黛筆重翻十様眉。通神針國俱受譜，閒窗繡佛自抽絲。珊珊弱骨驚鴻影，最想氍毹答巧時。

憶昔騎羊弄玉年，曳娘衣快繞娘肩。當時語笑渾閒事，向後思量盡可憐。石竹怯寒秋已瘦，瓊花依月晚尤妍。忍教悵望重簾外，不報監門不敢前。

鄰女有自經者不曉何因而里媪述其光艷皎潔閱日不變且以中夜起自結束選綵而衣配花而戴綰髻塗妝膏唇耀首以至約縑迫襪皆著意精好盡態極妍而始畢命焉其所懸之帶以潤州朱絲數百條長九尺許爲十股細辮手自盤製逾月甫成同伴以爲纏腰物也而不知其用意至此爲詩以弔之

明姿靚服嚴妝乍，垂手亭亭儼圖畫。女伴當窗喚不應，還疑背面鞦韆下。嬌癡小妹忽驚啼，懊惱春宵睡似泥。何刻停燈開鈿匣，幾時響屧度樓梯。肌膚到此真冰雪，頽玉俄俄扶不得。素頸何曾著嚙痕，却教反縛同心結。紅絲交結爲誰容，約髻安花次第工。應愛自看妝鏡裏，豈須人見影堂中。千春不改凝酥面，媚眼微舒若流盼。侯娘怨句鬼先知，玉兒艷質人猶羡。當時犀纛定沉埋，繡襪何人拾馬嵬。乞取卿家①通替樣，許盛銀液看千回。萬轉千回負此生，枉將偷嫁占虚名②。周郎已誤難重顧，哭殺厨東阮步兵。

① 原注：「謂劉家也。」

② 原注：「古樂府云：『誰知劉碧玉，偷嫁汝南王。』」

潘秀才一桂九首

一桂字無隱，一字木公，吴江人。年未三十，有賦數十篇。卜居京口，覽江山之勝，與友人錢玄密緯以辭賦相鏃礪，作《東征》、《昌言》諸賦，爲時所稱。東遊泰山，謁孔林，作東遊詩。南陽朱邸好辭賦，延招四方賓客，起高明樓，擬於雁池、兎園。幣聘再至，乃往。授簡賦詩，雍容應教，有趙康王禮謝榛、鄭若庸之遺風焉。居留一月，謝不能曳裾王門，稱疾辭歸。取道襄陽，禮玄嶽，經黄鶴樓，浩然東歸。未幾，病卒，年四十有五。無隱詩多弘麗，今集爲史弱翁所定，多取其膚立者。賦則爲西極文太青所推，太青以揚、馬自負，目無一世，見無隱諸賦曰：「我心折氣澀矣。」無隱之可傳者，其在斯乎？

送錢受之宫詹北上

垂拱開三極，除殘正六符。衮衣光有赫，玉瓚德無渝。尺木階天澤，鋒車躡斗樞。彤雲明紫氣，芝簡粲黄圖。禮樂文千古，剛柔望萬夫。善宜居帝右，聖不廢臣吁。動静天人合，明良殿陛孚。璇霄高太乙，玉燭麗金鋪。岳牧存開濟，江靈候步趨。此時儀善類，自昔仰真儒。

舟晚

斜日倚荒洲，空江水氣秋。村寒入語静，浦冷客帆收。殘角分哀雁，浮嵐漲遠流。往來頻過此，愧不是閒遊。

土堠

風闊日色薄，塵生遊子顔。白楊衰滿道，人影不曾閒。窮目盡千里，過淮無一山。路傍惟土堠，殘戍馬蹄閒。

大店驛

一身隨物役，迢遞涉關河。草市懸羈靮，山風冷鞞鑼。餓鷹褰食去，田鼠掠人過。常慕孤遊樂，今宵涕淚多。

冬日二首

數椽茅屋閉寒煙，奄有緹緗聚碧籛。煙燼竹爐朝兀兀，窗明風雪夜娟娟。抱愁歷落彈長鋏，語恨分明泣小絃。貧境御冬須點綴，簡書新得務農篇。

寂寞江干深寄迹，一巢無計拙於鳩。履如東郭笑何病，賦似長卿貧不憂。白景驅愁催短髮，歸鴻銜夢下寒流。何時小築菟裘地，著在蒼山碧水頭。

龍潭道中

叠嶂深藏日，連蜂共隱天。小舟如雁許，歷歷下江天。

幽人

山色自滿幽人扉，疏窗晴日淨暉暉。避人一鳥踏枝去，遂有落花無數飛。

遥聞姬人作歌

滿溪煙雨白鷗閒，莫莫魚罾占一灣。幾縷清歌雲外出，吴姬分月蕩舟還。

張童子于壘一首

于壘字凱甫，龍溪人。友人燮字紹和之子也。紹和舉鄉榜，以方聞受薦舉，號曰徵君。童子年七歲，賦詩有「明月小池平」句。年十四，紹和攜之入閩，與徐興公諸賢即席分韻，童子倚待立成，四坐閣筆。已復侍紹和遍遊吴越、三楚，所至皆有詩。年二十二而殁。紹和以文章自命，所著詩文集凡數百卷，余驚怖其浩汗，不能録也。録童子詩一首，使人知紹和有子，如古之九齡與玄者，亦因是以存紹和云。

廬山看雲一絶句

溪中一片雲，分作千林雨。惟聞溪流聲，不見溪流處。

周隱士如塤一首

如塤字所諧，莆隱士也。足迹不出户庭，苦吟不輟，未嘗與顯者遊，人罕識其面。又有陳篇字德音者，亦閩隱士，徐興公與其孫鴻遊，得其遺稿。如塤詩有「風生極浦潮常白，霜冷空林草變衰」、「萬里寒山横積雪，半汀衰草隱斜陽」、「百花潭上魚竿在，五柳門前鶴徑荒」、「因嫌城市非吾土，却傍漁家作比鄰」、「墻壓花枝妨客過，泥深苔徑唤人扶」，篇詩有「山深僧餉早，天遠鶴歸慵」、「日影沉秋碧，松聲響暮山」、「歸心秋轉切，遠夢老難成」、「窗寒葉後落，竹響雨來時」、「久客依人懶，虚名到老休」、「行裝銜片雨，歸夢落千山」、「棲鴉驚夜火，歸雁過東樓」，興公採入詩話中，皆可誦也。

田家吟

不識市朝車馬喧，殘蓑弱笠老田園。柴門去郭無多路，野竹臨流自一村。春雨桑麻終歲足，清時鷄犬幾家存。兒孫牧畜南山下，爲道須防猛虎繁。

江仲魚等五人八首

徐興公曰：「崇安諸生江仲魚，有碩人之致。武夷諸峰，各置筆硯書帙，隨意所適。有時衣道衣，冠道冠，嚴然羽流也。嘗賦《秋風懷友吟》二十餘首，皆道侶漁樵猿鶴之屬，風塵之客不與焉。年三十而卒。建寧何其漁，字樵仲，爲詩有苦思。閩諸生張復亨字陽生，林宗大字時中，皆好吟詠，與余兄弟交歡，而皆早卒。林光宇字子真，作《鴻門宴》樂府，每自詫不減謝皋羽、楊廉夫也。負才跅跎，病狂易而死，曹能始刻其詩一卷。吾鄉一時之雋，未見其止，知之者鮮矣。」

江仲魚一首

懷朱漁父

九溪深處似嚴灘，渺渺風塵白眼看。葉艇每隨幽嶂出，茅房孤掩落花殘。芙蓉衣上雲千片，楊柳磯頭月一竿。釣罷瓦瓶曾共醉，滿身零露不知寒。

何其漁二首

梅口待渡

野曠微風起白蘋，村居三里若比鄰。江干風冷秋山暮，立盡斜陽無渡人。

山下買酒

隔浦漁家傍酒家，漁罾掩映酒帘斜。探囊恰好供歸客，買得黃魚並杏花。

張復亨一首

遊西湖

山翠湖光畫染扉，珠宫縹緲晚鐘微。僧尋三竺沿堤過，鶴認孤山背水歸。橋影亂分公子棹，荷花輕著美人衣。繁華不醉飄零客，愁聽啼鵑又夕暉①。

① 原注：「復亨詩，如『晚晴催積雪，殘雨入輕寒』、『雨聲分夜話，岸火對秋眠』，皆五言之佳者。」

林宗大一首

送人尉蜀

百仞高峰入縣門，官閒何地下君恩。莫將萬里思家淚，落盡巴江一夜猿。

林光宇 三首

鴻門宴擬謝皋羽

翳雲埋空日色黄，一龍一蛇間相將。指天有約公莫舞，後入者臣先者王。此日鴻門判生死，戰場咫尺華筵裏。漢王若失我爲禽，寶玦無光玉劍起。覆巵壯士怒酒醺，芒碭山北愁歸雲。一雙玉斗正飛屑，漢王間道馳至軍。

情詩

春風誰謂暖，不入妾空房。只向鴛鴦瓦，吹露不成霜。

陌上桑

秉燭理殘妝，涉露持筐出。爲慮桑葉稀，傷絲不成疋。

林隱士春秀一首

春秀字子實，自號雲波。性嗜酒耽詩，家貧不能取酒，有友鄭鐸多良醞，日往飲焉。醉後酒狂不可禁，鄭度其量，造一壺，刻「雲波」二字，至則飲之，三十年如一日也。林詩有「壁間寫遍籬花影，雲裏崩來水碓聲」、「野老眼經門刻字，漁郎親見水沉碑」、「迴巷短垣緣枸杞，古塘枯竹立鵁鶄」之句，徐興公稱之。

山居

但住溝西第五村，香粳釀熟少開門。家僮秖自爲樵牧，徑竹憑地長子孫。雨過曉山泉噪澗，花生春菜蝶穿園。抱琴客到棠梨下，卯酒猶醺藉柳根。

徐秀才篤一首

篤字□□，曹縣諸生。萬曆間，與王士龍齊名。常郵詩寄先宫保，故録其一章。

病起

病起茅齋已浹旬，案書狼籍任埋塵。十年事業空雙劍，半世交遊復幾人。苔井細陰桐葉墜，荆籬秋雨豆花新。破除孤悶無他計，再洗淵明漉酒巾。

華秀才淑 四首

淑字聞修，無錫人，讀書惠山之下，肆力古學，取古人詩與本朝作者，下上揚扢。其詩以清新深婉爲宗，雖問津于時人，而能不墮其鬼趣。嘗自叙其詩曰：「吾不取一時之好，冀千百年後有一人知我。千百帙中存其一帙，千百篇中存其一篇，而吾二十餘年心血，或藉此一帙一篇以傳。」噫！聞修已矣，其所謂一帙一篇者，庶其在是乎！

秋晚琴川舟中

到此耽幽曠，輕舟溯遠空。草黄山自緑，霜白樹纔紅。漠漠雲銜水，淒淒鳥泊風。沿洄邀夜色，佛火半峰中。

草臣心甫聽雲晚過斷園次心甫韻

殘暉如月尚招尋，同侶夷猶興易淫。荒徑但容逋客往，閑門一任緑煙深。流鶯入竹移雙影，鄰樹過墻落半陰。剩有微情委空觀，共君吟眺亦無心。

春日雜憶

高樓銀燭夜歡殘，一曲琵琶月下彈。拍遍絃聲人莫會，自將紅袖障春寒。

堤月聽蘇姬樓上理曲

晚妝燈火炤樓新，重奏妍詞唱未勻。遮莫簾空扉已闔，隔墻猶有聽歌人。

徐道士潁六首

潁字渭友，改字巢友，海鹽人。爲諸生，以詿誤逃於僧。自楚歸，入茅山爲道士。久之，復出遊江南、燕雒間。好談兵，以徐鴻客、姚榮靖自許。兵後，入閩粤，不知所終。洞庭葛震甫稱其詩曰：「不多作，不苟作，不爲應酬之作。」

巫山高

黄金糞牛裂西土，碧釵十二驚折股。巴猿三咽弔瑶姬，行人淚續襄王雨。斫黄蘗，製爲篙。蜀江苦，巫山高。

見落花

流景忽西靡，芳樹春易遷。落花與白髮，不得相周旋。持此汲汲心，詎敢戀百年。陳酒開古書，其人已如煙。逝者勿復見，但爲飲者憐。

方正學先生墓

赤鳳巢焚尚覆雛，一抔翻荷主恩殊。冶城無鐵鑄肝膽，石甃何人藏髮膚。信史直須求草野，鴟皮幸不殉江湖。空憐粉壁多生氣，難繪當年負扆圖。

西嶽

拔地蓮花在，多年玉井湮。黄河西有影，雲棧四無鄰。冰窟難成水，楓香漸化人。夕陽不易落，閒立數三秦。

塞下曲

枯楊磧裏久無春，盜得黄羊是漢人。駱馬馱金輸塞盡，不知何物鑄功臣。

貧士行

白蒿青柘頽垣中，三日煙爨始得紅。故書簌簌委鼠向，向夕託宿如鵝籠。濁醪難賒值蠶月，歸來西市瓶罍空。咄嗟枳花且多實，井底蕙草無春風。

廖秀才孔說二十七首

孔説字傅生，先世爲衡州人，從父官陪京，遂爲應天諸生。博學强記，爲詩不經意，輕俊自喜。漉囊策蹇，目遊溪山間，山僧道流無不相識，問以京雒貴人，都不記也。每入城過酒人及好事家，酣飲賦詩，不數日輒厭去。居山中，不數日又復來。以此爲常。海昌許同生棄官隱華陽，招孔説偕隱，常往依焉。愛祈澤龍泉之勝，卒死其間。少跅跎縱酒，晚年戒酒持律，臨終稱佛號而絶。死後，人或見之於茅山柏枝左右，以爲尸解不死云。

贈　友

缶粟猶堪煮，經時可閉關。老愁看落葉，貧不厭青山。薄簟酬秋水，孤燈管夜閒。籜冠文有意，爲稱鬢邊斑。

同一公過玉浪師廬墓處

玉公持此義，遠答報恩機。深院三年影，荒園一木扉。懸燈梅雨夕，鳴磬麥風微。昔日新栽樹，今將宿草圍。

客　至

不向紅塵去，閒眠日幾回。餘花山槿落，小卉海棠開。制解僧初出，凉生客漸來。共言西澗水，經夏起枯埃。

懷匡廬二首

九疊晴巒好掩扉，泉聲處處抱斜暉。高窗樹影澄江小，遠岫人蹤雪寺微。溪浄飲猿連臂下，松深巢鶴掠衣飛。荒凉石徑空延佇，逋客而今歸未歸。

聞説幽溪静者多，石門景物近如何。春茶雨後猿狙摘，晚食風前鳥雀過。楚客斷笻留澗石，吴僧破笠掛巖阿。遠公已去憨公往，惆悵生臺長薜蘿。

採藥

採藥秋山萬木疏，霜吹瘦骨倦鋤餘。雲多忽訝寒峰失，僧少常逢古屋虚。扣石杖聲驚睡鹿，臨溪笠影亂游魚。翠微十里無人到，時過庵西聞讀書。

山中

山中野菜不須錢，紫笋黄精滿路邊。自古采薇皆可飽，况能服朮亦成仙。桃盈籃子歸來緩，枕著鋤頭到處眠。况有雪花稱美味，未勞種植過年年。

雨中九日

拄杖從教倚壁間，草堂竹牖亦開顔。有期勝侣衝風至，無限遊人載酒還。對雨且看籬下菊，閉門自見意中山。年年南郭登臨厭，放得今朝一節閒。

中酒思河魚膾

曉鶯枕上賣花聲，宿酒掀騰尚未寧。但起改詩臨硯坐，不能著屐向街行。河魚正美因思膾，好友誰來共解酲。梅柳韶光真可愛，莫辜鐘鼓報新晴。

秋　鶯

喈喈秋老曙河斜，嫩曲輕塵浸露華。黄葉誤求空谷友，丹楓虚擬上楊花。蒹葭漠漠逢歸燕，楊柳蕭蕭伴暮鴉。珠箔玉樓絃管日，金衣誰料尚天涯。

山後田家

流水流煙繞竹門，寒花寒鳥異孤村。籬中宿莽冬猶緑，湖上明雲夜不昏。射鴨野塘情復喜，烹鷄茅舍酒重温。蹊間路熟無妨醉，殘雪依稀似月痕。

雨中送春二首

迢遥煙驛欲何之，地角天涯總别離。霧濕提壺催祖道，煙寒杜宇促歸期。徘徊柳岸鞦韆處，惆悵蘭香祓禊時。此約再來須隔歲，潘郎那不鬢如絲。

緑陰和水草和煙，今夕明朝頓爽然。才到楝花飄暮雨，已看榕葉似秋天。乍添吟鬢剛三月，暗減閨心又一年。不信古人癡似我，曉鐘欲盡轉難眠。

和俞容自遊仙詩二首

白鶴珠宫寫洞章，玉爐無火自騰香。道人睡熟深庭月，眉裏經聲誦自長。

仙夢春愁兩入微，人間天上似還非。一時青帝收花去，龍尾瓕瓕送雨歸。

華陽雜韻

林間風靄日氤氲，乍露孤峰半未分。一夜雷聲在山下，始知身出萬重雲。

酒家同彦先何事留春

苦説傷春還餞春，夜深啼鳥對沾巾。緑陰村酒城南肆，同是尊前白髮人。

與一然聽鐘

寥寥相對一燈明，數盡遥鐘百八聲。題向山堂成故事，他年却好話平生。

聞鐘

華陽百里一孤鐘，地闊天空山萬重。颯沓烟霜悠揚月，依微隨鶴繞三峰。

病

綻衲蒲團清病餘，焚香三日讀仙書。開門紅葉俱吹盡，寒木寥寥倚太虛。

懷子晝次其韻

花滿揚州月滿櫳，相尋最苦夢難同。悶來細把《蕪城賦》，讀向凄凄暮雨中。

重過蘭溪

越迹吴踪久未能，飄來一葉泊孤僧。依然白酒青山夜，鶩脰湖邊摘野菱。

石門

石門酒薄客愁寬，誰念霜溪曉被寒。偶見鄰舟説紅葉，五更疏雨夢長干。

偶集

陰雨霏霏濕酒卮，滿堂紅燭對彈棋。主人先醉非無意，愁見更闌客散時。

不似

秋樹猶啼乳小鶯，秋花亦占海棠名。一般聲艷堪惆悵，不似春風解管情。

訪道士

露草煙林斷客行，竹扉晝掩對高城。道人不愛人天供，消受秋空鶴一聲。

西湖

水中樹影樹中山，山自無心水自閒。明月兩堤人不見，小舟獨向斷橋還。

紀居士青 一十七首

青字竺遠，上元人。爲諸生，好爲詩古文。譚言穎絶，不得志於有司。入天台國清寺投耆宿雪堂爲僧，翻閲藏典，力掃宗門，雖天童亦所不與，他無論也。久之，遊西湖，不耐寂寞，冠巾歸江東，以詩酒遊山水間。食貧，薄遊長安，抵滇廣。年六十餘，歸家卒。子映鍾，善爲歌詩，刻其遺集。余采詩留都，紀之友張文寺出以示余。自徐穎以下五，人皆文寺論次也。

邊軍謡

邊軍苦，邊軍苦，自恨生身向行伍。月支幾斗倉底粟，一半泥沙不堪煮。聊將斛賣辦科差，顆粒何曾入空釜。官逋私債還未足，又見散銀來糴穀。揭瓦償，今年瓦盡兼折屋。官司積穀爲備荒，豈知剜肉先成瘡。近聞防守婺州賊，遍遣丁男行運糧。老弱伶仃已不保，何況對面拖刀槍。婉婉嬌兒未離母，街頭抱鬻供軍裝。閭閻哭聲日震地，天遠無路聞君王。君不見京師養兵三十萬，有手何曾捻弓箭。太倉有米百不愁，飽飯且趁構欄遊。

擔夫謡

黔人能歌之，予爲之增損其語作謡。

擔夫來，擔夫來，爾何爲者軍當差。朝廷養軍爲殺賊，遣作擔夫誰愛惜。自從少小被編差，垂老奔忙何暫息。祇今丁壯逃亡盡，數十殘兵渾瘠黑。可憐風雨雪霜天，凍餒龍鍾强鞭迫。手摶麥屑淘水餐，頭面垢膩懸蟣蝨。高山大盤坡百盤，衣被肩穿足無力。三步回頭五步愁，密箐深林驚虎迹。歸來洗足未下坡，郵馬又報官員過。朝亦官員過，暮亦官員過。貴州輿圖手掌大，安用官員如許多。太平不肯惜戰士，一旦緩急將奈何。噫嘻乎，一旦緩急將奈何！

病　酒

病酒每兩日，尋花見幾枝。只因無個事，不是樂危時。

宿石公澗中

小閣久留高士卧，鹿皮夢破石牀苔。半林曙色生岩牖，山鳥不來山雨來。

偶　成

布衣蔬食已平平，砌草墻花也自清。醉抱竹根如意卧，十年無有唾壺聲。

西湖竹枝詞

墓頭堤上柳株株，才子佳人總姓蘇。斜倚石欄臨水照，桃花也自愛西湖。

暮春入棲霞山尋張文寺

山氣陰陰出荷鋤，纔分瓜子又挑蔬。倦來芍藥花前卧，帶雨鳴鳩過草廬。

松風閣寄默孫天臺

幽棲寺裏松風閣，明月懷人照古苔。記得萬年深夜話，雨聲欲盡雁聲來。

偶題

抱鴨癡鷄喚不醒，代耕老馬怯泥行。世間多少難明事，好問西周擊壤生。

陪括蒼太史謁長陵余山客冠門者呵止之頂老卒范陽氈笠入拜自嘲一絶

竹皮紗幅老人頭，高士從來傲冕旒。曾見院師畫姚老，一瓢如葉倚黄樓。

山中冬日偶題

鎮日無人閉竹扉，階前寒翠上人衣。開門修竹青如束，黄葉風前叫子規。

山中口號

一月林中不裹巾，得錢沽酒未知貧。樵夫相見漫相識，除却青山無故人。

夜行潭上

四更山月吐青漣，人在花林未肯眠。寂寂一峰寒插水，雁聲飛過放魚船。

有　醒

秀才夢破舌捫空，還我浮生半老翁。也與盛朝閒點綴，荷衣蕙帶佩松風。

阿　那　曲

一個虛亭倚翠林，亭前慈孝竹陰深。白雲落盡花同落，半點殘紅無處尋。

枕上聞風

疏懶而今成自然，醒來不是聽鷄年。霜風一夜寒多少，重理禪衣覆足眠。

徙南白足掩關書了義經春暮過訪喜而贈之

銅雀臺荒墜瓦空，高流磨墨寫圓通。窗前括子添清影，捉筆常移一兩弓。

周秀才楷四首

楷字伯孔，湘潭人。爲童子即稱詩，鍾伯敬賞之。而才自清迥，時有佳句。爲人負氣嫚罵，所如不合。年五十，死賊中。

漁　歌

幽思茫茫看江水，何處漁歌江上起。一疊凄清愁未終，幾聲斷續腸相似。南天歸雁亦悲鳴，不到瀟湘無此情。

贈顓愚上人

似與師相識，非關此一時。散花空習氣，卓錫露威儀。苦行人皆説，安心鬼不知。石梁寒瀑夜，令我發深悲①。

① 原注：「師嘗禪坐石梁上十有二年。」

自郟返於南陽道中作

誰肯將身試屢艱，裹糧三月爲名山。寥猶吾楚咽喉地，嵩在中原指顧間。碑下夕陽遊子立，鶴邊秋水道人閒。那知魯國悽悽者，尚有迷津見往還。

宿巳公巖

巳公巖畔水粼粼，樹老雲荒記往因。一夜溪聲聽不得，遊山真愧往山人。

傅秀才汝舟三首

汝舟字遠度，江寧人。家世㠜國之後，隸籍京衛。幼孤，負至性，奇崛好古，讀書能知大意，矢口辨駁，多有別解。好譚經濟大略，蟜尾厲角，人無以難也。天啟三年，河西之役，守將羅一桂、監軍高延佐暨高之僕夫永皆死之。生與平湖馬文治、武康茅元儀爲位於清溪黄侍中祠内，各爲祭文，奠而哭之，酹酒哀慟，感動路人。其忠義抑塞如此。爲詩皆牛鬼蛇神，旁見側出，有《唾心集》若干卷。余惜其偭背大雅，未可以傳後也，姑從文寺所論次，録其三首。

秋來吟

千古英與奸，固自兩稱雄。之噲學唐虞，死蛇安似龍。漢高巧勝人，捫足傷其胸。孔子厄桓魋，微服以蔽躬。

楞嚴

誰家牛背與虬髯，神物龍飛也自潛。兒輩喜看劉項傳，呼來月下讀《楞嚴》。

寄天台濬和尚天源

英雄回首只歸僧，次第徵心到幾層。燒死殺人三昧火，拋殘救世十方燈。蓮花作伴常憐月，貝葉爲餐似飲冰。可記綠楊歌舞地，當時打馬復飛鷹。

列朝詩集閏集第一

高僧一十一人

西齋和尚琦公五十二首

梵琦字楚石，小字曇曜，象山人。族姓朱氏。母夢日墮懷中而生。襁褓中，有神僧見之，曰：「此兒佛日也，他日當振揚佛法，照曜濁世。」因以曇曜字之。九歲，趙文敏公見而異之，爲鬻僧牒，得度得法於徑山元叟端和尚，帝師錫號曰佛日普照慧辯禪師。洪武初，詔徵江南戒德高僧，建法會於蔣山，師居第一。再召説法，親承顧問，賜伊蒲，供於文樓。三年秋，召問鬼神之理，館於天界寺。示微疾，索浴更衣，跏趺書偈曰：「真性圓明，本無生滅。木馬夜鳴，西方日出。」夢堂噩公問曰：「何處去？」師曰：「西方去。」堂曰：「西方有佛，東方無佛耶？」乃震威一喝而逝。荼毗之餘，遺骼歸海鹽之天寧，葬於西齋西塔焉，師故所卜築退居，自號西齋老人處也。師學行高一世，宗説兼通禪寂之外，專志净業，作《西齋净土詩》數百首，皆於念佛三昧心中流出，歷歷與契經合，使人讀之，恍然如遊珠網瓊林金沙玉沼間也。行業具宋學士塔銘及獨庵少師《西齋和尚傳》中。

懷净土詩八首　原一百十首

幾回夢到法王家，來去分明路不差。出水珠幢如日月，排空寶蓋似雲霞。鴛鴦對浴金池水，鸚鵡雙銜玉樹花。睡美不知誰唤醒，一鑪香散夕陽斜。

净土真爲不死鄉，雲霞影裏望殘陽。珠樓玉殿空爲體，翠樹金花密作行。款款好風摇菡萏，依依流水帶鴛鴦。分明記得無生曲，便請知音和一場。

山雲靄靄水泠泠，共説西方一卷經。石虎却來巖下嘯，泥人先往樹間聽。風飄陽焰隨波散，雨浥空花逐蒂零。極樂此時堪駐足，彌陀何處不流形。

故鄉别早話歸遲，何待君言我自知。客路跉跰無一好，人生惆悵不多時。蒼顔歷歷悲明鏡，白髮毿毿愧黑絲。再讀南屏安養賦，屋梁落月見丰姿。

人生百歲七旬稀，往事回觀盡覺非。每哭同流何處去，閒抛净土不思歸。香雲瑪瑙階前結，靈鳥珊瑚樹裏飛。從證法身無病惱，況餐禪悦永忘饑。

一帶雲山一草堂，一瓶净水一鑪香。心融有念歸無念，日課朝陽到夕陽。紅杏雨餘春正好，白蓮風細夏偏長。假饒劫火燒千界，不動吾家聖道場。

蓮宫只在舍西頭，易往無人著意修。三聖共成悲願海，一身孤倚夕陽樓。秋階易落梧桐葉，夜壑難藏舴艋舟。幸有玉池鳧雁在，相呼相唤去來休。

吾身念佛又修禪，自喜方袍頂相圓。曾向多生修福果，始依九品結香緣。名書某甲深華裏，夢在長庚落月邊。濁惡凡夫清净佛，雙珠黑白共絲穿。

懷净土百韻詩

欲生安養國，承事鼓音王。合掌須西向，低頭禮彼方。觀門誠易入，儀軌信難量。佛願尤深廣，人心要久長。嬰兒思乳母，遠客望家鄉。鄭重迎新月，殷勤送夕陽。分明蒙接引，造次莫遺忘。飲啄齋稱首，熏修策最良。五辛全斬斷，十惡永堤防。勿用求名利，毋勞論否臧。布裘遮幻質，藜糝塞空腸。擺撥多生債，枝梧九漏囊。精神纔懶慢，喜怒便搶攘。水滴俄盈器，江流始濫觴。積來功行滿，趁取色身强。室置千華座，鑪焚百種香。新衣經默著，美饌待呈嘗。莫點殘油炬，宜煎俗像湯。形骸同土木，戒檢若冰霜。想念離諸妄，跏趺在一床。刹那登净域，方寸發幽光。骨肉都融化，乾坤極杳茫。太虚函表裏，佛刹據中央。蓮吐葳蕤萼，波翻瀲灧塘。鮮飆須動蕩，彩仗恣摇揚。棲隨四寳合，臺備七珍妝。鏡面鋪階砌，荷心結洞房。珊瑚裁作檻，瑪瑙製爲梁。田地琉璃展，園林錦繡張。内皆陳綺席，外盡繞銀墻。覆有玲瓏網，平無突兀岡。瓊林連處處，琪樹列行行。果大甜如蜜，音清妙似簧。喬柯元自對，茂葉正相當。一一吟鸚鵡，雙雙集鳳凰。瑶池無晝夜，珠水自宫商。渠瑩金沙底，風輕寳岸旁。高低敷菡萏，深淺戲鴛鴦。異彩吞群鳥，奇葩掩衆芳。千枝分赤白，萬朵間青黄。暫挹身根爽，微通鼻觀涼。頻伽前鼓舞，共命後飛翔。竟日鶯調舌，衝霄鶴引吭。悟空寧有我，知苦悉無常。大士談玄理，聲聞會寶坊。經宣十二部，偈演百千章。直指菩提徑，俱浮般若航。挽回尋劍客，喚醒失頭狂。九品標粗妙，三乘互抑揚。煉深終絶礦，簸净豈存糠。示現真彌勒，咨參妙吉祥。聖賢雲靉靆，天樂日鏗鏘。俊偉純童子，伊優絶女郎。語言工問答，進退巧趨蹌。火齊恒流焰，摩尼益耀芒。不須懸日月，何處限封疆。食是天肴膳，餐非世稻粱。掛肩如意服，擎鉢自然漿。脱體殊清净，含暉更焜煌。袈裟籠瑞靄，瓔珞襯仙裳。偏往微塵國，周遊正覺場。慈顔容禮覲，供具任持將。側聽能仁教，還令所得亡。及歸彈指頃，翻笑取塗忙。每受經行樂，誰云坐卧妨。普天除鬬諍，匝地息災殃。南北威靈被，東西德化彰。幾番經劫燒，四海變耕桑。此界無虧損，斯人但壽昌。户丁休點注，年甲罷推詳。滿耳唯聞法，充饑不假糧。永懷恩入髓，且免毒侵瘡。試説娑婆苦，争禁涕淚滂。内宗誰復解，邪見轉堪傷。忍被貪嗔縛，甘投利欲坑。君臣森虎豹，父子劇豺狼。盡愛錢堆屋，仍思米溢倉。山中搜雉兔，野外牧牛羊。奪命他生報，銜冤累世償。太平逢盗賊，離亂遇刀槍。好飲耽杯酒，迷情戀市娼。心猿拋罥索，意馬放垂韁。逸志摧中路，英魂赴北邙。干戈消禮樂，揖讓去陶唐。戰伐愁邊鄙，焚煙徹上蒼。連村遭殺戮，暴骨滿城隍。鬼哭天陰雨，人悲國夭殤。歲凶多餓死，棺貴少埋藏。瓦礫堆禪刹，荆榛出教庠。徵徭兼賦税，禾黍減豐穰。念佛緣猶阻，尋經事亦荒。素襟龍奮迅，高步鵠騰驤。載顧同群雁，毋爲獨跳獐。聖胎吾已就，法侶爾相望。寶地同蕭灑，金臺共頡頏。翹勤山岌嶪，積德海汪洋。曠劫功彌著，纖毫過即禳。三心期遠到，十念整遥裝。必欲超魔界，從今奉覺皇。

和淵明九日閒居詩

閒居愛重九，使我念陶生。但取杯中物，不貪身後名。季秋霜始降，向晚月初明。草際亂蟲語，林梢殘葉聲。疏籬採叢菊，小嚼扶衰齡。美酒既滿樽，一吟還一傾。田園自可樂，圭衮何足榮。貴賤各有志，好惡吾無情。所以君子懷，悠哉歲功成。

和淵明仲秋有感

皇天分四時，白露表佳節。最愛潭水清，猶如鏡容徹。蟾蜍出復没，絡緯聲欲絶。静卧深夜起，仰觀衆星列。流水可嗟吁，附勢非俊傑。身即大患本，家無長生訣。且餐籬下菊，兼吸杯中月。

和淵明新蟬詩

新蟬何處來，鳴我高槐陰。流水欲入屋，好風自開襟。牀頭一束書，壁上三尺琴。琴以散哀樂，書以通古今。所幸車馬稀，非邀里人欽。虚名如北斗，有酒不能斟。縱洗爰居耳，寧知鐘鼓音。陶潛初解組，蘇軾未投簪。莫改麋鹿性，常懷煙嶂深。

送哲禪人杖錫訪師兼簡仲默和尚

杖錫老師七十八，眼如點漆眉如雪。分明畫出須菩提，坐聽孤猿吟落月。深山古寺天正寒，葉深一尺堆牀前。地爐燒火簾不捲，袈裟黑似罏中煙。客來只恐放煙出，争奈山林藏未密，喧喧道價滿江湖，負笈挑囊固非一，千里東歸頻寄聲，乃翁終似有鄉情。目連鶖子神通妙，何必區區圓相成。

君子交行并序

吕日新與予相知最早，先後來京師，作《君子交行》以贈之。

君不見車輪碾地不碾塵，塵暗却遮車上人。又不見馬口吸泉不吸月，月明豈解心中渴。所以君子交，毋爲小人絶。

海東青行

海東青，高麗獻之天子庭。萬人却立不敢睨，玉爪金眸鐵作翎。心在寒空韝在手，一生自獵知無偶。孤飛直出大鵬前，猛志豈落鴑鵝後。是日霜風何栗冽，長楊樹羽看騰瞥。奔雲突霧入紫霄，狡兎妖蟆灑丹血。束身歸來如木雞，衆鶻欲並功難齊。爾輩無材空碌碌，不應但費官厨肉。

春日花下聽彈琵琶效醉翁體

僕本南海人，暫爲北京客。朝遊金張園，暮宿許史宅。二月春風吹百花，朱朱粉粉相鉤加。銀鞍繡勒少年子，對花下馬彈琵琶。大絃掩抑花始開，花重墜枝枝更斜。小絃變作花爛熳，雨點驟打煙濃遮。鷓鴣從何來，遠在天之涯。鉤輈格磔忽驚起，不知飛在誰人家。又聞黄鸝聲睍睆，如斷復續續復斷。布指似嫌宫調緩，别寫群雁鳴霜暖。蒹葭浦深風蕭騷，一隻兩隻飛漸高。天長地遠望不見，使我回首心煩勞。我謂少年彈且止，錢塘去國三千里。每到春來花最多，鷓鴣能舞黄鸝歌。去年隨雁同沙漠，聽此琵琶殊不樂。少年笑我君太癡，人生行樂須其時。此中正自有佳處，但畏閒愁纏繞之。

北邙行

請君停一觴，聽我歌北邙。北邙在何許，乃在洛之陽。洛陽城中千萬家，無有一家免亂亡。天地開闢來，死者生之常。遠如上古諸皇帝，卒棄四海歸山岡。富貴浮雲亦易滅，筋骸化土誠堪傷。漢陵發掘竟何事，後世更留珠玉裝。而況將相墳，不爲荆杞荒。野火燒林斷碑碣，牧童見草呼牛羊。當其得志時，直欲淩雲翔。天子不敢忤，群臣非雁行。嬌兒聰明尚貴主，愛女秀麗專椒房。昨日鑄印大如斗，今日臨軒封作王。風雷起掌握，瓦礫含輝光。權勢有時盡，亂衰無處禳。嬌兒愛女替不得，點點血淚沾衣裳。白馬素車出門去，未知魂魄遊何鄉。土梟飛來樹梟梟，石獸對立煙蒼蒼。萬歲千秋共一盡，高堂大宅空相望。

漢北懷古四首 西齋《漢北》、《開平》諸詩，皆前元時作。

曠野多遺骨，前朝數用兵。烽連都護府，栅繞可敦城。健鶻雲間落，妖狐塞下鳴。却因班定遠，牽動故鄉情。

北向無城郭，遥遥接大荒。舊來聞漢土，前去是河隍。野蒜根含水，沙葱葉負霜。何人鳴觱栗，使我淚沾裳。

每厭冰霜苦，長尋水草居。控弦隨地獵，刳木近河漁。馬酒茶相似，駝裘錦不如。胡兒雙眼碧，慣讀左行書。

無樹可黄落，有臺如白登。三冬掘野鼠，萬騎上河冰。土厚不爲井，民淳猶結繩。令人思太古，極目眇平陵。

上都三首

避暑宜來此，逢冬可住不。地高天一握，河雜水長流。赤日不知夏，清霜常似秋。向來冰雪窟，今作帝王州。

王畿千里近，御苑四時春。苜蓿能肥馬，葡萄不醉人。衮衣明日月，闢塞絶風塵。古有官名諫，今無事可陳。

雙闕上雲霄，層城近斗杓。夜開金殿鎖，晨赴紫宸朝。月屋閒浮蟻，霜空好射雕。有官兼宰相，誰復似嫖姚。

開平書事六首

舊俗便弓馬，新妝稱綺羅。平原芳草歇，古戍暮雲多。翠袖調鸚鵡，金鞭控駱駝。上樓看月色，無酒奈君何。

絶域秋風早，殊方使客還。河衝秦日塞，地接漢時關。萬古悲青冢，兼程過黑山。從容陪國論，咫尺近天顔。

地勢斜臨北，河流穩向東。龍庭行萬里，虎路達三嵏。胡女裁皮服，奚兒控角弓。長吟對落景，獨坐感飛蓬。

北海何人到，西天此路通。尋經舍衛國，避暑醴泉宫。盛夏不揮扇，平時常起風。遥瞻仙仗簇，復有彩雲籠。

夜雪沙陀部，春風敕勒川。生涯惟釀黍，樂事在彈絃。不用臨城將，何須負郭田。雙雕來海外，一箭落天邊。

野外山横塞，天涯水繞羌。登高一俯仰，即事幾炎涼。日晚雕聲急，冰寒馬足傷。我懷增感慨，誰與細平章。

萬里

萬里故鄉隔，扁舟何日還。黄雲薊北路，白雪遼西山。馬倦客投店，鷄鳴人出關。吾思石橋隱，絶頂尚容攀。

西津

月滿潮來盛，天空野望低。樹侵吴甸北，帆入楚江西。俊鶻秋方下，慈烏曉更啼。即看霜露及，風景色淒淒。

贈江南故人

今騎沙苑馬，昔踏洞庭魚。結纜荷邊宿，移家竹裏居。好風横笛晚，新月上簾初。每憶江南樂，功名有不如。

燕京絶句八首

飛鸞不與鳳爲儔，養子黄金屋上頭。山雀野鷄俱入饌，此禽巢穩獨無憂。

漆園山下葬車塵，冷水潭邊拜掃人。一種白楊千萬葉，空令兒女淚沾巾。
昔者昭王未築臺，應無樂毅劇辛來。英名萬古垂霄壤，不惜千金養俊才。
始入彤庭又捲班，何心拄笏看西山。鷺鷥遥對鸕鷀語，我與漁翁一樣閒。
前日來看普慶花，今朝零落委泥沙。如何富貴爲天子，不欲重生司馬家。
小人藜莧便充腸，丞相何須一萬羊。賓客餘餐到僮僕，不知金紫是愁囊。
玉帶金符樓上鐘，有材長恨不遭逢。一年一度桃花浪，身是凡魚未化龍。
閒居彌勒且同龕，酒價錢緡兩不諳。笋蕨正肥何處好，春風春雨憶江南。

居庸關

天畔浮雲雲表峰，北遊奇險見居庸。力排劍戟三千士，門掩山河百萬重。渠答自今收戰馬，兜鈴無復置邊烽。上都避暑頻來往，飛鳥猶能識衮龍。

琴峽

目送歸鴻手五絃，嵇康合向此中仙。水如玉指彈秋月，星作金徽散曉天。盡洗伊涼方可聽，不名《韶》《濩》若爲傳。君王莫愛《霓裳》曲，艷舞嬌歌失自然。

獨石站西望

塞北逢春不見花，江南倦客苦思家。千尋石戴孤峰驛，一望雲横萬里沙。去路多嫌葱嶺礙，歸途半受雪山遮。張騫往往遊西域，未許胡僧進佛牙。

群公子樂府

少年意氣向誰傾，閑把琵琶出鳳城。染草未匀春色嫩，勒花不住曉寒輕。風飄十里香塵滿，日照三條廣路明。灑掃東堂遊射處，分鵝亦足慰人情。

相家夜宴

璧月未出金風凉，群烏啞啞鳴苑墻。西山高居帝左右，北斗正掛天中央。繡衣執樂三千指，朱火籠紗十二行。坐待更闌賓客散，蕭齋自炷辟邪香。

贈王使君

君持使節過繩橋，已遣蠻夷感聖朝。良將未誇班定遠，大臣猶數蓋寬饒。川香野馬銜青草，雪暗天鵝避早雕。西出陽關九千里，歸來莫惜鬢蕭蕭。

余嘗夢至一山聞杜鵑且約雪窗南還

出郭尋春未見春，東華踏遍軟紅塵。不知蝴蝶化爲我，何處杜鵑來唤人。笋蕨過時惟恐老，櫻梅如豆正嘗新。及今無事早歸去，莫待秋風江上蓴。

梁山泊

天畔青青蘆葉齊，晚來戛戛水禽啼。一鈎慘淡銜山月，五色彎環跨海霓。新摘蓮花堪釀酒，舊聞荇菜可爲齏。北人大抵無高韻，零落梭船傍柳堤。

金山

半江湧出金山寺，一簇樓臺兩岸船。月轉中宵爲白晝，水吞平地作青天。塔鈴自觸微風語，灘石長磨細浪圓。龍化老人來聽法，手持珠獻不論錢。

曉渡西湖

船上見月如可呼，愛之且復留斯須。青山倒影水連郭，白藕作花香滿湖。仙林寺遠鐘已動，靈隱塔高燈欲無。西風吹人不得寐，坐聽魚蟹翻菰蒲。

愚庵禪師及公八首

公名智及，字以中，吴縣顧氏子，入海雲院爲童子。見廣智訢公於建業，與張文穆潞公、危左丞以聲詩唱和，同袍聚上人訶之。歸海雲，見秋葉吹墜於庭，豁然有省。謁寂照端公於雙徑，端公以法器期之，執侍左右，聲光頓超諸老上。出世住兩浙大剎。洪武癸丑，詔有道浮屠十人，集大天界寺，師居其首，以病不及召對。乙卯，賜還海雲。戊午九月，示疾書偈而逝。宋學士叙《四會語録》及撰塔銘，以爲「姑蘇山川清妍，人物敏慧，學禪那者據位稱大師，猶以攻文翰辨器物爲尚。自宋季以迄於今，提唱達摩正傳，追配先哲者，唯師一人而已」。

悼楚石和尚詩三首

潦倒奚翁的骨孫，高年説法屢承恩。麻鞋直上黄金殿，鐵錫時敲白下門。煩惱海中垂雨露，虚空背上立乾坤。秋風唱徹無生曲，白牯狸奴亦斷魂。

聖主從容問鬼神，當機一默重千鈞。荼毗直下金門詔，火聚金彰净法身。平地驚翻三世佛，等閑瞎却一城人。大悲願力知多少，枯木花開别是春。

匡牀談笑坐跏趺，遺偈親書若貫珠。木馬夜鳴端的别，西方日出古今無。分身何啻居天界，弘法毋忘在帝都。白髮弟兄空老大，刹竿倒却要人扶。

次韻寄開化一元禪師

厭看功臣樹色蒼，故山端的勝殊方。桑麻原隰連香徑，金碧樓臺峙寶坊。瀹雪小齋雲半榻，貫花新偈入千行。春深四大輕安否，佛祖權衡賴抑揚。

師祖善權元翁和尚忌辰

爲愛團圞十畝園，紅芳消後緑陰連。杖藜日涉真成趣，野菜時挑不費錢。臨濟栽松親钁地，仰山種粟自燒田。祖翁活計誰相委，獨立南榮爲惘然。

次韻答夢堂法兄

兵戈南北競喧争，兄弟分違似隔生。瀛海丹山君宴坐，劫灰雙徑我徒行。只添束篾腰間重，依舊眉毛眼上横。賴有祖翁家活在，不妨日午打三更。

答東皋伯遠法師

東皋尊者隱郊墟，小小屠蘇睹史居。切柏代香朝演法，捲簾進月夜抽書。村園果熟秋霜後，花徑苔生宿雨餘。心境兩忘諸幻滅，更於何處覓真如。

示壽知客

開先寺裏迎賓日，禪月堂前索偈時。客路如天春似海，子規啼斷落花枝。

全室禪師泐公一百八首

宗泐字季潭，臨海人。族姓周氏。生始能坐輒跏趺，八歲從中天竺笑隱訢公學佛。二十受具，從智開山於龍翔。寓意詞章，尤精隸古。虞文靖、黄文獻、張潞公皆推重爲方外交。洪武初，高皇帝召西白金公問鬼神事，詔舉高行沙門，師居其首，建普度大會於鍾山，命製贊佛樂章，復説法超度迷溺。太祖臨筵嘆美，命住天界，屢駕臨幸，召對内庭，賜膳無虚日，復賜和平日所作詩一帙。注《心經》、《金剛》、《楞伽》三經行世。十一年，太祖以佛書有遺佚，命領徒三十餘人往西域求之。十五年，得《莊嚴》、《寶王》、《文殊》等經還朝。開僧録司，授右街善世。因長官奏事獲譴，往鳳陽槎峰建寺，三年訖工。天界寺火，以興復爲己任，奏重建聚寶門外。二十三年，詔再住天界，諭云：「一百廿歲，永鎮綱宗。」廿四年，復領右街善世。居無何，奉旨佚老歸槎峰上，曰：「寂寞觀明月，逍遥對白雲。汝其往哉！」乃絶江至江浦石佛寺，示微疾，留三日，沐浴念佛，泊然而寂，世壽七十四。僧夏六十建塔天界，附廣智塔右。泐公初以度牒事論死，詔宥之，往西天取經。歸後十年，僧智聰坐交結胡丞相謀逆，詞連公及復見心，謂公往西域，丞相屬令説土番舉兵爲外應。公就訊，輸服如聰言。有司奏當大辟，奉欽依免死，着做散僧。太祖御頒《清教録》，僧徒坐胡黨條列招詞者六十四人，咸服上刑，惟公一人得宥。塔銘所云「佚老槎峰」，正着做散僧之日也。詩文有《全室外集》十卷，以欽和御製詩爲首。

戰城南

進兵龍城南，轉戰天山道。烽煙漲平漠，殺氣霾荒徼。將軍重爵位，天子尚征討。不辭鬬死多，但恨生男少。

空城雀

啾啾空城雀，戀戀空城曲。朝傍空城飛，暮向空城宿。草窠乳子成，埒土翻身落。不隨鳳凰遊，不畏鷹鸇逐。野田豈無黍，太倉豈無粟。食粟遭網羅，食黍傷箭鏃。丁寧黄口雛，飲水懷止足。歲晚雖苦饑，全軀保微族。

風入松

高堂初宵山月明，長松颯颯奏清聲。清聲希微坐獨聽，援琴細意寫得成。調絃轉軫聲方起，忽覺松風生繞指。更深鬼哭巖前雲，夜半龍吟潭中水。一彈一奏聲緩促，有似松風時斷續。含商流徵清復哀，能使幽人聽不足。聽不足，琴忽罷。此時寂寂松無風，明月滿天涼露下。

俠客行

平生重然諾，意氣横高秋。拔劍悲風吼，上馬行報仇。報仇向何處，堂堂九衢路。突上秦王庭，直入韓相府。回身視劍鍔，血漬霜華薄。敢持一片心，爲君摧五嶽。五嶽即可摧，此心終不灰。耻没兒女手，完質歸泉臺。

交門歌

不其山頭月將午，交門沉沉夜擊鼓。博山火爇凝絳煙，霓旌導騎來容與。玉顔綽約含春花，向坐分明君自睹。君心有欲神不違，側耳傾心聽好語。雲收雨散意不傳，起望星河獨延佇。明朝更入芝房齋，神其相之復來下。茂陵新樹起哀風，五柞宫中淚如雨。

江南曲

泛舟出晴溪，溪迴抱山轉。欲采芙蓉花，亭亭秋水遠。心非檣上帆，隨風豈舒卷。但得紅芳遲，何辭歲年晚。

隴頭水

隴樹蒼蒼隴坂長，征人隴上回望鄉。停車立馬不能去，況復隴水驚斷腸。誰言此水源無極，盡是征人流淚積。拔劍斫斷令不流，莫教惹動征人愁。水聲不斷愁還起，淚下還滴東流水。封書和淚付東流，爲我殷勤達鄉里。

春江曲

春江沉沉春水滿，柳條拂水蒲芽短。鴛鴦睡美不畏人，日色遲遲素沙暖。

古塞下曲

候吏過輪臺，傳言敵可摧。嫖姚揚旆出，驃騎治兵來。瀚海驚波涌，陰山積雪開。前軍正酣戰，日暮氣雄哉。

銅雀臺

西陵樹色暮蒼蒼，明月相將入御牀。寂寞帳前歌舞歇，幾人含涕憶君王。

楊柳枝詞二首

百花洲畔覆青坡，第六橋頭醮碧波。鳳筦龍笙春寂寂，綠陰終日伴漁歌。

萬樹千株汴水隈，春風青眼爲誰開。錦帆曾拂中間過，只到揚州竟不回。

祖龍歌行

祖龍乃好長生者，沉璧徒來華山下。目斷樓船海氣昏，鮑車亂臭沙丘野。驪山下錮三泉開，泉頭宮殿仍崔嵬。當時輸作方亹亹，函谷無關小龍死。百尺降旗軹道傍，十二金人淚如水。

長安少年行二首

日晚新豐醉酒迴，玉鞭敲鐙萬人開。綠槐馳道横穿過，不管金吾導騎來。

鬬鷄赢得海東青，臂向東街覓弟兄。白馬翩翩相逐去，灞陵原上曉雲平。

從軍行

拾骨當炊薪，淘尸作泉窟。平野不見人，寒雲雁飛没。悄悄横吹悲，《梅花》爲誰發？

天雨雪

天雨雪，出門何所之？渡河正遇風浪惡，回船少住溪水湄。舉頭見飛鳥，斂翻欲下無樹枝。

楚妃嘆

宫城禁兵夜簇簇，君王不返宫中宿。戎車彭彭雲夢林，獵火煌煌漢皋曲。章華臺前江水流，君心如水無日休。虎狼勁敵却不憂，草間狐兎爲深仇。

姑蘇臺歌

姑蘇臺上麋鹿遊，吴江水映西山秋。館娃宫樹迥不見，落日荷花今古愁。向來豪客層樓櫓，醉擁吴姬夜歌舞。齊雲易逐浮雲飛，鬼火三更照寒雨。

登高丘而望遠海

登高丘，望東溟。溟水方蕩潡，中有怒吼鯨。聳脊類峰嶽，鼓浪如雷霆。噓煙噴沫雲霧冥，揚鬐掉尾三山傾。腹吞巨舟者百十，蝦蟹不足饑腸撑。奈何驕悍當海横，官漕賈舶不敢行。鮫人織綃機杼停，神仙局蹐居蓬瀛。天吴既辟易，龍伯亦震驚。徒爲蟲族長，空有水神名。制御一顛倒，含羞請尋盟。吁嗟彼鯨爾何獰，恃其險惡雄勢成。若失此海水，何以藏其形。使居陸阜間，轉眼遭剥烹。海濱壯士瞋目瞪，拔劍欲往心懸旌。曷不訴之於上帝，天威下殛無遺生。立見海水清且平，海光不動青瑶瓊①。

①原注：「此詩爲方谷真作亂，前元失計招撫而作。」

墓上花

墓上花，開滿枝。行人看花行爲遲，行人有恨花不知。不生名園使人愛，却生墓上令人哀。誰家此墓臨古道，寒食無人來祭掃。莫是東君惜無主，遣此閒花伴幽兆。聊持一杯酒，酬爾泉下客。今日此花開正好，但恐明日此花開。狼藉人生似花能幾時，古人今人皆可悲。

道傍屋

道傍誰家有古屋，主人不在行人宿。門户蕭條四壁空，野草依然映階緑。春燕歸來細相認，繞屋低飛疑不定。徒令獨客久咨嗟，無復高堂樂繁盛。一從兵火照坤維，十家九家無孑遺。願留此屋行人宿，莫問主人歸不歸。

三閣詞二首

複道麗明霞，阿房未當奢。半空傳笑語，長夜《後庭花》。

檻車出城去，望閣暫回頭。昔道千年樂，今成萬古愁。

烏啼曲并序

天台王文起，以故官例遷汴梁，念其親老，不得朝夕養，思慕彌篤。其寓邸旁有古槐樹，俄群烏集啼其上，久而弗去。及文起以舍壞遷其居，烏亦隨之。其孝感有如此者。予聞而異之，遂作《烏啼曲》一首。

客舍門前古槐樹，群烏啞啞啼不去。烏啼解知人意苦，遷客思親朝復暮。五年生死無消息，一聞烏啼淚沾臆。汴水東流白日飛，老親在南兒在北。南地靈鵲北地烏，烏啼報有平安書。

寶訓堂

聖君體皇極，建國封親王。全蜀形勢地，西南控戎羌。劍閣天下壯，象馬稱瞿唐。保障千萬祀，崇德乃安康。昭鑒有嚴訓，寶之靡或忘。服御既有節，出入亦有常。上承宗廟重，下垂胤祚長。開門看天宇，白日行穹蒼。中宵捲簾坐，仰視北斗光。羹墻契王意，一飯在斯堂。

喜清遠兄至用齊己韻四首

因亂阻殊邦，及見消往憶。始愛道貌清，復驚鬢毛白。論新無少歡，話舊有深惻。坐久忽忘言，芳梅照寒席。

前年浙僧來，稍稍聞去就。持斧住越山，移幢入吴岫。高居既鄰支，朗詠亦依晝。應世自無心，麻衣澹如舊。

良友平生親，風塵散何許。草莽或零落，雲霄亦騫舉。天地日凄凉，折芳欲誰與。所嗟芙蓉花，白露下秋浦。

少年同居日，聞君拂絲桐。高齋月照席，兩耳生松風。當時青雲士，奇文詠空同。往事春花歇，江水今自東。

懷以仁講師入觀圖

旭日千萬峰，白雲三四朵。一笑山容開，獨自松下坐。暴流天上來，飛花面前墮。此時中觀成，無物亦無我。

冰雪窩

道人冰雪窩，巖棲稱岑寂。洞門白日陰，三徑青苔色。片雲簷外生，落葉階前積。更深芊火紅，晝静茶煙碧。淡泊中自怡，安居無不適。彼美西方人，時時勞念憶。

送銛上人省親

青山澹斜暉，驚風在高樹。行客起遐思，雙親髮垂素。雲飛滄海遥，雁下寒空暮。老來惟夢歸，隨君故鄉路。

題五龍山房圖

剡中東南奇，若人緇侶勝。一住忽十年，禪房得深静。高扉敞重崖，修橋入危磴。林端識名香，水際聞清磬。徵茫度雲壑，掩映披華徑。長松支遁吟，盤石曇猷定。别來幾夢思，遊塵生塵柄。晨窗對新圖，蕭條發孤詠。

春雨吟

溪南有奇山，不見二十日。今朝雲忽去，天高數峰出。東風晚生寒，細雨又復密。坐觀微霧昇，化爲白練幂。側想巖居人，林卧頭不櫛。崖滑徑且暗，何由采芝朮。

斸黄獨

雨歇林氣凉，草没澗西路。荷鋤入深幽，石邊欣□遇。長歌對白雲，清風滿山樹。向來垂涕人，遥遥千載慕。

採芹

深渚芹生密，淺渚芹生稀。採稀不濡足，採密畏沾衣。清晨攜筐去，及午行歌歸。道逢李將軍，馳獸春乘肥。

雜詩

落葉委通衢，紛然無人掃。但睹新行迹，不見舊時道。古木依道傍，亂藤絡其杪。歲暮終青青，終非本容好。世人懷往途，悟此豈不早。振衣無後期，來從漢陰老。

風雪歸莊圖

山路獨歸翁，手攜一壺酒。千林雪正深，扁舟在溪口。茅茨闞石根，垂蘿穿户牖。江城看圖人，幾迴興嘆久。

暮過賞溪

日暮衆鳥歸，孤雲亦還山。市人争渡息，小舟沙際閒。我屋西峰下，半出青林間。鐘聲動深念，無爲尚塵寰。

夏夜與錢子貞集西齋賦詩叙别二首

一見江海奇，夙聞鐘鼎傲。山客訝雄談，木客争清嘯。悠悠鹿門期，落落東海蹈。笑問經世人，大夢誰先覺。

明月不可招，流光入堂中。白雲不可約，掛我屋上松。兹會固難得，後會寧易逢。明朝在東郭，隔水但聞鐘。

奉和錙彦基尊師待相空至

實公同門英，論交二十載。賦詩多新語，亦足邁前代。偶與仙翁言，久别思一會。溪山入春明，花鳥亦相待。孤雲本無期，行踪定何在。日暮倚東風，疏鐘起天外。

分題龍宫寶石送陳庭學之官成都

成都山水區，龍宫遺寶石。苔蘚滋古文，波濤含潤色。驪珠化海榴，神變安可測。想當聽經時，雲寒夜堂寂。蜀中天下險，兵戈屢充斥。城郭雖已非，此石尚如昔。京華歲將闌，萬里送行客。時清衛府閒，搜奇撫陳跡。平生獨往願，蹉跎頭半白。悵望西南天，空慚遠飛翼①。

① 原注：「成都唐高僧智浩，常誦《法華經》，所居近龍祠，龍女時來聽經。一夕，遺一明珠，浩不受。珠化爲石，似石榴，以水洗之，有四字曰『龍宫寶石』。至今存焉。」

出峽圖

瞿塘水如馬，五月不可下。兩舟何處來，披圖一驚詫。前行稍趍平，勢若閒暇者。後來方履險，衆篙不停把。岩迴古木披，峽束哀湍瀉。嗟爾駕舟人，安危在操舍。

松下居偶作

我此松下居，即事良可悦。閉户留白雲，開軒放明月。松響風忽來，泉流雨初歇。時有西齋人，相親默無説。

送僧遊廬山

廬山天下奇，良遊遂平素。江帆渺何之，連峰散晴霧。雲端五老人，粲然風骨露。青衣或來迎，木客時相遇。夜坐松底石，天燈知幾處。忽聞巖際鐘，忘却東林路。

夜坐雜言次韻二首

老來百念忘，外緣何用屏。乘月坐更深，和雲卧峰頂。青燈静照壁，白髮倒垂領。尚懷分芋人，寒岩甘息影。

明月出東嶺，照我窗牖間。群動夜方息，白雲亦孤還。緬思支道林，沃州曾買山。遠公竟不出，逸駕安可攀。

再用韻

孤燈坐二更，茶具獨未屏。春寒逼清明，袖帽猶在頂。太音本無聞，含笑只自鄰。月上猿亦來，窗前弄林影。

偶地居

偶地即吾廬，絶勝樹下宿。不在千萬間，安居心自足。古人三十年，辛勤乃有屋。我無一日勞，何必較遲速。燕坐白日閒，青山常在目。明月到牀前，更深代明燭。幾有寒山詩，興來時一讀。十日不出門，滿階春草緑。

冬夜憶清遠道初二兄

夜深霜氣寒，窗月皎如燭。鳴鴻尚遐征，孤鶴亦驚宿。念我平生親，悵焉動心曲。四明是何處，苕溪如在目。異方詎能通，遠道何由縮。十年無一字，信是如金玉。白髮漸欺人，晤言安可卜。

贈安古心還山中

子來能幾時，遽有還山想。長笑輕別離，一策晨獨往。舊房青澗阿，夜雨新泉響。門前嘉樹林，陰陰夏條長。即此人事絶，遂爾長偃仰。得句林花開，彈琴山月上。蕭散世念疏，淡泊道心朗。白駒空谷中，誰能復鞿鞅。何彼名利人，勞生在天壤。

秋鶯歌

千林入秋露氣清，林中尚有黄鶯聲。似與群蟬争意氣，東林飛過西林鳴。向來春風花滿城，柳條拂地如長纓。綿綿蠻蠻斷復續，千人萬人側耳聽。高樓半醉客，閣盞停吹笙。白馬貴公子，挾彈不敢驚。此時胡爲不喜聽，奈何節序移人情。只合深藏緘爾口，亦有妒爾金衣明。反舌無聲良已久，伯勞布穀俱潛形。秋鶯秋鶯爾能翩然入幽谷，老翁歌詩送爾便覺心和平。

淮之水送别

淮之水，向東流，水流只載行人舟。舟行如飛水如射，一日可到吴江頭。何不載此離情去，擲向天涯不知處。濠梁有客今白頭，望斷孤雲海天暮。

重答夏本心

有約何曾至，無期却自來。暖憐沙上日，清愛竹邊梅。山鳥當琴幾，溪雲對茗杯。桓公遺廟近，乘興一追陪。

贈立恒中

海外趁商船，江東住幾年。華音雖已習，鄉信若爲傳。一鉢隨緣飯，諸峰到處禪。凉秋明月夜，夢度石橋煙。

夢清遠兄

殘夢夜將晨，分明見故人。劇知情是妄，翻説夢成真。日月容顔老，池臺笑語新。三年消息斷，江漢尚風塵。

登多景樓

水際一峰出，飛樓倚泬寥。煙雲連北土，風物見南朝。山勢臨淮盡，江聲入海消。偶來登眺客，憑檻興偏饒。

送徐伯廉歸南陵

把酒城南道，離懷去住同。鳥啼紅樹裏，人在翠微中。山雨添秋色，溪雲渡晚風。倚樓相憶處，明日各西東①。

①原注：「『鳥啼』二句，葉世奇《草木子》載之，以爲今上佳句，蓋訛傳全室詩爲太祖御製也。《弇州別集》辯爲庚申帝作，尤謬。」

與徐伯廉再往南陵

又向南陵去，復攜良友同。人烟千嶂裏，客路百花中。雉雊初晴日，鶯啼滿樹風。漸知精舍近，清磬出林東。

入孤澗有作

谷裏何人住，山腰有徑通。老猿時挂樹，好鳥自吟風。古澗寒泉碧，連山夕燒紅。隱居慚未遂，明日片帆東。

西閣爲修師作

眷兹山閣小，獨住一間僧。座冷浮青靄，簷虚掛碧藤。禽翻寒鉢水，鼠餂夜窗燈。愛爾不能懶，時時爲一登。

送王叔潤

平凉來又去，官滿復之官。塞晚黄雲合，邊秋白草寒。有儲諸將喜，無訟遠人安。萬里關山月，吟詩獨自看。

登相國寺樓

冬日大粱城，郊原四望平。雲開太行碧，霜落蔡河清。欲問征西路，兼懷弔古情。夷門名尚在，無處覓侯嬴。

落葉

一片復一片，西風與北風。但看階下滿，不覺樹頭空。綴服猶堪用，題詩自不工。山童朝更掃，閒委古墻東。

發扶風

曉發扶風縣，雲低欲雪時。長河王莽寺，獨樹馬超祠。營竈炊煙早，牛車度坂遲。非熊無復夢，渭水自逶迤。

南澗

攜友過南澗，槎橋類斷虹。鳥啼青嶂外，麕卧緑陰中。繒笠迎秋雨，樵歌落晚風。謝公雙屐健，獨往杳林東。

深居

山崦入重重，誅茅第幾峰。四檐青樹合，一徑白雲封。夜冷齊腰雪，春陰被額松。自來深處住，樵客不相逢。

朝來

朝來暑氣清，疏雨過檐楹。徑竹攲斜處，山禽一兩情。聲閒聊自適，幽事與誰評。几上玲瓏石，青蒲細細生。

錢塘懷古二首

欲識錢塘王氣徂，紫宸宫殿入青蕪。朔方鐵騎飛天塹，師相樓船宿裏湖。白雁不知南國破，青山還傍海門孤。百年又見城池改，多少英雄屈壯圖。

天地無情日月徂，鳳凰山下久榛蕪。獨憐内殿成荒寺，空見前山映後湖。塞北有誰留一老，海南無處問諸孤。蓬萊閣上秋風起，先向燕京入畫圖。

送王蕙芳之金陵

冰風一棹送君初，秋雨荒溪草樹疏。十載丹陽舊遊地，數封燈下故人書。已看有志能投筆，豈謂無門可曳裾。後日天邊見鴻雁，憑將消息報何如。

贈郭子莊之南昌

昔觀王粲《登樓賦》，近識林宗墊角巾。淮上小山千里夢，江南芳草十年春。來尋松院棲雲客，去作轅門草檄人。明日天邊一回首，涼風吹老賞溪蘋。

登峨眉亭

千尺蒼厓一小亭，大江東下入滄溟。磯頭牛渚從來險，天際峨眉不盡青。南北山川分歷歷，荆吴檣艦去冥冥。十年兵後重來客，獨倚闌干兩鬢星。

和程續古秋日見過兼次韻

上方高處古禪關，一曲清溪萬叠山。松樹不嫌僧共老，菊花應笑客能閒。西風岸口孤帆轉，落日林邊獨鳥還。一自兵餘行樂少，且須今日盡歡顔。

入櫟山寫呈無極老禪

干戈擾擾客難禁，避地來依碧嶂深。亂裏獨驚浮世事，難中多見故人心。千章古木群峰合，一徑長松十里陰。更欲移茅入重崦，白雲無路可追尋。

和張光弼留别

老來心事向誰論，且對青山酒一樽。湖上夢醒思舊將，江西書去問諸昆。可憐漢祖今無廟，還喜留侯尚有孫。手把過眉筇竹杖，與僧閒步出松門。

送福長老

五載西行同苦辛，扶持老病最情真。千山雨雪獨騎馬，萬里沙場不見人。京國歸來天闕近，鄉閭去建法幢新。今朝相見仍相别，目斷孤雲碧海濱。

和蘇平仲見寄

西去諸峰千萬層，帳房牛糞夜然燈。馬河只許皮船渡，戎地全憑驛騎乘。青蓋赤幡迎漢使，茜衣紅帽雜番僧。愧如玄奘新歸洛，欲學翻經獨未能。

題匡瀑圖

飛瀑灑寒冰，危梁跨碧層。天涯圖裏看，頭白未歸僧。

晚涼

晚涼池上亭，坐來心似水。雨過竹林青，風吹豆花紫。

山景

孤村帶寒鴉，遠山涵夕霧。渡頭人未歸，落日風吹樹。

水竹居圖

山人水竹居，畫圖看更好。十年不歸來，茅屋秋風老。

秋江送别

江頭楊柳樹，秋雨更蕭蕭。可惜長條盡，那堪折短條。

蓮社鐘

方深區内緣，久負社中約。惆悵暮鐘聲，徘徊度林薄。

梅花莊水軒望清遠不至

望君水軒西，恨殺前村樹。日暮溪雨來，扁舟在何處？

巖潭道中

古水灣頭漁艇，夕陽山下人家。風起一溪白浪，秋來滿路黄花。

山中小景

四山一片秋色，野客獨坐茅亭。渡頭紅葉如雨，石上長松自青。

次韻錢塘懷古

山川形勝説錢塘，海接江流入混茫。百五十年成底事，一丘衰草委秋陽。

暑夜

此夜炎蒸不可當，開門高樹月蒼蒼。天河只在南樓上，不借人間一滴凉。

吴松江逢清明

吴松江上看春雨，客路扁舟三月行。兩岸人家插楊柳，不知今日是清明。

題宋徽宗山鵲圖

落日黄塵五國城，中原回首幾含情。已無過雁傳家信，獨有松枝喜鵲鳴。

徽宗雪江獨棹

艮嶽秋深百卉腓，胡塵吹滿衮龍衣。凄凉五國城邊路，得似寒江獨棹歸。

送人歸南昌二首

紅顔白髮映青袍，三十年前白下橋。亂後重逢天竺寺，相看如夢説前朝。
故人多在大江西，欲寄封書懶不題。昨夜東風吹夢斷，曉來無賴是鶯啼。

題蘭

溪寺曾栽數十叢，紫莖緑葉領春風。年來蕭艾過三尺，白首看圖似夢中。

偶作

竹外茅齋椽下亭，半池蓮葉半池菱。匡牀曲几坐終日，萬叠青山一老僧。

山水圖

緑水青山茂苑西，荷花開遍越來溪。漁郎蕩漾灣頭去，五月深林謝豹啼。

題畫

閒門寂寂掩芳春，坐看梨花帶雨新。鳥自白頭渾不覺，可堪啼向白頭人。

觀吾子行别仇山村詩作絶句弔之子行詩云劉伶一鍤事徒然蝴蝶飛來别有天欲語太玄何處問西泠西畔斷橋邊

吹簫人去竹房空，海内猶憐翰墨工。最是西泠橋畔路，淡煙疏柳夕陽中。

雪　嶺

華夷分壤處，雪嶺白嵯峨。萬古消不盡，三秋積又多。寒光欺夏日，素綵爍天河。自笑經過客，相看鬢易皤。

登靈鷲山

兹山如鷲形，昂然欲騫翥。稽首天人師，浩劫長此住。山中數招提，窗户散煙霧。勝流不起席，鐘鼓自朝暮。下有王舍城，民俗尚淳古。所嗟給孤園，民俗已非故。吾生一何幸，良遊遂平素。一笑天風生，白雲掩高樹。

抵鷄足山

大哉聖人化，萬古垂休經。自非上智士，何由得其精。飴光受遺命，傳衣表相承。持之入大定，坐待慈氏生。石崖開復合，人天護幽扃。煌煌窣堵波，白日輝觚棱。魔來不得毀，斧迹尚縱横。鷲峰北指秀，道樹當前青。再來曠無日，回首雲冥冥。

宜八里國王遣使至館所慰問

白晝樓居静，王人忽到門。有香聊款坐，無譯自忘言。氈布纏頭闊，檀膏點額繁。客懷勞慰問，此意竟難諼。

仲春宜八里國道中

芭蕉葉開大如席，石榴花發紅滿枝。子規何似苦啼血，正是行客東還時。

重到别利迦竹國舊館

到此已三月，重來如故居。門臨外道院，壁有中華書。猿挂雨晴後，鵑啼月上初。國君欲留住，不省意何如。

望河源

積雪覆崇岡，冬夏常一色。群峰讓獨雄，神君所棲宅。傳聞嶰谷篁，造律諧金石。草木尚不生，竹産疑非的。漢使窮河源，要領殊未得。遂令西戎子，千古笑中國。老客此經過，望之長太息。立馬北風寒，回首孤雲白。

河源出自抹必力赤巴山，番人呼黄河爲抹處牦牛河。爲必力處赤巴者，分界也。其山西南所出之水則流入牦牛河，東北之水是爲河源。予西還，宿山中，嘗飲其水，番人戲相謂曰：「漢人今飲漢水矣。」其源東抵崑崙可七八百里，今所涉處尚三百餘里，下與崑崙之水合流。中國相傳以爲源自崑崙，非也。崑崙名麻琫剌，其山最高大，四時常雪，有神居之。蕃書載其境内祭祀之山有九，此其一也。并記之。

到河州

自發烏思國，於今數月過。雪中臨黑水，冰上渡黄河。裘覺青貂敝，經煩白馬馱。玉關生得入，定遠喜偏多。

蒲庵禪師復公九十四首

來復字見心，豐城人。族姓黄氏。禮南悦楚公爲師，蚤有詩名。遊燕都，親炙虞文靖公、歐陽文公諸君子，與張潞公交尤厚。元政不綱，遂航海至鄞，於雙林之定水寺止焉。洪武初，與泐季潭用高僧召至京，上詔侍臣取其詩覽之，褒美弗置，賜金襴袈裟。蜀王椿最賢，上所鍾愛，命儒臣李叔荆、蘇伯衡及師與之論道。蜀王最重師命，撰《正心》、《觀道》、《崇本》、《敬賢》四箴，榜於宫。除授僧録寺左覺義，詔住鳳陽槎芽山圓通院。二十四年，山西太原獲胡黨僧智聰，供稱隨泐季潭、復見心往來胡府，合謀舉事。見心坐淩遲死，年七十三。野史載見心應制詩有「殊域」字，觸上怒，賜死，遂立化于階下。田汝成《西湖志餘》則云逮其師訢笑隱，旋釋之。見心應制詩載在《皇明雅頌》，初無觸怒之事，而笑隱爲全室之師，入滅於至正四年，俗語流傳，可爲一笑也。公詩文有《蒲庵集》。洪武十二年，其徒曇鍠釐爲十卷，宋學士爲之序。元季之作，見賞於道園諸老者，此集皆不載。歐陽文公嘗序其文曰：「由唐至宋，大覺璉公、明教嵩公、覺範洪公以雄詞妙論，大弘其道於江海之間，一時老師宿儒，若我先文忠公及韓琦、蘇軾莫不斂衽嘆服。皇元開國，若天隱至公、晦機熙公，倡興斯文於東南，一洗咸淳之陋。趙孟頫、袁桷諸先輩，季心而納交焉。晦機之徒笑隱訢公尤爲雄傑，其文太史虞集嘗序之矣。訢公既寂，叢林莫不爲斯文之慨。翰林修撰張翥槖示豫章見心復公所爲文，以敏悟之資，超卓之才，禪學之暇，發爲文辭，抑揚頓挫，開合變化，藹乎若春雲之起於空也，皎乎若秋月之印於江也。溯而上之，卓然並驅於嵩、璉諸師無愧也。」蒲庵之文，爲歐公所推重如此，故詳著焉。

過海羅漢應供圖

大士受齋龍伯宫，長驅蛟鰐争先雄。舳艫蔽天不敢渡，冰夷伐鼓洪濤舂。騰身何來歷汗漫，無乃變幻多神通。兩僧後顧冰雪容，浮蕉近隨赤鯇公。雲端嘘氣作樓閣，赤日照耀青芙蓉。中有四鬼舁一翁，雪眉垂領衣露胸。海神候謁旌旆從，赤珠吐焰流星虹。跨鰲之叟臞而癯，手扶七尺邛州筇。是誰彈舌咒老龍，火鬐電鬣燒雲紅。五輪舒光迸五色，一葦直渡猶行空。前登頗忮定初起，欠伸展臂來清風。蹋龜騎魚走百怪，擔簦負笈趨群童。入山咫尺見臺殿，仿佛微聽青林鐘。開圖對我若舊識，便欲巢我雲門松。世間浮榮日萬態，過眼聚散空花同。誰知神變亦虛幻，徒逞狡獪驚盲聾。何如乘願降迹閻浮中，法雷大震開群蒙。王城分衛飽香積，坐令四海歌時雍。

次韻張仲舉承旨題盧楞伽過海羅漢圖

僧伽神變妙莫窮，去住隱顯如旋風。能令大海作平陸，超然獨脱閻浮中。山君河伯備灑掃，錫飛杯渡雲行空。安禪不避魔鬼窟，受齋直入龍王宮。文犀赤豹時作伍，玄猿白鹿日與同。騰光噓氣閃奔電，天鼓震曜驚雷公。世人雖呵小乘法，誰獨高舉隨雲龍。我昔衡山問方廣，石橋每見馱經童。天姝散花跪雙膝，金盤笑捧明珠紅。開圖恍忽睹顏色，山海遥隔精靈通。那知畫者有深意，丹青巧奪造化工。君不聞幻遊天地同旅泊，我身安得駕鶴從西東。

胡侍郎所藏會稽王冕梅花圖

會稽王冕雙頰顴，愛梅自號梅花仙。豪來寫遍羅浮雪千樹，脱巾大叫成花顛。有時百金閒買東山屐，有時一壺獨酌西湖船。暮校梅花譜，朝湧梅花篇。水邊籬落見孤韻，恍然悟得華光禪。我昔識公蓬萊古城下，卧雲草閣秋瀟灑。短衣迎客懶梳頭，只把梅花索高價。不數楊補之，每逢湯叔雅。筆精妙奪造化神，坐使良工盡驚詫。平生放蕩禮法疏，開口每欲談孫吴。一日騎牛入燕市，嗔目怪殺黄髯胡。地老天荒公已死，留得清名傳畫史。南宫侍郎鐵石腸，愛公梅花入骨髓。示我萬玉圖，繁花爛無比。香度禹陵風，影落鏡湖水。開圖看花良可吁，咸平樹老無遺株。詩魂有些招不返，高風誰起孤山逋。

送吴知府之官雷州

雷州太守東吴客，儒術傳家尚清白。金花束帶紅錦袍，玉骨巉巉眼雙碧。讀書昔在苕溪陽，十年不出芙蓉莊。娱親堂上宴春色，銀絲作鱠冰雪香。丈夫干時須食禄，有志匡君貧亦足。誰能碌碌困一鄉，冷炙殘杯媚豪族。剖符今作炎海遊，江風吹上沙棠舟。好山南去六千里，豈無斗酒消離憂。牽牛花開暗蠻浦，雨後怒瀧如瀑布。生黎寨口瘴茅青，百尺黄蛇晝當路。此邦稍覺風俗殊，地無異産民凋疏。況復兵餘少耕鑿，撫字欲待重昭蘇。我歌《折楊柳》，送君莫踟躕。直度桄榔林，落日吟鷓鴣。他年考績應重到，林下相期話幽討。紫藤無惜贈兩枝，我欲看雲藉扶老。

題廬山瀑布圖

廬山瀑布天下聞，白河倒瀉千丈雲。長風吼石吹不斷，一洗浩劫消塵氛。我昔潯陽看五老，探湫直上青龍嶼。六月飛濤噴雨來，灑作冰花滿晴昊。是時謫仙邀我錦叠屏，山瓢共酌誇中濡。冷光直疑山骨裂，清味不作蛟涎腥。爾來漫遊身已倦，歸老芝巖寄淮甸。枕流三峽杳莫期，高寒每向圖中見。可憐問津之子徒紛紜，高深誰得窮真源。大千溟渤斂一滴，污潢絶港焉足論。我知山中有泉無若此，便欲臨淵弄清泚。是非不到煙蘿關，兩耳塵空何必洗。

蜀府命題所藏宣和瑞鶴圖

宣和道君天帝子，降靈下作長生主。風流不混世間塵，清出冰壺湛秋宇。前身雅是太霄君，金編玉策多奇勳。感此仙禽四十翼，朝真東度三山雲。低回不肯去，舞雪依端門。長鳴若有訴，飛聲徹崑崙。是時道君振衣起，遥聽鶴語通仙意。濡毫爲寫青田真，龍香更灑親題字。朱頂凝丹砂，白羽吹霜袂。内府珍藏誰敢沾，大貝南金爛無比。想當政和年，善治談老莊。遂令霞上仙，控鶴森翺翔。一朝中原成永訣，五國城高卧風雪。此時老鶴如可呼，便欲騎之上天闕。

蜀府命題所藏唐十八學士瀛洲圖

十八學士瀛洲仙，文彩照世皆貂蟬。廟堂論道豁胸臆，作藩開闢神堯天。烈烈房與杜，樹業光聯翩。雅愛虞永興，健筆鐵可穿。褚公姚公才涌泉，早以儒術窮磨鐫。二蘇二薛何挺特，王門獻納相後先。主簿倉曹亦英俊，天策從事尤魁然。太學先生美雙璧，參軍襟度冰雪妍。宋州户曹最清簡，一時風雅同高騫。朝談黄石略，暮校白雲篇。所思在經濟，末藝焉足傳。方今化雨清八埏，西堂進講羅群賢。

搜材直欲盡巖穴，拔擢遠邁貞觀前。畫師殊有意，模寫精丹鉛。却令千載後，名高日月懸。丈夫宏達當如此，誰能齷齪困一氈。我願河清海晏三千年，聖人端拱開文淵。還期比屋可封俗淳古，不獨圖像誇凌煙。

題米南宮雲山圖

南宮米黻生殊方，馳名畫史妙莫當。墨雲翻空太陰黑，功奪造化開微茫。酒酣放筆情爛熳，愛寫長林帶溪岸。崑崙移得毫芒間，數點浮雲落天半。鴨嘴灘頭沙浦通，鯉魚浪颯苔花風。山腰路險不可屐，飛瀑倒掛青天虹。我憶南遊泝湘沔，七十二峰長對面。赤壁山高看洞庭，一道澄波瀉秋練。人生誰無丘壑懷，可奈塵土羈長才。子陵不遇劉文叔，釣臺未必高雲臺。展圖頗識舊行處，仿佛微鐘隔煙樹。荒盡菱租老未歸，寄書欲問沙頭鷺。

秦淮謡送鄭太守歸光州石盤山

金陵古帝州，山水天下壯。大江九道通秦淮，白頭浪蹴桃花漲。一葦不可航，倒浸鍾山青。虎石何崔嵬，高壓長干城。年年送人此離别，官柳條青幾回折。冥鴻望斷三山煙，重到憐君頭似雪。呼酒鳳凰臺，解君金荔枝。人生富貴豈不樂，角巾歸里今奚爲？北渡秦淮水，西登石盤山。黄鶴招欲來，心與雲俱閒。草堂只在青松裏，大兒將軍小兒喜。斑斕舞彩春當筵，斫鱠雕盤奉雙鯉。我歌秦淮謡，送君長淮歸。乞得閒身謝明主，千金不换秋荷衣。莫笑囊無錢，留取百篇詩。他年太史傳循吏，觀風載誦《甘棠》詞。

遁遊方丈歌爲劉嗣庭賦

吾愛淮南王，種桂小山裏。日與八公徒，虚遊閒遁世。劉郎今是淮南孫，束書不謁諸侯門。東望蓬萊覓方丈，扶摇欲駕天池鵾。秀眉長身髮如漆，驚座高談頗奇逸。浩然俊氣横清秋，窮途懶屈黄金膝。弱水豈無路，飛仙邈難期。蜕骨果有術，富貴將焉爲。男兒胸次隘八區，託身何處山岩居。但令忘世即嘉遁，漫遊天地背蘧廬。朝揖洪崖君，暮接浮丘伯。挂劍扶桑枝，種玉藍田石。時人不識煙霞踪，南征北走如旋蓬。九市滚滚炎埃紅，白雲半間誰與同。我有十笏地，薝蔔園香風，乃在天竺飛來之鷲峰。斯當掃月渡雙澗，金沙别種金芙蓉。燕坐獅子牀，篝燈聽微鐘。願洗玻璃酌甘露，散花三繞毗耶翁。

漁樂圖爲茅指揮題

漁郎家住鸕鷀灣，水雲千頃茅三間。太平身不識官府，只將網罟營朝餐。大兒扳罾露兩膊，小兒鳴櫓垂雙鬟。煙波託命作畎畝，蒲蓑不怕風雨寒。東泛白蘋渚，西泊黄蘆灘。水邊長覓鷗鷺伴，天上那識鵷鸞班。得魚歸來慰妻子，收拾絲綸坐篷底。菱租剩有輸官錢，沽酒街頭糴新米。紫蟹黄金螯，白鯽丹砂尾。錯雜羅盤餐，交歡聚鄰里。有身誰無衣食謀，昨日紅顔今白頭。銅駝陌上車如流，擾擾塵土何時休。我愛嚴子陵，脱身如老鶴。釣雪桐江臺，高情付寥廓。人生胡爲困羈縛，對此新圖想丘壑。扁舟弄月歌滄浪，誰似漁家有真樂。

赤壁圖爲胡允中賦

江空水落寒無波，倚天赤壁高嵯峨。雪堂老蘇從二客，携酒夜載扁舟過。中流扣舷發棹歌，有酒不飲當如何。鱖魚三尺鱠白雪，臨風細酌金叵羅。酒酣耳熱歌再起，直泝空明三百里。一聲孤鶴横江來，明月在天天在水。酹月呼嫦娥，仰天聽天語。洞簫吹徹廣寒秋，却挾飛仙共高舉。人生行樂須及時，昨日少壯今日衰。功名自昔等炊黍，英雄徒爲曹瞞悲。畫史獨何心，丹青託千載。江雲山月想登臨，仿佛圖中見風采。後來遊賞豈乏賢，文章不如元祐前。萬金詞賦爛星斗，追逐騷雅光聯翩。先生别去陵谷遷，漠漠宇宙迷荒煙。臨臯鶴夢骨可仙，誰同此樂消閒年。

題廬陵王子嘉古城讀書處

古城陰處繞古木，古城城下煙水緑。江上茅堂晝掩扉，知是先生讀書屋。先生山澤列仙臞，篋無黄金家有書。燈火辛勤三十載，添得秋霜生鬢鬚。清晨起待簷光白，暮讀陳編眼如月。堅心自下董生帷，兀坐忘穿管寧榻。平生學邁師古人，不負堂堂八尺身。多病豈堪金帶繫，歸來獨釣碧溪春。富貴浮雲我何有，不如相遇一杯酒。古城山色年年青，春風多種門前柳。

雨後虚堂夜坐次方東軒參政韻

紫芝巖下寺，淡泊偶同居。身老計從拙，心親迹任疏。掃花風定後，題竹雨涼餘。時得論清賞，篝燈夜榻虚。

奉和御賜詩韻三首

十年閒寄半龕雲，覺義新除荷寵勳。華饌炊香天上賜，好音傳喜日邊聞。尚書自進金襴製，學士親題紫誥文。白髮匡宗無補報，不才深負聖明君。

待漏從容謁九關，日臨黄道覲龍顔。鳳韶遠聽丹墀樂，鶴序長聯玉筍班。聞法有爲知世幻，觀心無欲共雲閒。蒙恩不盡鴻禧祝，南極天開萬歲山。

滿袖爐煙吐紫宸，伽梨玉色賜來新。光翻貝葉諸天曉，香種曇花大地春。禪月長明虚有象，劫風不動海無塵。見超生滅空三際，同證毗盧刹土身。

主上於奉天門賜坐焚香供茶午就賜齋問以宗門大意首以靈山付囑繼以迦葉感化爲對喜賦詩以獻

蓬萊雲氣濕袈裟，奏對天門日未斜。膳部别分香積飯，龍團親賜上方茶。謾論魔佛生同劫，最喜華夷共一家。山野自慚無補報，散花琪樹讀《楞伽》。

登南嶽祝融峰二首

石柱盤盤紫蓋東，斗衡垂耀亘天中。水通巫峽三湘闊，地接炎荒五嶺雄。别洞龍歸雲盡黑，下方鷄叫日先紅。一丘終老從吾願，何待黄金布梵宫。

鎮嶽高居紫翠開，上封樓殿壓崔嵬。風鳴虎錫神僧定，日射龍旂赤帝來。四色蓮花從地涌，萬年松樹倚雲栽。虚遊身在鴻蒙外，一覽浮青遍九垓。

題衡嶽天柱峰

一柱通天鎮火維，層標拔起勢孤危。翠磨日月盤三楚，影落沅湘帶九疑。羅漢時來乘白鹿，祝融晝下閃朱旗。神燈夜夜朝金刹，知有高僧禮六時。

白牛爲日本純上人賦

耕雲不住海門東，牧向《楞伽》小朵峰。露地已忘調伏力，雪山誰識去來蹤。放歸祇樹隨羊鹿，種就曇花伴象龍。一色天闌頭角别，水晶池沼玉芙蓉。

山謳

開占雲霞作近鄰，芋田雖薄不嫌貧。五風十雨清平世，萬壑千巖淡泊身。南嶽馬駒應有識，西河獅子久無人。金襴謾笑藏鷄足，傳到龍華是幾塵。

次韓都事秋懷韻

秋風吹裂芰荷衣，南國書來白雁歸。歲月無情今我老，江山有恨昔人非。拚身易進竿頭步，覆手難防局面機。萬變不須論往事，花前獨立看斜暉。

次韻答繆架閣兼柬陳元善都事

書劍東遊客四明，風流從事最多情。酒香邀共山公醉，詩好吟如水部清。洗馬柳陰潮欲白，呼鷹原上雨初晴。龍門定有重來約，掃月青松聽瀑聲。

寄天寧楚石禪師

問訊秦川白髮僧，風神清出玉壺冰。舌翻霹靂談千偈，心括虛空悟一乘。插竹宰神朝禮座，笑花弟子日傳燈。玄功已勒浮圖石，振策南遊擬共登。

送榮首座還日本

揚帆八月掛長風，直溯扶乘碧海東。雪窟潮翻銀甕白，天門日湧火車紅。蝦夷覓偈迎沙島，龍伯分齋候水宮。應有國人來問訊，散花圍座聽談空。

寄龍門琦元璞兼柬白雲士瞻方丈

我昔巢松茂苑東，白雲清賞此心同。巴蕉緑遍題春雨，薝蔔香傳弄晚風。亂後溪山誰作主，愁來江海總成翁。相思欲借峰頭鶴，騎向龍門問遠公。

送日本希白上人禮祖塔之金華

天香吹滿屈眴衣，幾度承宣到鳳池。梵語傳來西竺戒，華音吟得大唐詩。樹間繞佛長鳴錫，洞裏逢仙不看棋。無縫塔開瞻舍利，千江月映碧琉璃。

送西域丁鶴年兵後還武昌省親墓二首

寇亂移家去鄂城，白頭重到影竛竮。田歸東里新編甲，墓指西人舊姓丁。樵牧不侵經世變，松楸無祭泣山靈。野棠花落啼鵑急，一酌椒漿老淚零。

燕雲何處是并州，赤壁磯頭問去舟。海闊山長羈旅夢，天荒地老死生愁。他鄉寒食身千里，故隴斜陽土一抔。爲語東歸華表鶴，英雄餘骨幾人收？

送雲講師應召還吴門

老病蒙恩逐熱還，寶泉頒賜起衰顔。木杯度月百花外，槲笠掛雲雙樹間。咒罷龍公齋鼓寂，講餘獅子定鐘閑。也知去住無心好，渾似當時未出山。

寄北彈佑講主洪武初應高僧召

雲霞剪作佛袈裟，草座長年静結跏。補罷六時天送供，講來三藏雨添花。象龍曾赴高僧會，羊鹿誰乘稚子車。隨處溪山可終老，不愁無地布金沙。

送户部徐主事謝官歸豐城二首

自慚干禄與時疏，曉納牙牌别玉除。朝鼓罷陳新奏牘，夜燈歸校舊藏書。青桑五畝連雲種，黄獨千株帶雨鋤。藉是身閒天所放，不愁囊澀俸無儲。

孺子湖頭水漲沙，兵餘南望阻歸槎。豪華自昔應多士，文獻于今尚幾家。鐵井蛟涎腥夜雨，劍池龍氣濕朝霞。煩君爲問樟陰寺，誰布黄金掃土花？

御賜圓通禪寺後以詩寄善世全室

龍河再鎮感皇情，倡道從來屬老成。睹史夜摩皆聽法，震丹竺國總知名。日邊華構開金刹，海上孤峰見赤城。寶掌有符重應記，虛空同壽祝升平。

槎峰禪暇因讀夢觀右講經居武林日所寄佳什悵然有懷援筆遂成長句時夢觀寓中都龍興寺故録以寄之

潛龍寺裏别經春，幾憶清宵下榻頻。風定長廊聞傘蓋，月明深殿禮金輪。餐來香飯青精熟，賜出恩袍白氎新。近説煉形如鶴瘦，多因吟苦語驚人。

耕隱爲南昌萬用中賦

山莊别築楚城西，百畝桑陰水一溪。莎草雨晴黄犢卧，稻花風暖白鳩啼。沽來官酒春祈社，讀罷農書曉灌畦。孝悌力田新有詔，姓名還向御前題。

送錢子予新除博士致政還越中二首

除書新拜荷明君，祖别春筵采泮芹。餐玉未從仙老試，賜金應與故人分。淖船夜渡娥江月，山殿晴探禹穴雲。龍節虎符勳烈舊，過家先讀表忠文。

修髯如雪面如丹，芰製新成野服寬。潮近季真期卜宅，寺依靈徹話休官。霜紅柿葉尊前寫，月白荷花鏡裏看。有約沃洲騎鶴去，臥雲不畏碧山寒。

題鍾山新寺三首

千載龍岡地有靈，布金重荷主恩榮。五雲樓殿開兜率，一統山河際太平。貝葉傳經獅子現，寶花圍座象王迎。天中雨露無時降，盡沈群生劫濁清。

淮水東邊梵刹開，常時花雨散經臺。夜龕明月千僧定，春殿香雲七佛來。般若深談中道秘，醍醐花飫上方齋。皇仁普覆如天廣，欲頌無爲愧不才。

道林大士昔談玄，海內今居第一禪。閒占白雲千畝地，近依紅日九重天。賜田無役秋多粟，汲井長清夏有泉。劫石可消恩莫報，袈裟願共祝堯年。

題鍾山新寺後三日欽蒙聖製和章感遇之餘謹再用韻賦三首

寶刹新成護百靈，鍾山泉石有光榮。金輪朝佛諸天喜，玉帛來王萬國平。定起不知明月上，身閑只愛白雲迎。龍飛幸際雍熙日，親見黃河一度清。

蓮花塔户鏡容開，設利流光月滿臺。江吼鼉聲東海去，地蟠龍勢北山來。雲中梵唄和仙樂，天上香盂送佛齋。盛世只今隆外護，匡宗須藉仲靈才。

聖主虛心論道玄，宸章特賜起枯禪。瑞浮雲彩來雙闕，光映奎文動九天。蒲座開函風滿石，花池洗鉢雨添泉。經駝白馬今重到，絶勝摩騰入漢年。

次方明敏參政東軒夜坐見懷韻

曾軒東望帝州城，夜漏聲沉寂不驚。八極天垂華蓋近，三更月浸白河清。傳來玄史遺編在，和到胡笳幾拍成。準擬長齋學蘇晉，逃禪林下樂無生。

次衛府危朝獻紀善見寄

君談東魯我談禪，淮海相聞嘆暮年。劉向才名遺《説苑》，揚雄詞賦重《甘泉》。收來柿葉朝頻寫，吟到梅花夜不眠。早晚定逢濠上寺，三生日話待重圓

過越王臺

人道耶溪好，青山罨畫開，荷花三百里，無數白鷗來。

次韻王敏文待制燕京雜詠十首

箕尾垂光地應靈，山來龍朔拱神京。淳風一代興王盛，眼見黄河兩度清。
大駕灤陽避暑回，鳳笙龍管内筵開。侍臣催進蒲萄酒，雙捧君王萬歲杯。
暖風吹雨灑香埃，丹鳳樓高錦幄開。膜拜兩街花簇騎，金幢争看刺麻來。
曉宴皇姑拜上家，金錢滿賜槖駝車。黄門前導飛鞚過，貂帽斜簪利市花。
南風吹到運糧船，萬斛香粳倍上年。傳敕漕臺添氣力，賜金多辦太平筵。
錦貂公子躍龍騾，不怕金吾夜漏催。阿刺聲高檀板急，椶毛别殿宴春回。
鳳池凉翠滴梧桐，白髮祠官侍内宫。見説御前催草詔，水精簾映玉屏風。
鴨緑微生太液波，芙蓉楊柳受風多。日長供奉傳新譜，教舞天魔隊子歌。
秋滿龍沙草已霜，射雕風急朔雲長。内官連日無宣唤，獵取黄羊進尚方。
契丹鬌將老無依，力倦弓刀請受微。薄暮雪寒燒土炕，氍毹拾得馬通歸。

次虞邵菴韻送閒上人

佛香浮霧晝霏簾，春澗鳴泉雪後添。乞食歸來雙樹底，散花如雨讀《楞嚴》。

寄神樂觀鄧仲修仙官六首

天上琳宫白玉梯，别開方丈五雲西。金花傳賜仙官誥，上有乾清御墨題。

醮罷星辰校緑章，虚壇夜夜降祠光。白鸞騎得朝天去，手把芙蓉侍紫皇。

開偏溪頭巨勝花，雪精雙引紫雲車。忽傳青鳥催春宴，爛醉金桃阿母家。

紫翠房深敞石屏，神仙煉液漱清泠。鐵符催起龍行雨，白日風雷走六丁。

自信身閑即是仙，金丹何必問長年。修真獨許陶弘景，曾看袈裟習夜禪。

奉祠曾謁會稽山，湖曲天風振佩環。一色荷花三百里，洞簫吹月鏡中還。

好溪漁歌

少微山下萬松青，鐵笛攜將過水亭。吟得《竹枝》新有譜，秋風吹與老龍聽。

題宋徽宗棠梨凍鵲圖

五國城頭落日低，故宫南望思凄迷。秋風愁殺棠梨樹，不及雙禽自在棲。

送金員外歸泉南二首

曾説西遊過月支，宴酣花市踏春歸。兜羅香帶薔薇露，猶是戎王舊賜衣。
朱樓別起擁飛霞，浮石橋邊久住家。海日浴紅春雨霽，鷓鴣啼上刺桐花。

車駕臨蔣山於崇禧寺賜高僧齋議設無遮會謾成口號二首

崇禧寺前風日清，鑾輿遥迓定鐘鳴。山林有道裨王化，天地無私荷聖情。婁約入梁終應詔，惠琳居宋豈貪名。金山重感千年夢，願濟幽靈荅治平。
祇園花雨曉吹香，手綰袈裟近御牀。闕下紫雲隨雉尾，座間紅日動龍光。金盤蘇合頒殊域，玉碗醍醐出尚方。稠叠屢承天上供，每慚無德頌陶唐。

同朝天宫道士朝回口號二首

羽仙飛佩曉泠風，禪子金襴映日紅。共祝太平朝帝闕，蓬萊兜率五雲中。
午陰初轉御橋灣，齋退從容出九關。天上好風重送喜，鑾輿明日幸鍾山。

奉柬周伯温左丞二首

學士風流玉雪標，早陪鳳輦聽仙《韶》。光分蓮炬從天下，香帶爐煙近日飄。書擬漢秦誇二篆，史修南北見三朝。承恩曾記東來日，繡斧光華擁使軺。

江淮烽火數州連，分鎮東吴有歲年。化雨早清蛟蜃氣，文星夜動斗牛躔。貢來南粤終歸漢，書入聊城遂破燕。天下澄清今日望，角巾未許賦歸田。

奉寄月彦明中丞二首

三月扁舟渡鑒湖，楝花風急雨晴初。共知出處心無愧，自信經綸志未疏。海上雲霞明繡斧，人間奎璧焕圖書。中興近報王師捷，徵詔行看下玉除。

次芝軒中丞韻

執法南從越絶居，綉衣光彩照坤輿。黄金遺子無私橐，白髮匡君有諫書。遠捷已飛江上羽，群凶真作釜中魚。歸朝定策中興業，笑我山林與世疏。

月彦明中丞者，月魯不花也，亦稱芝軒中丞。至正乙巳，以南臺中丞寓居四明，訪蒲庵於雙峰之定水寺，故多倡和之什。觀蒲庵與伯温、彦明答寄詩，江湖老衲未嘗不乃心於元室也。略存之，以見志焉。

題趙彦徵溪山小景圖

曾泛苕溪看晚霞，紅簾小艇穩於車。水通孤岸橋依竹，路入重林屋傍花。風外眠鷗驚客笛，雲中吠犬隔仙家。秋波千頃芙蓉老，誰覓王孫舊釣槎。

送胡文善之官海南文昌縣二首

瓊州南去海冥冥，婺女垂光應地靈。洞入朱耶瀧水白，山蟠黎母瘴煙青。郵炊每食桄榔面，蠻賦多輸翡翠翎。定有遠人歌善治，風謡紀德重鐫銘。

九域於今總一家，文昌誰道隔天涯。石榴紅釀蠻江酒，海漆香收瘴洞花。寨上人耕春作市，棠陰吏散晚休衙。蘇公應共題詩好，儋耳泉頭駐小車。

次韻趙子將提舉秋興

絶漠風高雨土沙，五雲何處望京華。南征尚阻勤王貢，北泛頻勞奉使槎。藩將戈船遥蔽海，國人弓馬舊爲家。洗兵會有承平日，社稷安危不用嗟。

寄東玉山處士

浮玉山前種紫芝，松蘿雲月共幽期。封侯不羡黄金印，對客長歌白雪詞。柳浪平湖春放棹，花陰圍座晝彈棋。從遊公子多才俊，不寄新詩慰别離。

遊石湖蘭若二首

荷花蕩西湖水深，上有蘭若當高岑。客吟時見猿鳥下，僧定不聞鐘磬音。雨香秋林橘子熟，雲落空澗棠梨陰。閑來掃石坐竹裏，静與山人論素心。

五龍之峰雲作屏，雙崖削出芙蓉青。何人澗裏拾瑶草，有客松間尋茯苓。林風不驚虎卧石，山雨忽來龍聽經。吴王臺榭今寂寞，秋香薜荔花冥冥。

寄洞庭葉隱君

一舸南歸鬢欲華，買山湖上卧煙霞。尊知北海應多酒，園擬東陵亦種瓜。丹壑泉春雲碓藥，橘林風掃石床花。傳家自與鄰翁異，只説藏書有五車。

西湖雜詩 四首

芙蓉灣口緑陰斜，吹笛何人隔彩霞。驚起沙頭雙翠羽，銜魚飛上刺桐花。

寶網金幢變劫灰，瞿曇寺裏盡蒿萊。烏窠無樹山夔泣，不見談禪太傅來。

流觴亭子鳳山阿，都護行春小隊過。笑擲金錢花底醉，玉簪彈出《白翎歌》。

荷鋤耕叟餉蒸梨，家在官塘九曲西。白髮强談兵後事，眼枯無淚向人啼。

掩關

槁木形骸百念灰，溪猿野鶴若相猜。閒門獨掩青松雨，笑口逢人亦懶開。

題陽關送别圖

三月皇州送佩珂，柳花吹雪滿官河。縱令渭水深千尺，不似陽關别淚多。

題黄荃蘆雁圖

稻滿秋田水滿汀，黄蘆風急度寒聲。太平江海無繒繳，不用呼奴夜打更。

題趙松雪馬圖

振鬣長鳴産月支，玉關風急貢來時。五花獅子真龍種，賜出黄門不敢騎。

題夏珪風雨行舟圖

君遊南越我西秦，盡日江頭採白蘋。無限波濤起平陸，順風休笑逆帆人。

趙仲穆春山曉思圖

樹色蒼凉曉欲迷，石門初入鷓鴣啼。桃花不隔秦人路，流出紅雲水漲溪。

附見　雲峰住公〔一〕三首

法住，豫章人。號幻庵，又號雲峰。得法於蒲庵復公。

〔一〕「雲峰」，原刻卷首目録作「幻庵」。

次韻答劉克勤

老來軒冕不須期，還慕林泉歲月遲。雙眼長青惟愛客，滿頭都白苦緣詩。尚傳天禄書千卷，猶對青藜杖一枝。無事閒來依佛日，白雲深處啟禪扉。

次韻答王祖年

南山得話歲寒期，道合寧論會面遲。元亮休官能入社，少陵問法悟觀詩。茶烹石鼎新敲火，衣挂雲松舊偃枝。自是一閒天所放，日高尚閉竹間扉。

送徑山隆上主同吴中

海内車書喜混同，飛雲流水逐行蹤。秋風遍乞王城飯，夜月長聽官寺鐘。物外閑情憐淡泊，燈前軟語話從容。明朝棹指吴天杳，矯首東南送斷鴻。

姚少師獨庵衍公五十五首

少師釋名道衍，字斯道，族姓姚氏，長洲之相城里人。幼名天僖，本醫家子，顧不肯學醫。魁磊高岸，意度偉然，喜為儒者博貫該通之學。至正間，削髮居相城之妙智庵。里中靈應觀道士席應真者，讀書學道，通兵家言，尤深於機事。公師事之，盡得其學。然深自退藏，人無知者，惟王行止仲獨深知之。公應徑山書記之召，止仲爲文贈之，以謂上人年甫壯，天下亂已極，且必該治，治然後出於時，以發其所蘊。非以沙門之法終其身者。嘗寓嵩山寺，袁珙見其相而異之，曰：「公非常僧，劉秉忠之儔也。」洪武初，再以高僧徵。十五年，十王之國，太祖命各選一高僧侍王。公在燕府籍中，住持慶壽寺。靖難兵起，妙識幾先，贊助秘密。太宗即大位，召至京師，欲官之，固辭，爲僧録左善世。立東宮，特授資善大夫、太子少師，復姚姓，賜名廣孝。輔太子南京，監修高皇帝《實録》。上命蓄髮再三，終不肯，賜兩宫人，不近亦不辭，逾月乃召還。嘗以賑濟歸吴，徒步閭里，以賜金散之宗黨。永樂六年，來朝北京，仍居慶壽寺。病篤，車駕臨視。問後事，對曰：「出家人復何所戀？」明日，詔諸門人，告以去期，斂袂端坐而逝，年八十有四，追封榮國公，謚恭靖，荼毗之日，心舌與牙堅固不壞，得舍利皆五色。賜塋在房山縣東北四十里，上自製文，銘其碑。仁宗立，加贈少師，配享太廟。嘉靖中，移祀大興隆寺。公初侍燕邸，每夜夢與劉太保仲晦寤語，厥後現身佐命，恪守僧律。南屏、西山，後先觀化，兩公之賜名，一曰秉忠，一曰廣孝，豈非宿乘願輪再世示現者與？余録公詩，列諸釋氏，以從公之志，所以崇公者至矣。公居吴，爲高啓北郭十友之一，啓嘗叙其《獨庵集》，以爲險易並陳，濃淡迭顯，能兼採衆家，不事拘狹。化後，吴人總刻其詩文，曰《逃虚子集》。

石經山

石經山在燕之范陽郡，峰巒秀拔若天竺山，故稱曰小西天。隋大業間，有法師靜琬者處是山，懼聖教有難，不能流通，於是發願募緣，敦工鑿石爲板，刊造一大藏經，儲積於山，以備其後。法師首刊，至唐貞觀初，僅成《大涅槃》一部，而法師乃卒。其後子孫繩繩化億萬人，乞錢粟刊造餘部，歷遼與金，然後完。此一大藏貯於巖洞者七、地穴者二，洞以石門閉之，穴以浮屠鎮之。自隋、唐、遼、金及元，碑碣森列，照映巖野，然而累經干戈，無秋毫之犯。洪武二十一年歲在戊辰春正月廿一日，余奉旨往觀，念法師之願力宏大堅固，是山之泉石靈異清勝，故賦是詩，鎸于華嚴堂之壁。雖未足彰法師之幽光，庶以紀兹行之歲月，而託其不朽也。詩曰：

峨峨石經山，蓮峰吐金碧。秀氣鍾太題，勝概擬西域。竺墳五千卷，華言百師譯。琬公懼變滅，鐵筆蒼蒼石。片片青瑶光，字字太古色。功非一代就，用藉萬人力。流傳鄙簡編，堅固陋板刻。深山地穴藏，高從巖洞積。初疑神鬼工，乃著造化迹。延洪勝汲冢，防虞猶孔壁。不畏野火燎，詎愁蘚苔蝕。兹山既無盡，是法寧有極。如何大業間，得此至人出。幽明獲爾利，乾坤配其德。大哉弘法心，吾徒可爲則。

送友人之松江得曙字

潮來沙磧平，月落海門曙。汀蒲轉風葉，堤柳摇煙絮。江頭春可憐，天涯人獨去。有歌送君行，無酒留君住。雪浪没沙鷗，雲帆出江樹。回首讀書堆，青山不知處。

宿福智精舍懷南鄰張羽來儀

我客悵無依，君居欣在邇。清談夕散歸，獨卧松軒裏。露香檻前桂，月色池上水。懷爾正沉沉，不知暮鐘起。

蠡口夜歸

日没渡口昏，水風著人熱。漁燈帶螢火，微光互明滅。舟人報水程，路遠行欲歇。故山不分明，目盡心力絶。遥相山中人，待人仍待月。

茶軒爲陳惟寅賦

千苞凛冰雪，一樹當窗几。晴旭曉微烘，遊蜂掠芳蕊。澹香匀蜜露，繁艷照煙水。幽人賞詠遲，每恨殘紅委。

訪震師不遇

波澄一溪雲，霜紅半山樹。荒煙滿空林，疏鐘在何處？不遇采樵人，復抱孤琴去。

和徐一夔遊龍山雜賦二首

翛翛一禪宮，樓臺隱金碧。松關掩唄音，花龕鎖雲迹。群僧禮祖餘，香燈自長夕。

山崦不逢山，長江波渺渺。落日下遥汀，寒雲翳沙鳥。延佇目難窮，孤帆來樹抄。

初春晚坐南軒喜王山人過訪

春陽勢未舒，林深暮還冷。開軒悵久坐，獨對青松影。石龕沍閒雲，苔井響寒綆。驚客鳥翻翻，照佛燈耿耿。華輈辱遠過，雜遝破幽静。臨風笑語温，道念心已領。諒惟高世士，元非玩光景。遥送出林扉，新月懸西嶺。

晚　步

晚步出門去，林端見新月。牛羊下嶺來，疏鐘何處歇。行行且復佇，遥對西山雪。

白蜆江阻風夜宿江口兼懷徐賁

顛風江渡難，停櫓依茭葑。濤烟翳暝光，灘月侵寒夢。漁歸候火明，鳧眠忌蘆動。遇險更思君，陡覺離愁重。

題友鶴軒圖

幽人適野意，崇軒起山限。凉風響澗木，晴霞明砌苔。荆扉夕不掩，多應放鶴來。

琴臺

崇臺起雲岑，夫差日遊宴。七絃石上彈，閒花落餘片。風清松答響，烟茸草成薦。至今想餘音，泠泠散秋院。

百花洲

水灔接横塘，華多礙舟路。波紅晴漾霞，沙白寒棲鷺。緣汀漁網集，隔渚菱歌度。不見昔遊人，風煙自朝暮。

上方

蓮宫據山椒，岧嶢去天咫。風香花雨新，僧行白雲裏。幽沉樹樂靜，蕭散煙鐘起。人登石路迷，依依緣澗水。

滸溪

青山兩岸分，夕渡舟横口。夏雨欲生蓮，秋風先到柳。聲殘煙寺鐘，香餘茆店酒。相見無别人，唯逢耕釣叟。

師林精舍遇盈師夜坐

空林長掩關，閑雲去無迹。偶來值禪侣，清談忘永夕。坐久磬聲沉，空堂一燈寂。

鷄鳴歌

金壺漏殘霜滿屋，鷄鳴喈喈烏尚宿。征夫才起促行裝，馬爲駕鞍車整轂。鷄罷俄聞鼓角悲，别婦出門雙淚垂。婦牽夫袂話歸日，願學鷄鳴不失時。

車遥遥

車遥遥，行人心忙疑路迢。黄塵眯目神更亂，紅雨點衣魂欲消。車聲似與啼聲續，羊腸難比愁腸曲。沙頭酒家不少留，匆匆碾破平蕪緑。妾身願同楊葉輕，春風千里隨車行。

棲烏曲

啞啞烏，結巢庭樹枝。去年庭樹官盡伐，主人不忍烏巢移。城上月明金柝罷，臨風遥望烏來歸。烏不歸，主應惱，非是嗔烏情義少。願汝結巢田野間，莫戀他家樹枝好。

題觀音巖

高閣凌虚如履地，長江萬里來無際。世人可到不可留，只許禪僧深夏住。亂帆來往逐雲飛，隔岸淮山擁翠微。大士岩間常宴坐，一燈夜照客船歸。

采薖爲余唐卿賦

余君抱奇言不誇，種菜擬學元修家。臨溪築廬競誅草，傍路樊圃多編葭。長鑱短钁自成列，不與文筆相交加。畦界條條任衡縮，溝澮一一隨紆斜。種多不減三十品，分苗撒子時無差。溉灌未能親抱甕，設計巧欲爲翻車。一畦既傳渤海薤，五色更接東陵瓜。新菘脆美初斫膾，嫩瓠肥白才燖豝。馬齒忽驚齊發莧，牛乳始識駢垂茄。芳心纏絲惡網蛛，老葉畫籀欣涎蝸。自能墾土不蕪穢，便可應候登柔嘉。長奴芟夷脚自赤，老婢採擷頭還髽。不令筐筥混葵藿，反任鼎俎兼魚蝦。蒓羹自適頗豪邁，莽齏可辦何咄嗟。誰云小摘畏傷指，我欲大嚼嘗摇牙。何時攜杖叩君室，且需木耳并槐芽。苟能真率見情親，奚鄙酒薄兼尊污。一粲自足飽空腹，豈特姜桂烹鷄鴐。丈夫不能知此味，五鼎日食成淫奢。君今措事慕諸葛，蔓菁隨處爲生涯。

山行

山前雨晴山後陰，權籬花繁蘿徑深。燒煙無數人家少，樵子兩三來遠村。斷橋流水不可度，落日孤猿空候吟。

晚過獅子林

無地堪逃俗，乘昏復到林。半山雲遏磬，深竹雨留禽。觀水通禪意，聞香去染心。叩門驚有客，想亦爲幽尋。

重經常熟縣

巨邑當吴北，官無接送勞。水多歸海近，城半在山高。僧寺餘庭柏，人家盡野蒿。重遊逢日暮，惆悵促回舠。

題張山人適樂圃林館二首

開牖依林樾，迢迢去市遥。翠低承雨竹，緑碎受風蕉。夕嶺還侵户，春流欲斷橋。主人緣愛客，時爲出山瓢。

一軒開小圃，近水更悠然。杏棟縈花霧，蕓窗宿篆煙。竹藏鳩子哺，苔襯鶴雛遥。此地多風景，幽深似輞川。

秋日重遊穹窿山海雲精舍二首

迢遞青村外，崎嶇紫邏間。過林才見日，到渡不逢山。一室依岩險，雙扉傍竹閒。曾看雲際鶴，向暮獨飛還。

地遠塵難到，人家半隔溪。放禪還候磬，起曉却憑鷄。雲度隨山窈，泉行趁澗低。披叢尋蘚壁，更爲刻新題。

日暮沙上口號

寂寂村深路，人家盡掩扉。平沙縈鳥篆，疏樹絡雲衣。無興從南去，多情向北歸。老年行履倦，宿不待斜暉。

題畫

小小板橋斜路，深深茅屋人家。竹塢夕陰多雨，桃源春暖多花。

張山人適見訪暮歸口號

隔水茅堂塵静，臨溪松户時開。煙碧澗邊非草，雲白山前是梅。琴爲知音一曲，酒緣得意多杯。今日乘驂且去，明朝帶鶴重來。

春日西溪即事二首

雲斷山峰遠遠，樹迴溪路斜斜。酒旗風揚村店，牛衣日曬田家。唤婦鳩藏密竹，引雛鴨聚圓沙。人晚權歌歸去，争先去折汀花。

人家半依沙觜，舟子長停岸足。楊柳三株五株，桃花一簇兩簇。斜陽澹澹牽黄，遠水盈盈漲緑。老翁忘却投綸，因看晴鷗對浴。

龍川宫

琳宫虚爽接微垣，玉樹陰森隔市喧。日轉松壇人影寂，春回花殿鳥聲繁。仙乘風去開圜室，雲帶龍歸鎖洞門。福地年來猶落寞，人間消息底須論。

京口覽古

譙櫓年來戰血乾，煙花猶自半凋殘。五州山近朝雲亂，萬歲樓空夜月寒。江水無潮通鐵甕，野田有路到金壇。蕭梁事業今何在，北固青青客倦看。

喜陳晃廣東回京

詩滿行囊興未窮，來時還與去時同。鷗波窈窈孤雲外，馬路迢迢夕景中。衣潤尚含榕葉雨，帶香曾著荔花風。那知此日龍河會，却話聽猿過峽東。

寄虎丘蟾書記

聞道蟾公似贊公，一瓶一鉢寄山中。雲封蘿屋長疑雨，泉響松巖半是風。屨破只緣行脚久，囊空非爲作詩窮。遥思短薄祠前夜，共聽寒鐘出澗東。

題平坡寺

平坡杳杳挹西湖，徑斷樵行敗葉鋪。泉落石河深愈急，雲歸沙樹遠疑無。夜堂風静紓帷幔，曉井霜寒轡轆轤。那得餘生辭世網，捲衣來此日跏趺。

春暮與行書記過師子林

偶同看竹過林廬，素抱欣從此日舒。淺碧雲虚泉落後，孤紅霞澹澗芳餘。放禪時至鐘鳴室，施食人回鳥下除。勝地每嫌山水隔，不因乘興到應疏。

全室禪師使西天竺取經回朝奉和

竺乾萬里歸來日，庭下松枝已向東。皓皓龐眉逾雪白，翩翩毳衲帶雲紅。曇花瑞現傳天界，貝葉文翻進帝宫。千手大悲增意氣，護龍河上舞春風。

聞雁

鳴雁爲離群，餘哀度水雲。那知故鄉夜，亦似客中聞。

山中見王畂

身外留黄犢，山中耕白雲。不隨樵子去，無路得尋君。

送昂上人遊洞庭諸山

西風飛錫度如舟，來向湖山作勝遊。七十二峰青一色，君看何處獨宜秋。

題薛澹園墨竹

澹澹烟中映夕曛，疏疏石上拂晴雲。展圖却憶西岡夜，坐聽秋聲亦有君。

題倪雲林墨竹

開元寺裏長同宿，笠澤湖邊每共過。誰説江南君去後，更無人聽《竹枝》歌。

題幻住山居圖

萬叠青山萬叠雲，亂泉流處路微分。嶺猿凄斷人愁聽，只隔煙蘿便不聞。

秋　蝶

粉態凋殘抱恨長，此心應是怯凄涼。如何不管身憔悴，猶戀黄花雨後香。

與笑軒晚過穎山精舍

偶同禪友到林中，竹院深深小徑通。斜日在山人散後，亂蟬疏柳自秋風。

宿幻住草庵二首

草庵寂寂住城西，寒夜重來樂舊棲。譙鼓無聲更漏永，滿林殘月聽鳥啼。

一燈長夜佛前明，庭樹枝多宿鳥争。野外霜寒人未起，林僧肅肅又經行。

登金山寺寄甘露湛源長老

三度來登多景樓，妙高臺上始能遊。長江如練山如畫，獨倚闌干笑白頭。

徐園看花已落

自笑尋花獨後期，殘紅粘砌緑縈枝。尋常日對猶多恨，況是斜風暮雨時。

轉應詞二首

新柳新柳，掩映溪頭渡口。長條未絆遊人，正是江南早春。春早春早，風雨獨行古道。斜日斜日，門外馬蹄聲疾。林棲鳥盡飛還，霞彩紅銜遠山。山遠山遠，莫怪行人歸晚。

獨庵老人自題像贊 在京師崇國寺。

看破芭蕉桂杖子，等閒徹骨露風流。有時自把龜毛拂，只得虚空笑點頭。

南洲法師洽公二十首

溥洽字南洲，山陰人。族姓陸氏，放翁之後人也。於郡之普濟寺禮雪庭祥公爲師，從具庵玘公於普福，貫串經範，旁通儒典，禪定之餘，肆力詞章。洪武二十二年，召爲僧録司右講經。三年，代夢觀主天禧。又三年，由左闡教陞左善世。太宗即位，召斯道衍公於北京，命主教事，公以左善世遜衍，而已居右。永樂四年，詔修天禧寺浮圖，車駕臨幸，命公慶贊，祥光燁煜，天顔説懌。時有任覺義者，忌其寵，構詞間之，左遷右覺義。公不辯，自處裕如。既而上察其心，復右善世。仁宗即位，數被召問。乞居南京報恩寺養老，遣中官護送。宣德元年七月，示寂留偈而化，年八十有二，塔於長干西南之鳳嶺。上遣行人王麟莅祭，賜院額爲「鳳嶺講寺」。此楊文貞公士奇所撰《塔銘》之大略也。海鹽鄭曉今言云：「靖難兵起，溥洽爲建文君設藥師燈，懺詛長陵。金川門開，又爲建文君剃髮。長陵聞其事，囚之十餘年。永樂十六年，姚榮靖疾革，車駕臨視，問所欲言，榮國於榻上扣首曰：『溥洽繫獄久矣。』上即日釋之出獄。走大興隆寺，拜榮國牀下，白髮長數寸覆額矣。」楊文貞塔銘又云：「三四十年間，巨緇老衲有文聲者，師與衍公爲首。衍公既進位宫師，晚年於師尤厚。將化之前一日，太宗皇帝親臨視之，問所欲言，獨舉師爲對，不及其他。」文貞於洽公繫獄及設懺削髮之疑，皆没而不書，但云遭讒左遷，又云衍公將化獨舉師爲對，則又隱括其事，使讀者習而問之，此所謂不没其實，史臣記事之體也。正統三年，盧陵周文襄公忱撰《鳳嶺講寺記》云：「公當永樂間，嘗爲同列所間，太宗皇帝欲試其戒行，幽之於禁衛者十有餘載。」其記洽公下獄，與文貞《塔銘》互相證明，其事益有徵矣。壬午遜國之事，國史實録削而不書，無可考據。觀洽公十載下獄，考其所以被讒之故，則金川夜遁之迹，於是乎益彰明較著，無可疑矣。文貞、文襄身事長陵，服官史館，其所記載，非稗官野史可比。鄭氏記遜國事多流聞失真，此其最爲可信者。詳稽洽公之行履，用以參補太孫之本紀，不當以爲浮屠一人之始終略而置之也。洽公繫獄時，門徒星散，獨心田霔公不肯一日去左右。洽公化後，建塔創寺，刻其詩爲《雨軒集》八卷。霔亦官右覺義云。

次韻香爐峰爲思上人

昨夜夢還鄉，青山苔磴曲。緣雲陟香爐，蘿衣濺寒瀑。落日叫鼪鼯，遥天飛屬玉。前峰半臨湖，老蘗潟奔谷。後崦互綿聯，群龍争拱伏。敷敷風外花，薿薿澗中木。躋險覺傷神，矚遐況清目。咫尺接三山，溟波纔一掬。仙人隔微茫，下士空局躅。石洞閟陰厓，琳宫亘華屋。禹穴不可探，金書藏剩馥。流傳失其真，遺音竟誰續。巖阿得禪棲，見客喜能肅。名緇嗜煙霞，肺腑在林麓。雨卧杖生鱗，烟吹鐺折足。清鐘咽朝霜，忽覺恨鳴速。驚起窗欲明，寤言黍方熟。偶披群公詩，如葉大人卜。詠之晝忘疲，字字恒三復。搜枯和斯章，祇攪十年讀。

山澤居爲徐端蒙賦

達士不徇俗，翛然列仙臞。樂天得其趣，且作山澤居。牽蘿北榦下，石田繞吾廬。渠流引溪淥，既耕亦可漁。芳辰視庭户，嘉木春已敷。兒童識所務，争把種樹書。新醅潑甕盎，鄰叟時一呼。酣歌擊瓦缶，夕陽在桑榆。

送貴草堂之武林千佛講寺

道公法中龍，高風凛僧史。當年舊招提，頹落紅塵裏。千佛久沉輝，數間猶共峙。寒燈耿紗籠，雨蘚蝕華戺。傳之豈無人，往者竟誰似。兹焉得良才，扶植將有以。錢塘十萬家，青樾接城市。善導應往諧，講花喜新委。嘗聞神霄遊，子夜何足齒。妖術苟内訌，正塗嗟壅底。鼉鼉浮汴宫，龍馬渡江水。道州復生還，棲遲亦聊爾。青松入湖濱，焦葉散荆杞。煙朝見漁樵，月夕來鹿豕。吾儕遭盛明，恩渥愧無比。乞身儻東歸，幽尋從此始。

陪獨庵禪師清真第茶宴分韻得香字

冬暄無雨雪，始雪乃凝祥。感時重文會，延賞開華堂。玉盤出笋簌，金碗流蔗槳。精羞駭羅列，白戰憐清狂。眷言歲已暮，不樂徒自傷。出門復投轄，垂簾更焚香。

遊南翔寺追和葛天民韻

白鶴南翔何日返，香雲不斷春風轉。屋爲鱗次枕江安，江作蛇行到門遠。的的明燈金殿寒，沉沉複道長廊晚。老翁矍鑠皓鬚眉，愛客將迎笑盈面。自言天監拓基來，食指數千猶共飯。斷碑壁下試摩挲，龜趺剥落埋荒蘚。茫茫往事比寒潮，蒼煙落日愁難遣。就中何處愜深遊，玉甃清池開别院。二齊已去老堪徂①，故壘空來舊棲燕。吾宗有弟知此懷，炊黍功名豈榮願。便呼阿買寫新詩，硯池溜擁清冰片。

① 原注：「二齊者，梁得齊、唐行齊興建此寺，皆有二鶴翔集之異。」

送高懺首還越

昔我來吴今五年，青山目斷東南天。越音未改吴音熟，每見鄉僧一惘然。上人何來亦瀟灑，才打鄉談便能解。觀光上國及期還，聽講長干前月罷。梵公此地迹猶存，爲我重開懺悔門。石橋花飛香杳藹，蓮池蛙静雨黄昏。夢中金鼓聲初歇，却艤扁舟欲歸越。碧草遥憐茂苑春，蒼苔不掃蛾眉雪。竹間舊房雚薜侵，篋書芸消生白蟫。人情懷土無古今，悒悒終爲莊舄吟。我亦因之思禹穴，負儋未息愁難任。陸沉鄉井亦何事，白鷗有盟宜重尋。清鏡閣前湖水深，曾爲先人照苦心。丈夫出處自努力，贈言愧比雙南金。

題王冕梅花揭篷圖

王郎寫梅如寫神，天機到手驚絶倫。自言臨池得家法，開縑散作江南春。酒酣豪叫呼霜魏，寶泓倒飲険糜薰。龍跳虎卧意捷出，縱横錯漠迷芳塵。繁花不消千樹雪，古苔蝕盡樛枝鐵。縞衣綽約佩璫明，夜夜貞心照寒月。嗟予落魄西湖濱，夢魂幾度入梨雲。東風吹香趁流水，斷橋愁送波沄沄。一杯不到孤山土，忽見王郎已千古。還君此圖歌莫哀，原草青青隔烟雨。

應詔於龍灣放水燈因賦

持節馮夷向夕過，遠分燈火出官河。斗牛光動天垂野，風露聲沉水息波。海族樓臺休罷市，鮫人機杼不停梭。九泉無復悲長夜，莫問南山白石歌。

送金上人古上人制滿同還南翔

涼入西霞木落初，送人長是嘆離居。江山故壘三更夢，風雨寒燈一卷書。變化不同鷄伏鵠，聰明已辯魯爲魚。還山爲問南翔鶴，秋影何時下碧虚？

次韻寄答一初因懷南竺具庵老人

自笑還鄉野性慵，有懷多爲白頭翁。山樓半照崦嵫日，海郭孤吟舶趠風。賀監祇應歸鏡曲，征西也復念譙東。凄凉莫話平生事，空易魂消蒼莽中。

雷峰一初送竹嶼春谷和尚詩有莫念平生下澤車之句就爲起句以寄之

莫念平生下澤車，新詩傳得自西湖。飛搶不羡培風翼，秣飾徒憐病覊駒。野殿劫灰前古寺，離宫春草舊行都。相望惟有南峰月，照見黄妃塔影孤。

遊吉祥寺

伏龍岡下舊招提，猶記兒時到竹西。白日幾何人易老，青山咫尺路都迷。高林霜木雲邊見，小閣冰花雪後題。最愛多才賢父子，薜蘿深處與扶藜。

野人居爲吴中行作

桑抽稚緑麥生歧，男女新年解轂絲。老至已憐同甲少，業成未覺見丁遲。槿籬日薄鷄豚散，花鄔春深燕雀知。却怪閒情消不盡，據牀長詠《竹枝詞》。

送謙選中住花涇寺

秋風一棹入花涇，楊柳芙蓉接水亭。野老尚能談故事，鄉僧争請説新經。楸梧雨外聞啼鳥，樓閣煙中見濕螢。欲寫别離無限意，孤鴻遥没越山青。

贈鞋生

父子相傳履製奇，青絲細軟合時宜。聲隨鳴佩君王識，影落飛鳧太史知。泥滓乍離歸隱計，香雲才振上昇期。年來弊屣無心棄，却笑干將補較遲。

金園草堂

草堂簷拂水雲低，花木叢叢繞碧溪。捲幔躍魚摇倒影，攤書巢燕落情泥。藥苗教子春前種，蕉葉逢僧雨後題。幾度畫船移晚棹，旁人錯比瀼東西。

魯王登長干塔

涼秋飛蓋過長干，寶塔登臨霄漢端。天近彩雲連紫極，日高紅霧擁雕欄。龜蒙氣接三山遠，淮泗光分二水寒。清興未闌聞鼓吹，香風城闕謾回鑾。

送彙木庵歸姑蘇

幾年漫浪闔閭城，與子追遊杖屨輕。烟草鹿臺尋古迹，水雲鷗渚結閒盟。江山已入韋郎句，齒髮徒傷白傅情。相關長洲天際路，畫船茶竈憶春行。

湯時仲小林居

昔年曾過小林居，門下蕭蕭古木疏。牀雨獨看先世笏，帳烟還讀外家書。杏花紅褪春猶在，菜甲青稀曉自鋤。回首長洲多茂草，幾時清嘯落樵漁。

送會天元住紹興能仁寺

許詢故宅祇園寺，童稚嬉遊不記年。樓閣參差霄漢上，山川迢遞斗牛邊。鰲池晝引芙蕖水，負郭秋登䆉稏田。今日送君迷舊迹，都門回首一悽然。

次韻王起東夜宿琵琶洲

倚棹寒江照白頭，看山不盡且遲留。無人爲寫琵琶恨，自撥鵾絃過小洲。

蘭江濋公二十首

清濋字蘭江，天台人。嘗説法吴中，緇素傾向，四座至無所容。後居天界寺，高皇帝召對稱旨，御製《清濋説》賜之。有《應制次鍾山寺作》。晚憩錫邑之東禪寺，有《望雲集》及《語録》、《毗盧正印》行世，學士宋濂爲叙。

謾　興

困來高枕卧崑崙，覺後凌風到海門。信手攙回推日轂，轉身挨倒洗頭盆。山川也作紅塵化，富貴徒留青冢存。好在黄眉脱牙叟，且同花下醉芳尊。

寄聰聞復

豺虎縱横千百里，陰陽錯亂十三年。何時草木能同化，咫尺山河不共天。夸父但追紅日走，陳摶偏占白雲眠。公須力展扶危策，老我無成雪滿顛。

悼李公奇二首

自從繡帽離京國，平克山東又海東。決策但期千里勝，回頭俄見一星紅。雲横古汴神兵寂，月滿長淮虎帳空。最憶張巡齒牙落，唐家青史有奇功①。

萬里關山雙虎節，十年寒暑一綸巾。憂民憂國又憂主，盡孝盡忠還盡身。厚地血凝爲琥珀，高天魂聚作星辰。功成但在淩烟閣，如此兩全能幾人。

① 原注：「應是悼李忠襄之作，不知何以云李公奇也。」

寄仙巖翁

巾峰高插牛斗旁，高人一出草木黄。碧雲縹渺下溟漳，直來竺國吴山陽。吴山竺國山水重，丹竈煙鎖蓮花峰。一聲兩聲猿嘯月，十里五里松號風。高人放浪得真趣，半紙功名何足貴。白頭黄卷對青岑，金烏飛上娑羅樹。

登鍾山唯秀亭

浥袂秀色時蒼蒼，馮陵八荒隘九陽。裂地長江走脚下，巡簷赫日當吾旁。楚天吴天雲海寬，千山萬山蛟龍蟠。采石沙頭人喚渡，大茅峰頂仙騎鸞。眼底山川不盡識，薜花石路空輦迹。憶昔玄島看波時，六氣不動乾坤寂。

牛圖

春光寂寂煙暈晴，春風水水波痕明，溪南溪北小坡平。我却騎牛向溪曲，溪曲嫩草嫩如玉。記得當時農事足，倒指數來三十年。今觀此圖猶宛然，只多舐犢雙崖邊。

遊洞庭

我有山水癖，周遊訪遺迹。春宵宫畔住多時，對面翠峰參天直。偶乘飛雲到上頭，上頭佛屋依雲陬。庭前老樹作僧立，井中神物爲人遊。湖吞八極天倒開，赤烏半濕東飛來。櫓聲驚裂馮夷窟，沙漚點破銀濤堆。扶桑枝枝手可掇，龍伯鈎頭鰲欲脱。影壓錢塘天目低，雲盡崑崙月支闊。身棲在仙鄉，仙鄉時節長。仙人共語紫霞裏，霜橘顆顆黄金香。青鞋布襪真快意，玉馬金鞍又何貴。回首人間一窖塵，明朝弄月羅浮去。

懷故人待一翁

吴中夜半北風惡，自起開窗望天角。東湖西湖作銀流，大星小星如雨落。道不同兮不爲謀，寥寥天地誰同儔。彼美人兮在何處，霜月冷浸青海頭。

小吴軒

層軒拔地隘四極，虚窗去天下盈尺。坐久紗帽觸雄風，身在璣衡少微側。崑丘免入霿陰寒，暘谷烏升海水赤。坳堂一勺范蠡湖，浮萍數點夫差國。英雄霸業夫如何，腐骨竛竮俺窀穸。仙翁笑指白藤花，拂拂清香滿瑶席。

登車行

擎書使者來海涯，躡曉迫趣登輪車。高岡碾斷赤石骨，長空拂碎紅雲花。大聲坎坎打天鼓，小聲嗚嗚煎春茶。羲生馭日信可並，阿香撒雨何足誇。直入九重紫金殿，玉皇對坐傾流霞。霓裳羽衣萬變態，龍笙鳳管相喧嘩。從容握手問至道，掀髯一笑吾還家。

多景樓

偶來古潤峰頭行，峰頭傑閣凌空横。幘壓圓天若箇笠，循簷萬國如輕萍。分昏割曉泰華聳，衝淮突漢黄河清。浮玉仙壇劍氣赤，紫金佛域龍珠明。歸墟宏泄碧海立，大江直下銀潢傾。楊子渡頭帆脚正，瞿塘峽口雷霆鳴。玄鬣長鯨舞北極，朱翎健鳥翔南溟。黿臺霜寒月皎皎，桃都露濕花冥冥。狠石曾知已化土，甕城始信空留名。英雄紛紛何足數，天語察察當心銘。張騫乘槎實可意，豎亥按步徒勞形。伸手便堪扶日轂，脱塵底用登蓬瀛。六氣入口凡骨换，回眸一笑清風生。

思鄉

生涯霜鬢裏，舊宅閬溪旁。瑶草爲誰緑，辟邪應自香。大車聲檻檻，君子志陽陽。何日騎魚去，攜孫看海桑。

靈巖集涵空閣分題予得靈巖山時至正壬寅臘月十八日也

鷲峰攙斗牛，飛車登上頭。左拂扶桑樹，右揖崑崙丘。太湖蕩四極，白波銀如流。向時泊吴葦，泛泛揚蘭舟。回首日在地，一笑雲悠悠。

吞碧樓 在日本九州。

九州城曲樓三層，披襟御氣歡吾登。窗開曉色拂桑樹，簾捲夜光横玉繩。上頭端堪謁紫府，下面更可窺玄廷。天帝垂衣日杲杲，海龍穩卧雲冥冥。方壺三神指顧裏，渤澥百谷琉璃明。棲身飲露老亦足，理亂黜陟無關情，時聽玉管鸞凰鳴。

夜坐

寂寂虚堂獨坐時，小窗推起更思惟。江城萬井煙花白，月到松頭鶴未知。

西湖曉行

海角曈曨日欲生，山南山北淡烟横。春風吹斷沙禽夢，人在緑楊堤上行。

過許村

小徑無媒生土花，一橋一水一人家。隔籬話道今年好，婆子引孫來看麻。

九日

頭白眼昏無住著，大都客裏過重陽。人生便滿一百歲，消得黄花幾度香。

淵明採菊圖

泛觴黄菊終非鴆，在眼青山殊有情。好是晉家天地闊，此時何處著先生。

懶庵禪師俊公五首

廷俊字用章，饒之樂平人。甫齔出家，年二十剃髮，謁訢笑隱於中天竺。訢公嘆曰：「子黄龍佛印流也。」訢住持龍翔集慶，延居第一座。歷陞吴、越大刹。至正末，主錢塘之净慈。内附後，浙西僧道以事役集金陵，師在行，館於龍河。明年，建元洪武，徙寓鍾山，端坐示寂，闍維舍利無算，歸塔南屏山中，葬日天花如雨。危素著塔銘，稱其「爲學善記覽，于前人出處言行，雖千百年若指掌，尤詳宋事，宿儒俱服其博洽」。有《泊川文集》五卷、《五會語録》，黄溍、杜本、李孝光、張翥、周伯琦皆爲叙。

石頭城次王待御韻

滚滚長江去不休，巖巖盤石踞城頭。千峰日落淮南暝，萬樹風高白下秋。流水尚遺諸葛恨，東風不與阿瞞留。中原一髮青山外，萬古終爲王謝羞。

翠微亭

誰構遺亭莽蒼中，蕭蕭深谷起悲風。五更璧月初沉海，萬里銀河欲瀉空。江闊淮南連晝鷁，雲開塞北見飛鴻。黍離不獨周人恨，滿目寒煙六代宫。

有渡

有渡方舟小，無家道路長。大荒天渺渺，滄海日茫茫。水母浮還没，風鴛出復藏。不須寒雁叫，客意已淒涼。

未歸

甌越山無盡，江湖客未歸。北風吹雪冷，南雁貼雲飛。斷路迷行迹，驚湍濺衲衣。本來無住著，何事却依依。

題畫蘭

緑葉微風際，清香小雨餘。湘江春水闊，愁殺楚三閭。

竹庵禪師渭公〔一〕五首

懷渭字清遠，晚號竹庵。南昌魏氏子，廣智全悟訢師俗姓之甥，而法門之嗣子也。全悟住持龍翔，清遠居座下，得從名薦紳張起巖、張翥、危素遊，其學大進。全悟示寂，囑之曰：「能弘大慧之道，使不墜者，唯爾與宗泐爾。」歷主浙東西大刹。洪武初，一奉詔至鍾山，退居錢塘之梁渚，爲全悟藏爪髮之地。洪武八年，順世，世壽五十又九。

〔一〕「竹庵」，原刻卷首目録作「清遠」。

畫　梅二首

瑶臺夕承月，玉砌曉凝霜。花映含章發，枝横禁籞長。春風似相識，偏惜壽陽妝。

折得江南春，悵洛望陽客。悠悠歲年暮，浩浩風塵隔。遠道勿相思，相思減容色。

次孟天煒南山雜詠二首

賀監湖邊草色春，秦淮江上柳條新。山川是處堪行樂，晴日風光思殺人。

暮春三月風日妍，亂折花枝送酒船。西嶺山光青浸水，南池柳色緑生煙。

送仁一初上人遊武林

舞鳳飛龍若箇邊，天涯送遠獨凄然。江南山渡降王宅，風雨西陵過客船。踏踏馬塍春買樹，鬥茶龍井夜分泉。落花寂寞東歸日，煙嶼冥冥叫杜鵑。

雪廬新公五首

克新字仲銘，番陽人。宋左丞余襄公之九世孫。始業科舉，朝廷罷進士，乃更爲佛學。既治其學，益博通外典，務爲古文。出遊廬山，下大江，覽金陵六朝遺迹。掌書記於文皇潛邸之寺。七年，兵起，留滯蘇、杭，主常熟州之慧日，遷平江之資慶。洪武庚戌，奉詔往西域招諭吐蕃。公爲文二十年，所著有《南詢稿》，黟南程文、河東張翥所正也。所與遊者，楊廉夫、顧仲瑛、丁仲容之流，而今所傳《雪廬稿》者，如《送總管側失總管還朝序》，則徵糧於張氏，由海道還朝者也；《蘇院判招降詩序》，則張氏之蘇同僉攻江陰而旋師也。大率望庚申之中興，美張氏之内附，而於聖朝多指斥之詞。其爲文自稱《江左外史》，殆亦有微指與。

送除上人之武林

雪花飛送浙江船，歌斷驪駒一惘然。荆棘銅駝凄暮雨，樓臺鐵鳳墮秋煙。遼東鶴返塵生海，石上人歸月在川。回首六橋楊柳外，水光山色共晴天。

送王尚書還朝兼簡張學士

文采丹山一鳳毛，是藩徵餉獨賢豪。飛帆轉海南風正，曳履趨廷北極高。花擁御筵歌《湛露》，香浮宫甕賜蒲萄。朝回爲報張燕國，莫把新詩奪錦袍。

赴慧日寺途中寄繆同知二首

舟楫南來處處過，海隅東去奈愁何。蓼花帶雨紅連渚，黍穗迎秋翠委波。半日帆檣行柳末，一天風月宿蘆科。道篷遺老詢時事，惟説州侯惠愛多。

琴水東邊海盡頭，迷茫煙霧接高秋。稗荒田野鷄豚少，潮落汀沙魚鳥稠。虚市殘民茅結宇，空原枯骨草連丘。重經古寺談灰劫，轉使孤懷增百憂。

登姑蘇城

城上旌旗煙霧重，樹頭初日出雲紅。一溪鷗散桃花雨，兩岸鶯啼楊柳風。邊塞鼓鞞終日振，鄉關道路幾時通。江南春色渾依舊，桑柘青青門巷空。

道士六人

張真人宇初六十二首

宇初字子璿，嗣漢四十二代天師正常之冢子也。五歲讀書，十行並下。嘗侍父登樓，見雲霧起西北，金扉洞開，天神護衛，鎧仗森列。父戒之曰：「天機勿泄也。」洪武十年，方髻丱，襲掌道教。入見奉天殿，上熟視，笑曰：「瞳樞電轉，絶類乃父。」蓋歷代相傳以眼圓而巨者爲玄應也。永樂八年，示疾，書誦而逝。宋文憲公稱宇初「穎悟有文學，人稱爲列仙之儒」。王紳仲縉序其集曰：「公於琅函蕊笈、金科玉訣之文，博覽該貫；六經子史百氏之書，大肆其窮索；篇章翰墨，各極精妙。蓋江右文宗多吴文正公、虞文靖公之遺緒，而公能充軼之也。」今所傳《峴泉文集》二十卷，詩居其半。五言古詩，意匠深秀，有三謝、韋、柳之遺響。其文如《玄問》諸篇，極論《陰符上經》之理，而參合於儒家，其所造詣，可謂卓然矣。唐、宋以來，釋道二家並重，有元末高道如吴全節、薛義之流，皆顯於朝廷。國初名僧輩出，而道家之有文者獨宇初一人，厥後益寥寥矣。二氏盛衰之略如此，識之以俟傳方技者。

獨酌

曙雨改餘春，新流注深谷。幽居絶世氛，微月淡叢竹。曲蘖非素耽，聊從寫情曲。吹萬等勞生，胡能競奔觸。

養疾四首

懷疴卧宵雨，曉雷震南隅。養疾向微愈，食息稍自如。開顔盼林木，草莽未剪除。整書避礎潤，新水盈川渠。天雲復西行，陰翳交庭蕪。感幻慕輕逸，澄神以凝虚。杜權發幾踵，慎損良非愚。斂視滌塵滓，軈軻安足拘。

冬風何凝寒，向晦復淹疾。葉落群林鳴，百草悴叢苾。寒谷回微陽，流雲澹孤逸。事藥偶就火，親書猶抱膝。窗帷暖氣舒，然燈月初出。竭澗無晨冰，繁霜熟園橘。天壤曷有瘳，氣機疇與逸。淵默養太冲，何必懷方術。

沐髮不整冠，寒飆吹薄帷。頤疾覺帶緩，編簡生塵姿。妍芳悴藪澤，蓬蔓餘春菲。露下空階明，棲鳥巢故枝。浮生等大患，藥石豈吾資。但愧壺丘子，榮悴何足悲。

濯足山澗中，杖策暝乃還。寒蜩鳴疏樹，落日下西山。灌園露已濕，倦息衡門間。墟里或過問，跬步愧益艱。窶空非苦疾，鶉衣畏祁寒。寧貽啟期誚，齒落無衰顔。

夕懷

落日未没山，明霞爛西隅。疏林俯平野，飛烟散輕凫。宿鳥棲復鳴，燈火起鄰墟。明月照東園，餘寒襲裳襦。啟扃坐虚庭，延泳思莫舒。世故感浮情，淳風朝夕殊。玄天默無語，終爾歸空無。

山舍夜坐紀興

潛僻非世圖，幽恬足真賞。晨招逸人來，遠策緩藜杖。叙别罄春醪，園蔬雨餘長。延歡喜就宿，窗籟風泉響。草露喧候蟲，林星耀虚敞。芳池寫初月，山氣襲膏壤。沉寂諧静便，棲遲愜敦養。輕蜩蜕污濁，冥鯤絶痾癢。久違商皓遊，焉期漆園想。然薪盡永夕，聊與謝塵鞅。

乙亥季夏還山居偶興

末夏熾餘暑，幽期諧素衿。川源蔽繁緑，溪渚澄蒼潯。田舍静鷄犬，荒蹊抱深林。圓淵敞靈構，疊嶂羅高岑。荷氣薄朝露，魚波衣重陰。披荆遂恬息，濯澗清閒心。遺世匪塵傲，養真宜自任。秋風動早思，寫我丘中琴。

負暄二首

負暄愛日和，雲靄薄向舒。窮山積寒翳，庭樹凋亦疏。下泉方斯蟄，田野聊安居。禾黍藉隴畝，返刈多空虚。感念曷爲整，世灘迹亦殊。焉知温煦樂，尚及散與樗。繁霜悴百草，幽花雜園途。獻君亮何由，蕪穢益自除。寥寥太古意，涵泳自有餘。

投身寂寞濱，自謂此生足。環堵翳蓬蒿，清陰覆園緑。聊支風雨凌，寧與世緣觸。息交輪鞅稀，寡慮鮮情束。蔬食不求餘，高趺惟弊服。結習塵障生，虚妄薰陶熟。苦淡視莫親，浮縈互趨逐。孰探天地和，心境湛敦復。大哉艮始終，碩果契山木。

野眺

北風吹狂瀾，江水濁不澄。牛犬行平岡，木落山縱横。輕霧散林渚，孤鐘度危城。泊舟且無寐，長河終夜鳴。弊服倦馳邁，積雨將寒生。物情異旦暮，幻質奚將迎。凄凄葭菼間，怊悵徒撫膺。

甲戌三月二日出行

霽雨解前峰，幽原策歸路。荒蹊蔓草春，野水平橋度。悦鳥近聲圓，耕牛緩犁步。豐泉陰壑鳴，密竹中園素。靈岫敞虚軒，荆扉護雲固。新流泛池溢，繁翠盈窗户。掃榻理殘書，扶笻歷榛顧。丘林適所娱，姤濁豈浮慕。虚澹美遐踪，顛危惕宜務。安由絶世緣，木石藉深處。倦翮止枝巢，先迷感餘悟。聊舒棲遁情，生意足農圃。

雪晴遣懷

辭鄉苦淫雨，旬日喜初霽。達曙星漢明，嚴霜凛寒氣。僕夫戒晨發，解纜火先熾。狂風初向止，朝旭悦南至。宿靄散平川，遥煙澹孤嶼。峰迴積雪白，灘險寒流細。野艇溯漁綸，商帆洽島戲。洲渚薄攲傾，人烟闃迢遞。征途值歲晏，行邁眷遐睇。塵網日疏違，危機慨浮世。束收謝旅貞，百感胡内翳。君恩戴彌厚，蹇拙愧庸器。寵渥逾素期，微裨莫涓致。民彝困蟊賊，管晏渴群睨。顧念衰朽侵，何由覿經濟。汀梅爛始英，崖竹滴空翠。少慰幽晦情，奚能愜真契。願言返駕早，永託丘園憩。

登陸文安公象山祠堂故址

羲堯體乾運，王道持倫綱。舜禹襲神器，精一斯傳彰。周亡《雅》《頌》息，仲尼語張皇。伊説佐受命，況軻司振揚。偉兹大經奥，百世垂輝光。陵夷幾更曆，明晦違天常。濂洛啟潛閟，建中續虞唐。青田荆山璞，宏聞皎旻蒼。寸心宰靈妙，昏塞非違傷。動静該至理，惕焉惟内强。聖訓炳星日，卓操逾冰霜。横經宅雄勝，古象增渾龐。雪館夜燈集，風庭春雨長。闢閩覺支蔓，吴楚被餘芳。駑質愧庸昧，師謨幸遵詳。雲岑慕遠謁，佛刹榛萊藏。探陟訪遺舊，荒基屹崇岡。肅衿悚瞻睇，天宇澄秋陽。翠臺聳前抱，曠緲歸毫芒。浮觀勵先躅，敢意窺鴻荒。湍駛難砥砫，大音孰儀凰。八表視環轍，千齡仰休光。

癸亥元日

初陽改歲運，積雨晨將疏。微和兆春育，雲物薄向舒。清瀨散幽汀，佳禽語荆蕪。飄梅藉苔徑，叢竹横交疏。池萍斂稚緑，密藻含清漪。玩理足自悦，物情豈無餘。年更愧齒長，鈍學終焉如。向晦惟慎獨，紳言良足書。

晚霽

夕陽媚春暉，浮翳方四展。喬木欣向榮，陰雪明孤巘。疏篁鳴晚風，寒霜曉初遍。悦鳥喧漸和，新流泛池淺。遥煙澹墟鄰，雲磴盤幽蘚。落日雜農談，園蔬緑方剪。年增感易深，悔吝疇自遣。素業慨高懷，研心資礪碾。玩世適餘生，誰將視真踐。

仲春喜晴

近社喜連晴，林風和仲月。清霜滯秀姿，偃卧淡怡悦。林冥鐘盡遲，池平草初茁。溪嵐散喧瀨，浦樹春榮發。淹抱非世徒，遐蹤睇高潔。陽岡棲白雲，偃息孤懷惙。幻迹信萍蹤，虚衿皎冰雪。

旅懷三首

落木號凄風，蟋蟀鳴四壁。寒燈照簾帷，叢薄林露滴。弊帙散未收，遺言藉閒適。更長城鼓遥，星月雜行迹。餘夢感遐思，初霜古楓赤。忽茲歲月深，轗軻念登歷。虚中竟誰論，永夕增嘆息。無寐幽抱盈，空林静寒碧。

起早月尚明，微風響庭樹。遥鐘盡殘河，池草盈白露。披衣行空庭，孤禽語平曙。酬措每疏慵，晨光起簷户。孰知愁慮牽，丘壑慕恬素。薄俗擅奸危，皇情感深顧。歲闌貧病侵，幽憤徒朝暮。

夕陽下城西，平野荒煙斷。淅瀝晚風鳴，鳥静蘆葭亂。歸人行且遲，落木疏汀岸。滯旅倏秋霜，池月來輕幔。方慚嬰世氛，悔吝益貞幹。羈縶久何堪，良猷匪前算。聊從適素懷，斯道俟潛貫。獨有歲寒心，松筠契冰涣。

元夕後喜晴登靖通庵

春陽藹微和，扶疾釋餘怠。真館肅虚寥，幽尋倏逾載。小徑迷積葉，雲蘿遮空籟。飄梅散輕颸，竹柏紛映帶。澹寂每清神，晴岑列窗黛。燈宵雜市喧，鵠佇凌空界。撫心倍仰止，素託抱深賴。叢陰支倦還，由兹悟懸解。

觀朝雨

春陽藹初暄，宿雨散晴霧。虚室湛冲融，研書感崇慕。新流漾薄風，密蘚留閒步。園鳥鳴曙柯，炊烟淡墟樹。夙心際玄邁，逝景惕川赴。俯睨抱深衷，馳形愧前務。良猷寡志符，中亮徒濬顧。飾僞等塵睽，頣貞止安素。帶經農圃間，恬逸自隨處。化育有至功，希言睇先晤。

春雨述懷

方雨盈暮春，微和殷仲月。幽居適静恬，滌此煩憂結。管葛非世才，鞅斯固時蹶。悲懷黎元慨，曷睹孤憤輟。願協安期遊，遠遂巢由别。防閑在立誠，肥遁滯所悦。永夕悵膏霖，崇朝坐輕颸。韶光愈荐梗，榮艷第消歇。弱柳間啼鶯，叢芳薄鳴鴂。迴溪急漲喧，夢草群芳孽。宴寂樂虚明，塵編或餘閲。蟻封競朝暮，狐啖紛起滅。千載一息存，冲衿皓冰雪。精廬分處約，念彼情内熱。終藉巖谷棲，捐軀付高潔。

六月二十三日晚宴仙巖有賦

宿雨解秋陰，幽尋泛清渚。先晨預幽期，真賞宜闌暑。華萼秀聯芳，耆英善談麈。輕流淺抱沙，遠瀨濬通浦。峭石散支機，澄潭迴鈷鉧。蘋鷗點雪華，汀鷺浮銀度。野蔓晦重陰，遥山帶微雨。探奇盡窮僻，始訪雲巖路。靈竇虎龍盤，神蹤闢軒户。苔深閟庖庾，蘿翠横機杼。浩嘯絶氛埃，空歌激烟霧。崖懸一室虚，列席平沙滸。勝集豈凡緣，諧歡雜觴俎。自非契仙調，歲閲方瀛府。誠謁復古祠，牽塵愧遲步。丹丘擅雄怪，宜此風雷護。曠劫視浮槎，冲襟滌千古。

晚興偶成

明沼湛方諸，新流漲嘉澍。玄陰度巘雲，絶澗飄寒霧。人踪泥潦稀，暝色禽蛙暮。遠睇感先期，叢懷慨危務。休濬遂兹適，世慮猶纏互。妄迹逐塵生，真源妙無所。春華又易年，衰蹇增慚慕。得失從化機，丘園足跬步。

步南澗作

謝拙契衡茅，還笻熟登眺。丘林滿秋氣，澗谷集藜藋。陰壑翳微雲，層岑屹孤峭。平原過雨滋，落木輕風慓。嗟予困蹇運，退遁匪觀徼。卧病日衰遲，資藥慚非少。由知悔吝長，得失從嗤誚。擇執視污隆，哺趨媚顰笑。蔬瀹恥奔流，兀陧慨殊調。絲氂或勝用，薄缶難終嘹。息躬事抱甕，適趣逢荷蓧。寧效窮途悲，欣洽蘇門嘯。降衷屬明命，玄默閟機妙。哀哉狷狹徒，日夕自淪燎。萬化會有歸，投簪藉漁釣。枘鑿異所投，艱貞曷灕耀。譖訣遽成虎，矜宥仰明照。

雪後早還

幽人素嘉遁，勵節抱貞獨。冬候喜久和，言旋課樵牧。囂塵頓斯滌，冲漠久常足。雪巘翳層雲，風崖峭孤木。初梅含衆芳，涸沼沁寒緑。開軒理遺帙，然薪續明燭。自悲世網嬰，息倦謝羈束。强涉川途艱，荒徑凋松菊。幸蒙休明眷，往吝鑒披腹。孰志後簪裾，惟懷友麋鹿。矧兹氛祲馳，轇轕迭摧跽。志士耻軒途，污隆豈藩觸。願諧冥寂徒，洗耳臨澗曲。非乏解牛硎，慚媚忘羊逐。席温勾漏松，棹佇山陰竹。永託歲寒期，冰霜靡萎馥。玄陰未改春，流景遽何速。悟幻信若浮，虚中了無欲。鄙哉鱣鮪趨，腥腐甘驅促。千載付空言，浩歌還浚谷。

卧疾

養疾逢春盡，庭除半草萊。亂雲添夜雨，驚鳥落殘梅。濁俗增膏火，閑心久木灰。白頭非所待，林卧絶塵埃。

喜晴

立夏天方霽，閑情喜暫舒。樹深添雨潤，溪落見人疏。夕照斜依竹，園花落近書。年來惟懶拙，殊覺稱幽居。

山居曉起

曉霧成秋冷，山居竟闃然。宿雲黄葉路，殘雨白榆天。澗落魚絲静，苔荒屐齒連。無由謝塵垢，高枕並書眠。

晚遊新興寺

晚過新興寺，扶藜野步輕。鳥啼春雨足，花落午風晴。僧室連雲住，山阿帶霧行。武陵歸路近，已聽澗松聲。

望吴山

吴越遊程熟，溪平驛路分。夕陽回浦樹，秋色滿湖雲。曲溆船孤棹，凄風雁獨聞。浣花茅屋小，别思夢紛紛。

晚行二首

倦行偏旅思，蔬味喜初聞。野道堆黄葉，人家住白雲。鳥啼斜照薄，風急暮帆分。歸策猶喧暖，徒知厭世氛。

苦疾嗟長道，舟塗總未安。晚程逢雁少，秋夢到鄉難。魚賤知河落，鷗輕信水寬。篙師時凍語，不敢怪風湍。

輝山登舟

經行山徑熟，霜葉滿歸舟。野渚横疏樹，重灘引細流。殘霞驚水鳥，寒月白蘆洲。鄉邑欣逢舊，從眈水木幽。

臘月望夜

臘半宜陰凍，青陽轉小和。江梅春暖動，霜月夜寒過。霽雪隨鷗盡，朝雲逐雁多。衰遲惟澗壑，寧意紫芝歌。

野眺

山谷寒應早，幽懷絶垢氛。白波雙澗雨，紅樹半坳雲。啼鳥欺新冷，潛魚傍夕曛。寂寥何所慰，先哲有遺文。

春暮自遣

林居休暇日，春盡夕陽坡。山近青嵐少，池平緑草多。暄風巢燕定，殘雨曉鶯和。薄世情緣淡，應慚逐逝波。

桐江即事

每愛桐江秀，塵衿洗黛螺。水流渾不盡，山静看偏多。秋樹連雲住，漁篷載雨過。何當無一繫，釣瀨老煙波。

春寒

好遁寧高尚，棲遲若去官。掃雲期晚霽，卧雨惜春寒。張説文辭癖，陶潛水木寬。故人書少慰，塵累了無干。

月下夜行

官舸宵征上，丹衷切帝畿。水寒霜逼枕，江静月侵衣。微火村墟僻，殘煙網罟稀。山林衰倦久，鷗鷺愜忘機。

秋夜

暮秋風露菊初黃，夜冷侵幃解薄裳。雨氣著簾林暝早，樹聲接市瀨喧長。囊書隨分窮糟粕，塵事關心付秕糠。安得委身蟬蛻等，白雲黃鵠與翺翔。

訪朋山如愚尊師楡原真館

楡晚高堂續構成，獨橋雙澗步秋清。牽籬野蔓殘花影，繞户林塘過雨聲。種朮圃通黃葉路，採芝人老白雲扃。誅茅擬傍朋山主，且遂茅茨話拾荆。

偶成

寥落文衿嘆二毛，倚空灝氣渺秋毫。樹雲分暝侵殘帙，江雨添凉入弊袍。新沐尚應慚貢禹，故書猶擬寄山濤。無端歲月催疏鬢，笑指蘆花試小舠。

客中病懷

彌旬卧疾越江干，無限鄉愁遣更難。梅雨漲溪啼鳥滑，蒲煙濕岸落花殘。玉階累擲芙蓉珮，瓦缶猶斟苜蓿盤。身世浮雲知底似，客懷直欲向誰寬。

聞霜鐘

霜滿瓊林度曉鐘，月華流韻徹晴空。投簪幾憶鴻鳴露，攲枕猶驚鶴唳風。銀葉香消深館裏，梅花調遠古城東。十年感慨成無寐，應律音長豈世同。

晚立

曉試春衫雨霧中，半庭芳草濕殘紅。杜鵑啼過斜陽去，又是樓頭芍藥風。

感舊偶成

故朝臺館勢連空，多在荒煙野水中。愁殺蘆洲風急處，寒笳吹過暮城東。

忽雨二首

飄風急雨燕初泥，新竹成陰小閣西。數卷殘書香篆息，園花落盡到荼蘼。

依稀煙樹暮鴉風，春事無端怪落紅。白髮相知有誰在，捲簾閒坐雨聲中。

三月一日寒食

殘花細雨半鈎簾，過雨溪山總翠藍。禁火人家春寂寞，鶯啼應未到村南。

晚　興

晚來山色翠芙蓉，樹帶溪聲水接空。自是江南春雨久，柳陰啼鳥楝花風。

題自畫秋林平遠

北苑高情宿世同，疏林汀渚正秋風。研池灑墨應多思，寫向寒煙夕照中。

故園自適

過雨啼鶯著意聞，晚香欄檻小桃春。時光怪殺空歸去，似倩垂楊綰住人。

社　日　雨

桑柘林中正雨肥，誰家醉社板橋西。風煙只著垂楊柳，莫遣梨花濕燕泥。

春寒

烟雨聲中酒夢殘，蘼蕪添緑又春闌。鵓鳩唤處西風急，自是楊花惹暮寒。

聞鶯

緑陰垂地曉聞鶯，山雨溪嵐郭外情。正惱病懷無緒久，遠風吹作送春聲。

四月三日赴演法觀視斷碑因賦

雨逐西風遍野蹊，翠林深密石橋迷。杜鵑不識春歸盡，尚送餘寒著處啼。

病懷二首

曉寒花影罷芳叢，半下疏簾拂面風。病態不關淹酒思，殘春看過雨聲中。

幾株芳樹曉婆娑，六尺横窗卧小痾。夢到西湖聽春雨，湧金門外落花多。

南豐舟中

春寒啼鳥怯西風，小艇江波濕霧中。並坐短蓬樽酒盡，片帆煙雨到城東。

過姑蘇

寒林人語四更初，野水湖烟半有無。城郭蕭條應夢少，月斜聽鼓到姑蘇。

夏景

深院棋聲月正長，博山添火試沉香。道人鞭起龍行雨，帶得東潭水氣凉。

冬景

養就還丹不怕寒，獨騎黄鵠上雲端。笑談借得天家雪，散作琪花滿石壇。

子陽子席應珍 四首

應珍字心齋，號子陽子，海虞人。年未冠，入道，提舉虞山之致道觀。真經秘籙，靡不洞曉，兼讀儒書，於《易》尤邃。嘗居相城靈應觀，與沙門道衍爲忘形交，道衍師事之。衍公即姚少師廣孝。或云少師兵法半是心齋所傳也。洪武十四年三月卒，年八十一。

周玄初來鶴詩二首

瑶壇法黎土，蕭臺聳岧嶢。縹渺白玉京，空歌協《雲》《韶》。靈駕御八景，多士嚴趨朝。琅風揚清徵，天花雨曾霄。皎皎群胎仙，嘯歌雜靈璈。前參紫霞蓋，後繞青霓旄。覽兹孝子誠，赴此仙人招。阿母煉魂仙，高超謝塵囂。控駕不待轡，飛飛凌泬寥。置身王母宫，坐看劫石消。

瓊佩朝元禮玉壇，散花天女集雲端。仙人騏驥紛前導，上帝旌幢儼下觀。黍米珠懸光熚熚，桂花香冷露溥溥。空歌奏徹琅風細，一一飛鳴獻頂丹。

贈周玄初

春晴步屧黄泥阪，楊柳陰陰水拍城。童子候人如鶴瘦，羽仙飛舄似凫輕。碧桃花繞樵雲屋，緑酒香浮貯月罌。醉裏却嫌天地窄，倚闌吹笛到天明。

題章復畫碧桃

憶昔瑶池侍宴時，碧桃花下酒盈卮。今朝醉裏看圖畫，羞對東風兩鬢絲。

余　善六首

善字復初，玉峰清真觀道士。楊廉夫跋云：「此予方外生余善《追和張外史遊仙詩》一十解，予小能加點讀。至『長桑樹爛金鷄死』。客繞牀三叫，以爲老鐵喉中語也。又如『一壺天地小如瓜』雖老鐵無以著筆矣。至正癸卯春王正月上日，鐵龍老人在玉山高處試奎章賜墨書。」

追和張外史遊仙詩五首

鸞書趣燕五城東，下視星辰在半空。行過瑶臺重回首，玉清更在有無中。

城闕芙蓉曉未分，身騎金虎謁元君。青童不道天家近，笑指空中五色雲。

溪頭流水飯胡麻，曾折瓊林第一花。欲識道人藏密處，一壺天地小於瓜。

不到麟洲五百年，歸來風日尚依然。稚龍化作雪衣女，來問東華古玉篇。

春宴瑶池日景高，烏紗巾上插仙桃。長桑樹爛金鷄死，一笑黄塵變海濤。

題顧玉山淡香亭

玉女乘鸞下絳霄，梨雲漠漠帶香飄。簾開淡月香初發，雪滿柔條暖未銷。花下洗妝時載酒，亭前度曲夜吹簫。主人愛客情懷好，折簡頻煩遠見招。

盧大雅四首

羽士盧大雅，龍虎山人。

題錢塘勝覽圖

南渡衣冠委草萊，危亭高處海門開。雲霞都邑雄中國，月露軒窗逼上臺。春夢已隨流水去，寒潮自領夕陽來。小樓題畫因惆悵，豈獨昆明有刼灰。

舟中寄張外史

棹郎催踏春溪舫，阻我辭君散木亭。江水未應春去漲，鄉山偏向別時青。煙波釣艇新衝雨，河漢仙槎舊犯星。輸與仙都吉居士，一簾山雨聽鵝經。

春曉

弱柳摇烟落絮輕，緑陰初長小池平。杜鵑處處催春急，不是東風太薄情。

追哭張伯雨外史

身似浮雲半在吴，玉鈎橋外是西湖。花前微雨白鵝帖，樓上好風金鴨爐。李泌只宜留北闕，劉郎不得老玄都。人情翻似東流水，洗山青天一鳥孤。

周思得 三首

思得字養真，錢塘人。行靈官法，先知禍福。文皇帝北征，召扈從，數試之不爽。招弭祓除，祈雨禬兵，咸如影響。乃命祀靈官神於宮城西。靈官藤像，上獲之於東海。朝夕崇禮，所征必載。及金河川，舁不可動，就思得秘問之，曰：「上帝有界，止此也。」已而果有榆川之役。思得歷事五朝，年逾九十，賜謚弘道真人。

夢遊仙詞 二首

雲樹蒼茫月正明，座中還遇董雙成。玉簫吹罷桃花落，猶記《霓裳》譜上聲。

玉扉雙啟爛金鋪，樓閣玲瓏湛玉壺。一曲《霓裳》看未了，又隨白鶴下玄都。

初晴

天街十二正春陽，小草離離雨後香。吹徹瑶笙人更寂，桃花洞裏日初長。

鄧青陽羽二首

羽，南海人。國初青陽縣令，後爲道士。常居武林，後隱武當山之南巖。永樂中，不知所往，人以爲仙去。有《觀物吟》一卷，自言「忘情消白日，高卧看青山，動落花流水之機，適閒雲幽鳥之趣，遂成意外不期然而然之句」。

暢情

花無長在樹，人無長在世。有花須常賞，有酒須當醉。秋霜上鬢來，春風吹不去。

絶句

人生天地長如客，何獨鄉關定是家。争似區區隨所寓，年年處處看梅花。

列朝詩集閏集第二

高僧二十一人

夢觀法師仁公七十一首

守仁字一初，號夢觀，富陽人。發迹四明延慶寺，住持靈隱。洪武十五年，徵授僧録司右講經，甚見尊禮。三考陞右善世。母没，奉旨奔喪，賜鏹殯殯殮。洪武二十四年，主天禧，示寂於寺。南洲洽公贊夢觀法師遺像云：「右街三考左街陞，跨朗籠基只一僧。遍界光明藏不得，又分京浙百千燈。」又《跋楊鐵厓送夢觀遊方序》云：「師少從鐵厓游，奇才俊氣，師友契合，觀於序文可知。」鐵厓《東維子集》有《送蘭仁二上人歸三竺序》，蘭即古春蘭公，仁即公也。其略云：「余在富春時，得山中兩生，曰蘭，曰仁，皆用世之才，授之以《春秋經》史學。兵興，潛於釋。」又云：「二子齒甚穉，志甚宿，學甚武，能以宗乘與吾聖典合兩爲一，以載諸行事，以俟昭代之太平。」《夢觀集》六卷，即古春所編定也。

垤鸛

垤鸛何翩翩，頗與鶴同類。秦人羅致之，憐愛無不至。固無警露姿，實有乘軒貴。羽毛已鮮澤，習性亦驕恣。秦人既鶴呼，鸛亦鶴自謂。忽逢浮丘伯，借之乘謁帝。長鳴玉陛前，帝怪鸛音異。敕令擊殺之，下充膳夫饋。浮丘報秦人，秦人方自愧。爲誡畜禽家，畜禽辯真僞。

秋夕病中

夕雲斂中天，月出萬象正。九野聲影消，平湖湛寒鏡。驚風着露草，棲螢光不定。嘗新感時物，金氣颯已應。扶羸捲前幔，銷肌怯虛静。憂來復就枕，蕭條發孤詠。

題風雪歸莊圖

北風號枯林，寒雲没西嶺。歸翁雪滿笠，欲渡愁日暝。孤舟斷磯下，驚浪無時静。遂令世外人，感此畫中景。

待月軒爲式藏主作

月出青松林，照我松下户。牀前光未滿，裴回更延佇。蓮漏下初更，緑煙散東塢。浩歌步中庭，衣露濕如雨。

題錢選畫

太峰青蓮高，千仞苔壁古。招提隔層雲，孤徑入深塢。鐘鳴谷口風，木落溪上雨。何處夜猿啼，歸帆下秋浦。

偶地居爲瑾師賦

有生如浮雲，閒踪本無着。出門隨所之，去住安可託。茫茫三界内，百年同旅泊。瑾師了空相，偶地得餘樂。去歲辭東州，今晨往南郭。山褐秋風凉，林鐘暮煙薄。何處覓禪棲，孤筇遍前壑。

虚亭秋月爲實上人作

幽庭坐虚寂，月出青松林。流光入禪户，凉思滿衣襟。六根浄無垢，萬境亦消沉。蕩兹着有想，快我遺世心。浩歌《秋水篇》，聊續寒山吟。

螺山隱士歌

螺山有隱士，飄飄仙者徒。朝遊螺之巔，暮息螺之隅。紅塵拂落身外事，白首讀盡人間書。不騎琴高鯉，不釣任公魚。手披演雅篇，架列山海圖。蛾司漫給五斗黛，蛤浦豈羨雙明珠。槐臺封侯笑螻蟻，楚關脱網憐蜘蛛。人言大隱隱朝市，小隱螺山無乃是。何物老病香山翁，隱作流官良可鄙。酌螺之杯隱螺几，坐對螺山净如洗。鈿屏矗矗鏡邊來，佛髻峨峨望中起。千林飛翠散晴空，半島寒雲浸秋水。我尋螺山居，遂識螺山路。一見螺山人，再誦螺山句。紛紛草堂文，悠悠遂初賦。丈夫無遠謀，千載何足慕。我本逍遥人，亦有罝網慮。買山每寄沃州書，寥落江鄉嘆遲暮。江鄉寥落不可留，便當卜爾山之幽。安得神鰲負山去，共踏青螺海上遊。

弘上人蓄秋山圖

萬峰霜晴翠如洗，峰底行雲度流水。西北高樓爽氣邊，江南落木秋聲裏。兼葭潮長魚在梁，白鷗飛盡天茫茫。松根丈人讀書處，時有疏鐘來上方。仙槎影没銀漢遠，木末芙蓉爲誰剪。何處凉風送客船，歸來似是東曹掾。東曹頗笑未識機，掛帆直待鱸魚肥。山川摇落已如此，不信草露沾人衣。平生畫手不可遇，坐閲新圖得真趣。題詩寄與沃州僧，吾亦買山從此去。

題任少監百馬圖

燉煌水涸龍駒伏，未央厩前秋草緑。驢駝負石玉門關，舊苑空餘三十六。憶昔高皇馬百匹，騶騄車府無監牧。只留太僕掌天閑，不許田駑食民穀。古來貴良不貴多，須信儉餘奢不足。任監手畫百驊騮，五色如雲散平陸。八月風高水草甘，飲噉舒閑肆馳逐。騅駓驪黄莫復辯，水葉風花亂人目。任公生遭太平世，結思驅毫逞神速。四海無虞百將閑，無乃圖形華山麓。吾聞善相東門京，坐閲群龍眼如燭。帛家口齒謝家鬃，皎皎那容在空谷。争如下乘得休安，骨相雖凡好毛肉。杏花烟外柳陰中，絆絡無加飽芻粟。嗚呼此畫世已稀，徒有千金未輕鬻。老矣支郎俊氣銷，撫卷空歌天馬曲。

題温日觀葡萄次韻

龍肩失鑰十二重，驪珠迸落鮫人宫。鑌刀剪斷紫瓔珞，累累馬乳垂金風。樹根吹火照殘墨，冷雨松棚秋鬼哭。蔗丸嚼碎流沙冰，鴨酒呼來漢江緑。鐵削虯藤劍三尺，雷梭怒沉陶家壁。曇胡醉起面秋巖，一索摩尼掛空壁。

題張一村畫山陰巖壑圖

張侯寫山工寫奇，筆力可追黄大癡。鱸魚江頭一斗酒，墨花散作秋淋漓。前峰崒嵂如束笋，後峰盤拏來不盡。突馬方驚灎澦高。啼猿忽覺蓬萊近。水楓離離開錦屏，峽泉歷歷鳴瑶筝。幽葩自炫晨露潔，小草不奈繁霜零。兵餘僧舍總摇落，何意空林見樓閣。十年碌碌走湖城，重憶山陰舊巖壑。秋來日日愁炎蒸，解衣思濯松風清。輕包短錫從此去，何處水邊無月明。

鐵筆行爲王元誠作

王郎宋代中書孫，鑄鐵爲筆書堅珉。畫沙每笑唐長史，拔毫未數秦將軍。高堂落筆神鬼怒，九萬鸞篦碎如霧。鉛淚霏霏灑露盤，金聲錚錚入秋樹。鳥迹微茫科斗變，柳薤凋傷悲籀篆。鼓文已裂岐陽石，墓燈空照山陰繭。王郎筆藝精莫傳，幾度索我東歸篇。毛錐不如鐵錐利，我方老鈍君加鞭。矢爾鐵心磨鐵硯，淬鋒要比婆留箭。太平天子封功臣，脱囊去寫黄金券。

題谿山小隱圖

自我初涉浮丘峰，十年往還如夢中。向來門舊半白髮，只有山色當時同。青橙叢邊數間屋，夜夜白雲檐下宿。道人心境雲共閒，嘯傲雲林謝塵俗。橋頭野客行遲遲，歸來似有東林期。一聲清磬萬山暝，知是上方禪定時。

題方方壺畫

方壺老人年九十，醉把金壺傾墨汁。染得蓬萊左股青，煙霧空蒙樹猶濕。危橋過客徐徐行，白石下見溪流清。仙家樓館在何處，雲中仿佛聞鷄聲。古臺蒼蒼煙景暮，藥草春深滿山路。招取吹笙兩玉童，我欲凌風從此去。

題趙希遠畫蟠松玉兎圖子昂趙公鑒記

天水王孫重毫素，愛寫蟠根萬年樹。上有徂徠五色雲，下有中山雙白兎。清陰散作秋滿林，咫尺高堂起煙霧。丹桂吹香野菊黄，玉葉金枝亂無數。迢迢錦水泛蒼梟，漠漠青天飛雪鷺。人間畫手非不多，自是王孫得真趣。浮玉山人列仙侶，雅與王孫同出處。妙畫題來字字真，兵後收藏乃奇遇。宣和遺譜世莫傳，艮嶽荒凉風景暮。眼中人事已非前，畫裏山川尚如故。老我披圖一愴然，落日長歌弔南渡。

峨眉高一首奉蜀王令旨題峨眉山圖

峨眉高，高插天，百二十里煙雲連。盤空鳥道千萬折，奇峰朵朵開青蓮。黄金獅座聳岌岌，白銀象駕來翩翩。晨鐘暮鼓何喧闐，風林水鳥皆談玄。牛崖陰霧見玉佛，六時天樂朝金仙。月輪挂樹光團團，平羌影落秋波寒。目前勝景不可狀，畫圖仿佛移巖巒。吾王此地受封國，大法付囑從靈山。願憶靈山當日語，五十四州均化雨。化雨慈雲滿錦城，佛刹王宫同安堵。峨眉高，高萬古。

賦得講經臺送石田禪師之虎丘

講經臺，臺何高。關中聖者説法處，琪園白日天花飄。千年化迹精靈聚，碧草不侵臺下土。聽法遊仙去復回，詩魂夜夜啼秋雨。青山削壁勢欲隤，劍花照水芙蓉開。霸業如煙去無迹，象龍還繞香雲堆。

君登講經臺，我折白門柳。吳歌江上來，不必陽關酒。月明鐘鼓響空山，白石纍纍齊點首。

待旦軒爲指揮作

東方將軍文且武，一片丹心思報主。主恩未報不遑寧，起坐轅門待天曙。城頭落月照西營，明星爛然河漢横。披衣耿耿不成寐，南埭鷄鳴朝已盈。丈夫立功垂不朽，著鞭豈在他人後。驊騮驟去疾于風，金印懸來大如斗。擊劍高歌夜氣浮，劍光凜凜横清秋。長纓繫取單于頸，巨杯擎出月支頭。將軍才華燦雲錦，軍中更置婆留枕。太平天子尚宵衣，我獨胡爲自安寢。

贈杜監令安道

我聞昔者城南杜，居室去天才尺五。争似中朝供奉郎，夙夜忠勤侍明主。憶曾隨駕征四方，手持櫛鑷心遑遑。南臨衢婺北淮海，東下毗陵西武昌。白旄所指無不在，天下承平鬢顔改。聖上從容問舊時，感嘆俄驚三十載。朝回館舍即閉門，閑披貝葉忘朝昏。俱願清貧得長壽，萬歲千秋蒙帝恩。

金山寺

神禹開天塹，中流碣石存。蓬萊分左股，灩澦失孤根。驛騎催官渡，風帆拂寺門。甕城燈火近，鐘鼓報黄昏。

寄鐵厓先生二首　時留京總裁禮樂書。

蓬萊宫闕五雲東，龍虎山川錦幛中。盡説黄金延郭隗，誰知白璧起申公。春秋衮鉞諸侯懼，南北車書萬國同。却望鈞天才咫尺，一琴凉月寫松風。

先生謝客居東里，使者傳宣拜下牀。樂府謾推梁子範，禮經須問魯高堂。酒須㨉馬來光禄，賦到龍旗説太常。賜老鑒湖猶有待，山陰茅屋未凄凉。

鐵厓先生輓詩

玉笙聲斷泣龍君，撼樹蚍蜉謾作群。一代春秋尊正統，兩朝冠冕在斯文。他生有約尋圓澤，後世何人識子雲。舊業門生今幾在，下車空拜馬陵墳。

靈谷寺法會應制

寒巖草木正嚴冬，一日春回雨露濃。安石故居遺雪竹，道林新塔倚雲松。木魚聲斷催朝飯，銅鼎香消起暮鐘。千載奎文留秘藏，天光午夜照金容。

正月十五鍾山書事并簡陶禮部

上念群靈殞劫灰，法筵親向蔣陵開。雲垂五采金仙降，燈擁千官玉輦來。旌旆影寒香旖旎，簫《韶》聲轉月徘徊。清朝盛典誰能記，白髮詞臣漢史才。

十七日謝恩奉天門

金殿重重護采霞，天門賜坐擁袈裟。尚方晨鉢分雲子，中使春杯獻乳花。雉尾風清天咫尺，螭頭香暖霧横斜。聖恩特許還山蚤，官柳黄時喜到家。

二月三日泊瓜州渡與吴庵同賦

淮煙漠漠夕陽收，楚樹昏昏翳客舟。風度鐘聲來北固，帆將燈影過揚州。雲銷碧海天無際，波撼金山地欲浮。獨恨壯遊非昔日，滿江風露夜如秋。

湘湖謾興一首寄獵微生

藕花風起晚凉多，高據柴牀聽棹歌。芳草不歸支遁馬，白沙唯見右軍鵝。人家隱隱連桑柘，僧梵悠悠出薜蘿。今夜湘中好明月，相思無奈故人何。

吴山觀潮次劉本中韻

誰扶砥柱障狂瀾，謾向江亭酹酒看。風力拔山鼉鼓震，雨聲摇海蜃樓寒。尋常鷗鷺知何在，多少魚龍不自安。獨愛劉叉詞賦好，伍王祠下更憑欄。

送友人歸上沙

四月南風吹白沙，春江遊子思無涯。讀書未築樵東舍，送客先歸海上槎。萬里黄塵悲戰馬，滿城紅雨亂飛花。傷心不折湖邊柳，更待重來駕小車。

答王叔潤

天禄燃藜懶校經，鷁舟隨處泊鷗汀。西風舉扇無王導，東海移家有管寧。溪雨初晴雲更白，湖霜未落草猶青。客樓寂寞江天外，幾度遥瞻處士星。

寄樸隱南州

泖上歸來百事慵，一春愁病似衰翁。卧聽溪閣三更雨，數到江花幾信風。舊日親朋多楚越，孤雲踪跡尚西東。舵樓晚飯人如玉，清夢無時落鏡中。

舜江楊邦彦家扁二首次劉允若韻

百官東下望群山，翠掃巫陽十二鬟。蘂草春風迷客路，桃花流水異人間。龍將白雨山腰起，鶴帶晴雲海上還。支許風流吾所羡，幾時騎馬渡潺湲。

右青山流水軒。

十里煙沙接野塘，五株垂柳覆蘿墻。宦情都付河東老，往事休談洛下莊。翠影連雲春正晚，鶯聲到夢日初長。相邀須待花飛盡，倦客愁多易感傷。

右午橋柳莊。

三月廿八日早渡浙江

塵事縈心不暫安，天涯憂抱若爲寬。人因病久交遊絶，士到名成出處難。水國鷄鳴催客渡，山城花落送春殘。會當一簦忘情去，得共雲松老歲寒。

寄戴伯貞

東望湘雲客思多，故人歸計近如何。江都夜月瓊花夢，海國蠻煙荔子歌。落日麒麟猶草野，滄江鷗鳥亦風波。碧桃窗下聽春雨，誰肯金貂换緑蓑。

題雲門翠微深處

溪閣重重翠崦遮，無時雲氣濕袈裟。千峰樹色藏朝雨，六寺鐘聲送晚鴉。筆冢天寒收柿葉，茶壇風落掃松花。倦遊每憶消閒地，早晚扁舟向若耶。

過何氏山林

十年海國厭風波，地老天荒此地過。白髮幾人江左老，青山無恙越中多。社尋廬阜沙門遠，詩愛揚州水部何。要看仙家棋局散，不妨松下爛樵柯。

寄題雲屋

浮丘山下見劉蕡，每説交遊獨念君。鼠尾謾誇狂博士，虎頭誰識舊將軍。孤舟夜雪臨丹壑，破屋秋風補白雲。我是玉山堂上客，幾時呼酒細論文。

答倪元鎮

禪榻清談屢有期，茶煙想見鬢絲垂。春風水榭停蘭槳，夜雨何山寫《竹枝》。甲煎沉香都入夢，新蒲細柳總堪悲。鵁鶄飛處重相憶，擬和樊川五字詩。

題張伯雨初陽臺倡和卷

笙管聲沉彩鳳飛，朝陽出海散晴暉。一時文物推延祐，五夜丹光起太微。歲月無情詩卷在，山川如故昔人非。衹應湖上梅花月，照見荒臺獨鶴歸。

次韻懷冷泉禪師

八年京國雁書沉，每見游僧問好音。已喜法支流日本，剩傳詩價到鷄林。馬嘶赤撥晨朝散，花落氍毹午定深。今雨不來春又暮，鷲峰烟樹緑成陰。

送源無竭赴開化

鳴榔秋浦發長歌，子去南鄉幾日過。眼底雲山吾老矣，夢中風雨夜如何。斗城兵後居民少，石鏡僧歸古刹多。重覓新題何處是，功臣堂在碧山阿。

四月九日與斯道衍公登虎丘

紺宫高湧碧崔嵬，曾是秦皇駐蹕來。虎石半銷金氣盡，翠崖中斷劍池開。巖僧掃月千峰净，山鬼吟風萬壑哀。老我登臨春已晚，落花吹滿講經臺。

寄宋無逸先生

草《玄》閣上揚夫子，每説江南宋玉才。鳳闕書來船北上，鑾谿花發馬南回。青衫無淚沾歌袖，白髮多情照酒杯。處士一星雲霧裏，客樓東望幾徘徊。

湘湖漫興寄獮微生

蘭堂客散酒船空，湖上清游孰與同。五月秋聲梅子雨，一天涼思藕花風。煙將白鳥沈沙際，雲帶青山落鏡中。自是傖翁阻杭越，誰教天塹限西東。

次韻答戴雪樵

新溪勝友無多在，舊雨故人今復來。險步莫經龍伯國，虚名已付蟻王臺。小園芳樹迷青草，空屋殘花落紫苔。安道詩成情更苦，未容興盡泛舟回。

題珉上人所藏嘉定曆

一從杭泝隔風塵，四見南朝鳳曆新。戰士淮襄悲割土，殘民河洛望頒春。淹留歲月周家統，牢落乾坤夏正寅。莫説當年郊祀地，吴山煙草更愁人。

過張侯舊宅

畫戟門開宿草新，一過此地一沾巾。歸來燕子驚新主，開到梨花又暮春。雨榻無因連海曲，星槎何處泊天津。夢中相見猶平昔，翻訝傳來信未真。

次龍門韻并柬宋憲章鍾仲淵

雪後龍門步早春，老禪風骨净無塵。鵾絃白雪吟《山鬼》，繭紙烏絲寫《洛神》。天近可招牛渚客，月明長送虎溪人。鍾繇宋玉工詞翰，來往風流莫厭頻。

送馮以清調成都衛知事

越客傳來浙上書，故人闕下拜新除。荆門馬度霜清後，峽口猿啼月上初。鐵箸灰寒參畫外，戈船風動笑談餘。清秋幕府多閒日，爲訪文貞舊隱居。

送瓛瑩中住山東華嚴寺

恭承王命出巖阿，歲晏江亭奈别何。天下好山齊魯勝，濟南名士古今多。帆將落日寒收港，馬蹴層冰曉度河。好播玄風參國化，春城鐘鼓答絃歌。

次韻答葉夷仲

大荒南去渺煙沙，萬里曾乘奉使槎。得句多留支遁室，藏書未減鄴侯家。風清曉殿陳三策，日静秋庭判五花。惆悵西齋凉月夜，山梓誰共薦槐芽。

題　畫二首

石林霜葉錦斕斑，南村北村秋意閒。道士莊前一聲笛，放翁艇子出三山。

積雨平原煙樹重，翠厓千丈削芙蓉。招提更在秋雲外，只許行人聽曉鐘。

明皇小車圖

宫門日出乳鴉啼，仙漏沉沉樹影低。朝罷千官無一事，車聲又過壽陽西。

錢舜舉畫黄花翠竹

擬買陶家地一弓，却看圖畫感秋風。向來翠竹黄花圃，多在空山暮雨中。

遊白塔寺次伯温劉先生韻

春草禪扃路欲迷，白頭感慨故宫西。鐘聲送盡寒潮水，月落冬青杜宇啼。

題倪元鎮墨竹次鄭德名韻

渭水秋聲動萬竿，小窗新雨一枝寒。坡仙老去風流盡，誰向何山秉燭看。

戴勝

青林暖雨飽桑蟲，勝羽離披濕翠紅。亦有春思禁不得，舜花枝上訴東風。

題王冕畫梨花鳥

雙鳥交交語晚晴，東闌花發近清明。梨園弟子傷春去，一夜新愁白髮生。

懷友二首

湖草青青上客舟，辛夷花老麥初秋。一春多少懷人夢，半在鄉山雨外樓。

送盡梨花雪滿林，坐來桐樹緑成陰。十年故舊如雲散，一夜春愁似海深。

過海上弔曹橘中

世事如棋過眼新，重來不見橘中人。野夫本了無生者，却話無生淚滿巾。

題柯博士竹

元統才人總寂寥，奎章遺墨尚風標。鈞天夢落江南遠，腸斷雲中紫玉簫。

赤烏碑

愛尋碣石訪重玄，三國遺文已邈然。翻憶中郎黄絹字，夕陽江上浪滔天。

陳檜

吴楓楚柳逐煙空，陳檜依然護梵宫。可惜禎明歌舞地，後庭無樹着秋風。

蝦子禪

杖藜何處問蝦禪，回首胥村鎖暮煙。一曲漁歌秋浦外，腥風吹滿渡頭船。

講經臺

乞食歸來坐暝鴉，談經每到白牛車。東風柳絮吹晴雪，猶想天宫酌寶花。

滬瀆壘

隆安疆土已瓜分，猶擁孤軍戍海濱。悵望忠魂招不返，斷鴻啼雨入秋雲。

蘆子渡

百里晴沙江水長，蘆花風起碧天凉。客舟曾泊西城下，滿地砧聲兩岸霜。

古春蘭公二十三首

如蘭字古春，富陽人。自號支離。少與夢觀仁公俱游于楊鐵厓之門。剃染後，住杭天竺，道行超邁。太宗御極，召四方名德較鋑經律論三藏，師與首列，錫賚優渥。于忠肅公《謁古春蘭法師塔詩序》云：「古春法師，先君方外友也。予彌月時，師赴湯餅之會，摩予頂曰：『此兒他日救時宰相也。』已而齠齔知學，先君數以師言警余。及登第拜官，恐負師之知言。兹以内艱家居，而師與先君不可復作矣。感時追舊，祇具疏盤茗碗，展拜師墓，爰賦一律，以識予之耿耿云。」古公蓋精於相術，而袁柳莊之相訣亦傳於異僧別古崖，此可入方技傳也。

寄前寶林相木空

飛雲渡江去，瓊林化爲棘。山空流水間，而我繼斯席。松低鶴無巢，苔深虎留迹。蒼煙莽成虛，鳥啼田山寂。緬懷行道彰，尚遺點頭石。花落春雨餘，幽徑望行屐。

三笑圖

天子臨潯陽，遠公不出山。胡爲遇陶陸，過溪開笑顔。匡廬高九叠，峻絶不可攀。畫圖寫遺像，清風滿塵寰。

雹珠泉爲劉丹厓作

老蛟夜嚼陰山冰，冰花碎作玻璃聲。淵靈驚趨罔象走，一片青天落星斗。金谷緑城春已空，湘竹紅淚啼秋風。仙人剪冰不成雪，雹子累累水中結。照車十二何足多，昆明魚目騰秋波。嗚呼！魏王千金購徑寸，竭海遍網珊瑚柯。珠兮珠兮奈若何！

張節婦辭

妾本清河女，嫁作汝南婦。舅姑性嚴察，孝養無違迕。良人從吏弄刀筆，一朝犯法隸軍伍。軍逃之罪不容述，妻孥連捕心獨苦。夫因抱病死囹圄，妾欲將夫死無所。虹河之水通淮浦，妾身一死能自許。六日浮尸波上來，相逢若與精靈語。生死同居復同處，願魂化作雙飛翔。歲歲春風返鄉土，月明啼上新阡樹。

贈善世求禪人歸省

家在浙陽河，扁舟載月多。天空山接野，木落水生波。雲物催歸興，乾坤發浩歌。少年才力俊，亦足慰蹉跎。

送進古道住廬山萬杉

雙劍倚青冥，雲開九叠屏。清猿啼野樹，馴虎衛巖扃。瀑吼飛晴雪，江空落夜星。雨花紛委處，揮麈晝談經。

送曹應則歸省

壯志欲飛騰，扶摇北海鵬。雙親俱未老，一弟已爲僧。遠水浮春棹，虚窗坐夜燈。明朝望鄉國，遥指白雲層。

送述曇緒住全福

憶過周溪上，黄蘆夜泊船。張燈留晚飯，掃榻假秋眠。天漢無雙月，風平又五年。羅雲多遠裔，今古見才賢。

送謙巽中住草堂梵安

萬里橋西路，百花潭上居。凉風生錦樹，曉雨浥紅蕖。好著詒謀鈔，重論止觀書。扁舟時有便，來往問何如。

秋江送别

江柳不堪折，江花照眼明。天將孤雁遠，風送一帆輕。紅樹宜秋色，黄蘆雜雨聲。吴雲半千里，如在月中行。

張句曲小景

句曲有仙居，桃源景不如。樹根曾繫艇，石室舊藏書。溪晚秋波浄，嵐晴宿雨餘。何當問真隱，松下坐茅廬。

黄鶴山人墨竹

水竹共清妍，鮮飆動渭川。鷓鴣啼楚雨，帝子泣湘煙。秋意生簾幕，寒光照簡編。百年空見面，黄鶴已成仙。

曉　發

東風捲雨曉雲收，兩岸鷄聲送客舟。柔櫓不驚沙上雁，殘燈猶照驛邊樓。天連野水浮空闊，斗轉銀河拂地流。遥望吴越何處是，青山數點落長洲。

靖安八詠

靖安，松江上海之古伽藍，赤烏中所建也。寺僧壽寧、無爲以歌詩名東南，倡爲《靖安八詠》，一時名士皆屬和，而東維子爲之序。

陳　檜

昔聞後庭花，今見禎明檜。雙劍列雌雄，每與風雨會。艮嶽莫可移，夜挾驚霆壞。至今左紐枝，老氣發光彩。

鰕子禪

長懷鰕子儼，有如《法華》言。混凡人莫識，應供入胥村。斗鰕示神變，生死同一源。影堂見遺像，稽首重玄門。

滬瀆壘

内史晉袁松，爲國作藩屏。孤忠禦强寇，不得全首領。滬瀆春草平，血青土花冷。水仙葬重淵，天誅付辛景。

緑雲洞

清風滿壺天，緑雲迷洞户。竹日滿簾秋，松濤四簷雨。閒花落無聲，幽禽時自語。山中古秦民，不知今典午。

赤烏碑

紫髯奮江左，建業開宏圖。赤髭入吳會，重玄啟浮屠。鼎足久矣折，石年猶赤烏。雄文没淵底，照耀驪龍珠。

講經臺

我聞謝長鬚，翻經築高臺。遠公不可作，依師想重來。五千貝多葉，講誦喧法雷。文字性已離，禪定何時回？

湧　泉

神僧卓金錫，撫掌湧泉地。突如漚點圓，怒作湯鼎沸。初疑蚌蛤胎，吐出蛟人淚。陸羽或可招，裹茶試清味。

蘆子渡

我行蘆子渡，西風寒日斜。海城有遺堞，黄蘆吹白花。征鴻下荒渚，野鳥依晴沙。逐彼天風去，一葦登海涯。

題竹

一夜竹窗雨，秋聲入夢聞。都將枝上淚，灑遍九疑雲。

雨澗牛

溪岸野橋横，烏犍帶犢行。無人掛書讀，雨外候春耕。

止庵法師祥公一百七十二首

德祥字麟州，錢塘人。持戒律。書宗晋人，擅名一時。詩刻苦，高逼郊、島，有詩曰《桐嶼集》。洪武初，住持徑山，臨終倚座曰：「一隊噇糟漢，我争如爾何！」談笑而逝。姚少師《祥老草書歌》云：「祥師只今爲巨擘，上與閑素争巑岏。錢塘山水甲天下，秀氣毓子爲楩楠。十年不出筆成冢，中山老兎愁難安。晴軒小試烏玉玦，雙龍隨手掀波瀾。昨將一紙遠寄我，天孫機錦千花攢。願師勿置鐵門限，從它須索來千官。搢紳相與嘆莫及，便欲奪去加巾冠。厥聲已播不知息，箱篋盛貯光爛爛。」其爲一時推重如此。吴之鯨《武林梵刹志》云：「祥公與夢觀仁公同參，相與肆力於詩。仁公以南粤進翡翠，作詩寓諷云：『見説炎洲進翠衣，網羅一日遍東西。羽毛亦足爲身累，那得秋林静處飛。』太祖怒曰：『汝謂我法綱密，不欲仕我耶？』止庵亦以《西園詩》忤上，幾不免。」《西園詩》今載集中，不知所謂忤上者何語，野史流傳，不足信也。祥公有題倪雲林、周履道書畫云：「東海東吴兩故人，别來二十四番春。」又有《爲王駙馬賦清真軒》詩，則知公生元季，至永樂中尚在也。有《和御製賜赤脚僧》詩。又《句容道中》詩云「十年三度上京華」，則洪武中應召浮屠也。田汝成《西湖志》云：「故宋時爲僧，入元屬念舊國，有《風雨》、《望月》諸詩。」汝成《志》稱詳博，其疏謬如此。

古　懷

思尋海底人，爲乞珊瑚樹。持栽此前庭，慰彼歲將暮。上棲孤金禽，下宿單玉兔。四時相並輝，顔色長不故。

秋　懷二首

露彩發遥林，月華散虚席。花牖一何清，秋衣不知濕。驚鵲起南枝，寒蛩響東壁。寂寞曠幽懷，超超楚天碧。

青天西北傾，豈天爲不平。白日難夜照，豈日爲不明。天日尚如此，聖賢非命輕。夷齊終身卧，孔孟諸國行。所以沮溺輩，一生事耦耕。

雜言

白日不西没，黄泉無至時。東海塞爲路，高山鑿作池。世有不死藥，何人能服之。秦皇與漢武，冢上樹無枝。

懷友

三五月明滿，三五月明缺。行人去未遠，忽若三年别。此時道路間，北風何獵獵。局促猪馬悲，蕭條秋草歇。所遇非所歡，中懷安可説。不念故里閭，甘爲苦霜雪。

芍藥

春去若亡國，寸紅不可容。一朝兩朝雨，三夕兩夕風。萬物不一色，無以全其功。芍藥是何本，落在夏庭中。

禹烈婦墳

雙樹不單伐，土中無怨根。雙魚得一網，水中無怨魂。石門水不深，不着無義金。石門墳不高，凛乎三尺刀。

弔客墓

誰謂白日恩，不及黄蒿門。蒿門閉白骨，閉骨不閉魂。蘼蕪棘棘草，自結酸楚根。兎絲女蘿花，自結幽魅婚。胡爲四方志，守彼三尺墳。豈無南來轅，雙輪日翻翻。豈無北上駒，四蹄日奔奔。魂予何不歸，人各懷故園。故園雖可歸，不如歸本元。

題春暉堂

寸草雖有心，豈能報春暉。丈夫雖有志，不如守庭闈。萱花繞砌開，乳烏繞林飛。堂上白頭母，手縫遊子衣。

寄息耘

顔顔白髮人，窄窄黄茅屋。田園不願多，衣食聊自足。狂來溪上行，長歌飲溪緑。家藏一束書，懶教兒孫讀。此意誰可知，高松與修竹。

畫春溪別意圖贈息耘

不見别離船，摧殘溪上柳。溪翁白頭毛，夜半起傾酒。雪溜響低簷，月光度疏牖。忽聞煙際鴻，於焉坐來久。

白髮吟

白髮不早來，早來人莫哀。黄金不早散，早散人莫嘆。黄金不散散者多，白髮不來愁奈何。莫將黄金待白髮，白髮不生泉下客。

車碌碌

車碌碌，車碌碌，上山遲，下山速。前車行行後車促，後車不管前車覆。前車已覆無奈何，後車碌碌何其多。

烏棲曲

城頭老烏夜夜啼，來我門前樹上棲。作巢折我樹上枝，樹枝未盡風凄凄。一朝樹死烏飛去，不來顧我門前樹。門前樹死樹更多，烏兮烏兮奈爾何！

城西樹

城西有山無好樹，有樹盡爲人葬地。山中樹多墳亦多，百年那得閒遊處。只今滿眼是傷悲，何堪又作百年期。人間百年不一瞬，山中有墳多没姓。

月夕看梅

梅花夜開香滿溪，溪上月出風凄凄。開門出溪看花去，落花流水無東西。流水東流不復返，落花滿地賤如泥。老夫愁花愁不得，況乃雙雙啼水鷄。君不見顔淵盗跖賢與愚，夭壽顛倒不可期。枝間月落且歸去，明日看花還杖藜。

樹上花

昨日樹上紅，今日樹上空。樹空人莫惜，春風有來日。春風爲花好，不惜行人老。行人老不再少年，不知花落春風前。

折楊柳

小葉柳，大葉楊，今年折盡明年長。明年今日在何鄉，春風吹斷鐵心腸。葉葉比君眉，條條比君髮。朝如青絲暮如雪，能使離人幾回别。

延月有懷瑩觀師

秋月如佳士，平生願見之。掃門當落葉，開席對良時。水處得來早，花前欲去遲。自能無出没，唯羡觀中師。

送僧東遊

坐罷南山夏，東遊思浩然。與雲秋别寺，同月夜行船。一路鐘聲裏，千峰落木前。西來有祖意，不在普通年。

次韻答香光居士

山北山南住，鷄聲隔一峰。片雲長自合，明月有誰同。柱杖鳴禽澗，開門落葉風。新詩忽寄到，猶勝一相逢。

九月八日旅中夜懷

秋徑花争發，寒燈客自傷。别家將一歲，明日又重陽。鄉俗誰同與，詩情老未忘。凉風舊池沼，蕭瑟芰荷香。

旅寓

九月猶絺衣，故鄉胡不歸。塞鴻聲一到，江樹葉都飛。路晚逢僧少，門寒過客稀。自慚蘧伯玉，又是一年非。

晏起

宿雨何山歇，春眠不肯醒。燕來猶舊户，花落自空庭。引水平魚沼，燒香繞硯屏。齋中無別事，閒寫幾行經。

詠螢

念爾一身微，秋來處處飛。放光唯獨照，引類欲相輝。白髮嫌催節，青燈妒入幃。老僧無世相，容得繞禪衣。

詠蟬

應候有鳴蟬，居高也可憐。玉貂名並出，黄雀患相連。幾處秋風裏，千聲夕照邊。故園新柳上，今得聽三年。

爲康上人賦雪庭

積雪滿前楹，涵虚似太清。乾坤歸一色，江海入無聲。寶樹花稠疊，瓊臺路坦平。高僧不出户，水觀已初成。

許起宗見過

攜酒出東郭，尋源到此溪。偶因盟白鷺，兼得友黄鸝。雨氣來山北，茶香過竹西。芙蓉花發處，明日且扶黎。

約顧孟時不至

殘暑漸將消，新知許可招。鱸魚秋欲到，鷗鳥夢相撩。對雨辜紅燭，聞歌相畫橈。詩成不得寄，先稿上芭蕉。

湖上諸寺重遊

湖上三百寺，今日復來遊。滿路皆黄葉，諸僧盡白頭。水雲情渺渺，鐘鼓夜悠悠。獨有南屏下，樓臺壯一州。

寄周煉師

碧殿燒香罷，瓊林照日初。經聲出雲箔，秋色閟松樞。已挂三花樹，仍開六甲厨。羽童長不見，採藥在清都。

除夕

五十明朝是，兹宵不得眠。杯盤分節序，火炬照村田。春色來何處，梅花在目前。自然添白髮，豈爲惜流年。

孤柳

孤柳在江津，年年占早春。上林何限樹，此樹獨無鄰。蘸水煙條短，啼春露葉新。不知緣甚事，只贈遠行人。

溝上花

步出鷄鳴埭，潮溝見落花。風時下急水，雨處泊危沙。在溝猶故土，出浦是天涯。莫學溝上客，老來無住家。

送僧還松蘿山

鄉井何曾念，溪山不肯忘。百灘春水色，萬壑古松香。雲影同歸路，鐘聲出上方。松蘿最深處，閒坐閱流光。

聞　雁

八月涼風起，高飛亂入雲。度關成一序，遵渚動千群。菰米沉寒雨，蘆花散夕曛。一聲江上過，獨客最先聞。

洛澗新居約道侶

洛澗橋西轉，蘿門流水香。人情閑處少，僧趣静中長。碧草生支徑，新松覆一房。吾將掛巾舄，遲爾共徜徉。

雪夜思南山禪友

夕雪灑虚堂，禪身懶下牀。楮衾清不暖，蠟燭冷無光。宿鳥争枝響，寒花上路香。南山有兄弟，歲晚不能忘。

望雪

早起雪初晴，百鳥無一聲。吾門政冷落，老眼借光明。獨立望何極，溪山如此清。唯應剡中棹，昨夜有人行。

崔彦暉小隱

茅堂不近城，風景見高情。溪上山多異，門前水獨清。晚雲雙鷺入，春樹一鷄鳴。恐有龐夫子，同於此地耕。

秋塘

獨步秋塘上，其如客思何。蟬聲送風葉，鳥影度凉波。草店三家酒，菱船一道歌。不堪回首處，楊柳夕陽多。

小築

日涉東園上，余將卜此居。草生橋斷處，花落燕來初。避俗何求僻，容身不願餘。堂成三畝地，祇有一車書。

剪燭

風處摇金涌，煙時閃墨鴉。寸心終不昧，雙淚欲横斜。漸過分詩刻，虚開報喜花。剪聲初落指，滿席散春霞。

聽雨有懷

灑樹聲兼雪，稍簷力借風。每來寒夜後，多在客愁中。草意閒門共，燈情白髮同。之人天一角，的的似高鴻。

次韻朗元白所寄

自來溪裏住，家計逐年增。日煮三窠菜，時供一個僧。坐禪非所習，看話亦無能。只麽隨緣過，如何繼祖燈。

易門

背溪開北户，别路出西林。熟客也須問，遊僧未得尋。庭中閒草色，園内老鶯吟。盡日無人事，猶嫌住少深。

夜歸賦此以寄東田隱士

觸熱嫌尋訪，閉門如路窮。手持東野集，思與何人同。候雨坐簷樹，聽蟬得晚風。因之過林叟，歸步月明中。

新秋有懷

得秋方一日，秋意已紛紛。凉覺水邊早，聲先樹裏聞。高僧在西嶺，短策不離雲。我欲尋行迹，恐驚鸞鶴群。

送北禪講師

秦淮一相見，雲鶴兩閑身。共愛青蘿寺，俱爲白髮人。楚江花後别，吴苑雨中春。今日因師去，尊鄉夢又新。

送僧之松溪寺

師去松溪寺，應添景更清。洗溪留竹影，掃院着松聲。鳥就階前宿，雲從席上生。老予無所住，於此亦多情。

秀溪送僧住水西

此水異諸水，何來入此城。源應多秀色，流亦有清聲。古寺在其上，高僧今獨行。藤枝掛蘿壁，於此度群生。

送僧歸荆州

上人歸洞庭，衣帶浙山青。秋院空荆樹，凉風度楚汀。聞鐘還駐錫，在路亦持經。鄉士知高行，談玄處處聽。

送鄰寺僧

同住南山裏，經年不一逢。深蘿挂靈錫，落葉閟行踪。夢繞千峰澗，吟殘兩寺鐘。今從湖上別，雲水意重重。

題海雲寺

香刹住中流，初疑地若浮。路從沙際入，帆到樹邊收。清磬敲漁夜，新書報橘秋。洞庭西在望，欲去更遲留。

貽息耘隱士三首

髭鬢多年雪，交情百煉金。青山樓上坐，白鳥樹中吟。行路畏相識，尋僧説此心。欲將白雲畫，歸掛草堂深。

棣萼情相並，鷗波夢一如。草堂春悄悄，鶯木雨疏疏。破酒頻邀汝，評詩累過余。丹基有餘地，容結小茅廬。

三五樹蕭蕭，幽居稱寂寥。去年存菊本，來客問松苗。掛夢寒山寺，留踪野雪橋。一枝棲息穩，分得與鷦鷯。

送蓮峰昶晦元書記

一住蓮峰下，看松過十年。行尋無路草，不飲出山泉。虎共空林雪，猿同静夜禪。時將新得句，歌送碧雲邊。

春雪有懷湛然禪師

東風遊約近，積雪閉門深。興或有時到，春應無處尋。柳藏初活眼，草没未灰心。寂寞南山下，茶煙出樹林。

送僧遊東林

見說潯陽去，爐峰似見之。雪埋天際石，泉出寺中池。夢是勞傾想，愁非惜別離。休師兩度到，應只爲題詩。

竹亭

滿園唯種竹，竹裏置幽亭。犬吠青松路，人來白鷺汀。花溝安釣艇，蕉地着茶瓶。老耳思鳴鳳，何當借此聽。

爲圓上人賦雪洞

禪室虛生白，居之最吉祥。了經何待月，上鬢不知霜。宿恐雲來借，寒愁火有妨。老僧接息久，無復夢華陽。

竹所爲餘杭教諭王志學題兼貽主簿

王維竹裏館，今復見諸孫。翰簡傳來久，名園幾處存。鳥歌煙際石，花覆月中門。高士軒多暇，時能共一樽。

送延慶講師

蕭然山下寺，講席稱清才。路對湖中入，門依樹裏開。老夫尊興動，霜降橘書來。珍重磯頭石，留予一片苔。

雪中懷王仲高

久病不出隊，不出難自存。大雪斷行路，亂山深閉門。甕番饑鼠走，竹折凍禽喧。政憶王夫子，清齋咬菜根。

同庵新居

新居勞種植，隙地不教閒。作圃先通水，栽松欲借山。鳥逢春盡到，雲向晚都還。獨許王摩詰，題詩在壁間。

題鎮海樓

斯樓屢易名，一上一傷情。白屋多爲戍，青山半作城。雨中春樹出，風裏晚潮生。亦有歸鴉早，閒鳴四五聲。

雨中留宿息耘軒話舊

宿雨青林裏，春燈白髮前。老交無幾幾，别話有千千。坐久情生草，聽多夢入船。直須開酒律，相醉盡餘年。

題王仲高林泉小像

家有青箱學，流傳子又孫。詩曾留竹裏，夢不到槐根。歲月饒雙鬢，溪山付一樽。老懷無所繫，時得訪沙門。

送僧歸天台住國清寺

聞説臺山勝，令人夢欲騰。松杉萬丈路，缾錫半千僧。澗落煙中磬，岩垂雪裏燈。豐干舊時席，花雨又重增。

與蘭古春在京重見

勝刹住吴淞，名緇亦景從。怪來成罷講，偶地得相逢。白髮多時鏡，青山幾處鐘。如今不用别，老去託芙蓉。

送止無傳住車溪東塔

車溪古法席，子可繼先賢。薜荔林間錫，芙蓉浦口船。鳥聲青嶂裏，燈影白頭前。我有乞歸日，於斯盡暮年。

送一源藏主行脚

之子事行脚，正當年少時。汲瓶尋活水，挂錫選高枝。山向多邊看，雲從幾處期。西湖柳花裏，欲別更遲遲。

贈沈景玉

水接僧居近，林開市路通。緑雲生宿雨，黄鳥出晴風。世事書聲外，交情道味中。高蹤沈東老，能與一樽同。

林泉歸隱圖

居山豈爲山，只愛此中閒。野菜何消種，柴門不要關。飯餘聽澗落，經罷看雲還。恐有寒山句，多題蘚石間。

喜雨首座還山中

厭客已三年，還家一悵然。挂藤空壁上，掃葉舊房前。老鶴先歸樹，寒魚也出泉。吾將洗苔石，與爾共安禪。

寄姚隱居

種桑不似種花多，丈八清溝盡種荷。燕子門前三樹柳，桃花溪裏一群鵝。生來不作黄粱夢，老去偏工《白雪》歌。亦欲買山相近住，不論時節要相過。

早春聞角

一聲霜角起譙樓，歸念紛紛不自由。驛使幾回來庾嶺，詩人誰復在揚州。啼烏城郭春前曙，唳雁江天雪未休。冷落東風花莫恨，吹開楊柳又多愁。

潁人來得馬仲禎消息作詩寄之

海上相逢説潁州，古來名郡着名流。歐蘇遺迹猶堪訪，管鮑交情或可求。晚照牛羊新隴畝，秋風鴻雁舊沙洲。一尊鄉酒誰同會，應有平生馬少游。

遊天龍寺

群山江上走蜿蜒，直引潮聲到寺前。樓閣下頭生雨氣，樹林高處出香煙。流傳祇守千家鉢，受用單承一指禪。白髮老僧東塔住，自言將及趙州年。

夏日西園

新築西園小草堂，熱時無處可乘涼。池塘六月由來淺，林木三年未得長。欲净身心頻掃地，愛開窗户不燒香。晚風只有溪南柳，又畏蟬聲鬧夕陽。

次韻衍斯道九日同登鳳山

雲逢水遇片時間，燕北鴻南兩未閑。今日偶然成握手，重陽難得共登山。豈知白髮翻多事，相對黄花覺厚顔。惆悵不堪回望處，群鴉飛盡暮潮還。

聽雨篷

溪邊茅屋兩三椽，寬窄其如一釣船。幾樹暮鷗篷底看，一瓢春酒雨中眠。舊愁無復來心上，新夢何由到枕邊。我亦江湖釣竿手，菰蒲叢裏住多年。

寄余復初煉師

崑峰峭峭玉叢叢，有意尋仙到此中。流水年華逢甲子，秋風城郭見丁公。門前丹氣無人識，洞裏棋聲有路通。借得古松同鶴住，共看塵世事匆匆。

題莊氏書樓

三尺枯桐挂此樓，樓中人似晋風流。酒杯春到休教歇，書册年來盡要收。柳色半邊溪水上，鶯聲一片晚風頭。滿懷清思無消處，月過樓西坐未休。

登富春永安寺

栗葉村前石子溪，青山一掩路渾迷。也知谷裏多猿鳥，未信雲中有犬鷄。滿耳只聞諸澗響，回頭方覺衆峰低。平生傾想今朝到，願結茅茨在寺西。

南浦春耕

索索繰車谷口聞，鳥催農事日紛紛。新生野水瓜藤繞，舊作田塍井字分。耕雨每憐黄犢健，帶經猶愛小兒勤。晚風獨立溪橋外，流水桃花一隊雲。

峨溪晚釣

牛渚山前白鷺飛，船頭坐得便無機。鶯從柳絮風中聽，魚到桃花水後肥。一壺春酒江村暮，泊在峨溪醉不歸。

留别吴江老友

江湖分得兩平平，九里長塘一片城。紅葉樹邊停舫子，白鷗群裏聽鐘聲。晨星故舊嘗時數，春草詩情觸處生。歲事欲闌言别事，直燒燈燭到天明。

次韻同復翁雪中暮歸

撩亂雲中半掩扉，忍寒衝雪晚同歸。回溪尚有多人渡，過嶺都無一鳥飛。木葉風聲聽去别，蘆花月色看來非。普賢大士修何行，不與群生願少違。

題來青亭

西馬橋分一水灣，來青亭子在其間。一方席上長留客，三尺窗中只見山。落地浮雲須急掃，當檐繁木要頻删。輕嵐嫩紫無朝暮，肯與閒情數往還。

訪息耘不遇

語聲了了出溪灣，只隔桃波一步間。自愛黄鸝春後至，多愁燕子雨中還。坡晴細草平如剪，花曙閒門半不關。欲覓行踪雲滿地，人言採藥在他山。

與侄自京還横塘故居

桑麻田在水村中，千里歸來共阿戎。春水野航天上下，石橋林木岸西東。階除點火兒童喜，兄弟開門語笑同。三載客塵如夢事，明朝溪上看飛鴻。

贈陳士寧次息耘先生韻

一片塵中隙地幽，住來誰得共悠悠。青苔巷小長關雨，紅葉墻低直見秋。斗茗約同蘿石畔，買船停在竹溪頭。鄰翁怪底無羈者，排日閒忙亦有由。

次韻贈馬仲禎全斯立二昆仲

客鬢吟髯並雪霜，相看總爲惜流光。鶴同丁令身千歲，蝶與莊生夢一牀。濟世藥壺長自負，遊山酒榼不時將。兩心得似孤雲片，來往家山幾樹傍。

次韻張布政遊山

不因覽勝入松門，猿鳥何曾識使君。黄葉路從流水上，青蘿牀與白雲分。逢僧且説新裁句，見寺先尋舊刻文。冰雪寒巖春到後，樹如膏沐草如薰。

爲常上人題在山圖

一塢如山看數日，山山看盡又重看。年來木石同心性，老去煙霞入肺肝。春草澗深流水歇，夕陽鐘早宿禽安。爲僧只合於斯住，些子塵中事不干。

過湖州

平生只想住湖州，僻性迂情可自由。一片水聲中倚杖，幾重山色裹行舟。東林書卷貧猶買，西塞綸竿老未收。緩得歸程過寒食，杏花村雨聽鳴鳩。

溪居

紅葉如花翠竹低，風煙重叠護幽棲。午鷄喔喔連他境，一犬嘹嘹隔此溪。秋水放船天上下，夕陽倚杖陌東西。如何野店山橋外，又送行人過馬蹄。

寄竺庵之中天竺

花外牀琴坐不休，滿懷風露思遲留。凄凉蟋蟀聲中月，斷送梧桐葉上秋。幽夢每隨草春入，尺書還寄暮鴻愁。思君桂子新凉夜，正在天香第幾樓。

題林屋洞天

群山包水水包山，金作芙蓉玉作環。洞裏有天通五嶽，山中無地着三班。白雲彷彿鷄初唱，碧海迢遥鶴又還。可惜桃花有凡骨，年年隨浪出人間。

螺川送別圖

五老峰前送別圖，社賢今日未應無。路經黄葉千年寺，人倚西風十幅蒲。銅斗舊歌聞楚甸，蒓羹新興入吴都。重山複水閒蹤跡，自在飛雲一片孤。

與董子章宿江上

啼蛩力盡月初斜，客鬢因秋半欲華。霜氣着人唯隔紙，灘聲聒夢即浮槎。傷歌寧戚牛誰飯，懶性嵇康蝨自爬。明日風煙各回首，江頭紅葉勝開花。

喜友過新居

柴門不向小溪開，西阜山多稱不才。拄丈前村新雨後，故人東郭買舟來。山瓢遠慰何多幸，竹徑相逢第一回。從此熟來溪上路，莫教行迹有莓苔。

哭榮竹方

檐竹蕭蕭雨建瓴，無由復此對牀聽。燈花影落空棋局，墨汁香消冷研屛。春水池塘新舊草，東風楊柳短長亭。傷心一段交期夢，又被寒江鶴唤醒。

爲馬仲禎題一灣煙水

占得沙河水一灣，此身能與狎鷗閒。桃花斷岸無船到，楊柳衡門盡日關。千里煙波歸老眼，十年魂夢入鄉山。扁舟西塞山前路，流水肥魚待爾還。

荆溪有懷

荆溪一壑舊風煙，鷗鷺盟中念昔賢。春水田疇蘇玉局，夕陽庭樹杜樊川。鷄聲嚦嚦荒村外，鳥路迢迢暮靄邊。欲覓高僧問南嶽，碧雲西望草芊芊。

病起觀書訣

三十年餘翰墨中，一編書訣伴衰翁。賜丹曾起元常疾，舊冢寧論智永功。碧海魚龍春自化，故山猿鶴夢誰同。如今短杖殘陽裏，閒數秋空斷陣鴻。

故宫井

上有千尺桐，下有千尺井。風吹井上桐，零落井中影。

題桃花小禽圖

簷外雨初晴，幽禽四五聲。桃花無限思，留客看清明。

次韻張一笑秋思

閒庭凉思晚悠悠，誰遣詩人到水頭。兩岸蟬聲西照裏，豈容楊柳不先秋。

風　雨

風雨閉門三十日，年光虚度一分春。凄凉舊國鶯花夢，白髮江南有幾人。

宿呂城

呂城街裏聽鷄鳴，豈料三年在上京。風雨淒淒今又聽，舊時雙耳舊鷄聲。

天平圭禪師書至賦詩答之二首

西山鸞鶴少因緣，只向天平住一年。無限别來惆悵事，紫藤花落寺門前。

姑蘇城下别兵前，水北雲南自可憐。一紙書來開不得，傷心猶恐説當年。

寄秘書直長夏祥鳳

得見人間未見書，朝朝暮暮玉階除。心如一寸芸香蠹，長與君王辟蠹魚。

題劉松年桃花山水小幅

杳無鷄犬有人家，夾水山高路不賒。劉阮别來頻甲子，年年春雨送桃花。

遊西洞庭

玉柱金庭在洞中，當時誰道有毛公。人間白髮三千丈，只見桃花一片紅。

題顧定之竹畫

吳下曾逢顧定之，十年長記別來時。蕭蕭白髮江南思，誰解尊前唱《竹枝》。

謝車叔銘寄筆

寄來名筆自湖州，珍重齋中十襲收。早晚翻經有僧到，芭蕉先種待新秋。

春　雪

江南二月正多春，雨雪痴酣似醉人。迷殺北歸江上雁，百花樓外一聲新。

送僧還義興簡聰聞復

別却銅山三十年，因師長憶舊風煙。今朝忽送東歸客，正是秋江落木前。

聞　芷

白芷花開繞屋香，一時秋思入江鄉。雲多水闊人難見，楚竹歌聲動夕陽。

春江送僧圖爲芳上人題

唤得春船柳岸頭，欲行猶更話綢繆。水雲踪迹明朝夜，又聽鐘聲那寺樓。

與顥元白宿南山

南山夜雨曾同聽，夢隔聲分二十年。今雨復來聽復共，白頭窗裏一燈前。

憶昔

年餘五十二毛新，三十年中在戰塵。説與兒童都不聽，爲渠生是太平人。

横塘寺

桫羅園裏好僧坊，兵火年來事可傷。白髮老人知舊寺，繞塘樓子十三房。

次韻可閒居士題雙松高士圖

如此溪山着此身，春袍猶帶洛陽春。尋思馬上看花夢，暖雨香埃屬别人。

中秋奉懷幻隱禪師

秋正平分月正圓，峰前桂子落亭前。老禪方丈寥寥夜，不聽猿聲二十年。

題王黄鶴畫竹

輞川竹裏舊題詩，畫裏如今似見之。滿耳秋聲人不到，彈琴長笑月來時。

寄曦春谷講師

有德高僧亦有年，少曾行到寺門前。尋常獨看《華嚴》處，十二時中柏子煙。

哀翁舜卿

半日曾聞竹院中，别來今見哭秋風。無能盡説諸餘事，一局殘棋着未終。

田人送桂花有懷同庵法兄

上清宫裏花間殿，天竺山中月下臺。兩地舊遊同悵望，田家人送一枝來。

聞笛

江花如雪繞江春，江水迢迢入夢頻。一夜東風有羌笛，滿城都是惜花人。

秋曙

二十五聲秋點殘，露華偏濕早窗寒。朧明西月檐牙上，猶照梧桐落井欄。

湖上

六橋山色裏湖光，柳傍桃隨十里長。無限紅香多少絮，併將春恨與劉郎。

悼明徹庵二首

同門兄弟最情親，水別雲期四十春。今日獨歸秋院裏，碧梧桐下覓何人。

我去兄來住此間，兄今已死我方還。受經寺後同源水，一樣哀聲出兩山。

題明辯之畫春江聽雨圖

歸來雙鬢各蕭然，見畫猶能記昔年。風雨一船曾泊處，借人燈火草堂前。

傷翁舜卿

去年曾約看臨池，往事如今不可追。正是獨禁惆悵處，芭蕉院裏雨來時。

寄性空上人

南山挂錫已多年，不涉人間一綫緣。上殿罷來誰共坐，數竿修竹舊房前。

懷一庵禪師淪雪齋

淪雪行齋久不尋，會時長憶在春深。今朝睡起桐花院，獨把《楞伽》坐樹陰。

柳　詞

莫折東風楊柳枝，枝間葉葉是愁眉。遊人不省愁何事，曾向東風笛裏吹。

題蘿壁山房

青蘿壁下一僧房，長日唯燒一炷香。風在竹簷人在定，鳥銜紅柿落柴牀。

次韻福無受過横塘塔

短籬依舊逐溪開，小竹從新繞塔栽。燕子歸來春已去，藤花落盡水縈迴。

題湖心寺畫

野橋山路入湖心，古寺閒房住得深。未了平生行脚事，秋風拄杖或來尋。

愛　閒

一生心事只求閒，求得閒來鬢已斑。更欲破除閑耳目，要聽流水要看山。

題一雁圖

萬里江湖一葉身，來時逢雪又逢春。天南地北年年客，只有蘆花似故人。

送廬山長老

九江前面是廬峰，傾想平生未得逢。今日送師無限思，暮潮春樹月明鐘。

題春山雨霽圖

絲絲暖雨歇春朝，雲壓紅流落澗橋。欲覓桃花無路入，却聞風度玉人簫。

題仙山樓觀

複水重山路杳然，仙家樓觀入青天。那知白首黄塵事，只伴桃花度歲年。

偶　作

月月紅花開小庭，夏蟲絲吐繞枝青。如何錯怪遊仙枕，五十年間一度醒。

題錫僧會歸昌化圖

溪聲決決樹依依，路入蘿花白鷺飛。風景有誰知可畫，亂山深處一僧歸。

寄洪時齋

草上東風柳上煙，溪頭三日嫩晴天。竹鷄叫斷春泥滑，閒與梅花説舊年。

題書經室

池邊木筆花新吐，窗外芭蕉葉未齊。正是欲書三五偈，煮茶香過竹林西。

送馬仲禎之潁州

別離依舊柳重新，揚子江頭白髮人。一月路程千里夢，客中消却幾分春。

題畫八首

鵁鶄多情語曉風，惱他枝上白頭公。分明一段江南思，煙雨樓臺似夢中。

亂山深處白鷗洲，不見漁郎問隱流。春屋醉聽三日雨，桃花落盡水悠悠。

挪藍春水暖初流，擘絮晴雲濕未收。相約杖藜同步出，有詩多在小橋頭。

碧柳絲絲拂釣舟，溶溶水面一群鷗。不知誰在茅堂住，坐看青山到白頭。

江亭湖寺兩蕭然，畫裏題名二十年。幾樹夕陽流水外，斷風殘雨曳鳴蟬。

陰森群樹濕秋光，橋下溪流接草堂。聞有客來先出候，黄花村路酒吹香。

仙山曾謁大茅君，橋裏桃花兩路分。不道樓臺風雨上，又聞鷄犬隔春雲。

碧水前頭樹一林，留雲僧屋住來深。泊舟橋下青苔岸，不得桃花不可尋。

題畫紅梅

三百年來處士家，酒旗風裏一枝斜。段橋荒蘚無人問，顔色而今似杏花。

題畫梅月

疏花纖月鬬清寒，曾向西湖雪後看。零落斷香三十載，幾家風笛倚闌干。

題柯博士竹木小幅

延春閣裏拜恩時，秘畫唯教博士知。十二天街歸日晚，馬頭長見出墻枝。

題倪雲林疏林遠岫圖上有周履道題

東海東吴兩故人，别來二十四番春。而今遠岫疏林外，一抹殘陽一老身。

秋　亭

十日陰雲雨未收，山中新漲足溪流。杖藜不到閒亭上，恐有秋聲在樹頭。

題芍藥

玉階宜有此花開，金鼎調香宰相才。莫謂人間無綵筆，寫將穠艷入雲臺。

題秋山水圖

木落蕭蕭秋露濃，亂山無數月明中。十年不到雲門寺，買個船兒過浙東。

題水墨雲山雨意畫

雲壓樹頭兼雨氣，水流溪口夾秋聲。就巖着個茅亭子，不必青山定有名。

萬竿煙雨圖

空江秋雨又秋風，疑殺前山路不通。多少黄陵莎草恨，盡情歌在《竹枝》中。

爲順首座題畫

長憶春江雨後山，看雲如入畫圖間。何人肯袖漁竿手，閒却扁舟在水灣。

集外詩一首

周玄初禱雨詩

蘇臺羽仙飧玉霞，鶴年松骨輕如花。晝騎金背之神蟆，奉持緑章扣天家。請陳旱魃爲妖邪，炎焚原隰疑燒畬。草葉焦卷鑠石沙，大田秋稼縮不芽。忍聞赤子聲嗟嗟，帝呵將吏乘黑騧。驅逐雹雨鞭雷車，玄雲着地手可拿。兩脚不斷紛如麻，來蘇百物活魚蝦。博哉陰功上相嘉，濟濟多士稱欒巴。羽仙不以名爲誇，飄然鳬舄辭京華。冶城仙子邀相遮，拍肩挹袂争喧嘩。憶著安期棗似瓜，招呼不上松風槎。

同菴簡公八首

夷簡字易道，義興人。與止菴祥公同嗣法於平山林和尚。洪武五年，與鍾山法會。十一年，住杭州净慈寺。十二年，住南京天界寺，除僧録左善世。《鍾山法會詩》八首，以應制篇章宣説第一義諦，聲韻鴻朗，宣公《紅樓》之作方斯蔑如矣。

鍾山法會詩八首

洪武五年正月十五日朝廷就鍾山寺大建法會普濟幽冥四年十二月十五日上御奉天殿集公侯百官宣諭建會之因禁天下屠宰上先齋戒一月以嚴法賦齋戒

玉食金盤去八珍，九重齋戒諭群臣。版圖賓貢無中外，鬼録流亡有故新。佛事五天均至化，民生四海賀同仁。普通有願長蔬食，曾夢神僧水陸因。

正月十三日三鼓時上御奉天殿集公侯百官奉上佛表命禮部尚書賫赴鍾山啟建法會焚之賦奉表

御手封函出紫宸，百靈效職共紛紜。尚書夜待三更漏，使者朝持五色雲。宣室鬼神徒有問，茂林封禪謾能文。陳情此日趨靈鷲，萬歲千秋報聖君。

十五日上服衮冕乘輦輅赴法會至日夕迎佛上率公侯百官臨法筵供佛行大禮樂用善世等曲先是十四日微雪呈祥尋即開霄是夕星月在天風露湛寂絲竹迭奏燈火交輝禮儀之盛前古莫及賦迎佛禮佛送佛三首

鷲嶺幡幢下界來，先令滕六净氛埃。微風不動燈如晝，明月初升樂似雷。宿衛萬夫嚴虎旅，從官千騎駐龍媒。袞衣儼在通明殿，一朵紅雲擁不開。
天子臨筵禮覺皇，衣冠陪位亦侯王。寶臺高處金蓮色，珠樹中間玉佩光。幣帛奉陳先盥洗，茶甌初獻謹焚香。漢庭不必論前夢，親睹金容在上方。
皓月華星傍九霄，夜深端坐聖躬勞。樂聲按舞漁山近，花雨飄空鷲嶺高。玉册讀文傳太祝，金柈捧奠出儀曹。從容望燎鑾輿動，目送中天白玉毫。

宣諭鬼魂賜以法食賦諭鬼

萬方殺戮到漁樵，三日齋宫德澤饒。朽骨又蒙周室葬，遊魂不待楚人招。千年象教來中國，一代威儀出聖朝。慚愧山林何所報，耕桑滿野甲兵銷。

詔龍灣普放水燈以燭幽暗賦水燈

持節馮夷向夕過，遠分燈火出官河。斗牛光動天垂野，風露聲沉水息波。海族樓臺休罷市，鮫人機杼不停梭。九泉無復悲長夜，莫問南山白石歌。

法會三日上之臨幸十三日天雨娑羅樹子近臣得之以奏獻焉十四日詔皇太子諸王同觀法會賦迎駕

千騎東華玉輦來，鍾山渾勝妙高臺。旌旗寶樹重重入，樓閣香雲一一開。仙仗齋從三日幸，春官詔許五王陪。近臣共説天顔喜，收得婆羅樹子回。

夢堂噩公二首

曇噩字無夢，又曰夢堂，族姓慈谿王氏。師事雪庭，傳公相宗律部，晝夜研摩，教相既通，篤意禪觀。參元叟端公於靈隱，機鋒交接，元叟欣然頷之，命掌内記。出世於浙東三名刹，國師錫以佛真文懿禪師之號。洪武二年，召至京，既奏對，上憫其年耄，放還。越四年而終，年八十有九。公少學文於胡長孺，爲袁桷、張翥輩所推服。烏斯道少從公授文法，遂以名家。宋景濂序斯道之文，以爲經噩公之指授，得其心印云。

金山寺

崢嶸兩岸市廛開，愛静人尋此處來。水底有天行日月，山中無地著塵埃。塔擎燈影明雲杪，船載鐘聲出浪堆。自信平生有仙骨，好風吹上妙高臺。

山陰舟中

平明飯罷促高梢，撑出五雲門外橋。離越王城一百里，到曹娥渡十分潮。白翻晴雪浪花舞，緑弄晚風蒲葉摇。西北陰沉天欲雨，卧聽篷韻學芭蕉。

陸儼山《詩話》云：「國初，越中詩人劉孟熙、唐處敬輩遊集曹娥祠，一僧敝衣坐船尾，衆方分韻賦詩，殊不之顧。忽作禮云：『有剩韻乞布施一個。』拈『蕉』字與之，璺即應聲賦詩云云。衆驚曰：『公非璺夢堂乎？』遂邀入社。」

用堂梗公一首

子梗字用堂，四明之奉化人。族陳氏，古靈先生之諸孫。嗣法元叟端禪師，居四明，掌内記雙徑。出世鄞之護聖、奉化之清泰。若古鼎銘公、笑隱訢公、斷江恩公，皆嘗參扣。張蜕庵嘗跋夢堂璺公及公吴中唱和卷，以唐皎，宋潛爲比。及應召至金陵，與宋景濂遇於護龍河上，宋復叙其《水雲亭小稿》，尤嘆其詩文，以爲寄情翰墨，獨露本真，近代明教、寶覺之流也。

金陵行

從古佳麗金陵州，到今城郭枕江流。埋金往事墮茫昧，含風老樹長蕭颼。寒潮喧聲響西浦，碧海渺渺天東頭。二水三山涵遠景，龍蟠虎踞横高秋。黄旗柴蓋化榛莽，庭花玉樹傳商謳。六帝雲浮幾蒼狗，三國角鬥真蝸牛。青山似洛祇復嘆，神器歸隋良可羞。鳳凰何來棲李樹，鷗鷺戲浴彌滄洲。天塹已知徒恃險，地肺只合從仙遊。君不見昔人《黍離》歌宗周，彷徨不去心悠悠。天荒地老著許愁，日往月來無時休。霜飛臺高柏修修，人謂我歌將何求。

道原法師衍公三十二首

宗衍字道原，中吴人。至正初，善爲詩，住石湖楞枷寺佳山水處，一時名士多與游，而尤爲危翰林太僕、先輩覺隱誠公所推許。嘗以僧省堂選主嘉禾德藏寺，才辯聞望傾於一時。年四十三而殁。孫西白金嗣其法。聲九臯《德藏送行詩序》云：「當時石湖與危先生相知，而未嘗相見。洪武革命，先生歸江南，始克序道原所著《碧山堂集》，而道原之殁久矣。道原遍讀内外書，資以論辯，而獨長於詩，博採漢魏以降，而以少陵爲宗。取喻託興，得風人之旨，故其詩清麗幽茂，而在可傳也。」

石湖閒居

過懶愧前垢，晨起亦已勤。開門掃積葉，苔色一何新。不知何夕雨，餘濕未生塵。初日照修竹，青山可憐人。俯仰衡門下，誰知此意真。

遣興

龍化不改鱗，士達不改身。借問當路子，如何棄賤貧。仲尼稱大聖，原壤乃狂人。光武有天下，嚴陵實隱淪。故舊不可忘，何况師友親。嗚呼千載下，此道如埃塵。

獨坐

客至固足喜，不至静亦佳。柴門終日掩，風過有時開。豈不念笑言，輕易交成乖。庭柯有好鳥，衆音何喈喈。晨征暮來止，乃與我心諧。

泊平望

計程息勞牽，日晚江路永。連檣如有待，聚泊就村井。沙明鷗群回，月出人語静。心清獨不寐，况乃風露冷。因思往來客，終日困馳騁。得非衣食驅，無乃緣造請。吾人方外士，素志慕箕潁。胡爲淹水宿，混跡問蛙黽。丈夫别有念，此意誰得領。人生未聞道，如何卧煙景。

雜詩次俞伯陽韻

無營百慮省，有作慮乃多。空林無客過，寂寞類山阿。果熟風自落，蛛絲當户羅。斷蓬非無根，落木亦有柯。所懷願不獲，抱恨將如何。白雲悵悠悠，回首聊詠歌。

静趣軒

躁静失本性，滯寂聖所訶。不有止觀幻，欲静動愈多。道人非避世，偶此住山阿。幽侣不到門，况聞車馬過。閒雲謝冗跡，止水無驚波。山光明户庭，定起聊婆娑。擾擾奔競者，聞風意如何。

感興

雨榿當我門，昔種不盈把。十年各長大，我屋在其下。風吹枝峥嶸，壞我屋上瓦。伐榿傷屋甚，小過且容舍。樵兒驅之去，不去反怒嗔。豈不有曲直，但念是比鄰。

遣興

清晨啟重門，童子浄灑掃。披衣視天宇，野曠日杲杲。憶昨懷故園，似遭青山惱。一狷彼此念，適意無不好。我性真坦率，逢人輒傾倒。非關渠我欺，擺落自不早。凉飆吹衣裳，溪色映青稻。飲水讀我書，逍遥以終老。

對菊有感

百草競春色，惟菊以秋芳。豈不涉寒暑，本性自有常。疾風吹高林，木落天雨霜。誰知籬落間，弱質懷剛腸。不怨歲月暝，所悲迫新陽。永歌歸去來，此意不能忘。

題韓畫馬圖

唐朝圖馬誰第一，韓幹妙出曹將軍。此圖無乃幹所作，世上有若真空群。雙瞳精熒兩耳立，蘭筋束骨皮肉急。何年霹靂起龍池，五龍一團雲氣濕。當年天子少馬騎，遠求烏孫詔寫之。即今内厩多如蟻，縱有騏驎畫者誰。

中山堂爲許隱君作

俗子居山不見山，静者居廛山在眼。請看東郭許隱君，中山之堂最蕭散。堂前種竹堂後萱，春深笋長萱花繁。大兒稱觴壽花下，小兒讀書當竹根。城中無山亦可樂，城中有虎仍戴角。歸來不愁虎食人，閉門日醉中山春。

萱庭春意爲胡景仁作

春庭種萱春日長，春風吹衣春酒香。閉門讀書母在堂，百畝之稻五畝桑。萱能忘憂，無憂可忘。晨羹須調不須鯉，婦善奉姑姑自喜。阿孫來來花下戲，慎勿傷花失婆意。

晚涼懷故山

疏林生晚涼，微日映書幌。南山澹相對，幽磬時一響。懷歸見素心，感舊發遐想。稍待秋橘香，風汀蕩雙槳。

浴罷

浴罷振輕袂，漱齒汲石井。木落歲已秋，山深夜逾静。細詠餘幽響，清心寄真境。松門涼月陰，掛杖一僧影。

啄木

啄木江南飛，蠹蟲生上林。江南亦有蠹，不聞剥啄聲。蠹種日以滋，木病日以深。啄木不啄蠹，孰慰鳳凰心。

墨蘭

楚雪春已晴，沅湘水初滿。去年故葉長，今年新葉短。波明碧沙浄，日照紫苔暖。不見澤中人，江南暝雲斷。

遣興二首

涼風一葉落，志士感其微。豈但振爾木，寒將裂我衣。治田去稂莠，所憂稼穡稀。君若不見察，善類將安歸。

紫蘭生幽林，聊與衆草伍。青蠅亦何物，天乃傅其羽。鴟梟紛翺翔，鳳鳥不一睹。自古已云然，今人况非古。

秀州東郭舟中

自在眠沙鳥，參差入郭舟。山林吾計拙，天地此身浮。曉氣成雲住，晴波雜霧流。攬衣疑厚薄，十月暖如秋。

楞伽寺得月屋

月出湖水湄，清輝映林屋。山明秋樹静，照見幽鳥宿。開門誰遣入，俯澗近可掬。道人猶未眠，經聲出深竹。

吴江晚泊

風壤三洲接，江湖一水分。虹消滄海雨，日落洞庭雲。客意終難盡，漁歌不厭聞。長思陸魯望，不出可忘君。

野鷄毛羽好

野鷄毛羽好，不如家鷄能報曉。新人美如花，不如舊人能績麻。績麻作衫郎得着，郎見花開又花落。

此詩流俗訛傳爲陳少卿妻寄夫之作，今削而正之。

題川船出峽圖

瞿塘險爲三峽門，兩岸束急洪濤奔。十丈江船萬斛力，一篙失勢原無根。前船才過後船出，蜀商來往無虚日。君不見人間行路難，咫尺風波永相失。

題扁舟醉眠圖

江水蕭蕭江岸風，泊舟不歸何處翁。鼋鼍出没浪如此，爾尚醉遊春夢中。空山雲深白日静，松聲如濤屋如艇。歸來歸宋毋久留，不歸恐君將覆舟。

秋　興

一别空山舊草亭，衣裳五見點秋螢。沙沉短艇餘菰米，苔卧長鑱老茯苓。弱水蓬萊那可到，瞿塘灧澦不須經。歸帆早晚吴波裏，裊裊凉風望洞庭。

題趙松雪墨蘭

湘江春日静輝輝，蘭雪初消翡翠飛。拂石似鳴蒼玉佩，御風還着六銖衣。夜寒燕姞空多夢，歲晚王孫尚不歸。千載畫圖勞點綴，所思何處寄芳菲。

錢塘懷古

鐵馬悲鳴汴水黄，翠華南渡駐錢塘。至今父老稱行在，往昔君臣認故鄉。銀海雁飛虚夜月，銅盤仙去只秋霜。乾坤離合寧非數，詩罷長吟意渺茫。

子熙兩和詩寄再用韻以答

《梁甫》吟餘自荷鋤，南陽非復舊門閭。春愁亂逐楊花起，秋興頻將柿葉書。水落楚江尋瘞鶴，草荒吴苑問烝魚。遠遊憶母還歸省，安得雲萍有定居。

次韻春日西湖懷古二首

當時翠輦此經過，天馬玲瓏撼玉珂。宴罷湖山芳草合，歸來風雨落花多。子規夜半啼宫樹，翁仲春深帶女蘿。自古興亡多有此，不須惆悵問如何。

錢塘父老眼看天，國破尤能話昔年。江草忽嘶闕北馬，風帆不返海南船。空林落木無人掃，廢苑餘花只自妍。此日西湖回白首，功名若箇在凌煙。

吴江晚泊

無數舟航共晚晴，大星光見月初生。背人白鳥雙飛去，隔水幽花一樹明。

漁村夜歸

月落蘋汀宿霧凝，小橋霜冷挂漁罾。歸來已是三更後，水際人家尚有燈。

西白禪師金公四首

萬金字西白，吴郡姚氏子。依寶積院道原衍法師爲弟子。更衣入虎林，謁銘古鼎於雙徑，俾掌記室，分座後堂。至正丁酉出世，住蘇之瑞光寺，效編蒲陳尊宿作孤雲庵於城東，以養老母。洪武改元，起住持大天界寺。萬機暇時，召入禁庭，奏對稱旨。四年春，詔集三宗名僧十人及其徒二千，建法會於鍾山，命總持齋事。靈承上旨，創建規式。師以母耄，舉全室泐自代，復還庵居。五年冬，復建會，大駕臨幸，詔師闡揚第一義諦。一日，示微疾，委順而化，六年十二月也。世壽四十又七。公初爲天台之學，研精秘義。至正中，辭母東遊，陳敬初有文送之，其説如此。厥後得法古鼎，棄諸緣而躋覺路，直指心源，機用迭發。宋景濂謂寂照之子孫各主各山，大暢宗指，師亦其一人也。吴人但知師爲道原之子，不知其嗣法因緣如此。師名萬金，或改爲力金，誤也。

趙千里田家四季圖二首

桃花浪已深，楊柳風猶弱。鄰曲欣往來，逢迎勸耕作。健犢不自暇，老農良有託。共醉社日尊，陶然得真樂。

蠶事方告成，鳴蜩有新聲。插秧雨初遍，治草日不停。雜坐高樹陰，解衣午風清。作勞時自逸，孰謂非常情。

錦莊漁隱圖爲醫士作

錦莊園林錦不如，幽深仿佛神仙居。舍南舍北剩栽杏，水落水生惟釣魚。嚴陵終辭光武禄，郭玉素受涪翁書。眼前生意日已廣，桃源鷄犬同村墟。

次韻李希顔同知登吴山有感

鳳舞龍飛運已更，江流難挽幾傷情。荒陵鳥雀聲如怨，故國風雲氣不平。冠蓋偶然尋勝地，旌旗且莫指邊城。登高别醉黄花酒，更擬重陽一日晴。

九皋聲公六十一首

妙聲字九皋，吴縣人。景德寺僧。嘗居常熟之慧日寺，師事古庭學公。洞明止觀，博綜内外典，善詩文。主平江北禪寺，洪武三年與西白金公同被召，莅天下僧教。有《東皋録》七卷，洪武十七年，法孫德瓛所刻。

飛鯨樓詩

崇樓言言，上下太清。鴻鐘在縣，飛鯨是名。在昔先民，制器尚形。取類相感，用谹其聲。此方真教，由聞而入，誕敷法音，昭我玄極。假物以鳴，與世作則。震驚大千，群動咸息。維此積善，靈僧之宫。爰作斯樓，驚昏啓蒙。俟誰尸之，曰沙門惠公。胡潰于成，弘誓在躬。瞻彼飛樓，峙於東海。華鯨在兹，蒲牢震駭。苦輪乃軔，音埸①無礙。於千萬年，迷者永賴。

① 原注：「音易。」

蒲　庵

循彼南澗，言采其蒲。采之何爲，犞犞是圖。彼蒲之良，利用爲屨。載緝載捆，如蓺稷黍。我思古人，維睦之陳。克用是道，甚宜其親。我行四方，十年於今。母實有命，予何弗欽。乃築我居，於越之野。悠悠我思，朝夕於楚。亂離孔憮，山川邈悠。豈不懷歸，水無行舟。爰有清泉，在居之側。既浸既灌，蒲葉嶷嶷。蒲葉嶷嶷，蒲生日夕。母氏燕喜，我勞其何。

和感寓并雜詩三首

悲風擅黄葉，芨舍依檟棘。歲歉兒苦饑，家貧母猶績。寒窗秉機杼，卒歲不成匹。里胥夜蹋門，叫怒催紝織。蹇余晚歸田，耕不如仲力。一飯愧其人，安敢自皇息。

胡雁乘朔風，矯矯厲羽翼。江南稻粱地，異彼陰山北。所憂弋者篡，繒繳在尋尺。奈何隨陽侶，自剪排風翮。豈知絓羅罔，復懼膏鼎鬲。本不飛冥冥，於今悔何益。

有虞昔南狩，死葬蒼梧山。帝子泣幽怨，至今竹斑斑。重華骨已朽，淳樸何時還。我欲往從之，洞庭汩孱顏。夢寐奠靈瑣，懷椒俟其間。安得御風去，揮手謝人寰。

題滄浪醉眠圖

澐澐此河水，水渾不見底。水渾猶自可，水深將没汝。舟楫無根柢，風波無時休。不如高堂上，飲酒可忘憂。

雨

密雲遂崇朝，飛雨灑高閣。蕭瑟傍松檐，委迤帶煙郭。坐來池水滿，吟罷林花落。已知禾黍秋，不奈衣裳薄。

村居圖

東村有隱者，素發颯垂領。幾上種樹書，門前釣魚艇。粳稌風露深，葭菼天水永。雲飛洞庭小，花落春户静。懷哉古逸民，披圖發孤詠。

漉酒圖

棄官賦歸來，田家酒初熟。脱我頭上巾，漉此杯中緑。獨漉復獨漉，漉多酒還濁。酒濁猶自可，世濁多返覆。桑枯柳亦衰，但有松與菊。田父晚相過，相與話墟曲。共醉茅檐下，此生亦以足。

静寄軒

深居一室静，獨坐群動息。涉世諒無營，照空欣有得。風吹松上雨，花落澗底石。當期永日閑，共此喧中寂。

送僧歸日東

碧海蓬萊外，扶桑日本東。居然成絶域，久矣染華風。王化能柔遠，遐琛亦會同。佛書龍藏古，梵夾象胥通。問道來飛錫，浮生若轉蓬。中朝師法在，厚往聖恩隆。歸羡翩翩鶴，吟瞻肅肅鴻。片帆唯就日，萬里若遊空。洗鉢鮫人室，焚香海若宫。將迎煩國主，感嘆聚鄰翁。告别行何遽，題詩愧未工。縣知音信絶，徒望海霞紅。

題老馬圖

老棄東郊道，空思冀北群。蕭條千里足，錯莫五花文。苜蓿秋風遠，蘼蕪落日曛。太平無一事，愁殺故將軍。

題黄子久山水

黄公東海客，能畫逼荆關。意盡崎嶇外，精深溟涬間。猿啼明月峽，木落浩亹山。谷口蘿煙暝，騎驢獨未還。

和薛生早秋見寄二首

雨洗秋容淡，江含霧氣深。候蟲依井徑，歸燕拂檐陰。庾信江南賦，靈均澤畔吟。正愁聞古調，諷誦重兼金。

凉風起蘋末，落葉灑衣裳。物色悲行客，乾坤入戰場。參軍髯尚短，太尉足何香。忽聽吟《梁甫》，懷人意甚長。

楊花詠

飛飛辭古柳，冉冉媚晴空。愛爾白於雪，况乎兼以風。遊絲相上下，戲蝶或西東。終然太輕薄，飄轉委泥中。

盟鷗軒

客有忘機者，開軒命白鷗。同心如此水，有約共滄洲。爾性何其静，吾生亦若浮。自今期歲晚，風雨亦相求。

賞静軒

雲竹淡相於，深宜静者居。香飄晨梵合，花落暮禪餘。坐有高閒客，牀留止觀書。一身仍擾擾，何處問吾廬。

吴宫四時詞四首

柳色暗閶門，霓旌拂晚雲。湖邊采香罷，就閲水犀軍。
何處堪銷夏，龍舟過洞庭。誰歌《採蓮曲》，江上越山青。

金井落梧桐，茱萸繞殿紅。君王愛秋色，多在館娃宮。宮闕夜如何，風飄宛轉歌。更闌銀燭滅，落月在江波。

題高尚書九江暑雨圖

尚書畫山山巃嵸，九江秀色開森茸。况當五月暑雨交，雲氣滃勃川光動。五峰削出青如蓮，緑樹仿佛聞零猿。猶瞻謝脁青山宅，不見米家書畫船。何人出門面山立，頭上烏紗翠痕濕。誰喚山東李謫仙，來觀瀑布三千尺。於今戈戟亂如麻，使我披圖一永嗟。欲買沃洲歸共隱，江山如此屬誰家？

贈四明鬻書單生

古人讀書手自寫，今人藏書充屋椽。牙籤插架不解讀，何異愚翁工守錢。單生持書入我室，竹光落牀亂緗帙。居貧不能常得書，爲我借觀留數日。昔在鄞江識單生，於今白髮老於行。明年偶有江船賣，我欲從君覓《論衡》。

柏子庭畫松障歌

高堂誰畫青松障，越柏下筆開殊狀。小枝交錯鐵不如，大枝森竦劍相向。筆驅元氣天爲泣，龍擘海水神俱王。滄江風雨六月來，白日雷霆九天上。想當飛墨縱揮應，灑遣酣歌助悲壯。于時畫者亦有人，柏也用意實豪放。猶憶海虞山裏時，往往見我索題詩。豪縑到手不暇擇，爛漫圖寫寧復辭。只今風流已冥寞，使我見之增嘆愕。况當木落秋氣悲，撫事哀吟忽如昨。烏乎柏兮那復見，蕭瑟淒風動寥廓。蕭瑟淒風動寥廓，應有松子僧前落。

採蘭堂

去年採蘭蘭葉長，今年採蘭蘭葉短。秉芳欲寄路漫漫，國香零落風吹斷。蓮華峰下採蘭堂，永懷佳境不能忘。上人開窗面山坐，山水含暉吟謝郎。三生誤落夫差國，翠結瓊琚香不息。目斷王孫游未歸，江南春草連天碧。

效飛廉

飛廉事紂僨厥宗，何自上天司八風。噓枯吹生在掌握，竊弄神柄貪天功。四月五月旱太甚，天地翕赫方蟲蟲。原田莓莓赤如燎，種不入土啼老農。雨師鞭霆走群龍，玄雲四合零雨濛。胡爲吹雲使消爍，更鼓烈焰翻長空。斯民焦勞亦何罪，得不哀怨號蒼穹。天雖處高聽甚聰，汝敢迷罔斧爾躬。天誅將加不可逭，殛死大荒誰汝恫！

龍掛

白龍下天欲行雨，赤日捲水江中央。銀河東傾浪波接，劍影倒射雲旗揚。下民方憂涸轍鮒，上帝許借天瓢漿。龍來勸爾一杯酒，平地水深三尺强。

題乘槎圖

秋風駕洪濤，靈槎中蕩摇。恍如乘船天上坐，帝青九萬無纖毫。黄姑織女長相見，歸來空記當時面。至今海與銀河通，何因再得相從容。

題王弘邀淵明圖

江州刺史何爲者，載酒邀我廬山下。乃翁在山不在酒，解后寧辭爲君寫。遠公招之不肯留，平生誰省王江州。門前五柳至今在，江邊桑樹水空流。

題畫馬四首

真龍矯矯空大群，奚官牽來氣若雲。黄金骨法頗清峻，畫者似是曹將軍。駑駘高驤飽刍粟，白駒轅下傷局促。方今相者多舉肥，草畫權奇須畫肉。

畫師胸中有全馬，三馬斯須生筆下。中有一匹玉花驄，似是西來大宛者。不群不食意氣豪，羞與二馬同凡槽。使我見畫三太息，於今誰是九方皋。皎皎白馬白於練，首如渴烏目如電。天閑騏驎人不畫，見師爲我開生面。圉人牽浴定昆池，落花滿地驕不嘶。青絲絡頭無一丈，挽住萬里見高蹄。前朝王孫善畫馬，筆迹不在曹韓下。君看榻上玉花驄，風骨權奇絶瀟灑。却憶至元全盛時，四十萬匹皆吾師。崇天門下宣入貢，太僕牽來親見之。李君愛馬人莫比，意氣相期論萬里。千金買得真騂騮，早晚騎之見天子。

贈駱自然　代人作。

駱生家在錢塘住，正近曲江蘇小墓。生來無目最善音，自小學歌今獨步。憶昔太平開樂府，新聲傳得宫中譜。摩訶兜勒西城來，子夜吴歌自風土。一聲悲壯梁塵飛，二聲激烈行雲低。三聲四聲山石裂，魑魅夜走猩猩啼。我來江上忽相見，聽我履聲如識面。殷勤道我攻詞章，吾今衰也何由羡。落花遊絲春寂寂，來前再拜當筵立。爲我揚袂歌一行，滿堂聞之皆動色。我本東西南北人，如今天地盡風塵。勞生觸事易成感，使我泣下沾衣巾。駱生駱生吾已老，往事悠悠勿復道。已將身世等浮雲，莫把新詞故相惱。掩琴罷坐求我歌，我歌哀樂何其多。人生百年能幾何，駱兮駱兮奈爾何！

花殤

去年高秋洞庭客，贈我兩株木芍藥。手種東皋未浹旬，紺芽怒長紅英折。今年春深花滿枝，噓霞弄日相因依。紅簇火城丞相至，錦翻晴晝買臣歸。當階矜持顏色好，使我行吟被渠惱。看去還期到子孫，歸來聊以娛吾老。那知零落委泥沙，雨咽雲愁共嘆嗟。柳色鶯聲雖復在，游蜂戲蝶落誰家。飄香墜粉無人拾，遊夢妖魂歸不得。種樹空思郭橐駝，寂寞因悲洛陽陌。草堂獨坐見秋風，彌信吾家談色空。安得人間名畫手，倩渠移入畫圖中。

落花嘆

朝見紅白花，暮見青葱樹。不愁花落總成泥，但惜人生不如故。滋蘭公子江南客，再拜東皇留不得。九州塵土浩茫茫，付與楊花作春色。東溪野老自忘機，坐對落花吟夕暉。猶聞葉上黄鸝語，不信東家蝴蝶飛。

對雪

青天瓊林九萬里，朔風吹花如剪水。謝家女子强多才，却道柳絮因風起。凍雀無食愁奈何，紇干山頭寒更多。穆王八駿在何許，千古空傳《黄竹》歌。

王有恒聽雨篷

江南雨多春漠漠，蘧篨中寬可淹泊。坐聽蕭瑟復瑶琤，若在洞庭張廣樂。木蘭之楫青翰舟，斜風細雨不須憂。筆牀茶竈便終日，知我獨有滄浪鷗。廿年攜書去鄉國，蕪城草深歸未得。援琴時作《廣陵散》，魚龍出聽天吴泣。江湖適意無前期，身如行雲隨所之。平山堂上看春色，還憶江南聽雨時。

爲陳仲孚題薛公遠墨竹

前朝畫竹誰第一，尚書高公妙無敵。近世多宗李集賢，房山真跡那能得。澹園學李殊逼真，柳州半刺題銜新。鵝山之虚況多竹，畫品近來應入神。東皋溪傍草堂小，羅池廟前春雨早。三千里外見似人，玉立長身照枯槁。石湖今有太丘陳，孤竹春陰生子孫。清風高節在封植，知有王猷來款門。

仙家近題劉阮圖

白雲滿地迷行路，溪流百折無由渡。水上見胡麻，有人雙浣紗。仙家知已近，失喜驚相問。洞口碧桃開，郎君何處來？

甲午歲感興

開極規模自有初，舊章紛亂欲何如。黄河疏鑿功何補，楮幣更張術已疏。西郡少年持國是，中原文學滯公車。河南寇盜由誰致，天下兵戈遂莫除。偃月堂深資鬼蜮，伏波軍敗縱鯨魚。百年人物關衰盛，一代經綸屬卷舒。丞相出師應有表，草茅憂國豈無書。疇能一吐平淮策，爲爾排雲謁帝居。

遣興次張翰林韻

漢主憂勤減膳頻，誰令天下尚黄巾。近聞李廣軍威振，復道張騫使節新。天意未忘清廟祀，群雄休犯屬車塵。史臣擬草《河清頌》，還屬詞林第一人①。

① 原注：「李廣謂李忠襄也。時張潞公以使出。」

秋　興

溪上凉風吹早秋，長空淡淡水東流。芙蓉露泣吴宫怨，苜蓿煙連漢苑愁。貢賦未全通上國，王師近報下西州。關山萬里同明月，偏照詩人自白頭。

喜晴偶題

今年陰多寒未回，三月尚復雪皚皚。朝來始覺春意動，溪上忽見桃花開。東家蝶歸苦不早，江南草深還可哀。中原消息久已斷，昔時英雄安在哉。

謝惠橘

洞庭嘉實正離離，滿樹黃金欲採遲。香比陸郎懷去後，霜如韋守寄來時。開嘗直想千林晚，包貢空含萬里悲。江漢風塵愁路絶，食新聊得一開眉。

次韻奉和見心師遊石湖蘭若二首

楞伽峰如九叠屏，何年截取匡廬青。方同楚客賦招隱，不學山人吟采苓。僧蹊盡種苾蒭草，梵莢遍寫《多羅經》。諸天只在雨花外，音樂六時來窈冥。

近聞移居湖水頭，蘭若下瞰蒼波流。獼猴夜偷錫杖去，鷗鳥日傍闌干浮。揚州月照五湖白，洞庭木落三山秋。相望只隔半江水，安得贈之雙佩鉤。

遊石湖次韻

黄山高人之所居，金沙花明白石渠。無錢愛養方外客，有口懶讀人間書。採來青菌總堪食，種得黄精還可儲。郭西十里不一到，題詩爲問今何如。

題虎丘寺

有客題詩海涌峰，高懷渺渺託冥鴻。勾吴伯業荒煙外，梵塔觚棱杳靄中。石坐千人停可月，劍埋三尺水還風。目前無限登臨意，古木蒼藤叫郭公。

贈袁仲章

吴江城郭太湖東，鄉郡新除用武功。班秩政同唐六品，世家會拜漢三公。一簾紅雨清明候，百囀黄鸝緑樹風。知爾本無軒冕意，見人渾與舊時同。

雙鳳清遠堂

因讀朱桓《清遠記》，知有祇園清遠堂。華雲時到五天竺，梧月曾棲雙鳳凰。曲檻彈棋春晝永，疏簾散帙午風凉。欲題好句渾難覓，除是高僧俗姓湯。

東皋晚望

江虹截雨雨脚斷，秋色盡在西南陲。洞庭若在五湖外，長空洗出雙峨眉。占城稻熟歲字孎，日及花開田姥籬。杉根倚杖日將夕，寒風落木牛羊來。

苦雨懷東皋草堂寄如仲愚

四月淫雨寒凄迷，邊軍夜歸聞鼓鼙。大麥漂流小麥黑，富家嘆息貧家啼。書囊留滯北山北，草堂故在西樓西。焚香掃地早閉户，莫遣袈裟沾燕泥。

次韻開元石鉢

磨礱圭角象天圓，佛手親持不計年。乞食屢經祇樹下，降龍因落滬川邊。懸時寒映當窗竹，洗次遥分卓錫泉。神物護持希世寶，故遭劫火至今傳。

次韻道竹可清明雨

風雨蕭蕭夜向晨，清明都付寂寥濱。吹殘野外無窮柳，消盡江南大半春。臨水桃花還有浪，銜泥燕子不生塵。匡牀坐穩渾慵起，賴得同人語笑頻。

寄上竺日章和尚　時在京師。

年逾七十嘆衰翁，足不良行耳又聾。無復白間聽夜雨，每因黄落識秋風。有時百步三回坐，何日孤燈一笑同。想見朝回多論述，天華飛落研池中。

次韻寄徑山以中和尚

山川樓觀總丘墟，雙徑還成化佛居。四海重修輿地志，群龍仍護梵天書。野猿供筆詩成後，玉女焚香定起餘。大覺昔承天子詔，解知山體本如如。

次張士竹草堂韻

西枝草堂西復西，山迴谷轉路多迷。蜜蜂出户櫻桃發，桑葚連村布穀啼。自起開門留野鶴，誰能立馬候朝鷄。經時不到雲深處，雉子將雛鹿有麛。

吴山曉行

草露泠泠著屐行，野橋村巷不知名。長庚如李天將曙，始聽荒鷄第一聲。

表上人梅

夢入黎雲路不分，幽香多在定中聞。起來寫得横窗影，寄與山中滿谷雲。

天淵禪師濬公二首

天淵名清濬，黄巖人。古鼎銘公之入室弟子。嘗司内記雙徑，説法四明之萬壽，歸隱清雷峰中。洪武中，應召爲天界僧官左覺義。庚午歲，命住持靈谷寺，御製詩十三首賜之。年六十五，示疾留偈而化。公初遊金陵，宋景濂嘗有文送還四明，極稱其詩文，以爲其才不下於秘演、浩初，其隱伏東海之濱，未能大顯者，以世無柳儀曹與歐陽少師也。

上命欽和山居詩二首

老來一鉢住岩幽，塵境無心得自繇。空裏每看花滿眼，境中漸覺雪盈頭。吟餘月照千峰夜，定起雲生萬壑秋。身世已知渾是夢，百年光景水東流。

白髮山僧住翠蘿，餘生身事任蹉跎。倦從石上支頤坐，閒向雲中拍手歌。設利現時光煜煜，伽梨披處影裟裟。鍾山咫尺城東地，草木偏承雨露多。

空室禪師慍公一十一首

公諱無愠，字恕中，臨海人。族姓陳氏。初受度於元叟端公，多聞法要，參扣入室，瓣香酬恩，則歸之於竺元道公。以虎丘八世孫，坐大道場説法度人，其《二會語》，無相居士宋濂序之。初居徑山，兩坐浙東名刹，投閒居太白山中。日本國王慕名，奏請住持。召赴京師，年幾七十。私謂：「縱使不往日本，又豈能生還乎？」上見憫，特寢其奏，留居天界。以病請，上憐，賜歸天童故山。洪武丁丑歲，示寂。其大弟子玄極頂公、韞中瑄公刻其所著《山庵雜録》，而蘇伯衡爲其序。夢觀云：「可與《林間》、《草庵》並垂也。」

示秀禪人

南能北秀同一師，朝參暮請同一時。胡爲分宗作南北，匹似骨肉成乖離。只緣見性有差別，究竟也知無二説。明鏡非臺火裏漚，菩提有樹空中橛。丈夫豈肯師於心，便從陸地甘平沉。直是循流了源委，三乘教外求知音。空室老矣無機智，吃飯有時忘却箸。因子凌晨覓贈言，掇筆不覺書長句。

病中贈醫僧悦可庭

我懷佛祖病，不獨病厥躬。三界病有盡，我病無終窮。可庭解醫病，聊與言病功。虛空病之體，病體離虛空。呻吟儂笑病，歡樂病笑儂。推病病不去，覓病病無蹤。年來識病處，不將病掛胸。千病及萬病，只與一病同。有身則有病，無身病何從。

參禪行贈荷藏主

參禪乎，參禪乎，參禪須是大丈夫。當信參禪最省事，單單提箇趙州無。行亦提，坐亦提，行住坐卧常提撕。驀然打破黑漆桶，便與諸聖肩相齊。所以懶瓚不受黄麻詔，芙蓉不受紫衲衣。既是參禪了生死，誰肯逐物成自欺。近代參禪全不是，盡去相師學言語。縱然學得言語成，恰似雕籠養鸚鵡。鸚鵡隨人巧調舌，白日千般萬般説。問渠所説事若何，隨問隨言怎分别。勸後生，宜猛烈，著手心頭便須瞥。三乘教典米中沙，百千諸佛眼中屑。參禪乎，參禪乎，絲毫繫念非良圖。堪嘆神仙張果老，灼然不愛藥葫蘆。

來禪人求長句

近來禪子好長句，才寫短句便不喜。句有短長理則一，何故於中分彼此。長者不知長幾何，短者不知短幾許。若能直下究根源，長短皆由妄心起。阿呵呵，囉囉哩。須彌爲筆虚空紙，寫出贈行一句子。此去從君較短長，莫教打失自家底。

古劍歌爲快藏主賦

陰陽爲炭天地鑪，飛廉鼓鞴元氣噓。陶熔萬物絶纖滓，神劍脱範成斯須。想得當初運工處，號泣神天走魑魅。七佛傳持直至今，鋩鍔熒熒轉銛利。文殊昔日用最親，等閑持逼如來身。虎氣騰光射牛斗，龍身躍水清埃塵。柄杷何年落君手，當陽一擊生銅吼。坐斷乾坤建太平，突鬢蓬頭敢追後。

贈東林球侍者

天球下璧爲世瑞，遇貴則賤賤則貴。形山之寶迥不同，赫然誰敢當頭覷。我笑廬山十八賢，蓮漏聲中門眼睡。獨有淵明解見機，瞥爾攢眉便歸去。上人親自山中來，老我不必頻頻舉。鐵牛耕破舌頭皮，有口莫吸西江水。

寄宗聖西堂

宿有扶宗志，辛勤四十年。句清堪供佛，業白可箋天。燕坐畦衣薄，經行雪頂圓。長庚光欲滅，内院一燈傳。

聞蟬

侵曉堆桅坐，蟬聲出樹林。分明宣祖意，何處有凡心。歷歷消清夢，悠悠助獨吟。時人皆共聽，誰謂少知音。

謝静中過訪

掃迹千巖裏，柴門久不開。正逢新雨足，忽見故人來。燒筍供茶碗，烹薇薦粥杯。欲留君共住，分石坐堆堆。

題珪上人山舍

紅葉填松徑，清溪繞竹林。西風雙鬢老，落日半窗陰。壞衲偏宜厚，幽居不厭深。竺仙遺偈在，展卷且高吟。

次韻題高齋

高齋寂寂俯清池，瓦鼎香浮十二時。天曉定回松下石，蘚痕青上布伽黎。

冰蘗禪師存翁則公五首

惟則字天真，吴興費氏子。嗣法於匡廬無極源公。源老病歸，侍佑聖寺，誓不涉世。洪武初，徵高僧，白庵金公首薦師，以足疾辭。癸酉仲春，忽告衆曰：「吾去矣。」侍者請偈，厲聲曰：「平常説底不是耶？」即瞑目逝。澉有胡僧秋碧，善傳神，畫師像累百幅。日本夷入貢見之，羅拜曰：「此吾國祖師相，安得在此？」競以金購之而去。僧史及刹志載師行履如此。師有《七幸》，序云：「洪武二十五年壬申八月二十九日晚朝，上命凡天下僧人但清理册文，上有名籍者，不問度牒已給未給，皆要他俗家餘丁一人充軍。鄙時在京，欽聞上命，進偈七章，其七曰：『天街密雨却煩囂，百稼臻成春氣饒。乞宥沙彌疏戒檢，袈裟道在祝神堯。』或譏之曰：『無事請死而已。』上覽偈罷軍事，不果。」後題「洪武乙亥孟秋七月二十日，述於武林松盛坊之客軒」。按師乙亥歲在武林作此序，則諸書記癸酉入滅者誤也。海門和尚祭文稱「前左善世上天竺白雲堂上存翁住世七十八年」，則諸書云「以足疾不赴召，終老佑聖」者，亦誤也。進偈佑僧，當在官左街之日，此法門一大事，可以補國史之闕者，故詳志之。師有《鴟梟吟》、《頌古》百二十偈，自謂人所未發，今宗門傳之。

題東坡化龍竹

渭川千畝未爲奇，獨羨坡仙掃一枝。後夜風雷頭角露，看他行雨過天池。

竹枝詞

烟消日出江水流，江風摇蕩木蘭舟。故園望斷不得去，楊柳蒹葭又早秋。

榆城聽角

十年遊子在天涯，一夜秋風又憶家。恨殺葉榆城上角，曉來吹入《小梅花》。

山居四景二首

林軒飛翠隔黄塵，瑶草吹香别是春。一卷《楞伽》消白晝，從教啼鳥唤遊人。
茶罷焚香獨坐時，金蓮水滴漏聲遲。夜深欲睡問童子，月上梅花第幾枝？

附見　吴興韓履祥一首

懷惟則大師

每憶幽尋到上方，銅爐石鼎漫焚香。天花滿座雨晴雪，空翠撲衣生晝凉。龍化老翁求法語，鶴如童子守禪房。别來江漢頻回首，塵劫茫茫道路長。

竺隱道公五首

弘道字存翁，號竺隱，桐鄉密印寺僧。族姓沈，吴江人。洪武丙辰，住持杭州上天竺，注釋《楞伽經》。後與楚石同被召入京，爲僧録司左善世。辛未，告老，賜驛馳歸。明年秋，跏趺而逝，世壽七十八歲。藏於天竺雙檜峰雲隱塔，獨庵少師撰碑銘。

和御製山居詩三首

鍾山雲氣近蓬萊，樓閣重重錦繡堆。兜率宫從天上降，桜欄花向月中開。道林再世承恩澤，圜梧當闕震法雷。祖道一絲懸九鼎，提持全仗出群材。

大覺談玄徹九重，蔚然扶起少林宗。龍光照映神奎閣，象教尊崇玉幾峰。自昔草堂留聖蹟，即今靈谷縱高踪。御題詩筆昭雲漢，更覺茲山雨露濃。

傳得凌霄無盡燈，蘭膏烈焰愈輝騰。箋經未遜洪覺範，輔教直追嵩仲靈。閉户遍探三藏教，入朝分録兩街僧。皇恩浩蕩深如海，聲價奚論十倍增。

天竺雜詠二首

南澗飛淙雜雨鳴，顛風老樹作秋聲。庭前攬碎芭蕉葉，添得書窗兩眼明。

老樹枯藤蔓草纏，蕭蕭獨立傲風煙。澗池飛下如拳石，知有山靈護冷泉。

華嚴法師學公〔一〕三首

古庭名善學，生吴郡馬氏。年十七，受《華嚴》于光福林屋清公，盡通法界觀門并玄文要旨，凡賢首一家疏鈔，無不深入。元末，宣政院請師開法崑山薦福，當路者欲令出門下，賦《曹溪水》四章拒之。洪武三年，居光福。光福爲銅像觀音道場，方思有所建置，寺僧輸賦違期，當徙贛州，有司欲與辨析，師謂宿業已定，毅然請行。抵池陽馬當山，示疾而化。宋學士撰塔銘，謂師之學可以融貫台衡賢二家，而惜其不及見云。

〔一〕「華嚴法師」，原刻卷首目録作「古庭」。

山房獨坐

山房無一事，西日送殘曛。飯取胡麻煮，香將柏子焚。草坡聞牧笛，松塢響樵斤。怪底窗昏黑，簷前一片雲。

舟　泊

江静雨初收，湖光滑似油。岸如隨棹轉，山欲趁波流。牽興多浮荇，忘機足野鷗。夜聞漁父笛，吹破一天秋。

道人山居

構屋山居物外禪，繞窗白石與清泉。年來識破安心法，衲被蒙頭自在眠。

樸隱禪師瀞公三首

原瀞字天鏡，别號樸隱，會稽倪氏子。從濟天岸學止觀，自謂從上諸老多由教入禪，登華頂，参無見，睹如玉肌，見石室瑛，參元叟和尚於不動軒，命居記室。至正丙申，出世邑之長慶。洪武五年，召與廣薦法會，賜食内庭，從容問道。已而辭歸。九年，住靈隱。入院甫浹日，坐莊田事謫戍陝西。主者許其辨訴，笑曰：「此定業也。」行至寶應，以十一年正月坐化於寧國禪寺。詳在宋金華塔銘中。

重九二首

舊日重陽節，唯尋麵米春。忽經時到眼，但覺老隨人。白髮雖多難，黄華不厭貧。登高本無意，踪跡愧紅塵。

馳驅逢九日，牢落是今朝。故舊俱淪喪，人情轉寂寥。把菊難爲醉，囊萸興自消。江鄉獨無賴，風雨暗蕭蕭。

贈畫師朱叔重

吾邦會稽山水府，萬壑千巖如米聚。平生癡絶顧虎頭，道中應接亦良苦。至今清響若耶溪，童子山僧惟杜甫。近代乃有高尚書，時過雲門吐奇語。麥秧天氣小藍輿，移將長松在縑楮。高標遠韻不復見，寂寞溪山但風雨。朱君叔重吴下來，示我小圖雲一縷。乾坤秀氣皆可得，李郭董米開門户。林梢出没煙霧中，山骨隱顯帶洲渚。江南生意半□□，天真平淡此爲愈。君誠破筆書萬卷，魏國風流敢相許。如何叔重心好古，布襪青鞋獨艱阻。明年須償司馬約，緑水青猿宿天姥。老我尚堪歌勝遊，藝苑詞林期一補。

龍門完璞琦公二十五首

良琦字完璞，吴郡人。自幼讀書，禮石室瑛爲師，學禪白雲山中。性操温雅，混然無塵。鐵厓云：「琦公既究禪理，兼通儒學，能詩其餘技耳。」住天平山之龍門及檇李興聖寺。

夏日招張師聖文學二首

初夏稍清暢，山茨景彌新。桐花落井幹，鳥語喜歸人。苔石當坐卧，松枝堪掛巾。高士一來此，忘言道愈真。

雲深巖寺古，復此涼雨積。樹密聽猿啼，苔深斷人跡。觀理閑慮遣，懷君苦情役。觴酒對幽花，徘徊候山屐。

苕淡客館寄沈自成處士

秋齋人罕至，落葉没行屨。旅宿將就途，懷抱不可語。偶有山中酒，而無池上侶。遲子一來過，鈎簾對疏雨。

春夜宿海雪寺

喧静同一致，大隱即山居。乃知道者流，所止恒晏如。煌煌舊吴會，鬱鬱高人廬。山閣花霧暝，池館緑陰初。復此良夜月，禪影流碧疏。素友愜清會，境寂鐘磬餘。離坐忘言笑，超然悟玄虚。不卧如有愧，塵路何馳驅。

戲題陰凉室階前芭蕉

新種芭蕉繞石房，清陰早見落書牀。根沾零露北山潤，葉帶濕雲南澗凉。得地初依蒼石瘦，抽心欲並緑筠長。雨聲夜響巔厓瀑，晴碧朝浮海日光。樗櫟自慚全壽命，梗楠合愧託岩廊。觀身政憶維摩語，草字寧追懷素狂。白晝棲遲吾計拙，青霄偃仰汝身强。歲寒要使交期在，莫畏空山有雪霜。

莫春雍熙寺訪沈自誠不遇

暇日遠相問，古寺幽且深。青苔餘華落，雙樹一鶯吟。爐存散微篆，茗熟獨成斟。明當持山酒，慰子客居心。

題趙仲穆看雲圖

舊遊清苕上，愛看弁峰雲。梢將春雨度，始見遠林分。起滅悟真理，逍遥遺世紛。於焉自怡悦，永懷陶隱君。

虎溪三笑圖

境緣心妄起，心悟境自忘。三老同一笑，物我兩茫茫。月照清溪水，風散白蓮香。無端一笑已，千古笑何長。

題倪雲林爲韓復陽寫空山芝秀圖

每憶雲林子，隱居清且閑。褰裳采芝秀，倚杖看秋山。微雪松陰暝，青苔石上斑。韓康偏有意，時復到柴關。

誠道原溪山晚霽圖 道原隱於芝阜。

微雨過溪上，青山草閣前。牛羊知返徑，童稚喜歸船。煙樹村村鳥，春泉處處田。披圖憶芝阜，頭白尚安眠。

題松溪漁隱圖

我昔楚江上，釣船時往還。長歌送落日，濯足對青山。魚游春草裏，鳥去白雲間。此意孰能解，忘言心自閒。

魚虎子圖

翠羽畫殊絶，窺魚秋水深。忽來知險意，静立見機心。沙白霜初落，溪寒日易陰。何當隨啄木，除蠹向高林。

婁江西門夜泊明日將歸省有懷吴水西

良夜維舟次，題詩最憶君。微鐘花外度，清笛月中聞。燈報庭闈喜，杯從故舊分。西城駐馬日，還與入山雲。

春日有懷郯九成

春雨晝連夕，閒愁鬢欲蒼。鶯聲在官柳，草色映書牀。每念庭闈遠，仍憐簡帙荒。却思摩詰室，清坐只焚香。

招復見心書記 見心，豫章人，時留山中遠公庵。

坐對芭蕉樹，題詩憶豫章。高秋居石室，落日卧藤牀。衣薄雲霞濕，心清草木凉。亮公名不忝，遠老約難忘。柏子香煙細，蓮花漏刻長。了知無罪懺，底爲有身忙。苔色青當檻，桐陰緑覆岡。能來一談笑，共待月流光。

春日寄東趙仲光沈自誠二友

二月湖州動客心，青山粉堞帶春陰。溪溪漁屋桃花静，面面歌樓柳色深。西府門閒鷗自到，東林酒熟客誰斟。風流二妙如相問，爲道清吟瘦不禁①。

① 原注：「二妙謂韓濟、趙彦榮。」

冬日過練川黄東溪隱居

歲晚來尋黄處士，小艇曉入東溪雲。水生柳下鵝鴨喜，日出沙頭漚鷺分。枸杞子香浮茗碗，枇杷花氣雜爐薰。却憐清會難頻得，明日南江又憶君。

冬日羅居仁見過婁東寓所

暉暉寒日照霜筠，晨起開門見故人。雙鬢已斑粗覺老，一官初滿尚然貧。船中書籍教兒讀，篋裏詩篇得意新。且盡茅堂一樽酒，梅花柳眼不勝春。

夏夜山中

山空素月出，天凈凉雨住。群蟬鳴已息，靈籟稍微度。篔竹咽遠水，鄰燈映深樹。念兹悽悽者，何由了玄悟。

題倪雲林小幅山水

雲林隱者絶風流，嘗到澗西山寺遊。下馬脱巾青竹裏，題詩寫畫野泉頭。房山墨法誰能得，謝朓襟懷自可侔。便擬梁溪一相覓，桃花春水隔芳洲。

夜坐

雨入寒竹響，風吹枯桑疾。微燈照孤坐，餘香闕清室。念斂塵慮泯，神明定光出。同體不同知，兹理一何密。

題柯丹丘梅竹

丹丘歸老江南日，每話奎章儤直時。一夜春寒愁漠漠，白雲蒼雪共襟期。

送慧上人海上歸崑山就遊吴門西山

袖卷金經便作歸，海光晴日蕩清輝。鯨魚載足如船穩，龍女將花出浪飛。玉阜寺門羅樹緑，琴臺雲崦橘林稀。故人相見應相問，爲道淮山獨掩扉。

秋日歸虎丘懷銛仲剛書記

虎丘共作五年留，幾度相携上小舟。楊柳春橋半塘寺，芙蓉夜月百花洲。長林放鶴閒支遁，一室編蒲老睦州。此日獨歸懷往事，空山草樹不勝秋。

次韻答見心和尚

龍門茅屋澗之隈，亂後山花只自開。數片白雲同散去，十年金錫不歸來。月明老鶴啼春澗，日落饑烏集古臺。歲晚相期仍結社，西湖剩覓白蓮栽。

附見　一愚賢公一首

子賢字一愚，天臺人。禪定之外，肆志作詩，最爲鐵厓所賞。

送葉明齋如京

傷君遠行邁，白日何凄其。微陽漏林光，稍稍照人衣。天高鳥垂翼，風緊花落枝。荒臺俯流水，萬里長相思。

海舟慈禪師六首

海舟名普慈，吴郡海虞錢氏子。世業儒，出家破山寺。往參鄧尉山萬峰和尚，付以法偈，遂結廬太湖西洞庭山。三十年不過湖。聞虚白旵公在安溪東明説法，親承萬峰祖印，遂往叩。旬日大悟，遂居東明演法，爲萬峰法嗣。景泰元年，示寂，全身塔在東明左側。有《頌古詩》行世。

頌古詩六首

淚滿羅衣酒滿巵，一聲歌斷怨傷離。如今兩地心中事，直是瞿曇也不知。
風波不動影沉沉，翠色全微碧色深。應是水仙梳洗處，至今青黛鏡中心。
每嗟船子慣垂綸，恒泊溪邊荻映身。人問不言頭自點，恐驚魚去不應人。
抛却長竿捲却絲，手携蓑笠獻新詩。果然月照池如鏡，不是漁人下釣時。
雨霽長空蕩滌清，遠山初出未知名。夜來江上如鉤月，時有驚魚擲浪聲。
掘溝引水澆蔬圃，插竹爲籬護藥苗。楊柳如絲風易亂，梅花似雪日難消。

香嚴和尚古溪澄公一十二首

覺澄號古溪，山後蔚蘿人也。族姓張氏。年十歲，爲牧牛之童。十四，從雲中天暉和尚出家。閲藏五載，從默庵和尚坐禪大興隆寺。景泰三年，宗伯胡濙命住南陽香嚴寺，自惟大事未明，不一年而退。登太岡山，参月溪和尚。往見西蜀楚山和尚於投子山，機緣相投，朝夕入室。山謂海雲曰：「香嚴只是聰明見解，道眼未明在。」山往安慶看《頌古聯珠集》，見趙州凌行婆，機緣往返，豁然有省。因思本参無字話頭，如何不徹，奮然一拶，虚空迸碎，身與僧堂泯然不見，再看無字話頭，火中覓雪，了然無疑。越五日，山安慶回，謂海雲曰：「香嚴大事，今番徹也。」明日正旦，召大衆曰：「老漢離西川，下江南，張漫天大網，爲求作者，今有其人。」「且道是誰？」良久乃曰：「香嚴是也。」公避席下手而讓曰：「覺澄不會佛法。」山曰：「我正要不會佛法的。」遂以衣拂法卷付之。辭山七載，天順五年，住金陵高座寺。一坐此山，竟不他之。示寂於成化初。胡濙序其《雨華集》曰：「公性天清朗，心地圓融，續臨濟二十四世燈，爲楚山付法正傳。其集將與《蒲庵》、《全室》、《逃虚》儷美於後世。師嘗自道其文曰：『吾將藉此以明佛知見。入佛之門有二：由文字而顯曰教，離文字而悟曰禪。泥文字則失之滯，略文字則失之誕。去滯與誕，其必由教而禪乎？』」其徒寂庵湛公，亦能詩，刻其遺集。

林泉怡性歌爲東暉上人作

伽黎分付參玄人，水邊林下頤天真。須就松間結茅屋，竟無閒事勞精神。碧草蒼苔浄如洗，却教何處飛紅塵。占得白雲萬餘畝，山猿野鳥來相親。林泉行長鑱，獨荷尋黄精。雲路迢迢過橋去，琅然耳畔喧溪聲。林泉住清幽，正是安身處。人皆熱惱我清凉，心空環繞旃檀樹。林泉坐忽見，光陰彈指過。道人樂道絶思惟，對景不覺蒲團破。林泉卧夢裏，惺惺能幾箇。滿天霜雪聞晨鐘，囫地一聲枕子墮。威儀寂静誰能收，任他法性常周流。極盡玄微是何物，揭開宇宙舒雙眸。明月堂前度九夏，太陽門下經三秋。妙奪饑人口中食，田夫手内驅耕牛。臨濟兒孫要如此，若也顢頇難掛齒。一喝當機賓主分，迥脱羅籠無定止。萬象之中獨露身，掇轉山河歸自己。虚舟縱浪任悠悠，夜深棹入蘆花裏。碧眼胡僧没處尋，體露堂堂元是你。大千沙界掌中觀，何啻林泉而已矣。

東山顧命歌

金陵有個奇男子，白手成家立綱紀。不逢良女唤回頭，幾乎埋没紅塵裏。嘆浮生，只如此，參訪明師求直指。見説傳燈録上人，志氣衝天奮然起。念彌陀如自己摻，得寒冰化爲水。任他非佛與非心，務要禪河窮到底。晝亦然，夜亦然，鐵牛不動痛加鞭。頭角峥嶸便作獅子吼，驚得海底金烏飛上天。求印可，叩機緣，幾回覲到東山前。三繞繩牀呈見解，振威一喝與君傳。稱大隱，可居廛，而今堪作火中蓮。慣向北斗星中騎木馬，却來東山水上撑鐵船。撒手懸崖知落處，千重欲網打不住。碧眼胡僧没奈何，分付袈裟爲信具。趙州禪，真罕遇，争肯庭前尋柏樹。截斷南山老葛藤，無孔鐵鎚重下鋸。大放開，還捏聚，緑水青山皆妙趣。脚根□□□頭關，明月不隨流水去。

古溪《雪谷詩序》云：「金陵居士人劉智旺，號祖庭。早年孝稱閭里，堅持五戒，獨處一樓，棲禪三載，策勤向上，工夫摻透銀山鐵壁，心花頓發，慧眼開明，受印可於東山。海舟大和尚續高峰妙禪師七世之燈，臨濟下二十四代之孫也。師示寂時，三呼，祖庭三應，機語相投，遂以大衣麈拂付之。得法之後，大書『雪谷』二字，高扁所居，將表二祖求法立雪齊腰，不忘本也。」

雪月溪山歌送天然道首座歸蜀

蜀路連雲知幾許，策勤斯道耐寒暑。撥開雲霧睹青天，仍與孤雲爲伴侶。布慈雲，施法雨，竿木隨身能作主。德雲不在妙高峰，此去逢人休錯舉。天風清，江月明，月巢野鶴夢初醒。門庭施設談玄者，猶較石霜半月程。常獨步，常獨行，三更月下迎空生。回首廣寒何處是，掛輪皎皎臨滄瀛。曹溪水，通一滴，容納百川流不息。黄金靈骨今猶在，白浪滔天無處覓。覿面提，當機疾，華亭船子拋篙直。截斷衆流達本源，瞿唐三峽連天碧。肩鈯斧，上青山，峭壁顛崖不可攀。欲識洞山分五位，須知兜率設三關。人亦閒，境亦閒，蕭條茅屋兩三間。五湖雲月誰消得，萬里溪山獨往還。

寄冲徹堂二首

平居江北與江南，矯首相望歲已三。近睹百花開爛漫，遥聞千樹吼毗嵐。白雲縹渺連青嶂，明月徘徊印碧潭。一棹扁舟如會面，燃燈清話薜蘿龕。

趙州在北睦州南，千里同風意再三。揚子渡頭凝晚色，蔣王山上叠春嵐。夜深漁火明沙岸，天净絲綸釣月潭。見説年來資福好，何如林下坐松龕。

送玉峰琳長老得戒還清泉四首

來遊江國早相招，一到荒山正寂寥。得戒已聞天竺雨，洗心曾見浙江潮。雲開曉日回蘭棹，鶯囀春風上柳條。欲問清泉何處是，毗盧高閣倚層霄。

發足超方自逸群，登壇今得戒香熏。衲衣暫掛春天樹，金錫遥穿日暮雲。杳杳三山江上涌，滔滔二水寺前分。清泉到日心無事，參透禪機了見聞。

越國吴門路幾重，登高涉險訪靈蹤。未遊東海觀龍井，不到西天遇鷲峰。飛錫去回臨水寺，雨花來赴上堂鐘。相逢欲問杭州景，十里荷花九里松。

名標戒首已登壇，異跡靈蹤取次看。鷲嶺花開紅菡萏，錢塘潮擁碧波瀾。煙籠春樹當前浦，風送扁舟上急灘。遥想舊遊歸舊隱，梵王樓閣起雲端。

山水閒遊爲寂庵賦

欲泛滄波下碧層，閒中跋涉有誰能。五湖煙浪孤舟月，萬里雲山一個僧。托鉢頻逢春店食，和衣幾宿夜窗燈。舊房門外松將偃，海上歸來話葛藤。

題畫牛

林下逍遥飽則眠，何人能似爾安然。因思昔日陶弘景，金作籠頭不易牽。

净土詩

彼無惡道絶聞名，群籟都爲念佛聲。細溜通渠調錦瑟，微風吹樹奏瑶笙。鶴從翡翠簾前下，人在琉璃地上行。往往悠然心不亂，琅琅天樂自來迎。

朽庵林公一十五首

宗林字太章，餘姚宋氏子。年十三，出家受具，棲隱於杭之安隱、净慈間。嘉靖初，遊都下，屏跡香山，開萬壽戒壇。詔選宗師，爲十座首，説演毗尼，多所利益。世宗皇帝奉玄，上書規勸，請弘護大法，上不以爲忤。臨終，有辭三寶辭世詩，題曰《浮生夢幻篇》及《香山夢寢集》，傳於世。武廟初年，朝士有以郎官致仕者，朽庵取淵明《歸去來兮辭》爲題，賦《樂歸田園》十詠送别，字畫瘦勁，前有圖，似戴進筆法。崇禎初，余被放南還，燕中故人遺此册贈别，余有感而和之。今年以詩册贈道開扃公，藏弆於虎丘精舍。

觀魚

魚在水中生，人在水中死。貪餌魚上鉤，失脚人下水。人死魚腹肥，魚死人口美。吁嗟魚與人，惡乎不知此。

過蒯亞卿墓

司空高冢幾春秋，麋鹿今來壟上遊。黄土自埋修月斧，滄江誰補濟川舟。松風入夜哀偏切，露草侵晨淚尚流。莫道荒碑終泯滅，遺功應有史官收①。

① 原注：「蒯名祥，以匠人官少司空，故公詩有『修月』、『濟川』之句，最爲恰當。」

過興濟伯楊公墓

草青苔碧野花紅，曠世人才葬此中。秋雨敗渠鳴濁水，夕陽高木戰悲風。禽如擁護巢還密，鼠若浸凌穴漸空。借問子孫今幾葉，昔年勳伐有誰同。

山居用韻答鳳川朱先生

秋冷啼蛩入講牀，夜深饑鼠攬眠牀。山厨食盡松花餅，瓦鼎煙消柏子香。半壁緑苔乘宿雨，滿階紅葉醉新霜。幽居漸喜三冬近，竹几蒲團雪夜長。

春　日二首

掃地心已浄，讀書門懶開。碧桃花落盡，猶未覺春來。

雨餘芳草香，風起遊絲動。幽禽四五聲，説破春眠夢。

題鍾欽禮所畫雲山江水隱者圖

隱隱樓臺倚澗阿，酒船空處罷笙歌。江頭網密魚蝦少，山腹雲深虎兕多。莫怪考槃通世路，已知平地息風波。道人家住中峰上，時有茶煙出薜蘿。

花　椒

欣欣笑口向西風，噴出玄珠顆顆同。採處倒含秋露白，曬時嬌映夕陽紅。調漿美著《騷經》上，塗壁香凝漢殿中。鼎餗也應加此味，莫教姜桂獨成功。

補　瓢二首

足跡尋常懶過橋，棲棲今日又明朝。詩情冷淡霜中菊，服色離披雪後蕉。貧裏有誰分米送，禁山無處覓柴燒。老來自笑貪心在，還對清泉補破瓢。

一席茅庵百衲身，山高無日照窗塵。雪松挺翠能禁冷，霜葉堆紅豈是春。瓦罐汲泉便北井，木盤分米贈西鄰。補瓢留得青蚨在，自笑癡心也濟貧。

樂歸田園十詠録五首

歸去來兮至覺今是而昨非

宦海漂流久見幾，故園荒廢正思歸。往迷來悟心方樂，投老尋閒願不違。新别廟堂無悵恨，舊栽松菊有光輝。池魚羈鳥還淵藪，童子何勞講是非。

問征夫以前路恨晨光之熹微

欲知歸去好前程，每對征夫問一聲。茅屋幾家門尚掩，茫茫天地未分明。

園日涉以成趣門雖設而常關

梨栗詩書責子孫，菊松瓜菜樂乾坤。養高不受重來詔，誰敢閒敲處士門。

策扶老以流憩至撫孤松而盤桓

扶老手携杖，觀幽眼見山。歸林飛鳥倦，出岫斷雲閒。松下尋詩去，溪邊載酒還。昔年車馬路，今日没相關。

農人告余以春及至曷不委心任去留

聞得農夫説，春回畎畝間。舟車無枉迹，草木有榮顔。尋壑穿雲去，徑丘踏月還。百年寧幾日，能不放心閑。

雪梅和尚三首

雪梅，吴人也。嘉靖中，遊金陵，踪迹奇異，不拘戒律，日飲茗二三十碗，間進酒肉。寓報恩寺，與叢桂庵十餘年，每見法師據高座講經，便笑曰：「亂説，亂説。」間出一語辨駁，聞者汗下。工詩文，自序其詩，以寒山、拾得自況。專修净土，講《四書》、《周易》，皆有新理。論學好貶駁新建。後往蘇州竹堂寺住，僧臘八十餘，忽大言曰：「某月某日某時老僧示寂矣。」衆僧爲醵銀治龕，將餘羡悉付酒家。至期，僧俗雲集，雪梅詰之曰：「你們布施不過三分五分銀子，要算功德，便來逼迫老僧性命，尚蚤，尚蚤。」皆廢然散去。越數日，端坐龕中，令小行者呼曰：「老雪梅，老雪梅，今日不歸何日歸！」雪梅自應曰：「今日歸矣。」少頃，鼻柱下垂而化。

秋興

雨過池塘暑氣消，山岡處處亂鳴蜩。侵衣樹色摇空翠，繞户江聲落晚潮。自笑疏慵忘禮樂，祇將踪跡混漁樵。降心惟有詩魔在，時復臨風寫緑蕉。

贈住庵僧

垂簾清晝篆烟霞，滿地蒼苔襯落花。習寂不須天送供，圖閒懶爲客煎茶。寒爐煨芋留殘火，怪衲連雲綴斷麻。兀坐不知天早晚，月移松影上窗紗。

山居詩

道人卓錫愛名山，四面巉巖指顧間。風牖坐聞松子落，石牀定起蘚痕斑。鳴禽花塢春常在，隔水柴扉夜不關。惟有白雲知此意，庵前飛去又飛還。

玉芝和尚聚公七首

法聚號玉芝，姓富氏，嘉興人。年十四，出家海鹽資聖寺。好爲韻語，忽自謂曰：「出家兒當爲生死，嗜此何益。」遂誓志參學，多所咨扣。觀陽明《傳習録》，謂與禪理不殊，乃以偈趨扣，明以偈答之。一日，大衆中，明出袖中鎖匙問曰：「見么？」曰：「見。」還納袖中，復問：「見么？」曰：「見。」明曰：「恐汝未徹。」在西還，結廬於南海澉湖之悟空山中。聞金陵碧峰夢居之名，荷笠往參，問：「董兩湖頌碧峰寺裏有如來，莫便是和尚否？」居云：「上座還見么？」曰：「縱見得，也是金屑落眼。」居曰：「這死漢死去多少時，汝來爲他乞命。」轉身回方丈。一日，問如何不落人圈繢，居打一掌云：「是落也，是不落也。」公即禮拜，覺從前所藴泮然冰釋。居入滅，徙居武康天池，與王龍溪心齋、徐天池諸公發明心地會通儒釋之旨。嘉靖癸亥五月示寂，壽七十有二。有《玉芝内外集》，羅近溪、陸平泉爲序。新安王寅選其詩二百首。

呈夢居

大地何人不夢居，夢中休問夢何如。煮茶消得閒風月，不向蒲團讀梵書。

遊西湖和錢學士韻

大堤迴接鳳山遥，金勒東風嘶馬驕。芳草不知埋帝舄，柳枝猶似學宮腰。天空水月三千頃，春老鶯花十二橋。聞説樓船醉年少，平章獨免紫宸朝。

田汝成《西湖志餘》曰：「錢學士唱此韻，和者數十首，未有如玉芝之穩而切者。」

越王臺

越王臺上客登臨，范蠡湖頭草正新。敵國荒凉吴鹿豕，故宫行在宋君臣。杖藜遠塞風煙暮，花木深城雨露春。往事不須悲落日，高歌獨立恐傷神。

吴山秋望呈張侍御

子胥廟前江日晡，越王城頭雲有無。故宫臺榭幾黄葉，南度寢園今緑蕪。長笛關山瞻北固，清樽魚鳥傍西湖。蕭蕭落木蒼郊外，幾處寒煙破屋孤。

遊靈谷寺

石磴迢遥入翠微，倚空臺閣映斜暉。長廊春寂花初落，萬木雲深鳥自歸。靈谷慈風生梵境，寢園佳氣護朱扉。未應志老無長舌，古塔鈴音徹上機。

江　村

殘陽在木末，遠鳥下孤嶼。漁舟歸未歸，吹笛芙蓉渚。

立玉亭

山當崖斷孤亭立，竹樹迴環翠萬層。倒看夕陽深澗底，不知雲外有歸僧。

名僧三十五人

大章塤公一首

曇塤字大章，天台人。友人褚守行坐事死，其子遠徙，公不遠數千里輦輸守行所寄金帛，以遺其子。或云吴郡人。

次韻答慈元恕

茅堂住在清江曲，瀟灑渾無俗客過。流水自懸舂藥碓，落花閑度煮雲窩。不耽玄石三年酒，只賦梁鴻《五噫歌》。退食歸來塵事少，舊遊回首隔風波。

楚材杞公一首

似杞字楚材，鄱陽人。

題米元暉山水小景贈陳原貞别

江頭雨足春水生，江上青山烟樹暮。扁舟明發去如飛，目斷征帆入蒼霧。

無方一首

登多景樓

大山千丈青岧嶢，長江萬古鋪瓊瑶。銀河倒影落天塹，海門日日來春潮。偉哉孫劉輩，壯志摩雲霄。

只今英雄遺草木，秋霜肅殺寒不凋。朱闌仄上横斗杓，烟巒直下明金焦。黄鶴山空杜鵑老，鴛鴦渚冷芙蓉嬌。人間笑傲輸漁樵，猶將舉廢論前朝。萬歲嶺，千秋橋，月明尚有人吹簫，月明尚有人吹簫。

復初恢公 《草堂集》作復元。三首

自恢字復初，豫章人。元末，住海鹽法喜寺。洪武初，移住廬山。

送海上人還荆門

遍禮南朝古佛宫，荆岑春去百花濃。江通楚蜀波濤壯，山入湖湘紫翠重。主杖穿雲隨白鹿，軍持分水浴蒼龍。欲知後夜相思夢，月落猿啼滿竺峰。

題唐子華畫山水

江雲如雪樹高低，竹裏人家傍水西。滿地松陰春雨過，好山青似若耶溪。

偶成

金沙溪上柳條齊，白鳥群飛落照低。十里荷花紅勝錦，好山都在畫橋西。

净圭二首

《遊仙詞》卷題云「至正庚子十二月，磧里釋净圭」，見朱存理《鐵網珊瑚》。

和張貞居遊仙詩二首

縹緲仙山五色雲，玉真飛佩度氤氲。不應名字題仙籍，猶著唐家舊賜裙。

一會仙凡兩地分，雙雙緣脱賜羊君。如何窈窕巫山女，只作襄王夢裏雲。

懷海一首

通州人。見《聲文會選》。

贈北磴和尚

橘州骨冷不容呼，正始遺音掃地無。一代文章歸北澗，十年梵語落西湖。人皆去獻遼東豕，我獨來看屋上烏。春盡閉門無恙否，楊花飛作雪模糊。

古明慧公〔一〕二首

字古明，松江人。正書師虞永興，甚得其法。

〔一〕原刻正文作「净慧」，此據原刻卷首目録。

寄梅雪朱隱居

何處風篁好，漁莊路匪遥。水光清暑簟，花影赤闌橋。座客分詩卷，鄰姬浣酒瓢。離懷無可贈，清夢過蘭苕。

題天馬圖

八尺飛龍十二閑，飄飄來自岢嵐山。曾陪八駿崑崙頂，肯逐群雄草莽間。落日倒行悲峻阪，西風苦戰憶重關。拂郎可是無新貢，天步於今政險艱。

志瓊中公〔一〕一首

志瓊字藴中。

〔一〕原刻正文作「志瓊」，此據原刻卷首目録。

深秀亭暮春述懷

空庭雨濕聚華茵，回首東風憶遠人。玉徹香消行迹斷，雕闌吟徹别愁新。樓臺半是前朝景，桃李都承舊日春。歸燕多情還戀主，銜泥雙拂畫梁塵。

象元淑公〔一〕一首

仁淑字象元，天台人。住持徑山興聖萬壽禪寺。見吴興沈士偁《皇明詩選》。

〔一〕原刻正文作「仁淑」，此據原刻卷首目録。

關山月

白楊風蕭蕭，胡笳樓上發。壯士不知還，羞對關山月。去年天山歸，皎皎照白骨。今年交河戍，明明凋華髮。交河水東流，征戰無時歇。斗酒皆楚歌，歌罷淚成血。

觀　白　見周玄初《鶴林集》。一首

周玄初禱雨詩

仙姿寒湛玉壺冰，斬叱群魔走百靈。萬里風雲生赤日，九天雷電下青冥。瑤壇鶴唳秋如水，蕙帳人幽月滿庭。安得相從過衡嶽，飛行同躡鳳凰翎。

古心淳公〔一〕一首

正淳字古心，閩縣人。洪武中詩僧。

〔一〕原刻正文作「正淳」，此據原刻卷首目録。

詠苔

青如蚨血染頽垣，漢寢唐陵幾斷魂。莫笑貧家春寂寞，漸隨積雨上青門。

法智

吴僧也。見《續三體詩》。二首

閶門晚歸和韻

郭外罷持鉢，晚凉歸路幽。鼓鐘煙際寺，燈火水邊樓。藜杖苔痕濕，荷衣月影浮。禪翁歌《白雪》，薄夕愧難酬。

泊安慶城

浮圖高出暮雲低，雉堞連陰碧樹齊。茅屋人家兵火後，樓船鼓鞞夕陽西。大江千里水東去，明月一天烏夜啼。欲酹忠魂荒冢外，白楊秋色轉凄迷。

文謙 見《續三體詩》。一首

文謙，閔縣人。十一歲出家，遊吴楚，歷金陵，住台之鴻福寺，振揚宗教。洪武初，召對稱旨。久之，語其徒曰：「吾將去矣。」援筆書偈云：「有世可辭，是衆生見。無世可辭，是如來見。踏倒須彌盧，虚空無背面。」遂端坐而化。

次韻秋懷

命晉昔聞千矢賜，拜韓今見一軍驚。地連赤縣城中阻，水入黄河總未清。幾莖素髮殊方病，半幅鄉書故國情。洛下傷時同賈誼，西都賣卜似君平。

曉庵法師啟〔一〕一十首

善啟字東白，蘇之長洲人。甫能言，通佛典。爲浮屠，屏跡龍山，博習外典。見知於獨庵、南洲二公，而典記洽公者最久。應召纂修《大典》，預校《大藏經》，與瞿宗吉賦牡丹詩，用一韻往復幾百首。永樂己丑，偕璧庵完公、如珪瑾公、指南車公自京還吴，有《江行倡和詩》一卷。正統八年示寂，錢文通溥銘其塔。

〔一〕原刻卷首目録作「曉庵倡和詩」。

江行倡和詩

遥漢華月升，(完)孤墅暝煙合。桅檣影倒垂，(瑾)柔櫓聲互答。宵霽謾貪程，(車)春寒猶戀衲。鳴空雁幾行，(啟)繞樹烏三匝。郵馳遞去鈴，(完)漁挐沽來榼。停榜次群艘，(瑾)聽歌吴楚雜。(啟)

十五日桃紅復含宿雨柳緑更帶朝煙

篷底遠山叠叠，船頭新水滔滔。烟暖已舒岸柳，春寒未放溪桃。敬修「桃」字。

浮世空嗟擾擾，逝川莫駐滔滔。且從遠老栽藕，肯學劉郎種桃。東白次韻。

獨樹村邊落照，短篷江上回風。沙草微含煙碧，溪花半帶雨紅。如珪「紅」字。

吟處有山有水，歸程無雨無風。何須竹葉浮緑，自喜燈花吐紅。敬修次韻。

夜泊歌邀明月，曉行帆送東風。峨峨山殿銜碧，隱隱驛樓露紅。東白。

客路柳條拂露，官河荇帶牽風。漁艇横浮萍緑，酒旗斜映桃紅。指南。

風岸青摇弱蔓，露汀緑藹芳條。賦詩已盈一篋，客路才遠數朝。指南。

人家竹裏樹裏，客路山邊水邊。夜榜桅頭掛月，晨炊船尾生煙。敬修。

鐘動錫山驛外，帆收滸墅橋邊。兩岸曉風殘月，幾家古木寒煙。如珪。

竺庵冋公〔一〕一首

大冋字竺庵，姓張氏，會稽人。禮顯宗彌講王爲師，住四明延壽寺。永樂初，於南北都門兩膺帝命，纂修藏典。

〔一〕原刻正文無「公」字，此據原刻卷首目録。

寄演福和尚

雨紅煙緑暮春時，獨客終朝有所思。白水漾沙金錯落，青山浮幾玉參差。一簾化妥鶯啼緩，千里書成鶴去遲。後夜更看湖上月，滿懷愁緒散如絲。

雪江秀公三十五首

明秀字雪江，弘正間詩僧琦楚石九世孫也。與孫太白、鄭少谷、方棠陵、沈石田諸人善。族出海鹽王氏，祝發天寧寺。晚習定於錢塘勝果山，又號石門子。老復歸化邑之海門。有《雪江集》三卷。

感事

啄烏搏鷄雛，翼翼鷄母護。孤兒悲惸獨，顔色失其怙。黑風雨益暗，同過前溪渡。茫茫春水深，骨肉不相顧。

懷太白山人

階前黄葉堆欲滿，湖上白雲閒自來。千里秋風悲斷雁，兩峰寒日憶登臺。未能明月同移棹，想見黄花獨舉杯。吟遍長松千萬樹，南屏落日寺門開。

山中懷蘿石翁

老懷常耿耿，歲暮一行書。寒日孤城短，山堂獨夜虚。病多憂到骨，吟苦淚盈裾。只恐梅花笑，相逢齒髮疏。

曉長老輓詞

西池花謝見蓮成，短世逢人問死生。白髮卧雲真是病，青山埋骨始完名。雨燈夜着虚堂影，秋磬寒隨落木聲。欲爲吾師著禪行，石章兼勒嗜茶銘。

碧空先輩輓詩

獨聽鐘聲坐夜闌，袈裟何處問豐干。浮雲忽滅心燈在，一樹梅花月影寒。

漫　興

落日千峰拄杖前，古苔長擬隱居篇。潁濱定有箕山月，廬嶽時看瀑布泉。小閣梅花迎老眼，殘書白髮卧高天。聖朝有道憂今少，藥餌煙霞且歲年。

寄九杞先生

兩句三年報已成，杞泉凉月照人清。九華芝草高踪在，千里冥鴻病眼明。野墅柴門香稻熟，漁村江樹晚山晴。憑誰唤起王摩詰，畫汝綸巾杜曲行。

許泉亭秋日

手把傳燈録，西巖卧病翁。柴關上野色，石壁下秋風。歲月飛鴻外，江山落葉中。菊花知九日，青蕊更叢叢。

絶句

人坐秋樹下，月在秋樹上。苦吟落葉空，瘦影自相向。

得白泉徐侯書

携李城西從拂袖，歸帆直過釣臺西。却憐別後無消息，忽得書來問杖藜。江岸鷓鴣悲暮雨，柴門燕子惜春泥。海邊猶有甘棠樹，幾向花陰憶貴溪。

泛舟至桐口

路轉青村合，山連赤岸斜。夕陽飛燕子，茅屋落桐花。晚墅聞孤笛，輕舟閣淺沙。前峰望不遠，林暝欲棲鴉。

題墨山扇圖

遠嶼孤煙起，林亭落日虛。青山半江影，竹裏照殘書。

賓山駐錫雲居

滿地雲山皆幻住，此心若了始爲僧。草茅徑昃須扶杖，霧雨堂昏要續燈。警露鶴鳴穿壁月，弄花猿引掛巖藤。閉門細究《楞嚴》旨，鏡像年芳未可憑。

宿歸雲堂

寺前昨日雨，水滿放生池。獨往忽乘興，幽尋豈有期。夜深月未出，秋近竹先知。重把茶杯坐，雲山話所思。

讀謝翱傳

南奔北走家何在，七里灘前許劍來。厓海夜寒惟月上，冬青樹老又花開。側身天地聊晞髮，悵望江山獨把杯。一掬當年知己淚，秋風灑盡下西臺。

雨　夜

燈影西堂裏，三年病惠休。空山聞夜雨，獨客抱春愁。花鳥寒應苦，星河暗自流。誰家有明月，長笛倚高樓。

秋興

木落關山歲暮時，風雲萬里憶京師。著書獨惜虞卿老，懷古猶含庾信悲。海郭清砧寒近搗，山樓短笛夜深吹。江南秋水平如鏡，祇恐無人照鬢絲。

庚辰歲感事次吴宿威太守韻

消息真傳愁暮春，行營舊國動星辰。徒憐漢武巡遊地，不見周王清路塵。别殿蓬萊花事静，芳洲鸚䳇客愁新。秦淮一帶蕪城月，翠輦琵琶載美人。

煙霞寺一百七歲老僧

垂老猶疑寶掌翁，一龕枯坐萬山中。閉門不管春來去，芳草滿階棲落紅。

宜晚社西野席上

遲暮山林意頗同，一尊且共話年豐。租傭不墮常時業，鉛槧兼收卒歲功。秋水衣巾明野色，朔雲杞菊倚寒叢。論兵策馬俱難用，只作江南白髮翁。

秋日登棲雲嶺

黄落山川入望遥，行過雲嶺憶前朝。秋風廢苑悲叢棘，明月珠簾想玉簫。島嶼晴浮漁樹浦，江潮寒上海鮮橋。迢迢西崦斜陽路，惟見歸鴉趁暮樵。

聞顧子重過五畝山自杭歸款叙數日

桐花吹雨惜殘春，滿地江湖見隱淪。短笠輕舟終遠去，白雲春草唤愁新。畫牛事已知弘景，學稼心常憶子真。山月一樽談未了，夜深猶照病間人。

蓮　井

銀牀露下夜如何，鼻觀生香净不波。性水真空無熱惱，定光院裏月明多。

過孫山人故居二首

溪邊野竹映寒沙，茅屋青山處士家。燕子歸來寒食雨，春風開遍野棠花。

歌殘桂樹小山空，野鶴孤棲自一叢。萬里中原歸不得，空餘長劍卧秋風。

楚江秋曉次石田翁韻三首

睡起長年報水程，江花無數傍船明。漢陽人語舟横渡，夏口鷄鳴月近城。寂寞陣圖諸葛計，支離心事杜鵑行。却從歲序悲黄葉，一夜湘潭白髮生。

草寒霜渚夢悠悠，衡嶽西風落木秋。病裏斷猿司馬淚，吟餘殘月仲宣樓。自憐江漢猶遲暮，誰採城蓉寄遠遊。鴻雁一行斜不度，水光山色滿汀洲。

山川摇落露華晞，野寺鳴鐘破曙暉。千里人煙江郭静，數聲漁笛水禽飛。寒催刀尺風霜早，日遠關河信息稀。叢菊又開身在客，長沙誰念未成衣。

舟還二首

東家西家看竹，南寺北寺題詩。欲問出門高興，山中猿鶴幽期。

晚筆青山剩語，春沙白鷺餘杯。兩岸落花芳草，滿船明月歸來。

方洲張公二姬雙節二首

交剪雲鬟爲主恩，鏡臺花落洗頭盆。同心待死芳洲上，霜月寥寥夜到門。

縞素沈沈抱所天，死心已在剪刀前。主家樓上孤燈淚，同灑秋風四十年。

遣興

白雲流水度虚屏，小坐池邊眼自醒。春事不知渾入夏，青蟲無力墮槐庭。

平望道中

兩岸青山日半銜，洞庭天水碧相涵。東風正報桃花信，湖面歸漁網作帆。

臨終詩

一夜小牀前，燈花雨中結。我欲照浮生，一笑生滅滅。

魯山泰公一十二首

普泰字魯山，號野庵，秦人。深禪觀，嗜儒學。嘗溯淮涉江，讀書鍾山寺，授《易》鄖縣，宿留襄陽、雲夢間。還京師，住西長安之興隆寺，題詩壁間云：「烏棲匠氏難求木，僧住樵夫不到山。」楊君謙異而訪之，一見，連日夜語不去。沈石田爲畫《楊君謙僧普泰雪夜談玄圖》山水，爲石田圖中第一。《魯山詩集》，君謙選定，王濟之爲序。

自誡

眼將眙就枕，腸覺饑即食。物我陳兩間，化毋均埏埴。人唯草一莖，隨時恣生息。百年苦無多，矻矻勞心力。龍駒斃良材，翡翠傷羽翼。賢哉塞上翁，心不計得失。

春有冬

於年春有冬，於日朝有夕。漂泊旅亭人，忽爾歸來客。堂堂七尺軀，明明夢窟宅。青史數行字，荒丘一片石。人間竟無賴，地下終何益。但圖此生容，入穴免逼迫。若知養心術，無欲乃良策。

懷南山舊居

我本山中人，却來城市住。一違猿鶴盟，幽思於誰訴。茅舍鎖煙霞，蒼苔玆石路。欲歸歸未得，花落春光暮。

過牛頭寺

行過多歧又問歧，雲林深處到來遲。寺僧相見不相語，自對斜陽讀斷碑。

悼竹巖處士

竹陰山色鬱葱葱，厭俗編茅向此中。花謝水流人不返，蛛絲空罥半窗風。

寄楊君謙二首

都下聞歸雁，江東憶故人。高山千里夢，芳草十年春。吟苦先催老，心安却耐貧。吴門他日過，書院許誰鄰。

吏隱千年遠，南峰事竟同。鑒容依石水，熏佩度花風。林靄牀頭濕，崖泉厨下通。紛紛塵世念，不入此山中。

足獻吉秋風南北路相别寺門前之句

身世本如寄，去留俱灑然。秋風南北路，相别寺門前。

韓亞卿德夫去官還陝

秋日泊沙灣，君行早晚還。分違無限意，流水不相關。

寄廣川準無則

白雲紅樹對離情，秋意微茫畫不成。吟就新詩書落葉，憑風吹過德州城。

茶盆山先師靈塔

一出煙霞失所依，重來生死路相違。猊牀尚設籠蛛網，風度柴門葉亂飛。

牡丹

十年不見此花開，寶地芬芳我獨來。坐賞東風詩未就，鐘聲催上説經臺。

秋江湛公七首

文湛字秋江，海鹽天寧寺僧。族姓顧。有《江海群英集》行世。

寓南高峰懷友

庵住南峰下，四檐松竹青。月常陪入定，猿或聽談經。池近涼生榻，山高影落庭。故人在何處，詩酒醉蘭亭。

春盡

斜陽穿樹林，野屋臨溪水。春盡不開門，花落空山裏。

題月堂精舍

雨後青苔路不分，柴門竹裏映斜曛。松花落盡無人到，只有山童掃白雲。

西湖雜詠

宋家宫闕已蕭蕭，滿目殘陽照野蒿。獨有兩峰青不了，至今南北插雲高。

緑楊紫燕圖

紫燕雙雙掠水濱，緑楊裊裊不勝春。朱門華屋知多少，認得誰家是主人。

題畫芙蓉

江邊誰種水芙蓉，寂寞芳姿照水紅。莫怪秋來更多怨，年年不得見春風。

漁婦詞

阿儂住在太湖邊，出没煙波二十年。不願郎身做官去，願郎撒網妾摇船。

大巍禪師倫公一首

净倫，昆明康氏子。正統庚申出家，禮太華無極泰和尚受禪學。天順癸未，得法於浮山古庭堅公。成化乙酉，卓錫都城東隅，開建萬福禪刹。謝事退居西軒之竹室，與天童懷讓同時，並闡宗風。

松陰小憩

風來石上松，僧坐松下石。洗鉢將煮茶，溪流漾晴碧。

本虚讓公二首

懷讓字本虚，越人。成化間，住四明天童寺，與楊南峰有詩酬和。能詩，而未免入俗。

尋竹隱寺

聞鐘識寺遥，小徑緣雲入。日暮冒嵐歸，秋衣不知濕。

斗　室

幽軒構得寬於斗，車馬紅塵不許通。柱底祇能藏酒甕，壁間聊足掛詩筒。雨聲到枕巡簷響，花影横窗滿榻紅。莫笑貧居苦蝸窄，乾坤都在一壺中。

石窗珉公〔一〕一首

德珉字伯貞，號石窗，嘉興人。洪、熙間，居虎丘，後住徑山。

〔一〕原刻正文無「公」字，此據原刻卷首目録。

廣陵道中夜行有懷故園諸友

潮落空江月滿洲，夜凉沙際淡螢流。人家無近迷煙樹，燈火微茫映客舟。霞下蒹葭欹岸夕，風驚絡緯野籬秋。天涯聚散相知少，惆悵蓬窗憶舊遊。

妙規圓公〔一〕一首

宗圓字妙觀，吴興人。

〔一〕原刻正文作「宗圓」，此據原刻卷首目録。

友桂史隱君輓詩　明古之父。

茅茨不剪小亭幽，白芷紅蘭已自秋。斜日一溪楊柳静，水禽飛上釣魚舟。

月舟明公〔一〕一首

寶明字月舟，蘇州人。治平寺僧。

〔一〕原刻正文作「寶明」，此據原刻卷首目録。

次沈陶庵題石田有竹莊韻

東林煙月舊松蘿，無復君來對酒歌。千個芭蕉萬竿竹，相思一夜雨聲多。

吴僧定徵一首

定徵字起宗，徐髯仙有哀定徵詩云：「起宗肉食相，齒不啖蔬甲。時時聳吟肩，爲怕袈裟壓。締思回文中，百千演讀法。頗取匏庵重，文字交最洽。奈何圓寂蚤，明鏡掩塵匣。」

移家種竹楊湖上，半似湘川半輞川。詩好日嘗題節下，酒酣時復卧根邊。掃門延客還開徑，煮笋供茶或試泉。我記别來今十載，出林添得幾梢煙。

吴僧善誘一首

江南隱者人不識，沈東林勝杜樊川。雲深樹老空山裏，日暮舟横野渡邊。繞屋苧長迷曲徑，當門花落就流泉。一藤來果敲詩約，坐斷爐頭榾柮煙。

月庵原公〔一〕一首

廣原字本清，號月庵，錢塘人。住長干報恩寺。

〔一〕原刻正文作：「廣原」，此據原刻卷首目録。

卜得幽居地勢偏，風光別是一山川。白鷗新水鈎簾外，烏目斜陽拄頰邊。繞屋比鄰留野竹，清心琴筑倚寒泉。隔溪西崦禪林近，嘗聽鐘聲出暮煙。

果　庵一首

題張題張果老騎驢圖

舉世多少人，無如這老漢。不是倒騎驢，凡事回頭看。

古　淵一首

古淵字慧深，黄梅人。

題松雪山水

雪後潮痕上釣磯，江南天水一絲微。萋萋芳草迷禾黍，何事王孫尚不歸。

破窗顯公〔一〕二首

明顯，俗名吴峰。幼落髮歙縣定光院，自稱破窗和尚。海寧董山人來遊齊雲巖，投院見峰，一言深契，定方外交。山人嘆曰：「得見高僧，何必見名嶽也。」翻然而歸。後以養母辭院。所爲詩，往往不忘玄境。王寅曰：「破窗詩，若『已來親眼見，難去對人言』，古來詩僧亦未有此。」

〔一〕原刻正文無「公」字，此據原刻卷首目録。

對琴

對琴不見琴，忘琴聽琴響。坐久聽亦無，雲飛樹尖上。

入寺

碧草通樵徑，青松夾寺門。已來親眼見，難去對人言。

石林瑛公六首

永瑛字含章，號石林。剃染於海鹽天寧寺。有集一卷。

山居志感二首

江鷗只馴水，野鶴不受籠。孰云遊方士，肯爲塵所蒙。風清紫芝谷，月白青蓮峰。學道歲未晚，尋師吾遠從。

嘉蔬值我園，好鳥巢我樹。樹枯鳥驚棲，園荒蔬委路。寒氣肅山林，新芳颯然故。物理有固然，於何起欣惡。

題院壁

自愛青山常住家，銅瓶閒煮壑源茶。春深白日巖扉静，坐看蛛絲罥落花。

聞潮

閒倚青松讀古詩，杭標霅畫舊相知。山僧不刻蓮花漏，潮白江門報午時。

柳塘

千樹垂絲兩岸烟，緑波春雨白鷗天。江鄉不近章臺路，留得長條繫釣船。

宿夢石房

坐久青燈結暈紅，紙窗寒逗落花風。西齋試與吟春草，夜半開門月正中。

平野襄公二首

戒襄字子成，號平野。海鹽天寧寺僧。石林瑛公之法孫。有《禪餘集》。

長安壩河道中

三月臨平山下宿，沙棠一舟帆數幅。清晨鼓枻看山行，兩岸人家春水緑。岸上人家掛酒旗，幾樹桃花映修竹。路人問我將何之，我欲尋師向天目。

曉過橫塘

半幅蒲帆九里汀，石湖秋水接天青。舟人指點蘼蕪外，一帶青山是洞庭。

半峰斌公〔一〕一首

果斌字半峰。嘉靖初，住南京天界寺。顧華玉與陳魯南柬云：「今春屏居暮田，前通古道，可步尋諸寺。有福全、古曇、果斌諸僧，談禪和詩，皆有能事。」

〔一〕原刻正文無「公」字，此據原刻卷首目録。

王十嶽金平淵山寮避暑

小隱空山絕四鄰，野雲孤鶴自相親。誰知一徑深如許，猶有敲門看竹人。

懶雲周公〔一〕二首

明周號懶雲，潞安人。住持法住寺。《除夕》詩爲謝茂秦所稱。

〔一〕原刻正文無「公」字，此據原刻卷首目録。

送人還壺關

林花未吐怯輕寒，人在天涯送客還。千里好山迎馬首，白雲飛處是壺關。

都門除夕

早眠輕節序，垂老倦精神。半夜兩年夢，孤燈千里身。鉢分新歲飯，衣拂舊時塵。後飲屠蘇者，其如感嘆頻。

冬谿澤公八首

方澤字雲望，後稱冬谿，號無參。族姓任，嘉善人。入精嚴寺剃染，嗣法於濟法舟。戒學俱高，稟性穎拔，日誦萬餘言，詩偈文字下筆無礙。一時名士若唐荆川、張王屋、方棠陵、陸五臺，皆敬禮之。有《華嚴要略》二卷、《内外集》八卷。

送吴山人

落葉滿江邊，秋風急暮蟬。我思天姥寺，君上洞庭船。束帛丘園少，徵兵澤國連。不知方處士，煉藥幾時仙。

庚午除夕

何處鼓逢逢，虛堂獨坐中。雨寒還帶雪，雲厚不隨風。此歲既消去，餘生寧未空。臨階看燎火，亦復趁兒童。

西天目高峰塔院

千丈巖扉不易登，真身長閟最高層。日中乍見馴簷鳥，雲外時逢禮塔僧。行道石邊紛異草，挂衣松上綰長藤。青年即有棲遲約，白首誰知尚未能。

除夜對雪

江城燎火正凝霞，密雪旋迷十萬家。却向罏邊飛作雨，偶經燈畔落成花。力侵衣絮心同冷，光映窗紗髮並華。詰旦祝禧先有瑞，會從龍象曳袈裟。

獨坐

平時懷獨往，垂老患餘身。林蔚常疑晚，山喧每過春。月來初有客，雲去乍無鄰。獨嘉階前鳥，忘機日暮馴。

寄西洲

楓落吴江雁影斜，燕臺客子未還家。可能别有春風在，消得秋霜兩鬢華。

送玄岳入京

故人多半在燕京，病裏逢君話北征。可是秋來無定力，千重離思一時生。

溪莊即事

寒逼西堂布被重，江頭楓葉想應紅。天明自起看霜色，不在江頭在鏡中。

月川澄公二首

鎮澄字空印，號月川，燕之西山人。

不二樓

談經人在翠微中，縹緲煙霏隔幾重。欲寄此心無可託，長隨片月掛西峰。

正　念二首

正念字西洲，出家嘉禾龍洲寺。曾以詩中式領袖天下禪林，有集不傳。

燕京春暮寄山中人二首

鳥鳴不鳴山静，花落未落春遲。美人如雲天際，芍藥空留一枝。

蠶熟柔桑更緑，鶯啼小麥初黄。吃餅且隨燕薊，繰絲空憶荆楊。

明曠一首

明曠字公朗，語溪人。入西林寺剃染。風神秀雅，爲沈嘉則所重，惜其早世。

曉起

幾點星猶在樹，成群鴉已出村。最是依微梵火，居然掩映松門。